LOS SUEÑOS DE LOS ANIMALES

Barbara Kingsolver

Los sueños

de los animales

Traducción de Albert Borràs

EDICIONES
DEL BRONCE

TÍTULO ORIGINAL: *ANIMAL DREAMS*
HARPER PERENNIAL
ISBN ORIGINAL: 0-06-016350-X

SEGUNDA EDICIÓN: ABRIL DEL 2002
PROYECTO GRÁFICO: COLUMNA COMUNICACIÓ, S.A.
© BARBARA KINGSOLVER, 1990
© DE LA TRADUCCIÓN: ALBERT BORRÀS, 2002
EDICIONES DEL BRONCE, 2002
ISBN: 84-8453-091-4
DEPÓSITO LEGAL: B. 17.639 -2002
IMPRESIÓN: HUROPE, S.L.
CALLE LIMA, 3 BIS - 08030 BARCELONA

© EDITORIAL PLANETA, S.A., 2002
CÓRCEGA, 273-279 - 08008 BARCELONA

ÍNDICE

En memoria de Ben Linder

NOTA DE LA AUTORA

Grace, Arizona, y su estación del ferrocarril son lugares imaginarios, como el pueblo de Santa Rosalía, aunque éste se parece a los pueblos keresan del norte de Nuevo México. El resto de lugares y sucesos que aparecen en el libro son reales.

Agradezco el ejemplo que me han proporcionado muchos voluntarios verdaderos de Estados Unidos que decidieron vivir y trabajar para la consecución de un nuevo orden social en Nicaragua durante la década posterior a la revolución de 1979. Con su trabajo junto al pueblo nicaragüense han contribuido de forma indeleble al avance del país y a su historia.

Por su apoyo y sus aportaciones a este libro quiero dar sinceramente las gracias a mi editora en Harper & Row, Janet Goldstein, a mi agente literaria, Frances Goldin, y a mi extraordinaria familia, en especial a Jessica Sampson (maquinista excepcional), a Wendell y Ginny Kingsolver, a Joe Hoffmann y a Camille Hoffmann Kingsolver, quien me ha ligado firmemente a este mundo.

HOMERO

1

LA NOCHE DE TODAS LAS ALMAS

Sus dos pequeñas están acurrucadas una junto a la otra, como los animales habituados a dormir bajo tierra, en el menor espacio posible. Cosima sabe que es la mayor, aunque está inconsciente: uno de sus brazos rodea el hombro de Halimeda como si con ello quisiera proteger a ambas de las pesadillas. El doctor Homer Noline contiene la respiración, intentando ver algún movimiento en la oscuridad, tal y como ha visto hacer a las embarazadas cuando cierran los ojos y escuchan en su interior tratando de sentir vida.

Un recorte de blanca luna entra por la ventana y divide drásticamente sus cuerpos en luz y sombra, pero no los separa. Cuando duermen así, ninguna luz podría mostrar dónde acaba un cuerpo y empieza el otro. Una madre podría tal vez discernirlo, pero esa posibilidad quedaba fuera del alcance.

La cama de Halimeda seguía sin deshacer. Por la mañana la revolvería para que él creyera que había dormido sola, y después seguirían durmiendo juntas. Sus artimañas eran de una precisión quirúrgica. Pero la mañana queda infinitamente lejos, pues estamos todavía en las primeras horas de la noche en el Día de Todas las Almas. Las dos se han pasado el día entero jugando en el cementerio con los hijos de sus vecinos, Pocha, Juan Teobaldo, Cristóbal y las gemelas, y han ayudado a Viola Domingos a construir un emparrado de caléndulas sobre la tumba de una tatarabuela ajena a la familia.

Él permanece largo rato agarrado al marco de la puerta, que es exactamente del tamaño del cráneo de un recién nacido y se siente en la palma de la mano con la misma curvatura. Observa a sus hijas, aunque no hay nada que observar, y piensa: «Una tatarabuela que no es asunto suyo». Decide que es el último año que van al cementerio para el Día de Todas las Almas. Allí hay demasiados esqueletos. La gente confía demasiado en la indiferencia de los niños.

Ambas están sumidas en ese desmayo lívido que se apodera de los niños cuando están rendidos, pero él ya no se tomará la molestia de acercarse a velar su sueño como hacía antes. Vería lo mismo de siempre: trenzas desenredadas y rodillas arañadas cubiertas con sus dolorosos antisépticos. Esta noche también podría ver mejillas y párpados jaspeados con el polen amarillo de las caléndulas. Él se ha pasado la vida observando pequeños detalles desde la distancia. Desde el marco de la puerta puede oler la pungencia de los pétalos de caléndula aplastados contra la piel.

Se oye un suspiro más profundo y ambas se mueven levemente. Sus largos cabellos se desparraman sobre las sábanas mezclando sus colores, los mechones rizados grácilmente enroscados en los lisos. Él siente una presión en el corazón que no es enfermedad, sino dolor puro y simple, y sabe que lloraría si pudiera. Y no por el río que no puede vadear para llegar hasta sus hijas, ni por la distancia, sino justamente por lo contrario. Por lo juntas que están ambas y por todo lo que tienen que perder. Pues mucho han perdido ya en su vida venidera.

COSIMA

2

LOS HUESOS DE HALLIE

Yo soy la hermana que no fue a la guerra. Sólo puedo explicar mi versión de la historia. Hallie es la que se marchó al sur con su camioneta, sus libros sobre plagas agrícolas y el corazón ansioso por crear un mundo nuevo.

¿Quién sabe qué motiva a la gente a hacer lo que hace? Yo también he estado en un campo de batalla, pero fue cuarenta años después de acabar la guerra: norte de Francia, 1982, en un campo donde los granjeros no paraban de desenterrar esqueletos de vaca con sus arados. Ésas habían sido las primeras víctimas de la ocupación alemana. En la repentina quietud que siguió a la evacuación, las vacas habían muerto lentamente y a millares sobre aquellos prados, abatidas por el dolor de sus ubres sin ordeñar. Pero ahora los granjeros, que se dedican al cultivo de la remolacha, decían bendecir esos huesos. El suelo era rico en calcio.

Tres años después, cuando mi hermana se propuso dejar Tucson para trabajar en los campos de algodón de Chinandega, donde los granjeros sufrían emboscadas cuando volvían a casa pensando en la cena, me acordé de Francia. De esos vastos y verdes llanos rellenos de huesos. Uno se protege de manera inconsciente; era lo más parecido a Nicaragua que pude imaginarme. Aunque sabía que los huesos que abonaban esas tierras no eran de animales.

🐾 🐾 🐾

Ella se fue en agosto, después de la última lluvia de la temporada. Las tormentas de verano en el desierto son violentas y purificadoras. Te dejan como si hubieras llorado. Era la primera vez que Hallie me dejaba sola. Siempre había sido al revés, pues yo soy tres años mayor y tenía que hacer las cosas antes. Ella estaba siempre intentando ponerse al corriente de adónde iba yo de nuevo, yo que seguía surcando la vida porque no encontraba una roca a que agarrarme. No porque quisiera marcharme. Hallie y yo estábamos tan unidas como unas gemelas siamesas mal emparejadas engarzadas por el subconsciente. Nos separábamos una y otra vez, y siempre parecíamos correr un riesgo clínico, como si nos tuvieran que liberar asumiendo un alto coste: el sacrificio de un órgano compartido. Nunca dejamos de sentir el filo del bisturí.

Pero ella se marchó. Y siguiendo los principios de la física familiar, la reacción de compensación opuesta, yo no tardé en hacer las maletas y en subirme a un autobús Greyhound en dirección noreste. Creo que ambas volvíamos a casa, aunque en direcciones divergentes. Yo me dirigía a Grace, Arizona, donde Hallie y yo habíamos nacido y crecido y donde todavía vivía nuestro padre, quien según decían estaba perdiendo el juicio. Era domingo. Yo tenía asiento de ventanilla, y en un Greyhound se va muy arriba. Uno recorre la tierra como un rajá a lomos de un elefante que inspecciona su reino, que en mi caso era un paisaje desolado y agostado y los techos de muchos coches. No era muy diferente de mi vida habitual, pues soy muy alta, como mi padre y Hallie. No aparento lo que soy. Ellos sí, pero yo no.

Era media mañana cuando me bajé del autobús en Grace, y no lo reconocí. No podía haber cambiado tanto ni en catorce años, así que supuse que era cosa mía. Grace está hecho de cosas que se erosionan demasiado despacio para que uno se dé cuenta: muros del granito rojo del cañón, huertos de robustos frutales que vieron días mejores, y el cielo de un azul insolente e impoluto. Las casas se habían construido sin prisas en un tiempo en que el trabajo se daba por supuesto, y ahora seguían sin tener prisa en caer en ruinas. Unos mezquites artríticos crecían en grietas imposibles del barranco, dando a entender que podrían adaptarse a la vida en Marte en caso necesario.

Yo era el único pasajero que bajó del autobús. El conductor, un tipo bajito y autoritario, abrió la puerta del portaequipajes y empezó a sacar maletas de malas maneras hasta llegar a la mía, como si yo le estuviera haciendo la vida imposible. Parecía dar a entender que una mujer más transigente se conformaría con cualquier bolsa de la primera fila. Al final arrojó mis dos enormes maletas sobre el polvo. Cerró la puerta de golpe y reclamó su trono haciendo que el autobús ladrara como un perro, dejando tras de sí una nube de gases de escape, diciendo la última palabra, supongo yo.

Desde allí la vista sólo ofrecía huertos: pacanas, ciruelas y manzanas. La autopista seguía el curso del río, dividiendo los huertos como la raya mal peinada de una frondosa cabellera. Los árboles cubrían todo el valle hasta las laderas del cañón. En sus bordes, de espaldas al barranco, se agolpaban casitas semejantes a confetis de colores. Y en la cabecera del cañón se erguía la vieja mina de cobre de Black Mountain. Sobre el

21

barranco que dominaba el valle, la solitaria chimenea de ladrillo de la fundición apuntaba obscenamente al cielo.

Llevé mis maletas hasta el borde de la acera. Carlo, mi amante de los últimos diez años, a quien acababa de dejar, me iba a mandar un baúl desde Tucson en cuanto tuviera ocasión. Yo no poseía muchas cosas que me importaran realmente. Me sentía vacía y aturdida, sin reconocerme a mí misma: esa sensación que se tiene al dejar tu propia casa el día de la mudanza. Echaba de menos a Hallie. También a Carlo... por las ocasiones perdidas. En el momento de la separación todavía dormíamos juntos, pero sólo eso, dormir, dándonos la espalda. A veces Hallie tosía en la habitación contigua y yo me despertaba y me veía con un brazo rodeándole los hombros, mis dedos sobre su pecho, pero sólo se debía a que uno tarda años en adoptar nuevas posturas para dormir. Presta atención a tus sueños: cuando sales de viaje, sueñas que todavía estás en casa. Después, de vuelta a tu casa, sueñas con los lugares donde has estado. Es algo así como un *jet lag* del subconsciente.

A Carlo le encantaba Hallie. Cuando él y yo volvimos a Tucson, los tres nos mudamos a una casa pequeña en una mala barriada, donde nos robaban las macetas de jade que teníamos en las escaleras de la entrada hasta que Hallie pensó en atornillarlas al suelo. Disfrutábamos de la casa a más no poder. Hallie y yo preparábamos confitura de higos chumbos, cociéndolos, colándolos y vertiéndolos en tarros limpios de cristal cuando estaban rojos como la sangre. Recogíamos frutas del jardín del hospital de fisioterapia donde trabajaba Carlo. Una monja nos sorprendió una vez con nuestro saco de verduras mientras sacaba a pasear a un anciano por la pequeña pista de carreras, y Hallie y yo nos limitamos a saludarla con la mano. Le dijimos que vivíamos de lo que nos daba la tierra.

Nuestro hogar se vino abajo cuando ella se fue. Ella era nuestro centro de gravedad, la única de los tres que veía la vida como un proyecto controlable. Carlo era huérfano como yo. Nos olvidamos de las plantas de la entrada, que quedaron como patatas fritas de bolsa, y Carlo se mustió como si también necesitara agua. Todos los hombres que he amado la preferían a ella y se quedaban conmigo. No me molestaba tanto como se puede suponer; podía entenderlo. Yo también la quería.

Entonces su vida con las Noline llegó a su fin. Podía marcharse a donde quisiera. Carlo era un trotamundos: era médico especialista en urgencias, lo que le proporcionaba una libertad casi desconocida dentro de la profesión. Le resultaba fácil encontrar trabajo, siempre dispuesto a ocuparse del cuerpo humano tan pronto como uno de los traumas de la vida le sacudía. Carlo y yo nos conocimos en la facultad de medicina, y en los años que pasamos juntos acumulamos más direcciones que la guía telefónica de Grace, Arizona. Por el camino yo encontré algunos trabajos aceptables, pero tenía tendencia a ir a la deriva, como si fuera una enviada a este planeta en espera de instrucciones. Mi carrera me había llevado directamente hasta los descampados de los arrabales. Es la verdad. Durante mis últimos seis meses en Tucson había hecho el turno de noche en un 7-Eleven, despachando cerveza y Alka-Seltzer a individuos que habrían hecho mejor en guardar cama. Ya no podía caer más bajo. Ahora estaba allí.

Una amiga del instituto, Emelina Domingos, se había ofrecido para venirme a buscar al autobús, pero yo le dije que no, que no se molestara, que ya me las arreglaría sola. El plan era que me alojara con la familia Domingos. No con mi padre. Mi relación con Doc Homer siempre había mejorado con la distancia, lo que quiere decir que el escaso correo ya bastaba, aunque prefería las llamadas entrecortadas. Yo pensé que todavía podíamos mantener algunas millas de distancia entre nosotros, aunque él estaba enfermo y posiblemente se estaba muriendo. Ése iba a ser un tema delicado. No iba a dejarse rescatar tan fácilmente, y yo misma era un desastre en ese apartado. Pero él sólo tenía dos familiares vivos, y el otro iba al volante de una camioneta Toyota en dirección a Nicaragua. Dejé mis maletas una junto a la otra y me senté encima un momento para orientarme. Creo que todavía confiaba en que Emelina acabaría apareciendo.

No había atisbo de vida humana, ni de vida *vigente* de algún modo. El único vehículo aparcado frente al palacio de justicia, una furgoneta azul, tenía cuatro ruedas pinchadas y una pegatina en el parachoques que decía «CADA COSA A SU TIEMPO». Creí recordar que ya estaba allí en 1972, el año en que acabé el instituto, me subí a un Greyhound por primera vez y le di la espalda a Grace. No había un alma en la calle, y pensé en esas películas en las que los habitantes de un pueblo se extinguen por uno u otro motivo —un holocausto nuclear, por ejemplo, o un mortífero virus mutante— dejando sólo sus propiedades. Supongo que se trata de llamar la atención sobre cómo nos dejamos arrastrar por cosas superfluas, pero ése no era el lugar más adecuado para filmar una de esas películas. Grace ni siquiera había entrado en la era de los parquímetros, por poner un ejemplo. En los muros del palacio de justicia había unas argollas de hierro para que uno pudiera atar el caballo.

Intenté imaginarme a Doc Homer bajando al pueblo a lomos de un caballo, con su aspecto simplón, con su espalda larga y rígida dando botes sin querer. Borré esa fantasía de mi mente, sintiéndome culpable. Era demasiado tarde para vengarme mentalmente de mi padre.

No quedaba gran cosa de la zona comercial de Grace. Desde el otro lado de la calle me accchaba el escaparate de Confecciones Hollywood, que mostraba un feroz despliegue de poliéster. Los maniquíes sin cabeza estaban de punta en blanco, con mocasines de vinilo plateado y las uñas pintadas de rojo. Si me movía un poco podía añadir mi propio reflejo al escaparate: yo y mis Levi's, mi pelo a lo Billy Idol. (Yo era la única que tenía cabeza.) Una amiga mía solía hacer extraños collages como ése: Nancy Reagan con abrigo de visón entre los esclavos de un mural egipcio; la Barbie Malibú montada en un trineo tirado por perros en una competición alpina. Los vendía por un pico.

Confecciones Hollywood estaba al lado del Jonny's (abierto todo el día) y del cine. Detrás de esos edificios pasaba la vía del tren. Al lado del Jonny's estaba el State Line Bar y el Colmado Baptista. Intenté imaginarme dentro de alguno de esos locales; sabía que había estado allí. Guiando a Hallie por los pasillos del Colmado un sábado cualquiera, tachando productos de la lista de Doc Homer. Sentada después en el Jonny's, encorvada en un reservado bebiendo la Coca-Cola prohibida, observando con admiración la gracia lejana y espontánea de las chicas que tenían madres y amigos. Pero no pude verlo. Esas cosas me parecían tan afines a mis propios recuerdos como otras cosas que recuerdo de algún libro que he leído más de una vez.

En el autobús expliqué mentiras. Le conté a la mujer que se sentaba a mi lado que era una turista canadiense y que nunca había estado en Grace. Solía hacer eso a veces, contar mentiras en aviones y autobuses... ayuda a pasar el rato. Y a la gente le encanta. Se creen lo que sea con tal de que lo adornes con muchos detalles. Una vez me pasé todo un vuelo transoceánico explicándole a cierto pasajero sombrío y austero que yo había colaborado en París en el desarrollo de un descubrimiento médico, consistente en inyectarles hormonas a cadáveres humanos con el fin de preservar sus órganos y facilitar su transplante. Le dije que iba a recoger un premio prestigioso, cuyo nombre improvisé sobre la marcha. El hombre parecía muy impresionado. Se parecía a mi padre.

Yo ya no hacía esas cosas, pues estaba más o menos reformada. Lo que dije esa mañana era una mentira muy semejante a la verdad, supongo, y preñada de temor: yo *era* forastera en Grace. Había estado catorce años ausente, y en mi fuero interno deseaba que no hubiera sido así: saldría del autobús y la tierra me saludaría con una sensación de pertenencia. Un telegrama en cinta perforada, disculpas, el lujo del perdón, por fin en casa. Grace se había convertido en el patrón con el que tasaba todos los lugares, como la foto ajada que llevan los huérfanos de las novelas de un lugar a otro, sin darse cuenta hasta el final de que es su propia casa.

Pero no ocurrió nada de eso. Grace me parecía tan inescrutable como un idioma desconocido. Y Emelina no aparecía. Cogí mis maletas y empecé a andar.

Oh Dios, el terror de los principios. Temía encontrarme con toda esa gente que me iba a decir «¿Cuánto tiempo vas a quedarte, guapa?». Puede que supieran que me quedaba hasta acabar el curso escolar. Todos haríamos ver que ésa era la razón: trabajo. No Doc Homer, que había empezado a llamar a sus pacientes por los nombres de las personas fallecidas. Ya que necesitaba venir me había buscado un empleo como sustituta de la profesora de biología del instituto, que se había casado recientemente y había desertado sin previo aviso. Yo no tenía prácticamente ninguna calificación pedagógica, debo añadir, y ése es el tipo de cosas que siempre se acaban sabiendo. Es duro propagarse como una noticia en un pueblo que ya te conoce. Todo Grace tenía una opinión formada de mi hermana y de mí antes de que perdiéramos los dientes de leche. La gente del lugar se acordaría de nuestra inusitada estatura en séptimo curso y de nuestros desafortunados nombres. Mi padre llamó a mi hermana Halimeda, que significa «pensamientos del mar», aunque no sé qué sentido tiene eso en un desierto. Y mi propio nombre, Cosima, quiere decir algo así como «orden en el cosmos», lo que a la vista de mi historial laboral tiene su guasa. Debo haber carecido de orden cósmico desde muy temprano. Buscando aprobación, me lo cambié a Codi en tercero, cuando Buffalo Bill y el Pony Express gozaban del favor de mis futuras amistades.

Hallie era una abreviatura más natural, y todos empezaron a llamarla así antes incluso de que pudiera andar, aunque lo de Halimeda demostró tener algo de sentido; ella te hacía ver más allá de donde uno alcanzaba con la vista. Me podía imaginar a Doc Homer sopesando esos nombres, convencido de que llegaríamos lejos. Mientras iba caminando me vi arrastrada de repente por la fuerza de las emociones, como si estuviera nadando en un mar sereno y me atraparan las corrientes del fondo. Acarreé mis maletas hasta las afueras de la ciudad.

Un viejo huerto de frondosas pacanas se extendía desde una esquina de la plaza del palacio de justicia, y en algún punto detrás de él se encontraba la casa de Emelina. El reflejo del cielo iluminaba la acequia con una veta de plata, pero cuando dejé la calle y pasé bajo la bóveda que formaban las copas de los árboles penetré en la oscuridad. Si no habéis pasado nunca bajo un viejo huerto, debéis tener en cuenta que provoca cierta ilusión óptica. Uno atraviesa lo que parece ser una espesura de árboles desordenados, pero por momentos se está en el centro de largas y fascinantes hileras de árboles, que parecen montar guardia como si fueran soldados. En el norte de Francia hay un cementerio que acoge a todas las víctimas del día D. El horizonte está lleno de cruces blancas de un extremo al otro. Recuerdo haberlo contemplado imaginando que era un bosque de tumbas. Pero estaban dispuestas en diagonales vertiginosas y perfectamente trazadas, así que, en realidad, no era un bosque de tumbas sino un huerto. Nada que ver con la naturaleza, a no ser que pensemos en la naturaleza humana.

De entre las hojas de los árboles surgió el grito de un ave, y un escalofrío me recorrió la columna vertebral hasta erizarme el vello. Creo que era el primer sonido que oía desde que el autobús chirrió al arrancar. Me detuve a escuchar. Silencio. Entonces otro pájaro le contestó a mi espalda, muy cerca. Sonaba como una risotada exótica y gutural... como un pájaro de la selva. Los pavos reales. Esos huertos estaban llenos de pavos reales que llevaban una vida más o menos salvaje a merced de los coyotes pero sobreviviendo milagrosamente en bandadas. Una leyenda local, supuestamente cierta, describía la llegada de los pavos reales cien años atrás: las nueve hermanas Gracela, todas de ojos azules, llegaron desde España para casarse con nueve afortunados mineros del campamento del oro, a los que nunca habían visto. En aquellos días, las colinas estaban plenas de vetas de oro y pobladas con una multitud de hombres que tenían demasiado dinero y muy poco amor. Las hermanas eran todavía unas niñas, y sólo accedieron a venir si les dejaban cargar sus pájaros en las bodegas del barco. Su legado en el cañón Gracela fue una serie de habitantes de pelo negro y ojos azules y mil pavos salvajes. Su padre se quedó en casa y se hizo rico por poderes, pues literalmente vendió a sus hijas por una mina de oro.

Ahora las ramas resonaban con el canto de las aves. Y podía oír a unos niños riendo. Todo un coro de voces infantiles dio un grito al unísono. En un extremo del huerto podía distinguir las siluetas de unos chiquillos que brincaban y bailaban bajo los árboles. Estaba bastante oscuro para ser mediodía, pero vi que efectivamente eran niños: chiquillas con ondulantes vestiditos y chicos con camisas blancas. No podía discernir a qué estaban jugando. El chico más alto llevaba un palo, y entre todos perseguían algo, intentando darle golpes. Me acerqué a ellos recorriendo una de las hileras de árboles y arrastrando la mayor de mis maletas como si fuera un ancla. En teoría viajaba ligera de equipaje, pero había llegado a Grace acarreando una importante biblioteca de consulta. Me había costado muchas semanas de nervios seleccionar qué libros debía llevar conmigo. En el último minuto aparté la *Anatomía* de Gray porque pensé que Doc Homer ya lo tendría.

Pasé sobre las zanjas de riego, preocupada por mis botas altas de cuero italiano. Soy muy maniática con los zapatos, y en ese momento no tenía repuesto. Esbocé una sonrisa al pensar en los horribles mocasines plateados de Confecciones Hollywood. Me imaginé a mi predecesora vestida de esa guisa frente a una clase de quinceañeros, retorciendo su pañuelo de seda mientras explicaba la división celular. ¿Qué harían esos chicos conmigo? Llevaba botas con puntera, y mi estilo personal, como dicen en las revistas, se acercaba más bien a la apología del punk. Nunca tuve una profesora con una pinta como la mía; seguramente hay un motivo para eso.

Me detuve para frotarme el hombro dolorido. Allí, en el límite del huerto, había algo, un grupo de niños, y algo estaba subido a los árboles, encima de sus cabezas. Pensé en dar un rodeo para no interrumpir la diversión, o tal vez, en realidad, porque tenía miedo. Intenté moverme en silencio. Fuera lo que fuera lo que perseguían, estaban a punto de atraparlo.

Pude ver con claridad que se trataba de un pavo regordete que recorría de un extremo al otro una de las ramas bajas. Al parecer, el animal era demasiado tonto o estaba demasiado aterrorizado para escapar, o tal vez ya estaba herido. Los chiquillos lo perseguían con fiereza, saltando para agarrarlo por las plumas de la cola, dispuestos a acabar con él. El niño que llevaba el palo descargó un golpe sobre el vientre del animal y todos soltaron un grito. Volvió a golpear. Yo no podía ver el palo, pero oía un impacto repugnante cada vez que le acertaba.

Aparté la vista. Había llegado a Grace, había llegado en ese preciso momento de mi vida, y no sabía cómo reaccionar ante una situación como ésa. No es que sea el guardián de la moral en mi familia. Nadie, ni siquiera mi padre, *nadie* me había prestado su ayuda cuando era niña y la vida repartía sus golpes, y desde el rincón más desalmado de mis instintos sentí que no le debía favores a nadie. Y menos a un ave. Era Hallie la que me azuzaba desde nuestra conciencia común mientras yo seguía mi camino. Dejé las maletas en el suelo y empecé a caminar más rápido, intentando decir algo que sonara como una orden. Si no paraban pronto acabarían matando o mutilando a ese bicho.

—¡Parad ya! —les grité. Mi corazón latía con fuerza—. ¡Vais a matar a ese animal!

El chico me miró como un conejo sorprendido ante los faros de un coche. El resto de los niños, que estaban de rodillas, también se me quedaron mirando. Los había sorprendido mientras recogían a puñados las golosinas y el papel de colores que se habían esparcido por el suelo. El pavo mudo se balanceaba sobre sus cabezas colgado de un alambre. Su cuerpo estaba fracturado en fragmentos de arcilla grandes como platos, que se sostenían gracias a una piel de celofán.

Cuando tenía diez años había reventado una piñata exactamente igual a aquélla, con sus alas de papel azul y una cola larga y brillante de plumas auténticas. Fue en una fiesta de cumpleaños. Todos los niños de Grace habían hecho lo mismo en un momento u otro.

Transcurridos unos segundos imposibles volvieron a buscar su recompensa. Dos chicas mayores ayudaban a los más pequeños a encontrar caramelos entre los montones que apilaban en su regazo. Un grupito de chicos se daban codazos y cachetes mientras se arremolinaban detrás de las chicas. Me sentí desgraciada y desorientada, una invasora de los ritos familiares. Me aparté de los niños en dirección al huerto donde había dejado mis maletas, preguntándome en qué oscuro rincón de Grace había perdido mi infancia.

HOMERO

3

LA RIADA

Las hojas brillan como cuchillos a la luz de su linterna. La lluvia ha amainado, pero el arroyo es aún un tumultuoso torrente de barro y árboles arrancados que no llegará a su punto culminante hasta el amanecer. Él está aterido de frío y calado hasta los huesos. Las niñas se han perdido. El estruendo de las aguas le hiela la sangre.

Las niñas querían recoger higos chumbos para hacer confitura. Sabían que se acercaba una tormenta, pero salieron de todos modos, aprovechando que él estaba en su cuarto de trabajo. Él va recorriendo la estrecha senda del ganado entre la espesura de matorrales espinosos que cubren la orilla, dirigiendo la luz hacia el borde de las aguas crecientes. Las acacias se comban sobre el río, con sus ramas agitándose violentamente en la corriente, como madres que intentan rescatar a sus hijos perdidos. Las niñas hacen caso omiso de sus advertencias, pues son criaturas confiadas y creen que nada puede hacerles daño. Hallie es mala, pero Cosima es aún peor, tan hermosa y testaruda como un potro salvaje, pero desprovista del instinto de conservación propio de un animal... y es la mayor. Debería ser más sensata.

Él se abre camino entre el macizo de adelfas cercano a la casa y gira en dirección al lecho del río para seguir buscando hacia el sur del arroyo. No tiene idea de hacia dónde han ido; ellas siempre están vagando por ese desierto como dos ratoncitos. Y todo lo que puebla el desierto es venenoso o tiene espinas. Dios santo, ya ha perdido una esposa, y nunca creyó que su corazón pudiera superarlo. *Deseaba* no haberlo superado. Él fulmina las adelfas con la luz de la linterna. Había pensado en cortarlas cuando nació Cosima. Una hoja bien mascada podía causar un paro cardíaco en un niño. Vio un caso así años atrás, ¿o fue más tarde, después de que las chicas se fueran de casa? La niña azul.

Doc Homer se incorpora en la cama y mira los frascos llenos de píldoras de color naranja que descansan sobre el alféizar. La luz atraviesa la ventana. Es una mañana de domingo en agosto. Sólo hace un mes que perdió a la niña azul. Sus propias hijas son ya mayores y viven en otra parte, se valen por sí mismas, pero su corazón todavía late con fuerza. Su sistema circulatorio está convencido de que siguen perdidas.

Le da la vuelta a la almohada y posa su cabeza con cuidado para no perturbar su cerebro, pues en su interior todo da vueltas como las aceitunas en un bote de salmuera. Piensa en la riada. Sigue el curso del arroyo en dirección sur. Se detiene para mirar corriente arriba y su luz las descubre, por pura casualidad, en la ribera opuesta. Cosima agita sus brazos delgados, que brillan como las hojas de unas tijeras. Están gritando, pero él sólo puede ver sus bocas abiertas como los picos de dos pájaros recién nacidos. Sus esperanzas se confirman, papá nos va a salvar. La carretera ha desaparecido bajo el agua, y él tiene que pensar cómo va a llegar hasta ellas. Se da cuenta, estupefacto, que llevan medio día en ese lugar. Tanto como lleva la carretera bajo el agua.

¿Cómo las sacará de allí? ¿Con una barca? No, eso no sería posible. Vuelve a sentarse. No tiene una imagen clara de cómo llegó hasta ellas, no recuerda los brazos aferrados a su cuello, sólo las oye llorar al otro lado del teléfono. Y entonces comprende con dolor que no las pudo rescatar. No lo recuerda porque no estaba allí. Tuvo que llamar a Uda Dell, que vivía al otro lado del arroyo. En ese tiempo su marido todavía vivía, y fue él quien se dirigió a la ribera con su mula, encontrándolas en una madriguera de coyote que el agua había dejado al descubierto, con siete cachorros que querían salvar.

—Eran siete —gimoteaba ella por teléfono—. Yo podía cargar con cuatro, pero Hallie sólo podía coger uno en cada mano, y no queríamos dejar al último. Se hubiera ahogado.

Cosima está llorando porque al final, después de pasarse medio día acurrucadas en el pequeño refugio de ese banco de grava, esperando a que la madre coyote volviera para salvar a sus pequeños, tuvieron que dejarlos. Él puede oír los sollozos de Hallie. Ambas están llorando como si se estuvieran ahogando. Como cachorros que se ahogan.

Cuando las lleva de vuelta a casa ellas se sientan y se abrazan en el sofá cama, envueltas en la colcha de punto roja y negra. No paran de temblar. Quieren saber si los cachorros de coyote han muerto. Si los animales van al cielo. Él no tiene respuestas.

—Intentamos meterlos en la bolsa de papel de recoger los higos chumbos, pero se deshizo con la lluvia.

Las lágrimas siguen brotando hasta empapar la colcha, y él piensa que no les debe quedar fluido alguno para que las células de su sangre recorran las venas. Les da a beber zumo de naranja. Dios, ¿por qué tenemos hijos los mortales? No tiene sentido querer tanto a alguien.

COSIMA

4

MATANDO POLLOS

La casa de Emelina era un lugar agradable y destartalado con animales, un viejo huerto de ciruelos y cinco niños. Mientras yo recorría el camino de la entrada con mis maletas, ellos se estaban preparando para matar pollos. Emelina se quedó con la boca abierta y los ojos como platos, y por un momento parecía un pez sorprendido.

—Codi, hoy es *domingo*. Pensaba que me habías dicho *mañana*.

—No, era hoy. Ya estoy aquí —me disculpé. Me alegraba de no haberme quedado esperando frente al palacio de justicia.

—Caramba, estás más guapa que un billete de cincuenta. ¿Dónde te han hecho ese corte de pelo, en París, Francia? —dijo dándome un abrazo y señalando con la mano hacia la entrada—. Perdona todo este ajetreo, pero es que estamos hirviendo agua para las aves. Caramba.

Yo acababa de presenciar lo que parecía ser la matanza de un pavo real, así que me puse a reír, aunque ahora se trataba de decapitaciones y masacres de verdad. Sobre el camino de la entrada había dispuestos unos cubos, bolsas de papel, y un tocón de madera lleno de trágicas manchas que ya se había utilizado anteriormente. Los gemelos de Emelina, que debían tener unos diez años, llevaban cada uno un pollo blanco y rechoncho agarrado por las patas. Un hermano menor montaba precariamente en un triciclo sobre el suelo pedregoso. Yo solté las maletas.

—Curty y Glen, quién lo diría —exclamé—. Y Mason. Vaya, como habéis crecido.

—Mira, tía Codi. Si los aguantas cabeza abajo se ponen a dormir —dijo Glen.

—No, se quedan hipnotizados —puntualizó Curty.

—Bueno, sea como sea parece un truco muy práctico —les dije—. Así no ven la que se les viene encima.

Emelina me dirigió una mirada de consternación.

—Codi, mejor que dejemos esto para otro momento. No me parece buena cosa para enseñar a las visitas.

—Yo no soy una visita. Ya estáis a punto, así que adelante. Si voy a vivir aquí no quiero cambiar vuestras costumbres.

Ella puso los ojos en blanco.

—Entonces ve a la casita de la abuela. Le dije a John Tucker que le pasara una escoba esta mañana antes de ir al entreno de béisbol, pero sólo me falta que se ponga a hacerlo ahora en vez de darle de comer al pequeño. Me juego quince dólares a que está tirado en el sofá mirando la MTV.

John Tucker era el hijo mayor de Emelina, pero no me lo imaginaba tan mayor como para dar de comer al bebé. No había visto todavía al bebé, pues sólo tenía seis meses, aunque Emelina y yo habíamos mantenido el contacto durante años. Yo tenía fotos escolares de sus hijos pegadas a las tallas de madera de Carlo en todos esos apartamentos mal amueblados donde habíamos estado. A veces los hombres de las reparaciones me preguntaban si eran hijos míos.

Di un rodeo a la casa hasta el jardín de al lado y abrí una verja de alambre que no habría soportado los embates de un gallo testarudo. La casita de invitados daba a la parte trasera de la casa grande, separada de ésta por un enorme patio de ladrillos de aspecto agreste y lleno de enredaderas en flor. Cada palmo de terreno estaba lleno de frutales, macetas de colores y de unas tumbonas que parecían haber estado allí desde la última guerra. Podía oír a unos pollos que cacareaban débilmente en algún lugar cercano, y en un extremo del patio se veía a una cabra estirando el cuello para llegar hasta una higuera.

La casita de invitados tenía una puerta de color rosa flanqueada por macetas de geranios, cuyas flores de color bermellón destacaban contra las blancas paredes como manchas de vino sobre un mantel. En el interior, la casa estaba pintada de un blanco inmaculado. Había dos habitaciones enlosadas: una sala de estar y un dormitorio. La luz del interior quedaba tamizada por el movimiento de las ramas de la higuera que había afuera. El cabezal de la cama estaba tallado en madera y pintado con esmalte rojo, y sobre ella se extendía una colcha de aspecto acogedor. Era una cama de cuento de hadas. Deseaba poder acostarme y dormir cien años en esa casita, arrullada por las pálidas sombras que se entrecruzaban en las paredes.

Oí a la cabra deambulando alrededor de la casa, mascando sonoramente y topando contra la pared. Abrí los cajones. Todo estaba impecable. La ventana del este de la sala de estar daba directamente a la pared de granito del cañón, que quedaba a una decenas de metros, proporcionando una ausencia de vistas sorprendente. La granja de Emelina era la última y más elevada de la calle, y prácticamente colgaba del cañón. El suelo del porche quedaba al mismo nivel que los tejados de las casas vecinas.

Me dediqué a explorar un rato, saboreando los primeros momentos en mi nuevo hogar. Carlo siempre se ponía a abrir cajas y a buscar las sábanas y la cafetera mientras juraba que esta vez nos íbamos a organizar mejor, mientras yo me ponía a caminar sigilosamente sobre los suelos desnudos, atisbando por los rincones y abriendo puertas intrigantes, que normalmente resultaban ser la del armario de las escobas. Pero siempre me asaltaba una sensación excitante, convencida de que el lugar poseía cualidades escondidas, como un nuevo amante. De niña mi libro favorito era *The Secret Garden.* Me resulta incómodo pensar que me había mudado alegremente una y otra vez, acompañando a Carlo hasta los confines del mundo, esperando encontrar un desván olvidado o un compartimiento secreto. Pero puede que realmente fuera así.

Decidí probar los dos sillones viejos de la sala de estar. Tenían fundas de color rosa y eran muy confortables. En un rincón cercano a la ventana había una chimenea de colmena, y junto a ella un jarrón de arcilla con plumas de pavo real. Todas las casas de Grace tenían uno igual; era típico del lugar. En los huertos se podían recoger media docena de plumas cualquier día del año y sin esfuerzo. Cuando el jarrón se llenaba, se podían llevar las plumas a casa de alguna de las ancianas que confeccionaba piñatas con plumas de verdad y comenzar de nuevo la colección. Ésa era una práctica prohibida en nuestra casa, pues Doc Homer decía que las plumas estaban llenas de ácaros de pájaro; no quería ni imaginarse cuántos microorganismos hallaban refugio en casa de esas mujeres. Hallie y yo lo convertimos en un chiste privado. Cada vez que él nos prohibía algo sin motivo aparente, nosotras nos mirábamos y decíamos «¡ácaros de pájaro!».

El baño y la cocina debían haberse incorporado a la casa a mediados de siglo. La nevera parecía prehistórica, pero funcionaba. Contenía una hogaza de pan tierno, unos cuantos tomates e higos, una porción de queso de cabra y seis latas de cerveza Miller Lite. Los productos más básicos según estimaciones de Emelina. Abrí una lata y volví a rodear la granja para contemplar la ejecución del segundo pollo.

—¿Es normal que haya una cabra suelta por el patio? —le pregunté a Emelina.

—¡Mierda! John Tucker se va a enterar de lo que es bueno. ¡John Tucker! —gritó ella—. ¡Por favor saca tu maldita cabra del jardín o nos la comeremos para cenar!

Se oyó un ruido en el interior de la casa y un portazo en la parte de atrás.

—No creo que quieras ver esto, Codi —me dijo Emelina—. Pero supongo que ves cosas peores en tu profesión.

Me senté en la barandilla del porche. Ya no formaba parte de la profesión médica. Es cierto que había estado a un paso de hacer de ello mi vida, y no se me había dado mal en la facultad de medicina. Mi error fue considerar que la medicina era una ciencia como cualquier otra. Si entiendes de carburadores puedes reparar coches, razonaba yo; si entiendes de arterias y tendones, puedes reparar personas. Por razones que se me escapaban, aprendí la ciencia pero no podía obrar el milagro: tuve una crisis intentando traer un bebé al mundo. Mi problema resultó ser irreversible. Emelina lo sabía. Bueno, yo estaba *allí*, sin otra misión en la vida que la que tenía al nacer. La única diferencia real entre ambos momentos era el vestuario.

—Si necesitas ayuda, dímelo —apunté yo.

Ella me ignoró.

—Vale, cuidado con las manos, Curty. Apártalas bien. —Emelina era pequeña, pero no daba esa impresión. Sus pantalones tejanos llevaban las palabras «Little Cowboy» cosidas en la etiqueta, y sin duda pertenecían a alguno de sus hijos. Emelina y yo nos habíamos graduado en el instituto el mismo año, en 1972. El lema que había debajo de mi foto en el anuario decía «Llegará lejos», y en el de Emelina ponía «Afortunada en amores». No se sabía si era una profecía o una broma pesada. Yo había recorrido medio mundo y ahora vivía a un kilómetro del instituto. Emelina se había casado con Juan Teobaldo Domingos el mismo mes de junio en que nos graduamos. Ahora J. T. trabajaba en el ferrocarril y, según tenía entendido, pasaba la mayor parte del tiempo fuera de la ciudad. Ella decía que no le importaba. Así de afortunado es el amor.

Curty posó su pollo hipnotizado en el tocón de madera, alejando su propio cuerpo todo lo posible. El animal nunca llegó a recuperar la conciencia. Emelina levantó el hacha por encima de su hombro y la descargó sobre el objetivo. El cuello, rosado y musculoso, se separó del collar de plumas tan fácilmente como si las dos partes se hubieran creado por separado. Los niños soltaron un grito y empezaron a perseguir el cuerpo, que salió trastabillando a escape por el suelo. Yo contemplé fascinada la cabeza: el pico se abría y se cerraba en silencio, pues las cuerdas vocales estaban en la parte que le habían desconectado.

—Así, Curly, así —indicaba Emelina—. No salpiques de sangre a tu hermano. Mételo entero en el agua. Empieza a desplumarlo rápido o se pondrá tieso. Empieza por las alas. ¿Ves como lo hace Glen? —Se enjugó el sudor de la frente.

Yo observé maravillada cómo se le marcaban los músculos de los brazos y qué bien manejaba el hacha. Durante toda la operación no llegó a mancharse las manos. Me recordaba a Hallie, a la manera que tenía ella de hacer las cosas. Aunque Hallie hubiera sido incapaz de decapitar nada, claro está.

—No puedo creer que estés viendo esto —dijo Emelina

cuando los dos muchachos empezaron a arrancar plumas. Entró en la casa y salió con una cerveza. Se sentó junto a mí en la barandilla del porche, golpeando la madera con los talones de sus zapatillas de deporte como un crío. Yo empecé a pensar en mi altura. A veces tenía la clara impresión de que las mujeres pequeñas estaban mejor hechas, que tenían mejor control de sus cuerpos.

—Te daban unos ataques de primera cuando íbamos a casa de la abuelita y la encontrábamos matando pollos —comentó Emelina—. ¿Te acuerdas? Hasta cuando ya éramos mayores, a los doce o trece años.

—No, ésa era Hallie. Ella es la buena samaritana. En eso hemos sido siempre muy diferentes. Se ponía a llorar con sólo pisar un bicho. —Tomé un trago de cerveza—. Todavía es así, aunque ahora llora con las mendigas. Te lo juro. Les da monedas de veinticinco centavos y después se arrepiente de no haberles dado un dólar.

Me puse a mirar las copas de los árboles y las manchas verdes de musgo del tejado de la casa que teníamos delante. Las tejas tenían una forma extraña y muy elaborada, parecida a las picas de una baraja de cartas. Me preguntaba en qué década habían dejado de hacer tejas como ésas, y en cómo se las arreglaba ese vecino para reparar el tejado después de una fuerte tormenta.

—Estás estupenda, de verdad —dijo Emelina—. Es un corte de pelo fabuloso, te lo digo en serio. Aquí destacarías entre una multitud, al menos hasta que te lo volvieras a cortar en la carnicería de Beth.

Azorada, me pasé los dedos por el cabello corto. En Grace me había pasado toda la infancia sintiéndome una extraña. Tenía ganas de desfilar hasta el centro para entregarme a la carnicera, a ver si con ello me aseguraba la admisión en el club.

Había llevado una vida tan azarosa, geográficamente hablando, que la gente me tomaba por una aventurera. No tenían ni idea. Vendería mi alma y todas mis botas de siete leguas con tal de *pertenecer* a algún lugar.

—Siempre me olvido de que lo tienes tan pajizo. Doc Homer lo tenía del mismo color, ¿no? Más bien rojizo, antes de que se le pusiera gris. —Al decir esto empezó a acariciar con los dedos su propio pelo, que acababa a la altura de los hombros—. Hablando de Doc Homer...

—Hablando de Doc Homer —repetí yo.

—¿Has hablado con él? —preguntó con mirada recelosa. Emelina era mi informadora. Cuando Doc empezó a perderse a la salida del colmado, ella fue la única persona de Grace que se dignó llamarme, en vez de trazarle un mapa.

— Iré mañana a verle.

—¿Y adónde se ha ido Hallie? Ya me lo has dicho, pero no me acuerdo.

—A Nicaragua —le contesté—. A salvar la cosecha. Parece un cruce entre Johnny Appleseed y un jardinero de la tele.

Emelina soltó una carcajada, y yo me sentí culpable por mi deslealtad. No pretendía bromear a su costa. El problema es que resultaba difícil situar a Hallie en el contexto normal de la vida.

—Creo que es peligroso de verdad —le dije—. Pero está entusiasmada con la idea. Se lo pasará bien. —De eso estaba bien segura. Hallie no compartía mi problema. Se sentía como en casa allí donde estuviera.

Emelina asintió. Observó a sus hijos, que estaban sentados en el camino de la entrada con las piernas cruzadas, absortos en su importantísima tarea. Estaban salpicados de sangre, como si hubieran estado combatiendo en una guerra extraña, en una guerra para niños.

Una enorme buganvilla de color escarlata cubría el porche

delantero. De hecho, era tan grande que sus ramas parecían sostener toda la estructura que teníamos sobre nuestras cabezas. La tibia brisa proveniente del valle parecía empapar mis brazos y mi rostro como si fuera líquida. Acerqué la lata de cerveza dulzona a mis sienes y contemplé cómo las ramas de la buganvilla se agitaban sobre nosotras como plantas marinas.

—No —dijo Emelina un instante más tarde—. Estoy segura de que eras tú a la que le daban ataques con los pollos. Tú empezabas y Hallie te seguía. Siempre te imitaba en todo.

—No. ¿Hallie? Somos como la noche y el día. Alguien debería hacer un estudio sobre nosotras, a ver si descubrían por qué los hijos de una misma familia pueden ser tan diferentes. Ella nació con una personalidad propia.

—Puede ser, pero te imitaba como una fotocopia —apuntó Emelina—. Se enfadó mucho conmigo cuando me negué a secundar tu boicot al pollo con arroz de la abuelita.

Yo no recordaba haber organizado ningún boicot.

—Bueno, ahora tú eres testigo de que no me he desmayado con toda esta sangre —le contesté.

—La gente cambia —dijo ella—. Uno no se queda con las mismas cosas toda la vida.

♔ ♔ ♔

Me quedé sentada mirando mis maletas un buen cuarto de hora, como si les fueran a entrar ganas de deshacerse solas, y después entré en el dormitorio para acostarme un rato, no sin antes dejar caer mis zapatos uno tras otro sobre el suelo enlosado. Intenté pensar hasta dónde habría llegado Hallie. Guatemala. Tal vez más lejos. Me daba miedo especular con los detalles concretos; había intentado racionalizar mis pensamientos hacia ella, pero ya estaba agotada y mi mente seguía su propio curso. Me imaginé a Hallie cruzando fronteras. A hombres uniformados, luciendo su munición como si fueran joyas varoniles. No, no tan exagerado. Volví a imaginarla en Tucson, donde la había visto por última vez y donde todavía estaba a salvo.

Había venido a buscarme al 7-Eleven, con todo el equipaje preparado, al terminar mi turno de ultratumba. Golpeó la luna del escaparate con los nudillos para llamar mi atención. Yo cerré la caja con llave y salí a su encuentro. Unos gorriones se acicalaban en los charcos que la lluvia reciente había dejado sobre el asfalto. Mientras caminábamos por el aparcamiento en dirección a su camioneta, me pregunté qué pensaría cualquier transeúnte al vernos así, como dos nadadoras con problemas, sin poderse distinguir cuál de las dos estaba a punto de ahogarse.

Puede que sólo una de nosotras intentara salvar su vida. Resultaba difícil creer que en su día era yo la que había roto valientemente con todo para ir a la universidad, dejando a Hallie en un mar de lágrimas frente al Colmado Baptista. Ahora parecía que era yo la niña de la casa, la que no tenía proyectos y podía permitirse el lujo de volar a su aire por siempre jamás, contagiando a todos de su juventud.

Hallie iba de camino a un país en guerra. Atravesaba resuelta los charcos, arrastrándome con ella, y yo tenía que abrir las piernas y sacudirme los zapatos para poder seguirle el paso. Cuando Hallie estaba muy excitada, sus ojos adquirían una mirada de animal salvaje capaz de hacer retroceder al más pintado. Su piel desprendía una cierta vibración, como una campana que acaba de tañer. Llevaba el pelo largo y desordenado, y la humedad lo rizaba hasta darle un aspecto agreste. Cualquier parte de mi hermana podía incitar a una rebelión. Yo pensé que si algo llegara a sucederle no lo podría soportar. No creía poder hallar ni la manera ni el motivo.

Mientras la tuviera agarrada por el brazo se quedaría conmigo, no subiría a la camioneta, no arrancaría el motor con la llave de contacto ni atravesaría Arizona, México ni ninguno de los peligrosos lugares que la esperaban más al sur, no le darían el alto en un control de carreteras, donde habría hombres que le pegarían un tiro en la cabeza por tener veintinueve años y viajar sola, por ser mujer, por vestir tejanos o por llevar antihistamínicos en la guantera. Allí, en el aparcamiento, me parecía poder evitar esa cadena de acontecimientos con sólo sujetarla del brazo.

Su pequeña y destartalada camioneta estaba cargada hasta límites imposibles, como esos burros diminutos que se ven en las postales llevando fardos de elefante sin inmutarse. No era la furgoneta lo que me preocupaba. Le pregunté dónde llevaba los antihistamínicos. Nos habían hablado de un fotógrafo al que le habían disparado tras registrarle el equipo, acusándole de tráfico de drogas por llevar aspirinas y vitaminas en un frasco de papillas infantiles.

Hallie me dijo que las llevaba en un lugar escondido.

Apoyé mi cabeza en su hombro.

—¿Y si se nos mueren las plantas?

—No se morirán —contestó ella. Hallie sabía que a mí me gustaban las respuestas claras.

Yo levanté de nuevo la cabeza y ella me dirigió una mirada pensativa. El cielo estaba despejado. La luz anaranjada del amanecer la iluminaba por detrás, haciendo que su cabello brillara otorgándole un aspecto angelical.

Ella nunca había sido consciente de cómo la veían los demás; creía que era del montón.

—Si el pulgón ataca a las del porche —empezó a decir muy lentamente—, rocíalas con Celite.

Hallie había trabajado para el servicio telefónico Línea de

Emergencia del Jardín, 626-BICHOS. Durante cierto número de años, justo hasta aquel día, las plagas del jardín habían sido su vida.

Yo la abracé con toda la fuerza de mis brazos.

—Hallie —le dije—, ¿puedes por favor cambiar de planes y quedarte aquí?

—Me quieres tanto que me pides que me quede para mantener a salvo los geranios de las zonas residenciales.

—Sé cómo me tendría que sentir —le confesé—. Pero no me siento así.

Su respiración hizo que su pecho se dilatara entre mis brazos, y yo pensé en un árbol que sigue creciendo a pesar de la verja que aprisiona su tronco. En la increíble fuerza de esa dilatación. Y la dejé marchar.

Ella arrancó la camioneta y me saludó con la mano desde su asiento. No era un saludo plañidero, un hasta nunca, sino un saludo animoso como los de las películas de la primera guerra mundial, donde todos parecen valientes porque les une una causa común. Se me ocurrió eso porque no tenía otra opción sino pensar que todo le iría bien. Que ambas íbamos a sobrevivir.

Caminé las seis manzanas que me separaban de mi casa bajo las gotas que aún caían de los árboles y un sol que ya empezaba a resultar demasiado caluroso. Desde la acera de enfrente oí a una mujer que le decía a su acompañante con un acento raro «Es el Museo de *Historia*. Creí que decía de la *Histeria*, y me esperaba algo muy diferente». Yo pensé: así es la vida, incomprensiblemente ridícula. No sentía dolor sino vacío, como un tambor bien tensado. Tardé cinco minutos en poder abrir la puerta de entrada, pues en Tucson todo se vuelve intratable en época de lluvias. Hallie hablaba de poner grafito en la cerradura antes de irse.

Uno de los globos blancos que quedaban de su fiesta de despedida me siguió hasta la cocina. Era grande como una cabeza y había perdido parte del helio, de manera que flotaba a la altura de los ojos, arrastrando su cordel por el suelo como un fantasma fatigado. La electricidad estática lo atraía hacia mi espalda. Lo aparté de un manotazo mientras abría de golpe la nevera. Encontré unos pimientos rojos que habíamos comprado en la verdulería naturista a precio de oro, lavé uno y me lo comí de pie en la cocina. Después encontré un cuchillo de pelar y me ensañé con un pepino. No tenía ganas de preparar el desayuno sólo para mí. Carlo estaba en el hospital y yo no tenía idea de cuándo iba a volver.

Sonó el teléfono y me sobresalté, supongo que porque me sentía culpable de estar allí en la cocina devorando verduras carísimas. Por un momento temí que se tratara de alguna consulta sobre plagas del jardín, pero recordé que ya habían desconectado la Línea de Emergencia. Era Hallie, que llamaba desde un teléfono público a este lado de la frontera para decirme que había olvidado poner grafito en la cerradura.

—Ya sabía que me lo recordarías —le dije mientras me embargaba una extraña alegría al comprobar que ella sentía lo mismo que yo: que no podíamos sobrevivir la una sin la otra. Me quedé inmóvil un instante, ofreciéndole a Hallie y a mis pensamientos la última oportunidad de recorrer esos cables con serenidad, de desfilar por ellos mientras se repartían mensajes secretos con la punta de los dedos, como una columna de hormigas. Ya no podríamos repetirlo con las tarifas internacionales.

—También tengo que devolver un libro de la biblioteca —me dijo—. Los cuentos del Barón de Münchausen. Lo vi entre mis libros cuando arreglé la habitación.

—Ya lo sé. Lo he visto. Lo devolveré hoy mismo.

—Creo que ya tiene retraso, Codi. Lo leímos hace un mes cuando íbamos con el coche a Bisbee.

Le di un mordisco al pepino y lo mastiqué antes de contestar. Quería que esa llamada durara eternamente. Quería recordar todos los libros que habíamos leído en voz alta en nuestros viajes.

—Tienes razón, ya ha vencido el plazo.

—Devuélvelo y paga la multa, ¿vale? Las bibliotecas son la única institución americana que no debemos traicionar.

—Como usted diga, señorita —le contesté—. Aparte de Patty Hearst.

Oí como mi hermana intentaba no echarse a reír. Hallie era intelectualmente subversiva, y de hecho tenía un ejemplar del *Steal this Book* de Abbie Hoffman, pero era increíblemente honesta por naturaleza. Yo la había visto pegar monedas con cinta adhesiva en un parquímetro estropeado.

—Motivaciones morales aparte, te van a cancelar el carné.

—No sé por qué piensas que soy una delincuente de biblioteca. Hasta ahora estoy al corriente de pagos. —Yo seguí masticando mi pepino. Era como comerse una manzana gigante, por ejemplo, o un melocotón pelado, aunque cualquiera que me hubiera observado por la ventana pensaría que estaba loca—. No te preocupes por mí, Hallie —acerté a decir finalmente—. Mejor cuídate tú.

—No hace falta que me cuide. Soy la persona más afortunada del mundo.

Era una vieja broma, o una vieja verdad, surgida de todas las catástrofes de las que había escapado por los pelos. Caídas de bicicleta, accidentes de coche, ese tipo de cosas. Yo siempre había sido como un imán para las desgracias, pero Hallie era todo lo contrario. En cierta ocasión, estaba a punto de salir de la vieja biblioteca de ciencias cuando se dio cuenta de que se había dejado las gafas de sol junto a la máquina de las microfichas. Volvió atrás dos segundos antes de que una cornisa de mármol de la fachada se desplomara en plena calle. Parecía Beirut.

No es que Hallie se creyera invulnerable. De hecho, no era del tipo temerario; sabía que se podía hacer daño. Creo que se refería a que tenía suerte de estar de camino a Nicaragua. Era lo que más me costaba digerir, que era feliz. Feliz de marcharse.

Hubo un momento de perfecta comunión en nuestra vida adulta: el año que coincidimos en la universidad en Tucson —su primer curso y mi último curso— y vivimos juntas por primera vez lejos de Doc Homer. Ese invierno hice todo lo posible para suspender una asignatura y poder quedarme allí con ella, dando vueltas en sudadera y calcetines de lana por aquella casa llena de corrientes aire, entendiéndonos a la perfección. Sirviéndonos tazas de té la una a la otra sin necesidad de pedirlas. Así que me quedé en la facultad de medicina de Tucson en vez de mudarme a Boston como había planeado, y conocí a Carlo en Parasitología. Más o menos por aquellos días, Hallie confraternizaba con una gente que había fundado un albergue para refugiados centroamericanos. Después de aquello empezamos a tener desconocidos por la cocina a cualquier hora de la noche, a niños espantados, a personas con todo tipo de lesiones. Nuestra vida nunca volvió a ser tan idílica.

Debería haberlo visto venir. Una vez fuimos juntas a ver un documental sobre la Brigada Abraham Lincoln, esos estadounidenses que habían ido como voluntarios, sin ningún apoyo de nuestro gobierno, para combatir a Franco y a Hitler en la guerra civil española. En ese momento de la historia de Estados Unidos, el fascismo era sólo *potencialmente* peligroso, mientras que el comunismo lo era *indudablemente*. Cuando volvimos a casa después de ver la película, Hallie se puso a llorar. No por toda aquella gente que había dado su vida y su sangre sin poder vencer a Franco, ni por los que habían vuelto a casa para ser tildados de rojos el resto de su vida. Para Hallie la tragedia era que no tendríamos otra oportunidad en toda nuestra vida de arriesgarlo todo por una buena causa. Entonces ella tenía diecinueve años, y mientras se sonaba la nariz entre sollozos en mi cama me lo dijo. Ya no quedaban auténticas causas por las que luchar.

Ahora tenía una —iba camino de Nicaragua, una revolución de cooperativas y campañas de alfabetización—, y supongo que era feliz. Pocas personas tienen tan claro lo que desean. La mayoría de las personas no saben qué pedir cuando tiran una moneda a una fuente. Casi nadie tiene la oportunidad de alterar el curso de la condición humana deliberadamente, exactamente como quieren que se altere.

Yo admiraba a Hallie por sus elevados sentimientos. Pero había sido testigo de cómo Doc Homer se había pasado la vida repartiendo su solemne caridad en Grace, y no estaba segura de qué curso había alterado con ello, aparte del de Hallie y el mío en una dirección que acabamos por aborrecer. Es verdad que intenté abrirme camino en la medicina, que se considera una profesión altruista, pero lo hice por el más bajo de los motivos. Lo hice para ser querida y para demostrarme a mí misma de lo que era capaz. No para mover montañas. En mi opinión, las montañas no se mueven. Sólo cambian cuando las miras desde una altura mayor.

5

LA SEMILLA BESADA

Yo había accedido a mudarme a la casa de invitados a condición de no interferir en la vida familiar de Emelina, pero al parecer su vida era inmune a las interferencias. Envió a John Tucker a buscarme para el desayuno.

El muchacho se quedó de pie en el dintel de la puerta, sin saber qué hacer con sus extremidades.

—Mamá dice que te partirá la cara si no vienes a desayunar.

—Vale, de acuerdo —contesté antes de seguirle hasta la casa. John Tucker era un adolescente muy atractivo. Todavía no dejaba entrever al hombre en que pronto se convertiría, músculo y arrogancia, rascándose la nuca, lanzando una pelota de béisbol. De ninguna manera. Llevaba una gorra para cubrir lo que parecía un corte de pelo veraniego demasiado entusiasta.

—Ya sé que todavía no tienes nada de comer en la casita —dijo Emelina—. Ayer todo estaba cerrado, era domingo. Hoy puedes ponerte manos a la obra. J. T. ha llamado desde El Paso y dice que te cuides y que te manda un beso de su parte. —Emelina untó una tostada con mantequilla y se la pasó a Mason, que

57

tenía casi cinco años—. Glen, no le tires la mermelada a tu hermano. Si hoy quieres ir disfrazado de conserva es tu problema, pero deja en paz a Curtis. Curty, cariño, no le pegues. John Tucker, ayúdale con eso, ¿quieres?

—Ha llamado desde El Paso —repetí yo. Intentar mantener una conversación con la madre de cinco niños es un auténtico ejercicio de paciencia.

—Sí, está en Texas. Tiene que quedarse a acabar una investigación. ¿Crees que podrás vivir en esa choza?

—No es una choza, Em. Es un encanto. Me gusta.

—Codi, guapa, allí hemos tenido cabras viviendo. Y también vivía la abuela, antes que las cabras. Pero dijo que tenía frío en los huesos y acabó mudándose arriba. —La abuela era la madre de J. T., Viola Domingos.

—Mamá, dile a Glen que pare —suplicó Curtis.

—Glen, por lo que más quieras, cómete esa tostada, que la estás mareando. El autobús va a llegar en un minuto y no te has puesto ni los zapatos.

—No, pero ya sé dónde están —declaró Glen.

—Pues ve a buscarlos.

—La escuela no comienza hasta la semana que viene —comenté, temiendo que no fuera así. Siempre tenía pesadillas como ésa.

—No, pero van a eso que les montan a los niños en verano. Los llevan al parque del río y les enseñan a tirarse flechas unos a otros o algo así. Mañana es el último día. ¿De verdad que te gusta dormir allí? Aquí hacemos suficiente ruido para resucitar a los muertos.

—No pasa nada. Yo vivía a tres manzanas de la entrada de urgencias de un hospital. —Y no añadí: con un hombre que se ganaba la vida cosiendo miembros amputados. Unté mantequilla en mi tostada, apretando los codos contra el cuerpo y vigilando de reojo los cuchillos que maniobraban a mi alrededor.

—¿Y de qué investigación se trata? —pregunté.

—Oh, ¿J. T.? Se le han caído dieciséis vagones a las afueras de El Paso. Un descarrilamiento. No hay heridos. Mecachis... John Tucker, cariño, coge por favor al pequeño y vigílalo un momento en la sala. No puedo ni pensar con este jaleo.

John Tucker levantó al bebé del regazo de Emelina y lo cargó bajo el brazo hasta la habitación contigua. El pequeño agitaba brazos y piernas como un nadador enfundado en un pijama verde.

—Bueno. Mason, guapo, ponme los pies aquí, que te voy a atar los zapatos —ordenó Emelina antes de tomar un sorbo de café—. Pues les han hecho a todos un análisis de orina... a J. T., al fogonero, al guardafrenos, y a no sé quién más, ahora no me acuerdo. Creo que a otro maquinista. Tenían que hacerlo media hora después del accidente; la compañía se lo tomó muy en serio. J. T. dice que tienen dieciséis vagones frigoríficos en un prado de vacas, todo de verduras congeladas escampadas por ahí, y al maldito supervisor sólo le preocupa que cada uno mee en su frasquito.

A los niños parecía traerles sin cuidado ese relato mordaz. Tener de madre a Emelina neutralizaba la tentación de usar tacos.

—¿Sabes qué? —dijo ella con asombro—. Mierda. Anteayer estuvimos bromeando sobre eso de los test antidrogas. La abuela preparó un pastel de semillas de amapola para el cumpleaños de Curty y Glen, y J. T. dijo...

—Mamááá...

—Perdona, Curtis, se me ha olvidado. No quiere que le llamemos Curty. En realidad, el cumpleaños fue ayer.

Yo quería oír el resto de la historia del descarrilamiento,

pero el flujo de aquella conversación era como ir por la autopista en Los Ángeles; nada de mirar atrás.

—Bueno, feliz cumpleaños —les dije—. Cada vez que vengo estáis más guapos, ¿sabéis?

A Curtis se le pusieron las orejas rojas.

—Podrías decir gracias, ¿no? Codi, no han parado de preguntarme cuándo vendrías como unas cotorras, y ahora actúan como si se hubieran criado en la era con los perros.

—No te preocupes. —Me sentía intimidada. Aunque mantenía contacto con su familia, me parecía inconcebible que en mi ausencia Emelina hubiera producido toda esa tribu de ojos azules.

—Mamá, ¿puedo dormir esta noche en la perrera de Buster? —preguntó Mason.

—No, señor mío, no puedes. Así que cuando nos estábamos comiendo el pastel, va J. T. y dice que ojalá no tenga un accidente con el tren, que las semillas de amapola dan positivo en los test antidrogas.

—Pues es verdad, dan positivo —apunté. Pensé en ello—. Dará positivo en opiáceos. Las semillas de amapola están relacionadas con la heroína. ¿Crees que tendrá problemas?

—No, saben que no es culpa suya. Era un golpe de calor o algo raro de las vías. Lo del test es sólo para cubrirse las espaldas.

—¿Sabes quién más iba en el tren? El otro maquinista y el guardafrenos iban a la escuela con nosotros, igual te acuerdas. Roger Bristol y Loyd Peregrina. Loyd ha vivido un tiempo en Whiteriver, pero al final volvió.

Presté atención a las pulsaciones de mi corazón, a ver si reaccionaba de alguna manera con aquella información. Parecía que no.

—Tía Codi, di algo en grecia —dijo Glen.

—En griego —le corrigió Emelina mientras se disculpaba con la mirada—. Ya les he dicho que parecías una modelo y que has vivido en el extranjero. Se creen que conoces a David Bowie.

—Vuestra madre exagera —apunté.

Glen no parecía muy defraudado.

—Bueno, Em, ya que voy a vivir aquí, ¿debería comprarme esos mocasines plateados de Confecciones Hollywood?

Ella asintió con seriedad.

—Estoy segura de que no te dejarán dar clase en el instituto sin ellos.

El autobús de la escuela tocó el claxon.

—Venga, afuera —ordenó Emelina—. Mason, dame un beso.

Los niños salieron en estampida por la puerta de la cocina, pies para que os quiero, dejando al bebé en el regazo de Emelina. Ella recorrió la silenciosa cocina con los ojos, observando con ansiedad aquel vacío repentino.

Emelina y yo nos observamos. Durante toda la mañana había notado la extraña desconexión que aparece cuando uno se encuentra de nuevo con su pasado. Hay un enorme abismo entre uno mismo y lo que uno solía ser, pero cuando los demás le hablan a ese otro yo, éste responde; es como tener a un extraño alojado bajo la propia piel.

—¿Qué me cuentas? —me preguntó ella.

—No sé, de todo. No creo que Grace haya cambiado, pero parece diferente. Hay muchas cosas que no recuerdo.

Emelina sonrió.

—Sé lo que quieres decir. Ataques de senilidad.

Era extraño que lo mencionara. El problema exacto de Doc Homer era que su mente había empezado a vagar por nuevos y alarmantes derroteros.

—Supongo que es eso.

—Bueno, algunas cosas no cambian nunca. —Tras decir

esto se inclinó hacia adelante y me dijo en voz baja—: La abuela todavía colecciona figuritas de Elvis.

No pude evitar la carcajada. Habíamos conocido a la madre de J. T. desde niñas, claro está —la gente del lugar se pasaba la infancia entrando y saliendo de las casas de su futura familia política— y recordaba su sala de estar, a la que solíamos llamar «El museo de Elvis». Ella siempre negaba que las botellas de whisky fueran botellas de whisky. Nos decía que era loción de afeitar.

—Así que lo de Carlo se acabó, ¿no? ¿O son sólo unas vacaciones?

—No lo sé. Se acabó, supongo. He tardado todo este tiempo en descubrir que él no posee el secreto del sentido de la vida. —Lo decía en serio. Carlo sólo me gustaba de verdad cuando me servía de guía.

—Yo creía que tu marido ideal era el Doctor Kildare.

—Carlo es cirujano de urgencias. Un hombre que decide cómo coser un pulgar amputado debería tener algo claro en esta vida, ¿no crees? Yo supuse que acabaría siendo así.

—Craso error —apuntó Emelina.

—Creo que era por sus cejas. ¿Sabes que tiene esas cejas arqueadas de los italianos?

—No, no le he visto nunca. Siempre estaba en el hospital.

Eso era verdad. Era tímido. En el trabajo podía enfrentarse a heridas abiertas día tras día, pero evitaba a la gente real.

—Bueno, pues tiene ese aspecto —le dije—. Siempre parecía a punto de decir algo que te cambiaría la vida para siempre. Hasta cuando dormía tenía esa pinta.

—¿Pero nunca lo dijo?

—No. Sólo eran las cejas.

Le echaba de menos, o al menos echaba de menos estar unida a alguien, aunque sólo fuera en teoría. Carlo tenía las manos bonitas y un prodigioso sentido de la orientación.

Incluso en Venecia, donde las guías turísticas recomiendan que «parte del atractivo de Venecia reside en la posibilidad de deambular sin rumbo por sus *strade* hasta perderse», nosotros deambulamos, pero no nos perdimos. Ese hombre tenía una brújula en el córtex cerebral. Y a pesar de eso acabó negándose a ser la estrella guía que yo necesitaba. Igual que mi padre. Mi padre se me estaba muriendo encima.

Emelina recogió platos y tazas. Se puso en pie y se ató un delantal sobre la bata, sosteniendo milagrosamente a su bebé sobre la cadera durante todo el proceso.

—Bueno, no te ha sentado mal criar a cinco hijos en quince años —apunté, y ella se puso a reír, seguramente sin creer ni una palabra. Emelina era guapa de verdad. Esa combinación típica de Grace, ojos azul claro y pelo negro, siempre había resultado atractiva, sin importar cuántos ejemplos llegaba uno a ver. Los ojos eran una anomalía genética. En las primeras horas posteriores al parto, los especímenes puros de la reserva genética de Grace tenían el iris de un blanco marmolino. Había visto fotos. Doc Homer había escrito sobre eso en el *American Journal of Genetics*, años atrás.

—Y John Tucker ya es un adolescente —le dije—. ¿Ya somos tan viejas?

—Yo sí, tú no. —Dicho esto empezó a limpiar la mesa con una mano—. Cada minuto que pasas en presencia de un niño te quita siete minutos de vida. —Yo le quité al niño del regazo—. Ya estás avisada.

—Son tus tesoros, Em. Tienes algo que mostrar al mundo.

—Oh, sí. Ya lo sé —me contestó.

El nombre del bebé era Nicholas, pero todos le llamaban «el bebé». Una vez leí que el cerebro compila información en series de cuatro elementos como máximo... ésa es la razón por la que los números de teléfono y los de la seguridad social se subdividen; tal vez cuatro nombres de niño era el límite de la memoria familiar. Me senté en la mecedora y coloqué a Nicholas el anónimo en mi regazo, posando su cabecita en mis rodillas. La longitud de mis muslos se acomodaba perfectamente a su tamaño.

Emelina recogió las migas de las tostadas con una paleta esmaltada en azul y limpió la mesa con un buen cazo de agua caliente.

—De no ser por el bebé no creo que pudiera dejar a Mason en el parvulario el año que viene. Es terrible ver cómo crecen. Pero supongo que de no ser así acabarían consumiéndote.

—Recuerdo cuando me dijiste que con cuatro basta.

—Qué nobles palabras.

Mientras la veía moverse por la cocina, mis dedos se entregaron al placer de acariciar los sedosos cabellos negros del bebé. Eran varios centímetros más largos que los de su hermano mayor John Tucker; alguien le había recortado unos mechones para vengarse. Seguramente Emelina. Una mujer que mata ella misma sus pollos seguro que también le corta el pelo a sus propios hijos.

Emelina lavó los platos, los aclaró y los colocó en el escurreplatos para que se secaran. Yo me quedé sentada, sintiéndome inútil, aunque Nicholas parecía estar cómodo, pues empezó a quedarse dormido en mi regazo. Cuando los bebés se adormecen uno nota que pesan más, como si la relajación les proporcionara materia extra. Una opresión me recorrió el pecho. Había estado cerca de tener un hijo en cierta ocasión, pero pensaba tan poco en ello que verme como madre me pillaba siempre desprevenida.

A pesar del calor del exterior, el agua que utilizaba Emelina para lavar los platos había cubierto de vaho el cristal de la ventana. En el alféizar había toda una colección de plantas en

sus macetas. Plantas de plegaria. De repente recordé viva-
mente la casa de la abuela de Emelina. Hallie y yo también la
llamábamos «abuelita», aunque no había parentesco alguno,
claro está, y ella nos llamaba «las huérfanas». Nadie pensaba
que pudiéramos entender español. La casa tenía un aroma
rancio a anciana, pero a nosotras nos encantaban sus «maravillas»: carritos de latón troquelado con las ruedas rotas, sol-
daditos de plomo, enormes arandelas y clavos de carro, más
toda una colección de trozos de metal sin identificar. Su
difunto marido había sido herrero. También había cajas con
viejas ropas de satén tan quebradizas como el papel. Nuestro
cuarto de juegos preferido era la alcoba solcada, siempre
abarrotada de plantas, donde nos dedicábamos a cazar leones
entre aquellas palmeras de salón, ataviadas con nuestras finas
ropas, con más glamour de lo que Beryl Markham y la baro-
nesa Von Bixen podrían haber soñado. Nos enfrentábamos a
auténticos peligros, como soportes oxidados de hierro que
sostenían pesados jarrones y plantas muy frágiles. Las violetas
africanas eran tan peludas como un cachorro, y las plantas de
plegaria tenían hojas semejantes a las manos de una anciana,
llenas de venas rojas en el dorso, que se abrían con la luz del
sol y se cerraban con la sombra. La abuelita nos ordenaba que
nos sentáramos a observarlas, a ver si presenciábamos el
momento en que sus hojas se cerraban. Hallie siempre se quedaba más tiempo sentada, esperando pacientemente a presenciar el milagro mientras Emelina y yo volvíamos a nuestros
juegos alborotados.

—¿Sabes?, estoy tan acostumbrada a pasar sin J. T.... —comentó Emelina, devolviéndome a la realidad—. Creo que si
estuviera aquí me agobiaría. No duraríamos ni diez días.
Acabaría pegándole un tiro. Marido asesinado en Grace...
vaya.

Parecía estar respondiendo una pregunta con gran preocupación, aunque yo no se la había formulado.

—¿Cuánto hace que trabaja en el ferrocarril?

—Desde que cerraron la mina, que fue en... —Se quedó mirando con el ceño fruncido el vaso que estaba secando, que estaba decorado con unos cerditos blancos de collares rojos—. Hace diez años, más o menos.

—Decían que cuando subiera el precio del cobre volverían a contratar personal.

—Bueno, ya sabes, se dicen muchas cosas. Ya nadie lo espera. Ahora todo son pacanas y ciruelas. Y el ferrocarril, alabado sea Dios. Supongo que podríamos vivir con lo del huerto si no fuera porque estos críos comen como caballos y se les quedan pequeños los zapatos cada diez días. Mira, ahora quieren ir tan a la moda que no consienten en heredar ropa de sus hermanos. ¿Te acuerdas cuando a los niños no nos importaba un bledo lo que llevábamos puesto? Nunca deberíamos haber tenido televisión por satélite. —Dicho esto se giró para secarse las manos con el delantal—. ¿Se ha quedado dormido ese gamberrete? Gracias, Codi. Lo llevaré arriba para que se eche una siesta. —Levantó al pequeño como si fuera un saquito de la harina más valiosa—. ¿Tienes planes para hoy?

—Pensé en hacer una excursión a la ciudad —le contesté—. Quiero echarle un vistazo al material del Colmado Baptista.

Ella se rió.

—Si puedes esperarme un momento te acompañaré. La abuela puede cuidar del pequeño. No tardará en volver de su reunión. —Emelina puso los ojos en blanco al salir de la cocina—. Lunes en el Club de las Comadres, a primerísima hora.

Me levanté y me acerqué a la ventana para observar la hilera de árboles que acordonaba el cañón. Ciruelos, perales y manzanos. Y membrillos, o eso me parecía, aunque no podría identificar un árbol de membrillos ni que me fuera la vida en ello. Sólo recordaba la palabra por la manera en que la gente de allí la pronunciaba, «membricho», con su acento español. En la distancia podía distinguir las antenas parabólicas que salpicaban de blanco los cactos del barranco rojo. Una por casa, como los perros. Bueno, eso ya era una novedad. El cielo estaba nublado. En los huertos de la orilla opuesta del río podía ver a unos hombres trabajando entre los árboles. Les recuerdo golpeando las ramas con largas varas, atiborrando el suelo de pacanas. El vareo, así se llamaba. En los huertos más antiguos tenían que subirse a veces a los árboles para alcanzar con sus varas las ramas superiores. Pero todavía no había llegado esa época del año. Las pacanas no maduran hasta finales de otoño.

Hallie y yo habíamos jugado de niñas una o dos veces en aquella casa, cuando dos primas de J. T., que andaban como dos pajaritos, se habían alojado allí. Ahora pertenecía a Emelina. Resultaba doloroso pensar en lo rápido que había pasado la vida. Era de esperar, claro está. Yo me podría haber quedado, o haberme marchado, como hice realmente, pero eso no afectaba a la vida en Grace.

Lavé la taza del bebé, pasando un dedo por el borde interior. Mientras el sol abandonaba el alféizar para posarse sobre otros objetos, advertí que las plantas de plegaria se habían cerrado cuando yo no estaba mirando. Allí estaban, en su hilera, satisfechas, sin dar su opinión.

※ ※ ※

—Les dejas algo de tierra encima, los metes en bolsas de papel y los guardas en un lugar oscuro —dijo Lydia Galvez—. ¿Tienes una bodega despensa?

—No. Habíamos tenido una, pero los niños no paraban de meterse por allí —dijo Emelina.

—Bueno, los puedes poner en cualquier sitio oscuro. En el fondo de un armario, por ejemplo.

Lydia Galvez era la mujer del entrenador de John Tucker. Acababan de presentármela. Hablamos de John Tucker, de béisbol y del talento de Emelina para traer niños a este mundo. Toda la ciudad había apostado a que el último sería una niña, o eso me dijo Lydia Galvez. Ahora estábamos hablando sobre cómo dividir bulbos de gladiolo.

—Tengo algunos de color negro —estaba diciendo Lydia—. ¿Tienes tú de ésos? Puedo darte unos cuantos que me sobran. No son negros del todo, yo más bien diría que son de color púrpura, pero parecen muy especiales.

Emelina me miró de reojo, así que pensé que quería acabar con aquello cuanto antes. Habíamos pasado toda la tarde así. Al igual que los demás, Lydia no sabía qué decirme, ni yo sabía qué decirles a ellos; ni siquiera tenía claro quiénes eran. Pero todos se mostraron muy amables, como si yo fuera una tía lunática de Emelina.

Me senté sobre el muro bajo que rodeaba el palacio de justicia y me miré en el ventanal del Jonny's, que estaba vacío a esa hora. Mi propio reflejo me devolvía la mirada, rodeado de la mayor soledad que había visto nunca. Se me ocurrió pensar que allí nunca me había atrevido ni a respirar sin tener a Hallie a mi lado. No que yo recordara. Yo tenía tres años cuando ella nació. Antes de eso ni siquiera tenía conciencia de mi lugar en el mundo, así que no contaba.

Más tarde sí que empezó a contar. Doc Homer nos atosigaba incansablemente con sus comentarios sobre lo diferentes que éramos a nuestros conciudadanos: en ambición, aptitudes naturales, incluso en constitución física. Lo más parecido a una alabanza que salía de sus labios era «¡Nadie más en Grace sabe *eso*!» o «Sois *Noline*». Nosotras nos quedábamos como dos silos en una pradera del oeste. Según yo lo veía, ser *Noline* significaba tener unas extremidades de longitud imposible, como nuestro padre y como todos los parientes Noline que nunca habíamos llegado a conocer. Nuestra madre y él provenían de cierta parte de Illinois (y cito sus palabras) donde la gente era alta y juiciosa.

Al menos Hallie y yo habíamos heredado la altura. Llegamos a alcanzar el metro noventa de promedio, Hallie un centímetro más y yo uno menos. En el instituto nos llamaban el cuarenta por ciento de un equipo de baloncesto. No hacíamos deporte, pero nos lo decían de todos modos. La altura no es un atributo fácil de sobrellevar, como una dentadura bonita o unos rizos naturales. La gente tiende a pensar que le tienes que sacar provecho, para jugar al baloncesto, por ejemplo, o para observar qué tiempo hace en las capas altas de la atmósfera. Si eres chica, sienten la necesidad de recordártelo constantemente, como si tú no te hubieras dado cuenta.

De hecho, Hallie y yo no éramos el cuarenta por ciento de nada. Éramos todo lo que había. Cada una de nosotras era como la imagen de la otra reflejada en un espejo, como una prueba de que existíamos. Cada una tenía exactamente una hermana. Y crecimos asumiendo esa sencilla aritmética de la escasez: una hermana es más valiosa que un ojo.

—Dile a tu padre que necesito una pastilla que me quite las arrugas —apuntó Lydia en voz alta.

Hice un esfuerzo para volver a la realidad.

—Vale.

Debería haberle dicho «no lo necesitas», o algo así, pero no andaba rápida de reflejos. No acababa de resolver mi primer día como esperaba. Tenía un nudo en la garganta y sólo deseaba poder volver a la casita y bajar las persianas. Grace estaba minado de recuerdos; el simple hecho de acercarme con Emelina al Colmado Baptista me había cargado de unas emociones y una desilusión que no me atrevía a definir. Ultimé mis compras en pocos minutos, y mientras esperaba a que Emelina acabara de aprovisionar sus tropas para la semana, me quedé mirando las latas de sopa y de verduras como si escondieran una misión secreta. Los estantes que se ofrecían a la población de Grace estaban dispuestos con el mismo cuidado que los de un refugio antiatómico. Yo era ajena a tanta cortesía. Cuando me dijeron en la caja «¿Necesita algo más?», casi grité «Sí, necesito todo lo que tiene».

🐎 🐎 🐎

Ya era más de medianoche, pero la luna brillaba en la ventana y no podía dormir. Me acosté boca arriba en la pequeña cama esmaltada de la casita de invitados de Emelina. Odiaba dormir sola. Aunque a Carlo y a mí no nos uniera gran cosa, yo me había acostumbrado al ritmo de su respiración. Me había pasado la vida compartiendo cama con alguien: con Hallie la primera. Después, en mis primeros años en la universidad, descubrí todo un ejército de amantes que me regalaban con su enajenación mental transitoria y su apoyo a corto plazo. Después llegó Carlo, que había acabado siendo más de lo mismo. Pero al menos me hacía compañía. Dormir sola me parecía algo poco natural, además de triste, algo propio de los hospitales o de cuando una sufre una enfermedad contagiosa.

Finalmente alcancé ese punto de insomnio electrizante que le obliga a uno a levantarse. Metí los faldones de mi camisón en los tejanos y cogí los zapatos que había abandonado en la cocina. Cerré la puerta silenciosamente y empecé a caminar por un sendero que se alejaba de la granja sin bordear otras casas, sino directamente al norte, atravesando el huerto de ciruelos de Emelina y una hilera de manzanos retorcidos de aspecto mortecino. Por momentos se oía la llamada de los pavos reales recorriendo el valle. Tenían varios sonidos diferentes: una risotada aguda, un hipido gutural... todo un lenguaje animal. Al igual que los gallos o los niños pequeños, la luna llena les impedía conciliar el sueño.

Quise encontrar la senda que ascendía por el cañón hasta la casa de Doc Homer. No es que quisiera visitarle en ese momento, sólo quería asegurarme de que conocía el camino. No podía pedirle a Emelina que me orientara en mi propio lugar de origen; no quería que se diera cuenta de lo despistada que estaba. Siempre me costó recordar ciertos detalles concretos de mi infancia, pero no había llegado a advertir hasta ese momento que no podía identificarlos aunque los tuviera delante de las narices. Mis correrías con Hallie estaban claras, supongo que porque siempre las estábamos comentando, pero ¿cómo es que no recordaba a la señora Campbell del colmado? O a Lydia Galvez, que conducía el autobús escolar y que, según decía, me había prestado su pañuelo cuando Simón Bolívar Jones me dio en la cabeza con su Tele Sketch. De hecho, me sentía víctima de una lesión cerebral. Estaba segura de que si me concentraba podría intuir el camino a la casa de Doc Homer como los zahoríes siguen la vibración de su bastón hasta encontrar agua. Pero no podía. Había perdido por completo mi instinto rastreador.

De todos modos llegué a una carretera que me resultó prometedora. Podía oír el río. (¿Cómo es que el sonido recorre mayores distancias de noche?) Tenía en mente la muerte de mi madre. Uno de los primeros recuerdos de mi infancia era de ese día. Todavía no tenía tres años, Hallie acababa de nacer, y ya me han dicho que es imposible que me acuerde porque no estaba allí. Sin embargo, la imagen que tengo en mente es muy clara: dos hombres con pantalones blancos acarreando una camilla con sumo cuidado. Las aspas del helicóptero girando, enviando corrientes de aire a través del campo de alfalfa que daba a la parte posterior del hospital. Estaba en la cima del cañón, cuando todavía se cultivaban esas tierras. La alfalfa se combaba y mostraba sus tallos plateados como si fueran olas. El campo se convirtió en el océano que había visto en mis libros de cuentos, allí, en mitad del desierto, como un milagro.

Entonces el rotor giró más lentamente hasta pararse, y se oyó a la multitud murmurando: ¿Qué? ¿Por qué? Y después se abrió la puerta y el largo hatillo blanco que contenía a mi madre volvió a aparecer, transportado ahora de otra forma, sin urgencia.

De acuerdo con la versión oficial, Hallie y yo estábamos en casa con una canguro. Éste es el problema... recuerdo claramente cosas que no he visto, a veces cosas que ni siquiera han sucedido. Y corro un tupido velo sobre las cosas que me han pasado realmente. Le conté muchas veces a Doc Homer que había visto el helicóptero, y una vez insistí, al borde de las lágrimas, que había estado en el barco con las nueve hermanas Gracela y con sus pavos reales. Después de aquello me mandó a mi habitación a leer la *Encyclopaedia Britannica*. Las novelas quedaban prohibidas durante un mes; decía que necesitaba despejar mi mente de ficciones. Llegué al tomo 19 por puro despecho, pero todavía recordaba el viaje con las Gracela. Estaban preocupadas por si los pavos tenían suficiente aire fresco en la bodega del barco.

Ahora podría aceptar que todas esas cosas no eran más que fabulaciones producidas por historias que había oído relatar. La memoria es algo complicado. Guarda relación con la verdad, pero no son hermanas gemelas. Es sabido que nuestra madre tenía terror a volar. Esa parte de nuestra historia familiar era muy conocida en Grace. En toda su vida no había despegado del suelo. Cuando su salud se vio afectada por cierta afección renal y un helicóptero de la Guardia Nacional bajó del cielo para llevarla a Tucson, ella explicó a sus salvadores que no estaba dispuesta a volar. Nadie le hizo caso, pero antes de que el helicóptero abandonara el campo de alfalfa ya estaba muerta. El gran pájaro agitó sus aspas unos minutos, y luego partió sin su presa.

No era su miedo a volar lo que más impresionaba; los habitantes de Grace no viajan mucho en coche, y mucho menos en avión. Creo que la moraleja de esa historia, al menos según la cuentan, es la inesperada fuerza de voluntad de mi madre. Parecían decir: «¿Quién si no se hubiera casado con Doc Homer?». Y supongo que también: «¿Quién si no habría podido traer a este mundo a unas niñas tan rebeldes?». La gente nunca lo afirmaba directamente, pero cuando nos poníamos tercas siempre nos decían: «De alguien lo habéis mamado».

Yo creo que tenía sentido. No tenía ningún recuerdo visual de mi madre ni podía evocar ningún suceso que la incluyera, a excepción del viaje en helicóptero que ella rechazó. Pero podía recordar una *sensación* de fuerza y de amor feroz. Un amor casi violento. Era la única cosa que yo había tenido y que Hallie desconocía. Mientras las dos crecíamos a la sombra de Doc Homer y de sus cuidados desapasionados, intenté conservar ese amor maternal lo mejor que pude, e intenté transmitirlo. Pero no me salió bien. Era demasiado joven.

A pesar de todo, Hallie prosperó... la flor de nuestra familia, como uno de esos frutales milagrosos que parecen nutrirse de una vena invisible y se adornan con manojos de ciruelas mientras los árboles de alrededor se limitan a sobrevivir. En los viejos tiempos,

73

cuando la gente de Grace encontraba un árbol así en su huerto lo llamaban «la semilla besada». A veces la gente iba y volvía al mismo árbol para recibir sus bendiciones. Adornaban las ramas como un árbol de Navidad, ofreciendo exvotos familiares: un calcetín de niño, un par de gafas rotas, el sobre de la pensión.

Hallie y yo teníamos una «besada» favorita en el viejo huerto de la familia Domingos, y un día, mientras volvíamos a casa de la escuela, colgamos en su tronco unos mechones de nuestros cabellos. En secreto. En el patio de la escuela nos cortamos las puntas de las trenzas y las atamos juntas con el hilo de color rosa de un botón de mi abrigo. Si Doc Homer lo hubiera descubierto nos habría impuesto algún castigo para curarnos de las supersticiones. Estábamos de acuerdo con él en principio... éramos como pequeños científicos, por nacimiento y formación. Pero los niños carentes de amor suelen decantarse por la magia.

De repente me detuve en mitad del camino, bajo la luz brillante de la luna, mientras mis tobillos proyectaban sombras colina abajo, como el agua de una fuente recién descubierta por el zahorí. Había encontrado el camino correcto. La carretera giraba fuera de los huertos en dirección a la cima del cañón. La pendiente parecía practicable. Volvería de día para recorrer el resto del camino hasta la casa de Doc Homer, pasando por el campo de aterrizaje del helicóptero, allá en el campo de alfalfa. Esos campos debían de estar abandonados, como la mitad de los campos de Arizona, salados hasta la muerte a causa de la mala irrigación. No quería subir ahora para contemplar a la luz de la luna esa tierra blanca y brillante como un osario. Era demasiado.

Volví camino abajo sintiendo la presión brusca y familiar de una vieja pena. Ni siquiera la gente que me conocía bien sabía que mis años en Grace quedaban extrañamente encerrados en un paréntesis de muerte: había perdido una madre y un hijo.

6

EL MILAGRO

Yo tenía quince años, dos años menos de los que tendría ahora mi hijo. No pensaba en ello en esos términos: perder un hijo. Al principio no era un bebé lo que llevaba en mis entrañas, sino un secreto imposible. Crecía poco a poco hasta convertirse en una fuerza tan poderosa e intangible como un trueno. Yo me disponía a recibir un amor absoluto. Pero incluso en los últimos meses nunca llegué a hacerme una imagen clara de la criatura que un día tendría en los brazos; la imagen llegó más tarde. La forma humana desapareció antes de que yo la conociera. Era evidente que la palabra «perdido» me rondaba la cabeza, pues había tenido miles de sueños en los que perdía —o literalmente extraviaba— un bebé.

En uno de los sueños corro por el borde del barranco mirando entre los peñascos, que son grandes y blancos, y por el barranco fluye una riada estruendosa, y yo sé que he dejado un bebé por ahí. Yo me abro camino entre matorrales de mezquite, deteniéndome a menudo para escuchar, sin poder oír otra cosa que el rugido del agua. Me desespero hasta que finalmente la veo en el agua, flotando como una manzana Cortland, pequeña, roja y brillante. Me meto en el agua y tiro de ella hasta dejarla en la orilla, desnuda y sin siquiera un apellido, su cordón umbilical anudado con el lazo negro del zapato de un hombre, como los que llevaba mi padre. La miro y pienso: «Es un milagro, ha sobrevivido».

Ese pensamiento es la parte más veraz del sueño. En realidad, no hay nada nuevo o sorprendente en encontrarse un bebé nacido en secreto y abandonado a su suerte en un barranco. Pero sacar a uno del agua sí que sería una sorpresa. Los recién nacidos todavía no tienen grasa; no pueden flotar. Se hunden como una piedra.

Loyd Peregrina era un apache. Salí con él cuatro veces. Nuestro equipo de fútbol se llamaba Los Apaches, pero Loyd era un apache de verdad, y era tan guapo que daban ganas de salir corriendo. Cuando me invitó a salir la primera vez creí que se equivocaba, o que era una broma, y hasta sospeché que nos estaban observando. Pero no había nadie. Fueron cuatro sábados seguidos, exactamente un mes lunar: a ese ritmo, las posibilidades de quedarse embarazada eran predecibles, pero yo era incomprensiblemente ingenua. Era huérfana de madre. Aprendí el significado de las palabras «pubertad» y «menstruación» en la *Encyclopaedia Britannica*. Lo demás lo aprendí en el patio de la escuela y de chicas que ni siquiera hablaban conmigo cuando contaban lo que habían hecho.

No creo que Loyd se acuerde. Para mí era el único suceso remarcable de una vida insulsa, pero para Loyd —con su nombre mal escrito y sus ojos de demonio— yo era una entre un centenar, pues él ya iba al último curso y salía con todo el mundo. Además, bebía tanto por aquel entonces que me sorprendió saber que todavía estaba vivo. Él nunca supo lo que había engendrado, y mucho menos lo que había muerto. Ni siquiera Hallie lo sabía. Ésa fue la primera vez que aprendí que incluso teniendo una hermana podía estar sola. De noche me acostaba retorciéndome los brazos, imaginando lo que Hallie todavía creía ver, nada más lejos de la realidad, y empecé a volverme distante e insensible. Pensaba en mí como esa mujer que baja al centro, sujetando la lista de la compra entre los dientes como si fueran un tercer miembro, mientras le abrocha la chaqueta a su bebé, llena de preocupaciones. Alguien tan poco importante como todos los demás. Había caído en la trampa y estaba aterrorizada. A veces no podía evitar pensar en una vía de escape: pensaba en esa cosa que llevaba en las entrañas convirtiéndose en sangre, en sus huesos licuándose, rezumando hasta el exterior. Y una tarde mi brutal deseo se hizo realidad.

Nunca se lo conté a Hallie. Cerré la boca, primero para protegerla, para que no conociera cosas tan terribles, y después para protegerme a mí misma de esa cualidad, sólida como una roca, que ella empezaba a poseer. El sentido moral.

Todo aquello me apartó de la gente que conocía, tanto entonces como ahora, pero en términos humanos más amplios no pretendo afirmar que me haya marcado tanto. Un aborto involuntario es un suceso común y natural. A decir verdad, es posible que en este mundo haya más mujeres que han perdido un hijo que mujeres que no han perdido ninguno. La mayor parte no lo mencionan, y siguen día tras día con su vida como si nada hubiera pasado, de manera que la gente se imagina que una mujer en su situación nunca llegó a sentir nada ni a amar lo que tenía.

Pero preguntadle alguna vez: ¿qué edad tendría ahora tu hijo? Y sabrá la respuesta.

7

LA TIERRA ENVENENADA

Emelina había acabado con los pollos. La oí en el patio arrancando sarmientos de madreselva de la vieja barbacoa de ladrillo. Al extirparlos se oía un chasquido muy peculiar, como una tela podrida al rasgarse.

—Ya ves que no hemos estado muy festivos últimamente —me dijo.

Estaba organizando lo que ella llamaba una «pequeña fiesta» para el sábado del día del Trabajo. Era una tradición familiar; asaban una cabra entera. (Y no la de John Tucker.)

Encontré una escoba y puse manos a la obra, recogiendo fragmentos de una maceta rota que hasta entonces me había parecido parte de la decoración. Emelina me preguntó, en el tono propio de una buena madre, si ya me había pasado por la escuela. Yo ya había recibido numerosas llamadas sobre cierta reunión de profesores que iba a celebrarse.

—Me han explicado lo de la reunión, pero todavía no he ido por allí —confesé. Las clases iban a empezar el martes siguiente. Necesitaba organizarme y ver en qué estado se encontraban los laboratorios, pero nunca encontraba el momento.

Estaba aterrorizada. Nunca había dado clases en una escuela. Cuando Emelina me había escrito para contarme lo de la vacante en el instituto de Grace, me pareció sensato presentarme para el puesto. Mientras Carlo dormía me senté en la cama con mi papel de cartas y una pequeña lámpara de lectura fingiendo destreza, intentando organizar las áreas más problemáticas de mi vida en categorías manejables: no tenía demasiado interés en vender cupones de lotería en el 7-Eleven; Doc Homer se estaba yendo poco a poco; Carlo era Carlo; Hallie iba a marcharse al final del verano, y yo me iba a quedar abandonada en una isla desierta, sin destino. Grace parecía ser una buena opción. Si conseguía el trabajo podría estar diez meses cuidando de Doc Homer, posiblemente sin que él mismo se diera cuenta. Razoné que no estaba preparada para el puesto y que, por lo tanto, no me contratarían, así que me armé de valor y escribí la carta.

Me contrataron. El estado tenía algún tipo de cláusula para emergencias que permitía que personal sin titulación pudiera dar clase en caso de extrema necesidad. Además, mi formación en el mundo de las ciencias naturales era muy amplia, por supuesto. Por otra parte, creo que mi apellido tuvo bastante que ver. Nada de lo que había escrito con mi letra temblorosa podría haberles impresionado lo más mínimo.

Arrojé los fragmentos de la maceta en una bolsa de plástico, consiguiendo un satisfactorio sonido de demolición. Empecé a ayudar a Emelina con los sarmientos de madreselva. Mientras los íbamos arrancando, ella colgaba los más largos de su brazo como si fueran luces para el árbol de Navidad.

—¿No te ilusiona la idea de empezar las clases? —me preguntó.

—Estoy nerviosa.

—Bueno, Codi, no puedes hacerlo peor que tu predecesora. John Tucker dice que tenía miedo hasta de su propia sombra.

Unos chicos del último curso la persiguieron una vez hasta la sala de profesores con un feto de cerdo.

La confianza que me demostraba Emelina era encantadora.

—¿Te he contado que J. T. ha llamado esta mañana? —me preguntó—. Vendrán a casa para la fiesta. Él y Loyd. ¿Te acuerdas de Loyd?

Le di un tirón a un sarmiento que había echado raíces en el adobe cuarteado.

—Claro —contesté.

—No estaba segura de que te acordaras. Creo que tú eras la única que no se enamoró de él.

Yo estaba sudada y acalorada. El pañuelo que me había atado alrededor de la frente ya estaba empapado. La sal me escocía los ojos.

—Salí con él algunas veces —le dije.

—¿De verdad? Ahora él y J. T. son uña y carne. Se ha reformado bastante. Es un encanto. —Al decir esto apiló los sarmientos y se quedó de pie con los brazos en jarras, arqueando la espalda—. Me refiero a Loyd. No a J. T. Ése es el mismo de siempre.

Me quité el pañuelo de la frente y lo escurrí. Unos goterones oscuros cayeron sobre uno de los candentes ladrillos, evaporándose al instante y dejando un pequeño cerco de sal. Igual que el agua de riego de la alfalfa. Así es como se estropean los campos, dije para mis adentros.

Emelina dio unos golpecitos a la barbacoa de ladrillo.

—¿Crees que esto aguantará cuando le quitemos los sarmientos?

—Creo que son ellos los que la mantienen en pie —le dije.

Ella inclinó la cabeza y la examinó detenidamente.

—Bueno, si se derrumba, el asado de cabra será un desastre. Mejor que compremos mucha cerveza.

La mañana del día de la fiesta Emelina nos envió a John Tucker y a mí a por provisiones de última hora, cerveza extra incluida, aunque la barbacoa mostraba todos los síntomas de poder soportar otro banquete del día del Trabajo. Seguí a John Tucker por un sendero que no conocía, un atajo que atravesaba un huerto diferente.

—¿Qué árboles son éstos? —le pregunté a John Tucker. Las ramas se combaban bajo el peso de lo que parecían ser granadas de un verde amarillento.

—Membrillos —contestó él, con una elle perfecta, nada de «membricho». El acento de Grace, con su aliño español, estaba desapareciendo gracias a la televisión, o eso deducía yo. Me quedé mirando su nuca rasurada; el sendero era muy estrecho y caminábamos en fila india. A sus trece años ya era tan alto como yo, y le sacaba una cabeza a Emelina. Tener que mirar hacia arriba debía complicar la relación con un niño.

Entre los árboles vi el parabrisas de un coche, y de inmediato supe dónde estábamos. Resultaba fácil imaginar que Grace era una casa y los huertos sus habitaciones. Sin embargo, para trazar un mapa del pueblo hacía falta ser botánico. Dejamos atrás los membrillos y empezamos a atravesar un huerto de pacanas, cuyo suelo estaba repleto de diminutas nueces aún verdes.

—¿Qué les pasa a estos árboles? —pregunté mientras le daba un puntapié a un ejemplar del tamaño de una ciruela—. Está todo el suelo lleno de nueces.

—Se caen.

John Tucker era un joven de pocas palabras.

El Colmado Baptista no hacía honor a su nombre, pero se había fundado en un tiempo en que todo Grace, incluyendo los colmados, estaba dominado todavía por la segregación religiosa. No era algo reciente, sino cosa de unos cien años atrás. Aquí la sangre hispana y la anglosajona se habían mezclado desde los inicios, empezando por la llegada de las hermanas Gracela. Cuando en otras zonas justo empezaban a considerar las ventajas de la integración escolar, la población de Grace había dejado ya de preocuparse por el pedigrí. Hoy en día, el Colmado Baptista vendía palitos de pescado congelado tanto a católicos como a protestantes.

John Tucker hacía las compras como un autómata, contando bolsas de patatas fritas y botes de salsa. Dado que parecía preferir la eficiencia a la buena compañía, le sugerí que nos dividiéramos las tareas. Yo iría a la licorería, y nos encontraríamos más tarde frente al palacio de justicia.

Los establecimientos de bebidas habían proliferado desde mis tiempos. En ese intervalo habían cerrado la mina, claro; los bares y las dificultades económicas suelen ser compañeros de viaje. Pasé por delante del Sapo Cachondo, de La Osa Menor y del único que yo recordaba, el State Line, que estaba tan cerca de la línea del estado como el Colmado Baptista y sus dogmas religiosos. Nuevo México estaba a treinta millas hacia el este. Creo que el nombre hacía referencia a los tiempos en que el condado de Gracela estaba todavía bajo la ley seca y la gente tenía que conducir hasta la frontera para tomar una cerveza.

Emelina me había aconsejado que la cerveza más barata era la de El Pozo, un mayorista. Lo encontré en el cruce entre la calle Mayor y el pasaje del Depósito, que se abría camino junto al viejo cine hasta llegar a la estación de tren. El cine se había remozado para convertirse en un salón recreativo y en un videoclub llamado Vídeo Rodeo, que tenía un enorme cartelón escrito a mano que rezaba «TIMOS NINTENDO». Me costó más de medio minuto darme cuenta de que querían decir «ÚLTIMOS NINTENDO». Las dos primeras letras se habían borrado.

El Pozo estaba cerrado, y en la puerta había un letrero que decía «VUELVO EN DIEZ», así que esperé. Parecía que ese rótulo había sufrido el mismo percance que el de los «NINTENDO». Tal vez una sola persona regentaba todos los locales de Grace desde la sombra, como el Mago de Oz, manipulando con sus poderes la mente de los vecinos a través de esos carteles confusos. Hacía calor y la cabeza empezaba a darme vueltas. Me sequé el sudor del rostro y me di unos masajes en la nuca pelada, pensando que debía parecer un pollo mojado, pero lo más probable es que ese día nadie me reconociera. Empezaba a creer que vivir sin un amante me había vuelto invisible.

Un viejo y hermoso algarrobo se alzaba cerca de la puerta de la licorería, arrojando su tupida sombra sobre la acera. Recordaba que sus brotes retorcidos, de aspecto parecido a la madera, sabían a cacao si se mascaban. Me senté en un bloque de cemento y apoyé la espalda en su tronco. Al parecer, era un lugar habitual de espera. Alrededor de mis pies había numerosas algarrobas mascadas. Recogí una, la limpié con mi camiseta y le di un mordisco: la primera sensación era de polvo, para después llenarme la lengua de un sabor agridulce, de un cierto aroma nostálgico. Levanté la vista hasta las curtidas hojas. Hallie me había dicho que los algarrobos eran dioicos, que quiere decir que las partes femeninas y masculinas están en individuos diferentes. Dicho en cristiano, que son como nosotros; hacen falta dos para bailar el tango. Éste estaba cargado de frutos, pero no había otro algarrobo a la vista. Miré hacia el final de la calle Mayor y en dirección a la estación del tren. No había algarrobos machos. Le di unas palmadas al tronco para mostrarle mi solidaridad.

La puerta de El Pozo se abrió, y de ella surgió una dependienta que no parecía tener edad suficiente para echar un trago. De hecho debía de ser así, pues una vez lo metió todo en bolsas y me dijo cuánto le debía me preguntó si podía esperar a que volviera con su padre del Vídeo Rodeo. El hombre entró enseguida para coger mi dinero y meterlo en la caja registradora. Supongo que se iban turnando, pues no creo que la chica tuviera tampoco edad suficiente para alquilar películas porno a los clientes. No reconocí ni al padre ni a la hija, y ellos no demostraron ni conocerme ni no conocerme: un alivio. Ese trabajo diario de reencontrarme con la gente me resultaba agotador, y la fiesta de Emelina iba a ser más de lo mismo, pero a lo grande.

Cogí mis bolsas de papel y crucé la calle. Una camioneta roja soltó un bocinazo que me dejó de piedra... Había saltado a la calzada sin mirar. Me quedé inmóvil, como una de esas ardillas ridículas que va saltando de un lugar a otro hasta convertirse en un cadáver sobre la carretera. La única diferencia era que mi vida no corría peligro; el conductor había parado. Era Loyd Peregrina, con el mismo aspecto de siempre. Tal vez pareciera aún más joven que quince años antes. Sacó el brazo por la ventanilla, y yo me aparté de su camino precipitadamente, pues pensaba que indicaba un giro a la derecha. Hasta que le vi alejarse calle abajo no se me ocurrió que me estaba saludando con la mano.

🐾 🐾 🐾

Pasé una eternidad debajo de la ducha, intentando eliminar la sal de mi piel y de mi cuero cabelludo. Fantaseaba con la idea de no aparecer por allí, pero Emelina no me lo perdonaría, por no mencionar que mi casa estaría en medio de la fiesta, como un centro floral. No habría manera de simular que no estaba en casa. Me puse la prenda más minimalista que poseía, un vestido blanco de algodón, y crucé sigilosa la puerta de la entrada.

Parecía una reunión del instituto. Todo el mundo era ampulosamente simpático y estaba deseoso de oír qué había pasado conmigo en la última década y media, lo que en mi caso particular no era muy agradable, y como es natural me preguntaron por Hallie. Los niños correteaban entre nuestras piernas como cucarachas rebeldes. Emelina, mi ángel de la guarda, me iba introduciendo en las conversaciones antes de salir corriendo a limpiar algún estropicio de los niños o a echarle un vistazo a la cabra.

J. T. apareció y me dio un abrazo que me levantó del suelo... el típico J. T. con unas cuantas cervezas dentro. Me alegré de verle.

—He oído que te has cargado un tren —le dije.

—Lo he dejado hecho polvo —me contestó. J. T. era moreno y de anchas espaldas, y tenía la clase de cara a la que le sientan bien las cicatrices del acné juvenil. Nos conocíamos desde que éramos niños. Pocha, su hermana mayor, estaba en la fiesta, igual que sus hermanos Cristóbal, Gus y Arturo, y todos habían sido vecinos nuestros cuando Hallie era pequeña. Recuerdo haber jugado con ellos a tocar y parar en el cementerio el Día de Todas las Almas —siempre organizaban un enorme pícnic familiar ese día— hasta que Doc Homer nos prohibió volver por allí. (Ácaros de pájaro, claro.)

La gente se apretujaba en el patio, y pronto había demasiado ruido para poder mantener una conversación. Yo me quedé al margen, a la sombra de un olivo que seguramente habían plantado durante la construcción de la casa. Un olivo de mediana edad, vamos. Un conjunto bautizado Las Rayas

Venenosas, liderado por una de las primas de J. T., una de las que andaba como un pajarito, se arrancaba a los acordes de «Rosa Lee». Vi a Loyd a cierta distancia, pero tendría que haber pisado cien pies para llegar hasta él. Estaba apoyado contra una pared con los brazos cruzados, prestando atención a una mujer pequeña que llevaba un vestido sin tirantes. Loyd parecía sacado de un anuncio de cigarrillos, solo que no fumaba: camiseta blanca, sonrisa blanca, el vivo retrato de la salud. Su cabello era muy negro, y lo llevaba recogido en una coleta. Y tenía unos brazos fabulosos. Odio admitirlo, pero en ciertos casos se me cae la baba ante un cuerpo musculado.

Una mujer se me acercó de repente por la espalda y gritó:

—¡Codi Noline! Por Dios, chica, estás hecha una estrella de rock.

Con mi vestido veraniego y mis sandalias de saldo me parecía tanto a una estrella del rock como la Madre Teresa.

—Lo tomaré como un cumplido —le dije—. Hoy en día no me hacen muchos.

—Ay, Señor, te entiendo perfectamente —me contestó. Era Trish Garcia, que cuando la vi por última vez era animadora del equipo y fumadora clandestina. Ahora fumaba abiertamente, tenía una tos seca y parecía una rueda de carro—. He oído que Hallie está en Suráfrica.

Yo me reí.

—En Nicaragua.

—Bueno, ¿y qué ha ido a hacer allí?

En el instituto, Hallie y yo no teníamos el nivel suficiente para que Trish se dignara mantener una conversación con nosotras. De esto sí que me acuerdo perfectamente, de todos y cada uno de esos días. Una vez la oí llamarnos en los lavabos las hermanas jirafa y especular sobre si llevábamos ropa interior de segunda mano. Yo me pregunté si ahora habían cambiado las reglas. ¿Es que yo había ascendido en el escalafón, o era Trish la que había bajado? O tal vez la madurez consiste en olvidar las cuchilladas traperas y fingir que no recuerdas los agravios.

—Está enseñando a la gente a cultivar la cosecha sin dañar el suelo —le contesté—. Tiene un máster en gestión integrada de plagas agrícolas.

Trish mostró una indiferencia total, pero ahora le costaba mucho esfuerzo, no como antes. Me pareció buena señal.

—Bueno, supongo que le pagarán bien —me comentó.

—No, en realidad no le pagan, sólo manutención y dietas, creo. Lo hace por voluntad propia. Quiere formar parte de una nueva sociedad.

Trish me observó sorprendida. Yo me comporté como si Hallie estuviera en la fiesta y fuera a aparecer de un momento a otro detrás de mí.

—Hace seis o siete años derrocaron al dictador y repartieron la tierra entre los pobres —le dije—. Pero ahora el Ministerio de Agricultura necesita ayuda porque los soldados cruzan la frontera, atacan a los pobres granjeros y les queman las cosechas.

Hallie se hubiera reído con eso del «Ministerio de Agricultura». Se hubiera reído de toda la escena, de mis lecciones a Trish la Animadora. Habría estado orgullosa de mí.

—Los comunistas —aseveró Trish—. He oído algo sobre eso. He oído que están pensando en enviar a los marines para evitar que lo sigan haciendo.

—No, es al revés —le expliqué pacientemente—. Los marines no están a favor de la nueva sociedad. Estados Unidos está financiando a los contras, a los soldados que atacan a los granjeros. —Ahora Hallie no se reiría, se pondría furiosa. Siempre decía que éramos un país que adoraba olvidar los hechos. Guardaba recortes de periódico como prueba. Como cuando Castro liberó a los prisioneros de Mariel: un día los titulares decían que habíamos conseguido presionar a Castro para que soltara a esos maravillosos prisioneros políticos. Un mes más tarde, cuando empezaron a quemar casas en Miami, los periódicos culparon a Fidel de exportar sus yonquis y sus maleantes.

Trish empezó a juguetear con el tirante de su sujetador.

—Hallie siempre estaba dispuesta a apuntarse a cualquier actividad al aire libre —comentó.

—Tienes razón —le dije a Trish—. Ojalá tuviera yo tanto valor. Estaría muerta de miedo de estar donde ella está.

—Bueno, no todos podemos ser héroes, ya sabes —dijo ella mientras se giraba para lanzar una bocanada de humo hacia las ramas del olivo. Si hubiera podido sacarle la sangre, si hubiera sabido cómo hacerlo con palabras y no con una aguja, no lo hubiera dudado ni un momento. No estaba segura de qué buscaba Hallie exactamente, pero no era la gloria.

—¿Cómo está Doc Homer? —me preguntó Trish.

Todavía no había hecho acopio del valor suficiente para visitarle. Temía encontrarle en total decadencia. Y dispuesto a criticarme, además.

—Es difícil de decir —le contesté.

Sentí una palmada en el hombro. Me giré y me encontré con Loyd, que sonreía abiertamente.

—¿Es que no te dignas a hablar con un indio en la calle Mayor?

Sentí un leve sonrojo, pero lo ignoré. En el instituto había aprendido que un ataque de timidez se puede disimular con una bravata fingida.

—¡Intentaste atropellarme, Loyd! Debería denunciarte por conducción temeraria. —Dicho esto me pasé los dedos por el cabello—. La verdad, no creía que te acordaras de mí.

—¿Estás de broma? ¿Cuántas mujeres guapas de metro noventa crees que hay en este pueblo?

—Metro ochenta y nueve —le corregí—. Soy la más bajita de las hermanas jirafa.

De repente me sentí achispada, aunque no lo estaba, químicamente hablando. Trish se escabulló en dirección a la barbacoa.

Él se me quedó mirando largo rato, sólo mirando. Y sonriendo. Su mano izquierda jugueteaba con la punta de una rama de olivo, y yo esperaba que la partiera, pero no lo hizo, sólo palpó su textura como otros comen chocolate o dan una calada a su cigarrillo.

—¿Quieres otra cerveza? —preguntó.

Así que eso era todo, nada de preguntas sobre los últimos quince años. Nada de construirnos una imagen mutua... eso que se conoce también como enamorarse.

—¿Crees que puedes superar ese corazón de hielo antes de que acabe la fiesta? —Yo sabía que no.

—Por si no puedo, tengo tu número de teléfono —contestó guiñando un ojo.

—No te preocupes, hablaré con mi abogado.

Me sentí perdida y desencantada, aunque no esperaba gran cosa de Loyd. Recorrí otros rostros con la mirada, preguntándome si estaban secretamente defraudados conmigo. Doña Althea, la viejecita que nosotros llamábamos «la Señora de los Pavos», presidía el acto desde una tumbona bajo una higuera. Ella era la que recogía plumas para las piñatas. Ese día tenía el mismo aspecto que el que había tenido siempre, vestida de negro, pequeña y temible como un perrito fiero. Aun bajo su corona de cabello plateado no llegaba al metro y medio. La madre de J. T., Viola Domingos, y otras señoras estaban sentadas en corro con ella, abanicándose al ritmo de la música y bebiendo cerveza. J. T. y Loyd parecían obligados a servirles comida; la cabra se había declarado asada. La gente empezaba a agruparse alrededor de la mesa improvisada, que yo había ayudado a construir con las puertas de las habitaciones de Mason y de los gemelos, y que estaba cubierta con manteles de encaje, gentileza del Club de las Comadres. Había comida suficiente para alimentar a todo un país africano. Ensalada de patata, huevos rellenos, menudo, tortillas, fríjoles refritos y mil postres diferentes. Oí a alguien que decía con voz aguda: «¿Sopa de tomate en ese pastel? No lo hubiera adivinado por nada del mundo, ni por amor ni por dinero».

Yo no tenía prisa. Me aparté del centro del jaleo y me quedé junto a la verja que daba al patio lateral, cerca de mi casita. Advertí la presencia de un perro que yacía muy quieto y alerta, justo al otro lado de la verja. Parecía un coyote más grande de lo normal, pero no había duda de que era un animal doméstico. Llevaba un pañuelo verde anudado al cuello. Ese perro no era de Emelina... yo conocía ya a todos los animales de la casa. Se sentó sobre las patas traseras con la boca medio abierta y las orejas levantadas, contemplando a través del alambre de la verja a la gente de la reunión.

—¿Estás pensando en aguarles la fiesta? —le pregunté.

Me miró por un instante con paciencia, y después devolvió su atención a la multitud. O tal vez al asado de cabra.

—Te traeré un poco, si es que puedes esperar un momento —le dije—. Nadie echará en falta un trocito.

El perro no respondió a mi promesa.

Todas las personas mayores se habían servido los primeros y se disponían a tomar asiento en unas sillas plegables cercanas a la puerta de mi casita de invitados, manteniendo cuidadosamente sobre las rodillas la posición horizontal de sus platos. Ya estaba a punto de alejarme, muy respetuosa, cuando noté que hablaban de la fruta caída. Oí a uno de ellos pronunciar las palabras «tierra envenenada». Me quedé a unos cuatro pasos intentando parecer invisible, supongo que porque eran hombres, y allí las mujeres sólo hablaban con mujeres. Se hacían preguntas unos a otros, y parecía que ya sabían las respuestas.

—¿Sabes cuánto ácido sulfúrico vierten al río? Me dijeron que la EPA les da un plazo de treinta días a los de Black Mountain para que paren el filtrado.

—Joder, tío, eso es veneno. ¿Cuánto tiempo calculas que hemos regado los árboles con eso?

—¿Cuándo has visto que les den órdenes a los de Black Mountain? —El hombre que decía eso tenía un rostro especialmente oscuro y enjuto, como una momia india que había visto una vez en un museo—. Les apretarán las tuercas de alguna manera.

Un hombre que estaba sentado de espaldas a mí tomó la palabra.

—No se enfrentarán a la EPA. No les sale a cuenta. Hace diez años que dicen que la mina está agotada. No creo que saquen nada con el filtrado.

Otro hombre asintió al oír sus palabras, señalando con el tenedor a la cabecera del cañón.

—Lo justo para cubrir los impuestos. Eso es todo. Después cerrarán.

—¿Tú crees? —preguntó el que me recordaba a una momia—. Sacan oro y cobre de los rimeros de escorias. Si no fuera por eso, ¿para qué iban a hacer correr el ácido dentro? Ya conocéis a esa maldita compañía. No van a parar el filtrado por culpa de nuestras pacanas.

Su voz se perdió en la distancia, y él se quedó callado unos instantes mientras sus dedos se entretenían con un cigarrillo apagado. Oí voces femeninas salpicando al azar el rumor de la fiesta, repartiendo instrucciones, regañando a los niños. La fiesta parecía algo submarino, un continente perdido, y yo me entristecí, aunque aquél no era mi continente. Me acercaría a comer algo, le daría las gracias a Emelina y me encerraría en casa.

El hombre que me daba la espalda dijo:

—Ya ha atacado los manzanos y membrillos de Ray Pilar. —Lo pronunció «membrichos».

Otro hombre, más joven que los demás, dijo:

—Van a acabar con todos los árboles de este cañón. Si me equivoco, amigo mío, puedes pegarme un tiro.

El hombre de rostro enjuto le respondió:

—Si tienes razón, amigo mío, ya puedes pegarte el tiro tú mismo.

8

Fotos

L a cordillera desolada que formaban los escombros a la
entrada de la mina había estado allí durante décadas, a
merced de las lluvias, y aun así seguía tan yerma como el Saha-
ra. Desde cierta distancia uno podía pensar que esas colinas de
desechos eran frágiles como un castillo de arena, pero al acercarse se podía ver que la tierra rosada estaba atravesada de
rebordes verticales y erosionada hasta quedar brillante como
una roca. Haría falta un pico para hacerle tan siquiera una
muesca.

La luna estaba en su punto más alto, y yo sabía dónde me
hallaba. Pasé junto a la vieja carretera de la mina que bordeaba
el cañón y seguí por la senda sin señalizar que la gente llamaba, por razones desconocidas para mí, la vieja carretera del
Poni. Todas las calles de Grace deben sus extraños nombres a
formas pintorescas de transporte: la vieja y la nueva carretera
del Poni, el paso de la Cabra, la carretera del Carro de los
Perros, y la inexplicable carretera de la Tortuga. Sorprendentemente, la mayoría de esos caminos también tenían nombres
oficiales más normales, como calle del Oeste y carretera de

San Francisco, nombres que podían leerse en placas de aluminio pintado que nadie tenía en cuenta. Es posible que alguien hubiera imaginado esos nombres recientemente y hubiera colocado las señales a martillazos para mejorar la imagen de la población.

Desde la cresta del cañón podía ver los asentamientos aislados que se extendían más abajo en dirección al extremo norte del valle, algunos abandonados, otros sepultados como tumbas bajo los escombros de la mina, los mismos que presumiblemente filtraba Black Mountain con ácido sulfúrico. Hacia el sur se extendía el desierto. El camino en el que yo estaba atravesaba otro conjunto de casitas, todas esparcidas como pollos en una era, antes de llegar al edificio de dos plantas, gris y destartalado, en el que vivía Doc Homer.

Pasé frente a la entrada principal del hospital, el único de los edificios del poblado fantasma de Black Mountain que seguía en servicio. En realidad, el hospital había cerrado —la gente había empezado a buscar mejores instalaciones fuera de Grace cuando tenía problemas serios—, pero las dependencias que Doc Homer tenía en el sótano podían cubrir cualquier eventualidad que no superara la rotura de huesos. Ese día no estaba trabajando. Le había llamado a su casa; me esperaba.

—¿Cosima? ¡Cosima Noline! Mírame. —Una mujer corpulenta, vestida con un delantal y unas zapatillas de deporte, estaba plantada junto a su buzón, gritándome—. Niña, mírame. A ver si no eres el vivo retrato de tu madre.

Mi madre había muerto cuando tenía mi misma edad. La mujer me rodeó con sus brazos. No era nadie que yo pudiera reconocer.

—¡Hemos esperado tanto verte! —me dijo en un nivel de decibelios convincente—. Viola nos dijo en el club de costura que habías llegado y que te quedabas en su casa con J. T. y

Emelina hasta que pudieras arreglar la casa de Doc para mudarte con él. Oh, qué contento está Doc de que hayas vuelto. Lo ha pasado mal, no creo que te lo diga, pero es la verdad. Me han dicho que cuando estabas en Europa aprendiste el tratamiento que le hicieron a la actriz esa en París, Francia. Que Dios te bendiga, eres una buena chica. —Finalmente dejó de hablar y me miró fijamente—. No te acuerdas de mí, ¿verdad?

Me quedé muda, esperando alguna ayuda por su parte. Después de todo habían pasado catorce años. Pero ella no me dio pistas.

—No, lo siento —le contesté—. No me acuerdo.

—¡Uda! —dijo la mujer.

—Ah, Uda. Lo siento. —Todavía no tenía ni la menor idea de quién era.

—No quiero entretenerte, guapa, pero quiero que vengas a cenar en cuanto puedas. Le he preparado a Doc un pastel de calabaza que quería llevarle. Espera, que voy a buscarlo.

Yo me quedé esperando mientras ella corrió con sus piececitos camino arriba hasta su casa y desapareció en la cueva de madreselva que se había tragado su porche. Uda volvió de inmediato con una bandeja de horno bien tapada, que yo acepté junto con un beso apasionado en cada mejilla. Me pregunté cuánta gente en Grace estaba convencida de que acababa de llegar de París con un tratamiento para el Alzheimer.

🐾 🐾 🐾

Me lo había dicho dos años antes. No sabía si era una verdad contrastada o sólo una opinión suya, pues Doc Homer no distinguía entre ambas cosas. Y si era verdad, yo seguía sin saber qué pensar. Estamos hablando, básicamente, de locura autodiagnosticada, y eso es bastante complicado.

97

De hecho, Carlo y yo no estábamos viviendo entonces en París (nunca hemos vivido allí), sino en Minnesota; ya habíamos vuelto de Creta. Hallie había mantenido un contacto afable con Doc Homer, pero yo no, y me sentía culpable, así que me las compuse para visitar Las Cruces. De no haber sido así, sólo Dios sabe cuánto tiempo habría esperado él para contármelo. Ese encuentro no respondía a un plan que él hubiera elucubrado para darme la noticia, sino que era idea mía, un impulso de última hora. Un accidente de la ciencia, en realidad. Alguien acababa de introducir el gen del brillo de una luciérnaga en una planta de tabaco, y el mundo científico bullía de interés por ese hecho remarcable, aunque inútil. Los especialistas en genética más destacados se habían dado cita en Nuevo México, y mi jefe quería que yo asistiera para tomar unas notas. Entonces trabajaba en un laboratorio de investigación de alto nivel; eso era antes de que me mudara a Tucson para acabar trabajando de dependienta en un pequeño colmado. Si algún día plasmara en papel mi historial laboral completo, parecería el currículum de un esquizofrénico.

Y durante mis mejoras profesionales mi confianza llegaba a límites extremos; se me ocurrió que de Grace a Las Cruces sólo había un corto trayecto en autobús a través de la frontera del estado. Así que llamé a Doc Homer.

Me quedé muy sorprendida cuando él aceptó la invitación. «Salvo complicaciones imprevistas en el hospital», me dijo por teléfono. Yo todavía no sabía que el hospital había cerrado; y él lo olvidaba a menudo.

—Siempre dices lo mismo. —Y era cierto, ésa era la excusa habitual para incumplir cualquier promesa con Hallie o conmigo, lo raro era que yo insistiera. A decir verdad, después de nuestra era glacial no quedaba nada que pudiera considerarse habitual. Intenté bromear, a ver si daba resultado—. Y lo mismo dirás en tu propio funeral, papá —le espeté por el auricular. Más tarde, después de que él me lo contara, deseé haberme mordido la lengua.

Nos encontramos en el vestíbulo del Holiday Inn para tomar un par de copas, pues me había dicho que debía volver a Grace esa misma noche. El bar estaba decorado en un estilo disparatadamente alegre, a lo «sur de la frontera», con una fuente de tejas azules y buganvillas de seda que surgían de macetas de arcilla en forma de cerdito. Ése era el concepto que alguien tenía del Viejo México, pobreza aparte. Las camareras llevaban ondulantes minifaldas con pliegues de colores primarios contrastados. Fue en ese escenario donde mi padre me contó que padecía una enfermedad terminal del cerebro.

Yo no dejaba de pensar que tal vez se equivocaba. Tenía serias dudas de que se hubiera hecho un escáner CAT. Lo más adecuado sería hacerse un chequeo en el Hospital Universitario de Tucson y someterse a pruebas neurológicas para ir eliminando posibilidades, pero no intenté convencerle de ello. Cuando le vi recordé instantáneamente la naturaleza de mi relación con Doc Homer, que había olvidado durante nuestra conversación telefónica. Hay muchas cosas que uno puede amar y despreciar en un padre: la mirada de decepción, los modales adquiridos, el sonido de la voz o el significado de las palabras, y todo eso se añade a un hecho singular: la manera en que ambos se responden, le guste a uno o no. Eso mismo era lo que flotaba sobre nuestra mesa, impidiéndome respirar. Yo conocía a aquel hombre. No estaba dispuesto a recabar una segunda opinión que pudiera contradecir la suya propia. Él podía tener sus dudas, pero era incapaz de aceptar las de otra persona. La camarera se acercó con su falda ondulante y nos trajo dos cócteles Margarita. El chorrito de la fuente me sacaba de quicio, como un grifo abierto en el lavabo o el sonido de cualquier agua que se malgasta.

—¿Qué vas a hacer? —le pregunté a Doc Homer.

—No veo la necesidad de hacer algo en especial, al menos por ahora. Ya tomaré medidas cuando llegue el momento.

Yo tenía un nudo en el estómago. Sentí una perversa animadversión hacia los cerditos sonrientes de arcilla. Me llevé a los labios un poco de la sal que orlaba el borde de mi vaso, y sus cristales me dejaron en la boca un gusto a polvo o a vidrios rotos. Pensé en las paredes que había visto en México: los altos muros de las haciendas, erizados de botellas rotas pegadas con cemento para que la gente se quedara en el lado correcto de la valla. Si quieren darle un auténtico sabor mexicano al local deberían poner algo así, pensé.

—Nadie más lo sabe —me dijo él—. Y te agradecería que no se lo mencionaras a tu hermana.

Yo le miré fijamente. Sabía que cualquier cosa que dijera no tendría importancia, tanto si era «Vale», o «¿Por qué?» o «Eso no es justo», que era lo que realmente pensaba. El Doctor Homer Noline había dejado de hablar, y en su opinión, no había más que decir. Me lo imaginé volviendo a Grace en el autobús y acostado en su cama esa misma noche, fatigado pero aún despierto, recordando los sucesos del día y preguntándose cuáles de sus pensamientos estaban tomando falsos derroteros. Intentando recordar qué verduras había preparado para comer o qué corbata se había puesto. Debía enfrentarse a esos pensamientos con temor, o tal vez sólo con interés clínico. Yo no lo sabía.

Por primera vez en mi vida, y sólo por unos breves instantes, sentí compasión por Doc Homer. Para mí, era un giro importante, uno de esos instantes de esperpéntica clarividencia en los que uno comprende que su padre ha equivocado totalmente su camino en la vida, aunque ese camino incluya tu propia existencia. Me compadecí de Doc Homer por ser esclavo de su propia autosuficiencia. Por tenernos a Hallie y a mí de pie en la cocina, pasándonos revista como un general, y no tanto para buscar dobladillos mal cosidos como para echarnos en cara las debilidades de nuestra edad: el lápiz de labios escondido en la cartera de la escuela, el deseo apremiante de ser como las demás. No ser igual que los demás, estar solos, fue la ética fundamental de su vida. Y hasta cierto punto también de la mía, y no por elección sino por defecto. Mi padre, el único candidato real para regir mi universo, se contentaba con librar sus propias batallas y dejarme al margen. Todavía se lo reprochaba. Nunca antes había llegado a pensar que la autosuficiencia se pudiera volver contra uno en la vejez o en la enfermedad. El capitán se hundía con su barco. Sólo era un hombre, y se estaba convirtiendo en un niño. Sólo entonces me fue posible volver a Grace.

Llegué a la casa muy nerviosa, grotescamente armada con el pastel de calabaza de Uda. Pero él estaba en su cuarto oscuro. No me estaba esperando. Él lo llamaba su cuarto de trabajo, supongo que para dar legitimidad a su hobby. Doc Homer hacía fotos. Para ser más exactos, tomaba fotografías de cosas que no se parecían a lo que realmente eran. Tenía cientos: nubes que parecían animales, paisajes que parecían nubes. Estaban guardadas en armarios, entre láminas de cartón. Sólo una estaba enmarcada. El marco y el cristal fueron mi regalo de Navidad cuando estaba en el instituto y empecé a ganar mi propio dinero. Me había costado un dineral, pero todo fue en vano. Su hobby era terreno privado, según él demasiado frívo-

101

lo para ser expuesto al público. Yo debería haber previsto algo así, pero no se me había ocurrido.

A pesar de todo, él lo colgó en la cocina, sólo Dios sabe por qué, pues no tenía ni una pizca de sentimentalismo, y todavía seguía allí. Fue la primera cosa en la que me fijé cuando llamé a la puerta mosquitera antes de entrar. Esa foto era mi favorita, una mano sobre una mesa blanca. Y no era una mano, claro está, sino cinco saguaros juntos, extrañamente retorcidos y apretados, recortados contra un cielo despejado. Todos estaban inclinados a un lado. Por extraño que parezca, ésa era su afición, y demostraba tener un gran sentido artístico.

Metí el pastel en la nevera e inspeccioné un poco la casa, convenciéndome a mí misma de que eso es lo que haría toda buena hija. Me imaginé a esas buenas hijas: hacendosas como buenas esposas, llevando permanentes, mocasines y cuellos a lo Peter Pan. Yo no daba la talla ni de lejos. Mientras recorría la casa con sigilo sentí que contemplaba un secreto grande y triste que acababa de ver la luz. La cocina parecía más pequeña de como yo la recordaba cuando era una chiquilla que tenía que encaramarse a un cubo para alcanzar la fregadera, pero eso es normal. También estaba atiborrada de trastos y enseres que uno nunca esperaría encontrar en una cocina: un par de fórceps Piper, por ejemplo, lavados con los platos del día y puestos a secar en el escurreplatos. Esto no debía entenderse como una nueva excentricidad suya. Siempre había tenido un sentido práctico de lo más insólito. Podía recordarle utilizando los fórceps para sacar una col de una olla con agua hirviendo. Sosteniéndola. Sin alardear, pero orgulloso de haber pensado en ello, como si perteneciera a un club muy selecto de gente lo suficientemente inteligente para utilizar instrumentos de obstetricia en la cocina.

Las habitaciones eran frías y olían a cerrado a pesar del calor del exterior. Entré en el salón caminando sobre una vieja alfombra turca que parecía padecer malnutrición, con sus tramas de hilo blanco expuestas a la vista como si fueran costillas. Doc Homer podía permitirse algo mejor, oí a alguien decir en mi cabeza, una voz que no pude identificar. «Con todo el dinero que tiene...» Lo cual no era cierto, por supuesto. Nunca tuvimos gran cosa, pero la gente pensaba lo contrario porque éramos arrogantes. Detrás del salón estaba el estudio donde solía atender a los pacientes que venían a casa, muy azorados según recuerdo, cuando la consulta estaba cerrada. En ese momento, el estudio estaba sorprendentemente descuidado. La puerta que daba al porche trasero estaba bloqueada por muebles que yo no recordaba: dos sofás y algo que parecía un banco de trabajo. Sobre uno de los sofás había algo doblado que recordaba muy bien, una colcha negra de punto con flores rojas. Hallie y yo solíamos arrastrar esa cosa por todas partes, como un amuleto contra las desgracias. Ahora estaba más limpia de lo que yo nunca había visto.

Había revistas y semanarios por todas partes. Sus ejemplares del *American Journal of Genetics* seguían descansando sobre un estante, perfectamente clasificados en orden cronológico. Eran su debilidad; una vez le habían publicado un artículo sobre el legado genético de Grace y su arraigo en la zona, donde todos los bebés nacían con los ojos azules. (Hasta había conseguido ingeniar un sistema especial para fotografiar los ojos de los recién nacidos como documentación.) Esos rasgos característicos empezaron a surgir en los años cincuenta, cuando los primos terceros descendientes de las hermanas Gracela empezaron a casarse entre ellos. Emelina podría haber sido uno de sus sujetos de estudio. Hacía falta recibir la herencia genética de ambos progenitores a la vez; el gen era recesivo.

103

Eso es todo lo que sé del tema. A mí me bastaba con saber que todos los habitantes de Grace estaban relacionados de alguna forma entre ellos menos nosotros, los Noline, los peces fuera del agua. Nuestra herencia genética provenía de Illinois.

Sobre el suelo había muchas otras revistas apiladas. Escogí un *Lancet*: 1977, mi primer año en la facultad de medicina. Había un artículo importante sobre la diabetes que yo recordaba. Debajo de él, un *National Geographic* reciente. No parecía haber ningún orden. Pero si se lo comentaba a mi padre, éste saldría con alguna elaborada teoría antes que admitir su desorganización. Las islas de los Mares del Sur al lado de los islotes de Langerhans, podía oírle decir con toda la seriedad del mundo. El olor a moho me irritaba los ojos. Me tentó la idea de subir escaleras arriba para ver en qué estado estaban los dormitorios, pero no tuve el ánimo suficiente para hacerlo. No era mi casa. Me obligué a llamar con los nudillos a la puerta del cuarto oscuro.

—Abre, estoy a punto de sacar copias en papel.

Cerré la puerta tras de mí. Sólo había la tenue luz roja de una bombilla.

—Hola, papá —le dije.

Mientras mis ojos se adaptaban a aquella luz vi que él me miraba sin mostrar sorpresa alguna y con más o menos el mismo aspecto de siempre. Yo estaba preparada para encontrarme con un ser frágil e incoherente, pero él parecía lúcido y familiar. Las mismas manos y muñecas robustas, la misma nariz recta y la boca ancha y baja... igual que yo. Me hizo señas de que me sentara.

—¿Cómo te va últimamente? —le pregunté.

Él hizo caso omiso a mi pregunta. No nos habíamos visto desde nuestro encuentro en el bar del Holiday Inn, dos años antes, pero con Doc Homer no cabía esperar besos y abrazos.

En esta cuestión su morosidad era legendaria. Hallie y yo solíamos entretenernos con un juego que llamábamos «las huérfanas» cuando estábamos con él en una multitud: «¿Quién de todos éstos es nuestra madre o padre verdadero? ¿Quién es la persona que nos quiere de verdad?». Esperábamos una señal, una mirada amable, un cumplido, incluso que alguien se inclinara para arreglarle a Hallie la cinta del pelo, que nosotras desatábamos como cebo. Ésa persona nunca era Doc Homer. Ésa era la prueba, por supuesto, de que él no era la persona que nos quería de verdad.

Me senté con cuidado en una fría cajonera. Él estaba ajustando unos botones negros en su ampliadora, preparándose para hacer una copia. Cuando encendía la bombilla de la ampliadora aparecía una imagen en la pared, en negativo: árboles blancos, cielo negro, un objeto motcado cn primer plano. Yo ya había aprendido a mirar negativos muchos años antes de estudiar mi primera radiografía. Él encogió el marco de la imagen hasta hallar foco, apagó la ampliadora mientras colocaba un rectángulo de papel en el lugar adecuado y preparó el temporizador, para luego proyectar de nuevo la imagen, impresionando el papel. En el centro de la foto había dos ancianos sentados en el borde de un muro bajo, de espaldas a la cámara.

—Parecen dos piedras —dije yo—. Casi no se puede ver dónde acaba la pared y empiezan los hombres.

—Hombres que parecen rocas —dijo Doc Homer. Su forma de hablar era más formal que la escritura de muchas personas. ¿Quién si no habría dicho «rocas»?

—Todo menos el sombrero —le dije—. Ese sombrero da una pista.

—Lo voy a quitar. —Dicho esto interpuso una pequeña espátula de metal ante el rayo de luz y lo agitó en pequeños círculos sobre la zona que ocupaba el sombrero, como si lo estuviera borrando con una goma, y en realidad era eso mismo lo que estaba haciendo. Los fotógrafos lo llaman hacer «reservas», y la espátula era una «varilla de reservas», aunque con toda probabilidad aquélla era alguna herramienta de uso común en la cirugía de la vesícula biliar. Cuando yo era pequeña la llamaba la varita mágica.

El timbre del temporizador sonó y él apagó el proyector. Observé el perfil de su rostro en la tenue luz roja. Unas arrugas profundas le recorrían la cara desde la nariz hasta la comisura de los labios. No tenía buen aspecto, pero tal vez no lo había tenido nunca. Cogió el papel por el borde.

—¿Tienes noticias de Hallie?

Él negó con la cabeza.

—¿Estás seguro que no quieres que le diga lo que tienes, que estás enfermo? Perdona por sacar a relucir el tema, pero no es fácil ser la única que lo sabe. Creo que a ella le gustaría estar enterada.

Él parecía no haberme oído. Yo sabía que sí. Doc Homer nunca discutía, se limitaba a no participar en las conversaciones que no le gustaban.

—¿Has conseguido quitarle el sombrero a ese hombre? —le pregunté.

Introdujo el papel en una cubeta llena de líquido transparente.

—Ya veremos.

Ahora parecía repentinamente feliz, casi amigable, como solía sucederle allí dentro. En el cuarto oscuro era donde yo sentía lo más parecido a tener un padre. Dejamos de hablar y observamos una imagen gris que tomaba forma sobre el papel como si fuera un cultivo de hongos acelerados. Pensé en la compleja química de la visión, recordando de mis tiempos de estudiante de medicina los diagramas de los libros de texto que mostraban cómo se proyecta una imagen en el globo ocular, cómo quedaba temporalmente grabada en la retina.

—Nunca me había dado cuenta de que la fotografía reproduce los mismos mecanismos que el sentido de la vista —le dije—. Es el mismo proceso, pero en cámara lenta.

Él asintió apreciativamente, y yo sentí una calidez en mi corazón. Le había complacido.

—Seguramente no hay inventos verdaderos en el mundo moderno —comentó—. Sólo mucha observación de la naturaleza.

Levantó el papel húmedo y lo sumergió en otra cubeta, el fijador.

—La roca no tiene cabeza —anunció; parecía un muro de piedra con dos piedras extra colocadas encima. Uno podría pensar que sólo se trataba de una sencilla instantánea que reflejaba la realidad. Su arte quedaba escondido. Sólo Dios sabe dónde estaba la gracia, pero él sonreía satisfecho. Cuando el temporizador volvió a sonar él sacó la fotografía y la sumergió en su baño final. Pescó otras copias y las colgó de un alambre con pinzas de la ropa. Después se secó las manos con una toalla, enjugándose los dedos uno a uno. Esos gestos me hicieron pensar en todos los años que había vivido solo, lavando sus propios platos, haciendo él mismo su colada.

Sentí que nuestra visita tocaba a su fin, como una muerte predecible científicamente. Saldríamos a la luz exterior, intercambiaríamos algunas palabras, y después yo me iría.

—Hay un pastel para ti en la cocina —le dije—. De Uda. ¿Quién es?

—Uda Ruth Dell —me contestó como si con eso lo explicara todo.

—Quiero decir qué es para mí. ¿La conocía?

107

—No especialmente —dijo Doc Homer estudiando todavía sus fotografías—. No más de lo que conocías a los demás.

—Parece saberlo todo sobre mí —le dije—. Seguramente sabe lo que he comido para almorzar.

—Estás en Grace —me dijo.

—Bueno, me puse nerviosa porque no la reconocía. Y ella tampoco me ayudó mucho. Se quedó allí plantada esperando que yo me devanara los sesos para encontrar un nombre. Ella seguro que me conocía de toda la vida.

A Doc Homer no le impresionaban las expresiones como «de toda la vida». Apagó la luz roja antes de abrir la puerta del cuarto oscuro, sumiéndonos a ambos en un instante de penumbra total. Él sabía, aunque se negaba a aceptarlo, que a mí me daba miedo la oscuridad. El chasquido del interruptor y la ausencia de luz me hicieron presa del pánico, y le cogí el brazo con fuerza. Sorprendentemente, él acarició mis nudillos con las yemas de sus dedos.

—Estás en Grace —repitió, como si nada hubiera ocurrido—. Esa gente sólo te tiene a ti para cotillear. Y ellos son muchos para que tú los espíes.

🜁 🜁 🜁

Me he pasado la vida soportando una pesadilla recurrente. Venía a mí durante el letargo del ocaso, cuando la somnolencia se apodera de tu mente con su música tentadora, aunque todavía evitable. En cuanto bajaba la guardia, el sueño volvía a resurgir, obligándome a semanas de insomnio. Tenía que ver con la pérdida del sentido de la vista. No era un sueño complicado como una película, sino un solo plano, estático y paralizante: se oye un estallido estridente, como el cristal al romperse, y de repente estoy ciega.

Una vez, hace años, Carlo y yo conducíamos en Creta por una carretera de grava en malas condiciones para llegar a una playa al sur de la isla. Un camión de naranjas hizo saltar una piedra que me rompió el parabrisas en la cara. No llegó a herirme, pues la piedra sólo pegó en el cristal para dejarlo como un mosaico de astillas, pero me pasé el resto del día en un estado de histeria silenciosa. Carlo no llegó a comprender qué me pasaba. Todas la explicaciones que le ofrecí sonaban a superstición. Mi sueño era mucho más que un sueño. Estaba dotado de tanta vida, de tanta premonición, que parecía anunciar algo que acabaría por suceder un día.

El insomnio, por otra parte, no era tan problemático como se puede imaginar. Le saqué provecho. Leía mucho. En la facultad de medicina, mi momento preferido de estudio era cuando mis compañeros de clase estaban inmersos en la fase REM. Todavía consideraba esos trastornos del sueño como una especie de ventaja secreta que me ayudaba a superar a los demás. Yo disponía de esas horas suplementarias que todos deseaban.

Emelina no lo comprendía. La noche anterior al inicio de las clases me trajo un vaso de leche caliente.

—No te preocupes por mí —le dije yo. También me trajo un mantel azul de encaje, que desplegó como una vela y colocó con la mayor eficiencia sobre mi mesa. Ella estaba convencida de que aquel lugar necesitaba más detalles hogareños.

—Necesitas tus horas de sueño. Dieron un especial sobre eso en el canal Nova. Un italiano acabó muriéndose por no dormir durante ocho meses. Antes de morir se volvió loco. Saludaba a los médicos como si estuviera en el ejército.

—Em, yo sobreviviré. Ese mantel es demasiado bonito. ¿Seguro que no lo necesitas?

—¿Estás de broma? Desde que mamá se apuntó al Club de las Comadres nos ha bordado hasta los paños de cocina. ¿Qué tal si te quedas tumbada en la cama y cuentas de noventa y nueve para abajo? Eso es lo que les digo a los niños cuando no pueden estarse quietos.

—El insomnio es diferente —le dije. Siempre resulta difícil explicárselo a la gente—. ¿Sabes esa luz que siempre se enciende cuando abres la nevera? Imagina que siempre se quedara encendida, incluso después de cerrar la puerta. Eso es lo que le pasa a mi cabeza. La luz sigue encendida.

Emelina se arrellanó en el otro sillón de la sala de estar.

—Eres como ese tal Thoreau que vivía en Walden Pond. ¿Recuerdas cuando lo leímos en clase de lengua del último curso? Sólo tenía dos sillas. Tendremos que traerte algo más.

A mí me sorprendía que Henry Thoreau formara parte del mundo de Emelina.

—Si quiero compañía siempre puedo ir a tu casa —señalé yo.

—Eso es una verdad como un templo. Estoy por irme pitando de allí. Esta noche Glen y la abuela empezaron a discutir otra vez. Por Dios, siempre está diciendo que él es un imprudente. Es su palabra favorita. Ahora, cada vez que Mason se enfada con alguien le grita «¡Impotente!». Y la gente se monda de risa, así que ya no hay quien le pare.

Yo me bebí la leche. Podía dejar que me hiciera de madre un poco más. Me preguntaba si ya contaba con eso cuando decidí mudarme.

Emelina escrutó mis blancas y limpias paredes.

—Codi, espero que no te ofendas, pero no sé cómo puedes vivir en un sitio y dejarlo como si no viviera nadie.

—Tengo mis cosas. Mi ropa. Mira si no en el armario. Y libros. Algunos de esos libros son muy personales.

Eso era verdad. Aparte de mi *Guía de campo de los invertebrados* había otros que Hallie me había enviado a lo largo de los

110

años, además de un tomo de poesía americana (incomprensiblemente, regalo de graduación de Doc Homer).

—Tenías la habitación igual cuando íbamos al instituto. Yo tenía pósters de Paul Revere and the Raiders y flores secas clavadas en el marco del espejo, toda clase de tonterías. Y cuando íbamos a tu casa parecía que alguien acababa de abandonar tu habitación.

—Soy muy pulcra —le dije.

—Eso no es ser pulcra, eso es ser *mega* pulcra.

—¿Puedes imaginarte lo que diría Doc Homer si Paul Revere and the Raiders aparecieran en su casa? ¿Y sin ser invitados?

Ella soltó una carcajada.

—Emelina, ¿quién es Uda Ruth Dell?

—Bueno, ya la conoces, la que vive cerca de Doc Homer. A veces te cuidaba, creo. Ella y esa otra mujer que murió, creo que se llamaba Naomi.

—¿Que me cuidaba? —Me había pasado el día intentando ubicarla. No podía creer que hubiera olvidado por completo a alguien que había tenido importancia durante mi infancia.

—Claro. Eddie, el marido de Uda, fue el que os salvó a ti y a Hallie cuando os perdisteis en la tormenta, allá en el río.

—No tengo ni idea de qué estás hablando.

—Claro que sí. Cuando tú y Hallie casi os ahogáis en esa riada. Tú eras muy pequeña.

—Bueno, entonces, ¿cómo es que tú te acuerdas? Yo no.

—Todo el mundo se enteró. Fue un suceso importante. Vosotras estabais escondidas en una madriguera de coyote y no queríais salir, y entonces Eddie Dell os encontró y os sacó de allí. Pasasteis la noche con Uda. Doc Homer debía de estar trabajando en el hospital, supongo.

—No me acuerdo de nada de eso.

Emelina me dirigió una mirada extraña, como si pensara que le estaba tomando el pelo.

—Fue un caso sonado. En el periódico publicaron una foto de vosotras dos con Eddie, el gran héroe, y con su mula.

—Creo que ya me acuerdo —le mentí. Me molestaba que todo el mundo tuviera esa parte de mi infancia como propia menos yo.

—¿Sabes lo que eres, Codi? No sé si hay una palabra para eso, pero es lo contrario de «hogareña».

Yo me reí. Todavía le molestaban mis paredes desnudas.

—Hay una palabra. Rompe hogares. Pero yo no soy así.

—No me refiero a romper hogares, sino a ignorarlos.

—Ah, te refieres a eso —le contesté. Yo me hacía la tonta. Ya sabía lo que quería decir. Mi primer novio de la universidad era budista, y hasta él tenía más fotos en las paredes que yo. No era una cuestión de pureza; yo no podía alegar desdén por las cosas mundanas. Hallie me reprochó una vez que yo tenía más pares de zapatos de los que uno puede ver en un aula de Centroamérica. Lo que a mí se me daba mal era esa actividad que la gente llama «hacer hogar». A mí nunca me parecía que la estación de anidar hubiera llegado. O tal vez no era esa clase de pájaro.

Cuando Emelina se retiró yo me puse a escribir a Hallie. Tenía la dirección de un apartado de correos en Managua y le pregunté, tal como solíamos hacer de niñas cuando nos dejábamos notas en escondites secretos, «¿Ya estás ahí? ¿Estás leyendo esta nota ahora?». Le hablé de los campos de alfalfa yermos que rodeaban el cañón Gracela, pues pensé que le interesaría profesionalmente, y le conté que Doc Homer parecía el mismo de siempre, lo cual era cierto. Y le pregunté si se acordaba de aquella vez en que estuvimos a punto de morir en una madriguera de coyote.

9

HUESOS EN EL FIN DEL MUNDO

El Instituto Grace, escenario de los cuatro peores años de mi vida, me resultaba tan familiar como una de mis pesadillas. Mientras me acercaba a él por Prosper Street me embargó un sentimiento de terror. Aun así, el edificio tenía su encanto, lo que no dejó de sorprenderme. Cuando era niña no le había prestado mucha atención a la fachada. Era un edificio de la época de la Administración de Obras de Progreso, construido con el granito rojo del cañón Gracela, lleno de ornamentos y molduras en sus aleros pintados de blanco y con filigranas en la madera de las puertas. En realidad, lo había construido la compañía minera en sus años de esplendor, y los instintos mineros (o tal vez las herramientas adecuadas) lo habían ubicado en la parte más escarpada del cañón, hundido en la roca. Estaba en la parte antigua de la ciudad, donde las callejuelas adoquinadas se desplegaban alrededor de los edificios hasta la parte trasera, convirtiéndose en ocasiones en tramos de escalera y en pendientes tan pronunciadas que no se podían transitar con vehículos a motor. El deporte más practicado en Grace era simplemente salir de casa y dirigirte a donde tuvieras que ir.

La escuela tenía cuatro plantas, y cada una disfrutaba de su propia entrada desde la calle. Estoy segura de que eso debe constar como un récord en algún libro. La entrada principal estaba a un lado, a medio camino de la cima de la colina: planta tercera. En el arco de granito habían esculpido, en un latín gramaticalmente sospechoso, el lema CAUSAM MEAM COGNOSCO, que los niños solían citar como latín macarrónico o para imitar el lenguaje «indio» insustancial que oíamos en las películas.

Me presenté en el despacho del director, donde Anita, su secretaria, me dio un manojo de llaves, un montón de papeles de aspecto oficial y una sonrisa.

—Aquí tiene un montón de formularios: certificados de estudios, las listas de las clases, uno nuevo del DES y su CTA. Tiene que rellenarlos todos.

—¿Cómo? ¿Hay que trabajar para ganarse el sueldo? Alguien me dijo que dar clases era un chollo. —Eché un vistazo a los formularios—. ¿Y qué pasa con el certificado de defunción? Necesitaré uno, ¿no?

Anita me dirigió una extraña mirada durante un instante, y después se puso a reír.

—Llamaremos al forense cuando lo necesite.

Yo sonreí. El forense de Grace era Doc Homer, y lo había sido durante toda mi vida y puede que más. Era evidente que Anita no sabía quién era yo; por su aspecto hubiera dicho que acababa de graduarse. Todos los alumnos del instituto debían de ser todavía unos mocosos cuando yo me marché de allí. Eso me infundió ciertas esperanzas. Recorrer esos pasillos de altos zócalos, pintados todavía con el mismo color verde de pasta de dientes, me ponía los pelos de punta, y yo no paraba de decirme a mí misma: ninguno de los presentes sabe que eres la hija descarriada de Doc Homer. Nadie te ha visto calzar zapatos ortopédicos.

—A los niños les encantará que les dé clase —comenzó sorprendentemente Anita—. No están acostumbrados a alguien tan... —aquí hizo una pausa, tamborileando sobre la mesa de metal con las uñas pintadas, presumiblemente a la caza de un adjetivo diplomático—... tan *contemporáneo*.

Yo llevaba una chaqueta cruzada de color verde oscuro, tejanos ajustados y botas vaqueras de color púrpura. Me pasé una mano por el cabello y me pregunté si debía haberme pasado por Confecciones Hollywood, después de todo.

—¿Crees que no doy una imagen suficientemente autoritaria? ¿Se amotinarán?

La reunión de profesores de hacía dos días se había dedicado principalmente a teorías de disciplina.

Anita volvió a reír.

—De eso nada. Saben perfectamente quién pone las notas.

Encontré el aula donde iba a dar clase de Biología General I y II, y me presenté en la sala de profesores para fichar, con cara de preocupación. Hacía unos días que había pasado por la escuela para hacer mi visita preliminar, así que ya sabía de qué material disponía: pupitres y sillas; algunos bancos de trabajo de piedra con fregaderos y grifos cromados en forma de arco; una ducha de emergencia; una larga urna de cristal que contenía mariposas y muchos otros insectos en mal estado; y un armario lleno de bandejas de disección y material audiovisual de lo más enigmático. Esas pintorescas provisiones me hacían pensar que iba a trabajar en un museo, o en una película británica. Sin embargo, cuando los niños de la primera clase llenaron el aula me llevé una impresión muy diferente. No había llegado a ver muchos adolescentes típicos de Grace, pero no me esperaba esos cortes de pelo a cepillo.

Las chicas parecían compadecerse de mí, viéndome allí plantada sacudiéndome el polvillo de tiza de la chaqueta y

115

explicando lo que me proponía hacer a lo largo del curso. Pero los chicos estaban sentados con sus enormes zapatillas deportivas de caña alta ocupando los pasillos, los brazos cruzados y el flequillo sobre los ojos, mirándome como lo que era... una de las últimas molestias que se interponían entre ellos y la vida adulta.

—Podéis llamarme Codi —les dije, a pesar de que me habían advertido contra esas familiaridades—. Señorita Noline suena demasiado raro. Yo estudié en este instituto, y di clase de biología en esta aula, y la verdad es que no me siento tan vieja. Supongo que eso os suena a broma. Para vosotros soy la bruja malvada de Ciencias Naturales.

Esto provocó un cierto rumor entre los chicos, que no llegó a la risa. Las chicas parecían incómodas. Un chico alto que llevaba una camiseta de Motley Crüe y una especie de sombra de barba en la cabeza sacó un cigarrillo del bolsillo y empezó a darle golpecitos contra sus nudillos.

—Me han dicho que necesitamos una figura de autoridad en esta aula, así que he buscado una. —Tras decir esto me acerqué al armario y saqué un esqueleto humano sobre ruedas—. Ésta es la señorita Josephine Nash.

La había encontrado en un almacén repleto de equipo de hockey sobre hierba en mal estado y uniformes de gimnasia de los años cincuenta. El esqueleto estaba bastante presentable; sólo había necesitado engancharle un codo con cuerda de piano y cinta adhesiva (proporcionados por el conserje). El nombre (junto con una dirección en Franklin, Illinois) estaba escrito con letra elegante y de aspecto muy antiguo a un lado de la pelvis. Cuando la descubrí en el almacén no pude evitar quitarle el polvo y colgarla sobre su pesada plataforma de hierro para pasearla hasta el laboratorio. Supongo que deseaba compañía desesperadamente.

—Señorita —dijo uno de los chicos—. Señorita Codi.

Yo intenté no sonreír.

—¿Sí?

—Ése es míster Huesos. —La manera en que pronunció su nombre provocó una carcajada general—. Los mayores lo utilizan para el baile de Halloween.

—Bueno, pues ya no —les dije. La señorita Nash era compatriota mía, del Medio Oeste; tal vez un familiar lejano. Me la imaginaba como la madre de alguien, podando rosas—. Esto no es un juguete —les dije con voz un tanto trémula—. Es el esqueleto articulado de un ser humano que una vez, muy recientemente, caminaba lleno de vida. Su nombre era Josephine Nash y vivía en Illinois. Y ya es hora de que tenga algo de respeto en su jubilación.

Les observé; los adolescentes están tan convencidos de su inmortalidad...

—Uno nunca sabe dónde va a acabar en esta vida, ¿no? —les pregunté.

Diecinueve pares de ojos como platos, azules en su mayoría, se me quedaron mirando. Podría haberse oído un cigarrillo al caer.

—Bueno —proseguí—. Capítulo uno: Materia, Energía, Organización y Vida.

🐛 🐛 🐛

—No sé si voy a sobrevivir a esto —le dije a Emelina, desplomándome en su cocina. Las sillas eran *equipales* y te acogían como un abrazo, que era justamente lo que necesitaba. Mi primer día había transcurrido con toda la normalidad que cabía esperar: nada de motines, nada de problemas mayores o menores. Sin embargo, no acababa de discernir de qué iba la cosa,

117

aparte de convencerme de que enfrentarse a toda una clase de instituto parecía consumir ingentes cantidades de energía. Me recordaba a esas bailarinas de botas blancas y minifaldas de los sesenta que trabajaban en los bares, intentando desesperadamente divertir al público, meneándose arriba y abajo como si llegara el fin del mundo.

Emelina, Mason, el bebé y yo estábamos exiliados en la cocina; Viola había invadido el salón con sus amigas para celebrar una sesión extraordinaria del Club de las Comadres. Estaban preparando su bazar anual de beneficencia, y como telón de fondo de nuestra propia conversación podíamos oír un intercambio de información supuestamente vital:

—El año pasado, el Comité de Equipamiento Hospitalario no sacó ni cincuenta centavos con las almohadas perfumadas.

—Bueno, no me extraña. Apestaban.

—Lalo vio en una revista cómo hacer aviones recortando latas de cerveza. Y las hélices funcionan.

Emelina me puso delante una taza de té. Yo la cogí y dejé que el vapor me atusara las pestañas, decidiendo que lo que más necesitaba en ese momento era tumbarme en la cama con alguien que adorara cada centímetro de mi piel.

—Debe de resultar extraño volver a esa escuela —me dijo.

—Y que lo digas. Lo es. No quería pensar demasiado en esa parte del trabajo. Hasta hoy.

Mason estaba en el suelo, dibujando, y Emelina recorría frenéticamente la cocina sin esfuerzo aparente, cerrando cajones con la cadera, preparando la cena y dando de comer al bebé, todo al mismo tiempo.

—Deja que lo haga yo —le propuse mientras me acercaba a la trona y le quitaba el cuenco de papilla a Emelina.

—Aquí tienes. Lo deja todo pringado, mejor ponte el delantal de la abuela —me dijo mientras me ataba un magnífico ejemplo de las actividades del club de costura. El bebé se zampaba la papilla a la misma velocidad que yo se la iba dando, sin entretenerse en pringar nada, al menos que yo pudiera ver.

—Cenarás con nosotros, ¿no?

—No, gracias —le contesté.

—La verdad, Codi, si crees que una boca más es un problema, es que estás mal de la cabeza. Si me levantara una mañana y tuviera seis niños más no creo que me diera ni cuenta.

—No, Em, gracias, pero creo que necesito descansar en paz.

—Todavía no te has muerto, guapa.

Desde el salón se oía a Viola levantando la voz, ahora en español, diciendo algo de los pavos reales: pavones. Las otras mujeres contestaron en español, y yo sólo pude entender que el tema de conversación giraba ahora en torno a los árboles frutales. Doña Althea parecía muy alterada. Su voz aflautada era fácil de reconocer, exactamente lo que uno espera de una mujer tenaz y diminuta. Emelina arqueó una ceja mientras levantaba la tapa de una olla.

—¿Sabes que los niños no quieren hablarle a la abuela en español? —preguntó con voz pesarosa.

Yo miré de reojo a Mason, que parecía absorto en sus dibujos, aunque probablemente nos estaba escuchando.

—¿Y eso es un problema? —le pregunté.

—Oh, sí. Viola tiene pasión por todas las tradiciones. Es muy amiga de doña Althea. Quiere que criemos a los niños *puros*, que hablen español y conozcan todas esas historias folclóricas. Puede que sea más fácil con las niñas, pero estos chavales... —Al decir esto se encogió de hombros—. Mis padres fueron siempre muy modernos, ya te acuerdas de cómo era mamá, abrelatas eléctricos por todas partes. Siempre me pareció que quería que yo creciera *rubia*, ya sabes. Mi padre me contó que ella quería llamarme *¡Gidget!*

Yo reí.

—No. Debía de tomarte el pelo.

—De eso nada. Y al pobre Tucker le pusieron el nombre de un coche.

Tucker era su hermano pequeño, muerto de niño antes de que yo llegara a conocer a la familia. A decir verdad, ya le había olvidado, a pesar de que el primer hijo de Emelina había heredado su nombre.

El bebé estaba sentado con la boca increíblemente abierta, esperando a que le prestara atención para poder continuar con su cena. Le di otra cucharada. De la habitación contigua llegó una explosión de carcajadas, como una tormenta, y en la cocina callamos. Ese grupo de mujeres tenía tanta presencia que casi nos veíamos expulsados de la casa. De hecho, Mason recogió sus papeles y se dispuso a salir.

Emelina le ordenó que volviera.

—Un momento, Mason, antes de salir enséñale la mano a Codi. Codi, ¿puedes echarle un vistazo a su mano? Tiene un bulto o algo así. ¿Te importa?

—Cómo me va a importar. A ver esa mano.

Me sentía incómoda, y no porque me lo pidiera, sino conmigo misma, por atreverme a jugar a médicos. Yo sí era médico, técnicamente hablando, pues tenía la formación adecuada, pero me ponía nerviosa cuando la gente me obligaba a adoptar ese papel. Emelina y Mason guardaron silencio mientras yo le examinaba la mano al pequeño. Le moví la muñeca adelante y atrás y sentí un nudo en el tendón.

—Es un ganglio.

—¿Eso es malo? —me preguntó Emelina.

—No es nada serio. Es sólo un bultito. Normalmente se van solos. ¿Te duele, Mason?

Él negó con la cabeza.

—Sólo cuando tiene que hacer tareas de la casa —me informó Emelina.

Yo estampé un beso en la punta de mis dedos y le froté la muñeca con ellos.

—Ahí va eso, la cura especial de la doctora Codi.

Mientras él salía corriendo se me ocurrió pensar, no sin cierta autocrítica maliciosa, que ésa era toda la cura especial que estaba autorizada a proporcionar.

—Así pues, ¿cómo te va en el instituto? —me preguntó Emelina—. ¿No te sientes como si la señorita Lester te fuera a sorprender fumando en el lavabo de un momento a otro?

—*Yo* nunca fumaba en el lavabo —le dije mientras escarbaba el fondo del cuenco de papilla y le limpiaba la boca al bebé con su babero. No había visto comer con tanta eficiencia en mi vida.

—Oh, eso es verdad, Señorita Santa y Zapatones, lo había olvidado. Tú no hacías esas cosas.

Emelina sonrió. En el instituto ella era como mínimo tan virtuosa como yo; con la diferencia de que ella era popular. La virtud en una animadora es admirable, mientras que en una marginada resulta gratuita.

—Señorita Santa de Zapatos Ortopédicos —dije yo.

Ella soltó un alarido.

—Por todos los santos, ¿por qué llevabais Hallie y tú esos zapatos ortopédicos? Nunca te lo he preguntado. Pensaba que lo más educado era ignorarlos. Como cuando alguien lleva algo colgando de la nariz.

—Gracias. Los llevábamos porque Doc Homer estaba obsesionado con los huesos de los pies.

—Vaya con las perversiones del viejo Doc —dijo ella mientras metía una cuchara de palo en una olla de patatas cocidas.

—No tienes idea. Solía darnos discursos sobre cómo un cal-

121

zado inadecuado puede arruinar el cuerpo de una mujer.
—Entonces repetí la conferencia que Hallie y yo solíamos imitar a sus espaldas: «De los doscientos huesos de que está dotado el cuerpo humano, más de una cuarta parte se hallan en los pies. Éstos conforman un instrumento más complicado que la transmisión de un automóvil, aunque suelen tratarse con mucha menos consideración».

Emelina se reía.

—La verdad, deberías apreciar su interés. Todo lo que mi madre me decía era «¡Siéntate bien! ¡No te quedes embarazada! ¡Y ponte bragas!».

—A Doc Homer no le interesaban demasiado ni los embarazos ni la ropa interior, pero el Señor es testigo de que no íbamos a padecer de pies planos.

—¿De dónde sacaba esos zapatos tan horrorosos? No de Confecciones Hollywood, eso está claro.

—Los compraba por correo.

—No.

—Te lo juro por Dios. Hallie y yo quemábamos los catálogos en la chimenea en cuanto llegaban, pero aun así conseguía comprar los malditos zapatos. Para averiguar la talla nos dibujaba el contorno del pie en una hoja de papel, y después se ponía a tomar medidas. Creo que pasé más tiempo con Doc Homer midiéndome los pies que con cualquier otra cosa.

Emelina encontró todo eso de lo más hilarante. Creo que pensaba que estaba exagerando, pero no era así. En cierto sentido nos sentíamos agradecidas por sus atenciones, pero los zapatos eran muy deprimentes. Afectaron enormemente a nuestras vidas, aunque de forma diferente a cada una. Hallie dejó de preocuparse totalmente por su imagen, mientras que yo me preocupaba demasiado. Para mí era más difícil, pues fui la primera en acabar la primaria, y después el instituto, con ese calzado. Fui la primera en sufrir y, por lo tanto, sufrí más.

—Estoy segurísima de que ésa fue la única razón por la que casi no tuve citas en mis años de instituto —le dije a Emelina.

—Eso es ridículo —contestó ella—. La única razón por la que no te invitaban los chicos es por que eras demasiado buena para ellos. Tú eras tan inteligente... ¿para qué querrías salir con un chico de Grace? Eso es lo que pensaban.

La reunión del salón estaba tocando a su fin. Nosotras bajamos la voz automáticamente.

—No —le dije con solemnidad—. Era por los zapatos. Es un hecho comprobado. El día que me fui de Grace me compré unas sandalias de gladiador y mi vida sexual se disparó.

🐎 🐎 🐎

Emelina recordó de repente que había llegado una carta para mí. Al recoger el correo la había metido en la bolsa de los pañales y la había olvidado allí un buen rato, de manera que el sobre había sufrido más en los últimos cien metros de su recorrido que en las mil quinientas millas anteriores. Era de Hallie, por supuesto.

Me fui a casa a leerla, escabulléndome como una rata que se lleva a su madriguera un delicioso botín. Tomé asiento en el sillón de la sala de estar, me limpié las gafas e inspeccioné el matasellos: Chiapas, cerca de la frontera sur de México, sólo unos días después de su partida. Eso me supuso una desilusión, pues desde entonces podían haber sucedido mil cosas. Abrí el sobre.

Querida Codi:

He estado conduciendo a la manera local, como un demonio salido del infierno, aunque en dirección contraria, si eso es posible. Le estoy cogiendo el truco a la vida de fugitiva. Salí quemando ruedas hasta los alrededores de La Cruz, pero luego bajé el ritmo para disfrutar de los platanales borrosos que dejaba atrás. Los trópicos tienen algo de ironía: la gente malvive en todos los niveles posibles de miseria, pero disponen de una fortuna en flores, que crecen en cualquier grieta o rincón imaginable. Ojalá se pudiera montar una economía a base de flores. Me alojé en una casa que tenía ramos de vainillas saliendo de los desagües y un banano debajo del fregadero. Te lo juro. También había unos animalitos parecidos a las mangostas. Seguro que tú sabrías qué son. Estoy feliz de estar de nuevo en la selva. Ya me conoces, me encanta ver plantas de interior creciendo libremente hasta los quince metros de altura. Todavía pienso en el 626-BICHOS y en todas esas infelices que intentan cultivar eulalias en un clima árido.

Quise seguir la carretera de la costa hasta Nayarit, por donde está más difícil, pero al final mi pequeña aventura me costó cara. (Doc Homer hubiera dicho: nadie vende duros a cuatro pesetas.) Se me rompió un eje, y no quiero decir que se dobló, sino que se partió lisa y llanamente a la altura de Tuxpán, y tuve que esperar dos días a que un hombre que tenía una camioneta de reparto de la Fanta y algo de tiempo me trajera uno de recambio desde Guadalajara. El único hotel disponible era una pensión de dos pisos con música en directo (es un eufemismo) los fines de semana. Me pasé la mayor parte del tiempo sentada en el balcón, contemplando a los pelícanos que se lanzaban en picado sobre el mar y recordando nuestro viaje a San Blas. ¿Te acuerdas de los pelícanos? Si hubieras estado allí, en Tuxpán, nos lo habríamos pasado en grande. No tuve ánimo de dedicarme a nada productivo. Había gente que podría haberme dado información sobre las cosechas y sobre el problema de los refugiados, pero en vez de eso me pasé toda una mañana observando a un hombre que recorría la playa vendiendo camarones de puerta en puerta. Llevaba una vara sobre los hombros con el cubo de los camarones en un extremo y una garrafa de agua en el otro. Cada vez que vendía

124

un kilo de camarones sacaba la misma cantidad de agua de la garrafa y se la bebía para equilibrar el peso. Le estuve observando durante todo su recorrido por la bahía y pensé «quiero ser así». No como el vendedor de camarones, sino como su máquina. Ser enteramente útil, sin desperdicio alguno.

Pero no he sido de ninguna utilidad, allí tumbada dos días enteros. Supongo que ahorraba fuerzas para lo que me espera. A medida que sigo hacia el sur me voy volviendo más inquieta, como la aguja de una brújula, o algo así. En el interior del país he visto muchas cosechas malogradas, y sé que en Nicaragua todavía será peor. La guerra es fatal para la producción agrícola.

Mañana cruzaré la frontera, aunque resulta difícil saber dónde está, pues esta zona donde estoy ahora está repleta de campamentos de guatemaltecos. Me he pasado todo el día de hoy conduciendo por pistas imposibles bajo la lluvia y encontrándome con campos de refugiados, uno tras otro, como en una pesadilla. Dicen que el ejército de Guatemala está en plena campaña de tierra quemada, así que la gente no para de cruzar la frontera con un hatillo de ropa a la espalda y el corazón en un puño, y con un poco de suerte consiguen que no les atosiguen los policías mexicanos. Con un poco de mala suerte, les hacen despertar a los niños y recoger sus hamacas para mandarlos a otro distrito. Es un genocidio. Toda una cultura basada en el contacto con la tierra se va reubicando de un lugar a otro, como un cuerpo que se ve arrancado fuera de su propia piel. Sólo poseen lo que pueden arrastrar consigo. Las mujeres tienen sus telares y sus tejidos artesanales, como los que se ven a veces en las tiendas de importación. Tanto colorido en un lugar como éste, es para morirse.

En este mismo instante estoy sentada bajo la lluvia, esperando a que aparezca el cartero / repartidor de agua (no dejo de pensar en el repartidor de Fanta) y observando a cuatro niños descalzos que rodean un pequeño fuego. El que cuida de todos no debe tener más de seis años. Están sacando punta a unas varas mientras unos pollos *negros se sacuden la lluvia de encima y otros mocosos sacan chispas frotando dos palitos. Esto es vivir al límite. Uno hace su vida en Estados Unidos sin llegar siquiera a imaginarse algo parecido. Resulta muy fácil acostumbrarse a los privilegios de una vida segura.*

Ya sé que debes de estar preocupada, pero no tienes por qué. Ya hemos comprobado que soy la persona más afortunada del mundo. Aunque no me sienta precisamente así. Cuando llegue a Nica te volveré a escribir. Estoy segura de que estaré más contenta cuando empiece a resultar útil. Te echo de menos, Codi. Escríbeme, y así me sentiré mejor.

Con todo el cariño de tu fiel adoradora y esclava perpetua,

Hallie

Esa despedida era una vieja broma: en nuestras cartas solíamos competir a ver quién las remataba con más elogios. El resto de la carta era Hallie en estado puro. Incluso en sus momentos más letárgicos observaba cada brote de vainilla, cada agonía y cada éxtasis. Especialmente la agonía. En lo que se refiere a las emociones parecía no tener ni piel. Sentía el dolor ajeno directamente en la carne. Un ejemplo: yo hojeaba el periódico y tomaba buena nota de las diferentes catástrofes, ella leía lo mismo y se ponía a llorar. Sentía que debía *hacer* algo al respecto. En cuanto a mí, si algo deseaba hacer era salir corriendo en sentido contrario. Tal vez sea cierto eso que se dice, que mientras estés preocupada por sanar tu propio dolor, sea el que sea, no harás más que darles la espalda a los que van en el mismo barco. Te engañarás pensando que ellos mismos tienen toda la culpa de su estado.

Lo más extraño es que mientras a mí el dolor había conseguido anestesiarme, a Hallie le proporcionaba nuevas terminales nerviosas. Eso me atormenta. Atravesamos juntas el mismo sufrimiento en nuestras vidas, pero parece que hemos salido por puertas diferentes, a diferentes alturas del suelo.

※ ※ ※

La noche del primer viernes siguiente al inicio de las clases, el perro del pañuelo verde volvió a aparecer junto a la valla de la entrada. Lo vi al salir, una vez acabada mi cena solitaria, a regar los dondiegos y los geranios de las macetas que tenía frente a la puerta. El calor del día parecía dejarlos al borde de la muerte, pero el agua siempre conseguía reanimarlos. Sólo me quedaba confiar en su resistencia.

—Hola, colega —le dije al perro—. Hoy no hay barbacoa. Mala suerte.

Treinta segundos más tarde, Loyd se presentó ante la puerta con una botella de cerveza.

—Ya te dije que volvería con esto —me dijo con una sonrisa—. Soy hombre de palabra.

—Bueno, está bien —le contesté—. Supongo que sí.

No estaba segura de cómo me sentaba verle allí de pie delante de la puerta, sorpresa aparte. Saqué un par de sillas plegables al patio para que pudiéramos contemplar la puesta de sol. El cielo brillaba como una naranja artificial, con un color propio de Confecciones Hollywood.

—¿Tú te vas a tomar otra o voy a tener que beber sola? —le pregunté.

Loyd dijo que iba a tomar un refresco porque estaba marcado cinco a cero. Yo no tenía idea de lo que me estaba diciendo.

—Estoy marcado en la lista de guardia de la estación —explicó—. Por si hay que sacar un tren. Cinco a cero quiere decir que soy el quinto de la lista. Lo más probable es que me llamen a última hora de la tarde o a primera hora de la mañana.

—Oh —exclamé—. Me parecía el resultado de un partido de béisbol. El partido va tres a dos al final de la séptima.

Loyd se rió.

—Supongo que suena así. Uno se acostumbra a la jerga del ferrocarril como si fuera lo más normal del mundo. Por aquí es lo que casi todo el mundo hace, trabajar en el ferrocarril.

—Eso y ver cómo la fruta cae de los árboles.

Loyd me miró con sorpresa.

—Ya sabes algo de eso, ¿no?

—No mucho —le dije. Entré en casa para buscarle un refresco, dando saltitos entre las losas del patio porque iba descalza. Eso decía mucho a favor de la trayectoria de Doc Homer como padre: no tenía los pies planos.

Cuando volví me senté y le pasé una Coca-Cola, dejando que él mismo se peleara con la chapa. Yo siempre necesitaba unos alicates. A Loyd no le costó ni dos segundos solucionar el problema. La sacó de un tirón, echó hacia atrás la cabeza y vació media botella de un trago. Las cosas que más me molestan son esas que los hombres solucionan sin pararse a pensar.

—Así que éste es tu perro —le pregunté.

—Se llama Jack. ¿Ya os habéis presentado? Jack, esta señorita es Codi Noline.

—Ya nos hemos presentado —le dije—. Le regalé unas costillitas de cabra el otro día en la fiesta. Espero que no esté a dieta o algo así.

—Seguro que se ha enamorado de ti si le diste carne de esa cabra. Era uno de los cabritos lechales de Ángel Pilar. Jack le tenía echado el ojo desde el verano pasado.

Jack me miró, resollando con toda seriedad. Su lengua era de color púrpura, y sus ojos eran muy vivos y de un marrón muy oscuro. A veces, cuando miras a un animal a los ojos no ves nada, ninguna señal de contacto, sólo la mirada de una criatura salvaje. Pero los ojos de Jack parecían hablar. Me gustaba.

—Parece un coyote —observé.

—Lo es. A medias. Un día te contaré la historia de su vida.

—Puedo esperar —le contesté con toda sinceridad, aunque puede que sonara un tanto sarcástica. Nuestras sillas estaban tan juntas que podría haber cogido su mano entre las mías, pero no lo hice.

—Ha sido todo un detalle que vinieras —le dije.

—Ésta ha sido tu primera semana de clase, ¿no? ¿Qué tal te ha ido con los delincuentes juveniles de Grace?

A mí me halagaba un poco que estuviera al tanto de mi trabajo. Pero suponía que todo el mundo lo estaba.

—Pues no sé —le contesté—. Me da un poco de miedo, creo. Te mantendré informado.

El cielo había mudado del naranja al rosa pálido, y el patio, escondido bajo las higueras, estaba en penumbra. Cada noche, mientras oscurecía, la vegetación que rodeaba la casa parecía abalanzarse para abrazar las paredes encaladas, cerrándose como una selva.

Loyd me rozó ligeramente el antebrazo y señaló en la distancia. En el barranco que se alzaba sobre la valla del patio, un par de coyotes trotaban por una senda escarpada. Jack levantó las orejas, haciéndolas rotar como dos parabólicas mientras nosotros los veíamos pasar.

—¿Sabes cómo llaman los navajos a los coyotes? Los perros de Dios —explicó Loyd. Sus dedos todavía descansaban sobre mi antebrazo.

—¿Y eso por qué? —le pregunté.

Él apartó su mano e hizo crujir sus nudillos detrás de la cabeza. Después se recostó en su silla, separando las piernas.

—No lo sé, supongo que porque desentierran huesos en tierras dejadas de la mano de Dios.

Jack se puso en pie y se acercó a la valla del patio. Se quedó tan quieto como una estatua de jardín, a excepción de una de sus patas traseras, que temblaba delatando toda la fuerza contenida de su próxima acción, fuera la que fuera. Un minuto más tarde volvió a los pies de Loyd, dio dos o tres vueltas sobre el mismo punto y se tumbó con un suave gemido.

—¿Por qué hace eso de dar vueltas? —le pregunté. Yo nunca había tenido un perro, y estaba encaprichada de Jack.

—Aplana las hierbas altas para hacerse un nido confortable —me contestó Loyd—. Aunque no haya hierbas altas.

—Bueno, eso tiene sentido, al menos desde el punto de vista de un perro.

—Seguro que sí. —Al decir esto se inclinó hacia adelante para acariciar a Jack entre las orejas—. Nosotros cogemos a estos animales tan buenos y tan inteligentes, los metemos en casa y después nos preguntamos por qué siguen haciendo las mismas cosas que los hacían tan felices hace un millón de años. Un perro no piensa en lo que hace, sólo hace lo correcto.

Ambos guardamos silencio unos instantes.

—¿Cómo sabes que los navajos llaman así a los coyotes? Creía que tú eras apache.

Yo pensé vagamente que podría parecer racista al cuestionar los orígenes de Loyd, pero él no pareció ofenderse.

—Soy un poco de todo —me contestó—. Soy mestizo, como Jack. Nací con los indios pueblo de Santa Rosalía. Mi madre todavía vive allí. ¿Has estado alguna vez con los pueblo?

—No —le contesté.

—Es muy bonito. Tendrías que ir un día. Cuando era pequeño vivía allí con mi hermano Leander. Dios, no dejamos piedra sobre piedra.

—¿Tienes un hermano? No lo sabía.

—Un hermano gemelo —dijo Loyd—. Murió.

Todo el mundo tiene un secreto, pensé, y por primera vez durante la velada pensé en el hijo de Loyd cuya existencia él desconocía. Me sentí extraña y un tanto furtiva al mantenerlo en secreto en su presencia, como si lo escondiera allí mismo y él pudiera descubrirlo.

Un pavo real de color ceniciento se posó de un salto sobre la valla del patio y de allí a la higuera, agitando las hojas y avisándonos de su presencia con un sonido gutural y chirriante. Era un tanto deforme y regordete, no más apto para el vuelo que un helicóptero.

—Así que eres pueblo, apache y navajo —le dije.

—Mi padre es apache. Mi hermano y yo dejamos a mi madre y nos mudamos con él a White Mountain, pero la cosa no funcionó. Acabé en Grace con la hermana de mi madre. Conoces a mi tía Sonia, ¿no?

—No lo creo. ¿Todavía vive aquí?

—No. Ha vuelto a Santa Rosalía. Tengo que ir allí uno de estos días para verla a ella y a mi madre.

Su familia parecía extrañamente dispersa. Yo todavía no tenía claro lo de la conexión con los navajos.

—¿Puedo hacer una llamada? —me preguntó de repente.

—Claro. Supongo que el teléfono funciona, es el de J. T. y Emelina. Yo sólo tengo un supletorio.

Él dirigió la mirada a la casa principal antes de agacharse para cruzar la entrada de mi casa. Emelina y J. T. estaban en casa esa noche, y Loyd se sentía un poco culpable por no entrar a saludarles. Le hubiera resultado fácil aparecer por allí con la excusa de hacerles una visita, pero no lo había hecho. Yo me preguntaba si Loyd todavía tenía fama de ligón. Aunque eso a mí no tenía por qué importarme, por cierto. Jack levantó la cabeza y me miró a través de la oscuridad, después se levantó y se acercó a mí. Yo estiré una pierna y le acaricié el lomo con mi pie desnudo. Su piel era una extraña mezcla de texturas: recia por arriba y suave y sedosa por abajo.

Hallie y yo estuvimos a punto de tener un perro una vez, cuando vivíamos en la casa de Tucson que quedaba encima del metro. Hallie había aparecido una noche con una refugiada, su hija y un perrito de color canela. La madre había sido torturada, y sus ojos delataban esa desazón, como si fuera un animal del zoo. Pero recuerdo que la niña, ataviada con un corto vestidito de color rosa y pantalones de pana, perseguía al cachorro por el baño y por toda la casa. Ahora no tenía indicios de que ninguno de los tres siguiera con vida. Madre e hija fueron detenidas y devueltas a un San Salvador tan tropical como letal. Y al final fuimos realistas y decidimos que no teníamos espacio suficiente para un perro, así que lo donamos a la Sociedad Protectora de Animales. Esa clase de nombres como «Sociedad Protectora» están concebidos pensando en personas como yo, que no perdemos el tiempo calibrando el destino de los inocentes.

Loyd apareció de nuevo, tomando cuidado en no cerrar de un portazo la decrépita puerta mosquitera.

—El próximo me toca a mí —me dijo—. Tres tipos que tenía delante en la lista se han marchado a ver el partido de los Padres. Será mejor que me vaya a casa.

Jack se puso de pie al instante y se acercó a su lado.

—Bueno, gracias —le dije con la mente puesta todavía en el perro de color canela. Levanté mi cerveza—. Me alegro de verte de nuevo, Loyd.

Él se levantó esbozando una sonrisa y con los dedos de su mano derecha enredados en el pelaje de Jack. Yo no sabía cómo dar por terminada la velada. Loyd se quedó dudando y luego dijo:

—Tengo que ir a Whiteriver dentro de una semana. Para comprobar una cosa.

—Vaya, eso suena muy misterioso —le dije.

—Voy a ver unos pájaros de presa. He pensado que tal vez te gustaría salir de aquí para cambiar un poco de aires. ¿Quieres venir?

Yo tomé una buena bocanada de aire.

—Claro —le contesté. No lo tenía nada claro, pero parecía que mi mente lo había decidido por mí—. Vale. Un cambio de aires me hará bien.

Loyd asintió con un divertido movimiento de cabeza antes de salir por la valla de la entrada. Jack desapareció tras él entre la selva de cactos.

HOMERO

10

LA MÁSCARA

Él está tendido en su propia mesa de reconocimiento, descansando la vista. El teléfono suena débilmente, pero la señora Quintana, su recepcionista, se ha rendido en su batalla contra los formularios del seguro y se ha marchado a casa.

Él posa sus largas manos sobre el rostro, palpándose suavemente la frente con las yemas de los dedos, descansando sus pulgares sobre los huesos de los pómulos, debajo de los ojos. Su despacho en el sótano del hospital está fresco a pesar del calor de finales de septiembre, así como templado en invierno. Tan práctico y confortable como una cueva. La ausencia de ventanas nunca ha sido un problema; la luz artificial resulta adecuada. Acaba de examinar a su último paciente del día, una joven de dieciséis años con seis aritos de oro perforando el cartílago de su oreja izquierda. Está embarazada de gemelos. Nacerán pequeños, y con problemas. No había razón para contárselo todo.

Él se imagina el procedimiento para insertar los diminutos alambres de oro a través de la carne y el tejido cartilaginoso. Debía de resultar doloroso. Está perplejo. Las jovencitas prestan una atención servil a esas cosas, pero no se preocupan de utilizar preservativos.

Él oscila entre el sueño y la conciencia, pensando en Codi. Ella tiene la mirada baja con todo secretismo, y su corazón ya se ha endurecido en contra de él por haber hecho lo que ha hecho. El cabello le tapa los ojos. Ella lo aparta hacia ambos lados, mordiéndose la parte interior del labio y mirando por la ventana mientras él le habla. Ella quería ponerse pendientes a los trece años; él le había explicado que la automutilación era algo absurdo y arcaico. Ahora hablan de zapatos. Él quiere preguntarle: «¿Sabes lo que llevas en tus entrañas? ¿Lo sabe tu hermana?». Hallie es muy joven para comprender asuntos relacionados con la reproducción, pero es imposible que no lo acabe sabiendo, ambas comparten todos sus pensamientos, y él está fuera de juego. No sabe qué decir.

Ella está de cinco o seis meses, a juzgar por su aspecto, aunque Codi siempre fue muy delgada. Ahora está peligrosamente delgada, y se ha tomado tantas molestias para disimularlo con su ropa que él sólo puede percatarse por otros síntomas. La profunda pigmentación bajo sus ojos y sobre el puente de su nariz, por ejemplo, es idéntica a la máscara de preñez que Alice tuvo dos veces, la primera con Codi, después con Hallie. Eso lo aturde. Cada mañana siente una punzada de dolor en su espíritu cuando dirige la mirada al extremo opuesto de la mesa del desayuno para verlo: el rostro de su mujer. El fantasma de sus tiempos más felices volvió para encarnarse en el cuerpo miserable de sus hijas. No puede evitar sentir que les ha hecho daño a todas por relacionarlas entre sí. Su familia es un entramado de mujeres vivas y muertas, y él se halla en medio como una araña dominada por instintos contrapuestos. Permanece tendido y en silencio, oyendo con el sentido del tacto como una araña, palpando los hilos de su tela con sus largos dedos extendidos, escuchando.

Escuchando señales de vida atrapada.

COSIMA

11

Un río en la luna

L oyd y yo no fuimos a Whiteriver. Le llamaron el viernes y le asignaron un viaje de siete días para llevar una locomotora de recambio a Lordsburg. Él parecía muy desilusionado, y me prometió que iríamos en otra ocasión. Loyd no tenía mucha antigüedad en la compañía; había vuelto a Grace hacía pocos años, y en la Southern Pacific todavía le estaban «haciendo pringar mucho», como él mismo decía. Le resultaba difícil planificar su tiempo libre.

Me sentí un tanto aliviada. No estaba segura de dónde me estaba metiendo, y tenía mis dudas. Y en cuanto adiviné de qué se trataba, aún tuve más.

Le pregunté a J. T. qué eran las «aves de presa». Él y yo estábamos una tarde trabajando en el viejo huerto de ciruelos, podando ramas muertas de los árboles. Mi trabajo consistía principalmente en mantenerme alejada de la leña que caía. Estaba a bastante distancia de la casa, y Emelina me había pedido que fuera para vigilarle de cerca. Ella no era de las que se preocupan demasiado, pero ver a un hombre encaramado a la copa de un árbol con una sierra mecánica en la mano es un espectáculo que pone los nervios de punta, creedme. Aunque no sea tu marido.

J. T. me informó de que los pájaros de presa eran gallos de pelea. En ese momento él estaba tomando un descanso, apoyándose con una mano contra un tronco y bebiendo lo que parecían ser litros y litros de agua. Yo estaba perpleja.

—¿Te refieres a peleas de gallos?

J. T. sonrió.

—¿Has hablado con Loyd?

—Me invitó a ir con él a Whiteriver. Dijo algo de los pájaros de presa, y... —Yo me reí de mí misma—. No sé, creí que era algo de comer. Como pollos de granja.

Él también rió. Me ofreció la garrafa de agua, y yo tomé un trago antes de devolvérsela. Me sorprendía la sencilla intimidad que sentía con J. T. No habíamos trabado amistad en el instituto (de hecho, él era el capitán del equipo de fútbol). Aunque no se debía a ninguna mala intención de su parte, sino sólo a la ley natural de la segregación adolescente. Bien podríamos haber ido al instituto en planetas diferentes. Ahora, volver a ser vecinos nos devolvió lo que entonces habíamos perdido: nuestra relación había empezado antes de Emelina. Éramos vecinos, puerta con puerta, cuando aún íbamos a gatas. Habíamos jugado juntos antes de que las palabras masculino y femenino tuvieran algún sentido para nosotros.

Él le dio la vuelta a la garrafa de cristal y se bebió hasta la última gota, tensando los músculos de su mandíbula al tragar. Todo el cuerpo de J. T. brillaba en sudor. Por un instante le imaginé desnudo, y eso me molestó. Ya había dormido antes con el marido de otra (con un profesor de historia de Asia en la universidad), confundiendo su estado civil con algo reconfortante y paternal. Pero le era leal a Emelina. No, eso no iba a suceder.

Estábamos a principios de octubre, y todavía hacía calor. Grace tenía fama de disfrutar de un clima perfecto, como Camelot o Hawai, y la verdad es que durante mis años allí casi no recuerdo ni un solo día de malestar, al menos en cuanto a temperatura. La mayoría de las casas no tenían ni calefacción ni aire acondicionado, y no necesitaban ninguna de ambas cosas, pero ese otoño Grace parecía el mismísimo infierno recalentado. Allí en el desierto, en Tucson, cada día pasábamos de los cuarenta grados, y los hombres del tiempo de la televisión anunciaban la consecución de nuevos récords de temperatura con orgullo, como si fueran puntuaciones de un nuevo deporte. En Grace nadie mantenía un registro detallado, pero todos sufríamos por igual.

J. T. se arrodilló para encender de nuevo la sierra, pero yo le hablé antes de que pudiera darle un tirón al cordel.

—Yo pensaba que las peleas de gallos eran ilegales.

—Lo son en casi todas partes menos en el estado de Arizona. Y en la reserva tienen sus propias leyes. Loyd no es un delincuente, si eso responde a tu pregunta.

—Creo que en realidad no sé lo que estoy preguntando. No puedo relacionar a Loyd con las peleas de gallos.

—Su padre era un maestro de ese deporte. Era casi una leyenda entre los apaches.

—Y Loyd se encarga de seguir con la tradición familiar —comenté sin sentir simpatía alguna por él. También sabía que el padre de Loyd era un bebedor notorio.

J. T. me preguntó:

—¿Eres una amante de los animales?

—No soy una extremista —contesté—. También me los como.

Pensé en lo poco que me había conmovido ver a Emelina cortar cabezas para nuestro almuerzo dominical el primer día de mi llegada a Grace.

143

—Pero eso de mirar cómo los animales se matan unos a otros por deporte —dije—, es un asunto infame, ¿no te parece?

Dicho esto, miré en dirección al lindero del huerto. Estaba oscureciendo deprisa. Ya podía ver los reflejos de la luna sobre los canales de riego.

J. T. se sentó en cuclillas y dirigió la mirada a las ramas que se extendían sobre nuestras cabezas.

—No sé por qué me preocupo tanto por estos árboles —me dijo—. Tienen más de sesenta años. Ya no producen ni un maldito fruto. Podría cortarlos y sacar mejor provecho de esta tierra, por no hablar de la leña. Pero fue mi padre quien me dio este huerto. —Recogió el hueso de una ciruela, que el aire libre había dejado blanco y brillante como un diente, y lo frotó con el pulgar. Un minuto más tarde levantó el brazo con un rápido movimiento y lo lanzó en dirección al río—. El viejo de Loyd no tenía otra maldita cosa que dejarle en herencia que las peleas de gallos. —J. T. me miró—. A mí tampoco me entusiasman, Codi. Pero debes conocer mejor a Loyd antes de juzgarle.

Dejé de lado la cuestión de las peleas de gallos. Loyd había empezado a visitarme regularmente por las tardes, todo lo regularmente que cabe esperar en un empleado del ferrocarril: le veía tres días seguidos, y después ni un solo día en una semana. Eso reforzaba la sensación de que sólo éramos conocidos que se encontraban casi por casualidad, y yo intenté rebajar mis expectativas hasta el punto de no prestar especial atención a mi aspecto al caer la tarde. A veces, mientras caminaba sobre el suelo enlosado del dormitorio a la sala de estar, me sorprendía creyendo oír el tintineo del collar de Jack, y entonces encendía la radio.

Cuando Loyd aparecía sacábamos nuestras tumbonas afuera para ver los últimos rayos del sol dividiendo en dos la pared del cañón mientras hablábamos de cosas sin importancia. Por ejemplo, me contó la historia de la vida de Jack. La madre de Jack era una hembra coyote que Loyd había adoptado cuando vivía en la reserva apache. Le habían herido el hombro de una perdigonada, y tenía fiebre. Loyd la había visto una noche bordeando el arroyo que daba a la parte trasera de su casa, intentando evitar un grupo de machos. Él llamó la atención del animal con un silbido suave, y después dejó abierta la puerta de atrás y se fue a la cama; a la mañana siguiente, la hembra coyote estaba acurrucada debajo de su catre.

Yo no lo puse en duda. En cierto modo, Loyd parecía tener influencia sobre las hembras de cualquier especie. Pero la verdad es que él tenía la manera más modesta de contar una historia que yo nunca había oído, como si no le importara si me impresionaba o no, refiriendo sólo los hechos. Parecía como si no le diera tanta importancia como para mentir.

—La dejé encerrada en casa una semana con Gunner, el viejo perro de mi padre. Gunner había perdido una de las patas traseras cuando era un cachorro, y podía valerse bastante bien, pero nunca en su vida había montado una perra. Pensé que la coyote estaría a salvo con él.

Esa manera desapasionada de hablar del celo y el apareamiento me puso un tanto nerviosa, o mejor dicho, nerviosa en segundo grado. Sentía que *debería* sentirme incómoda con Loyd, pero no era así. Para él sólo existía la vida, la muerte y los perros. A veces Loyd parecía tener doce años.

—Bueno, Jack es el resultado de esa historia —le dije—. Así que no creo que estuviera tan a salvo.

Loyd sonrió.

—Pues no. El viejo Gunner tuvo por fin una oportunidad para el amor. Poco después de eso se envenenó con un cebo para coyotes. Murió antes de que nacieran los cachorros.

—¿Cómo sabes que eran de él? La otra podía estar ya preñada.

Con el mismo tono educado con que se le pide un favor a un amigo, Loyd le pidió a Jack que se tumbara sobre el lomo.

—¿Ves eso? —Sobre el corazón del animal había una mancha blanca con una luna creciente de color negro en el centro—. Es de Gunner. Había siete cachorros, dos negros y cinco marrones, y todos llevaban esa marca.

—¿Cómo decidiste cuál te quedabas?

Él dudó un instante.

—Lo decidió mi padre —acertó a decir finalmente—. Y Jack. La verdad es que creo que lo decidió Jack.

No había nada electrizante en esas charlas con Loyd en la oscuridad, pero aliviaban mi recuerdo de los días del instituto, todo ese tiempo que me había pasado manteniéndome al margen, cuando no en guerra abierta. En ocasiones Loyd me acariciaba las yemas de los dedos del mismo modo con que suponía acariciaría a Jack, si Jack tuviera dedos. La noche que me contó la historia de Jack también me dio un beso de despedida, y a mí me sorprendió mi propia respuesta. Besar a Loyd fue algo delicioso, como una droga que yo deseara tomar desoyendo las recomendaciones del ministro de Sanidad. Más tarde, mientras dormía, soñé con coyotes en celo.

También soñé con Hallie. Su cabello se movía a su alrededor como si tuviera vida propia. «He besado a un hombre que mata aves», le confesé, pero ella pasó a mi lado como si no tuviera hermana. Sus ojos eran tan pálidos como el mármol.

Me desperté confundida, demasiado asustada para levantarme y encender la luz.

También soñé con Carlo en varias ocasiones sin motivo aparente. Me había escrito una carta bastante aséptica y desprovista de pasión. Sin embargo, me echaba de menos, y ese sentimiento me proporcionó cierto consuelo mientras yacía acostada en mi cama vacía. Me convencí de que estaba sola por propia decisión, o por circunstancias difíciles, como un padre enfermo; se supone que eso es mejor que estar sola porque nadie te quiere. Más tarde empecé a pensar en Carlo con cierta melancolía romántica, que yo sabía que era fingida. La verdad es que desde el principio habíamos decidido que no seguiríamos juntos. «Nada de ataduras», dijimos, demostrando que éramos estudiantes de medicina muy maduros sin tiempo libre. Lo extraño es que seguimos juntos, físicamente hablando, así que supongo que desenamorarnos fue la manera en que nuestros corazones mantuvieron la palabra dada. El final anunciado se interponía siempre entre nosotros, como un gato dormido, presente incluso cuando hacíamos el amor.

Especialmente entonces. Carlo y yo nos habíamos acostado juntos por primera vez una madrugada al acabar nuestros turnos respectivos en cuidados intensivos de pediatría, tras una noche de duro trabajo intentando salvar a un bebé papago que habían tardado demasiado en traer de la reserva. Fuimos directamente del bebé muerto a mi apartamento, a mi cama. No intercambiamos palabras, al menos que yo pueda recordar, simplemente permanecimos abrazados, acoplados, todo lo que nuestros cuerpos pudieron soportar. Yo ansiaba cualquier cosa que aliviara mi dolor, y Carlo era una medicina potente. Nada de felicidad, nada de alegría, sólo medicina.

Hubo otro momento de unión desesperada y enfebrecida que recuerdo particularmente. Fue mucho más tarde, cuando

Carlo y yo vivíamos en el extranjero. A Carlo le habían dado la oportunidad de trabajar en una clínica increíblemente remota, a mitad de camino de la montaña más alta de la Creta central.

El trabajo era muy duro, pero en diciembre salimos de viaje fuera del pueblo, a Venecia. La clínica cerró por cierta extraña combinación de ritual tribal y festividad de la Iglesia ortodoxa que dejó el pueblo prácticamente desierto. Salimos hacia Italia como dos escolares haciendo novillos, bebiendo vino en el tren en pequeños vasitos, embriagados con la sensación de estar alejándonos de algo. Hasta entonces él no había disfrutado de una sola tarde libre, y mucho menos de una semana entera. Después Carlo se pasó el trayecto en el ferry nocturno a Brindisi resfriado, y para cuando llegamos a Venecia ambos estábamos ardiendo, con la piel hirviendo al tacto, como dos estufas. La combustión interna de nuestros cuerpos dio paso a una sed insaciable de hidratos de carbono y de nuestros propios cuerpos, así que nos alojamos en la Penzione Meraviglioso y nos pasamos una semana devorando platos de pasta y haciendo el amor de un modo sudoroso y delirante que ninguno de los dos habíamos conocido anteriormente. Y en una cama de tamaño y comodidad memorables.

La Penzione daba al frío y brumoso Gran Canal y a una placita sombría bautizada con el inquietante nombre de Plaza de las Viudas Perturbadas. (Perturbadas o Molestas, puede traducirse de las dos maneras.) El origen de ese nombre era del todo desconocido para la anciana que regentaba la pensión, que había nacido y se había criado en ese mismo edificio. Ella misma nos subía la comida a la habitación, escandalizándose por nuestro apetito y preocupándose por nuestro bienestar a partes iguales. Era de la opinión que en un clima húmedo cualquier enfermedad acaba echando raíces en los pulmones. Se aventuró a recomendarnos que visitáramos a un doctor.

Carlo hablaba italiano. Su padre había llegado a América a bordo de un vapor cargado con pieles curtidas y chianti. Él le explicó con palabras educadas, aunque gramaticalmente imperfectas, que ambos éramos doctores. No podíamos estar en mejores manos, añadió. Más tarde me tradujo el doble sentido. Al cabo de una semana, Carlo y la anciana eran amigos del alma. A pesar de su evidente timidez, cada vez que nos subía té caliente él se sentaba en la cama en mangas de camisa y le daba su opinión sobre la infertilidad de su hija mayor o sobre la afección pulmonar de su yerno, que trabajaba como soplador de vidrio. Mientras tanto, yo me sentaba a su lado con las sábanas hasta el cuello, sintiéndome culpable y fuera de lugar, como una furcia que llevan a casa para que conozca a mamá. La mujer no pidió mi opinión, probablemente porque en realidad no creía que yo fuera médico. Y no lo era, técnicamente hablando. Ayudaba en la clínica —la Creta rural no estaba muy preocupada por las titulaciones—, pero para ser enteramente honesta, hacía las veces de asistenta de Carlo. Yo hacía la compra. Aprendí las palabras griegas para aceite, jabón y pan.

Ya sé que las ambiciones de una mujer se supone que no suben y bajan y cambian de rumbo de esta manera, como un pajarito atrapado en una tormenta. Todo lo que puedo decir es que en una de las muchas encrucijadas de mi vida en que no tenía otro remedio que nadar o ahogarme, Creta era una isla, un lugar al que dirigirme, nuevo y lejano. Acababa de dejar la carrera de medicina en mi primer año de prácticas, a pocos meses de obtener mi titulación. Había descubierto que algo muy serio, relacionado principalmente con el temple y tal vez con la empatía, se interponía en mi camino. Lo descubrí mientras un bebé intentaba venir al mundo con los pies por delante. No sabía cómo se lo iba a explicar a Doc Homer, y debo admitir que fue entonces cuando me atrajo la idea de interponer todo un océano entre mi persona y ese obelisco de desaprobación. También influyó que Carlo deseara llevarme con él. Pero yo no tenía otra misión que la supervivencia personal; nada parecido al viaje de Hallie a Nicaragua. Nuestro pueblo tenía su propia desolación, todos los ingredientes de la pobreza, pero el paisaje era impresionante. Nuestros compañeros de clase estaban ocupados con los parásitos intestinales en Níger y Haití, con la silicosis en los Apalaches, mientras Carlo y yo remendábamos huesos rotos en las escarpadas laderas del monte Ida, lugar de nacimiento del mítico Zeus. La pobreza en un lugar hermoso no parece tan opresiva como sublime. De hecho, ése es el ingrediente básico de las grandes religiones del mundo, me dije, aunque a mí no me engañan.

Estábamos a cuarenta grados a la sombra, y las mentes incipientes de Biología I y II salieron de excursión al río; en teoría nuestro objetivo era recoger muestras de agua para examinarlas al microscopio. Estábamos estudiando los reinos animal y vegetal, empezando por el primer peldaño de la escala, protozoos y algas verdes y azuladas. Yo misma podría haber llevado conmigo un galón de agua del río, pero la escuela no tenía aire acondicionado, y yo tengo mi corazoncito. Ya me había hecho la dura lo suficiente como para que quedara claro, si es que había algo que dejar claro, y estaba cansada. Todos lo estábamos.

Sabía que la excursión al río acabaría convirtiéndose en una fiesta, pero no quise enfrentarme a la madre naturaleza. El muchacho alto con el pelo rapado, que se llamaba Raymo, fue el primero en quedar empapado hasta la camiseta. No había tardado ni noventa segundos. Sólo me decidí a pararles los pies cuando los chicos empezaron a tirar al agua a las chicas contra su voluntad.

—Ya vale, científicos, Marta dice que no quiere mojarse —ordené. Marta me miró frunciendo sus morritos pintados, pero gritó «No», y yo comprendí que debía apuntarme el detalle para el futuro.

—Aquí tengo una tonelada de botellitas de muestras, así que manos a la obra.

Yo me senté a una distancia prudente de la orilla, a la sombra de un fresno, colocando etiquetas en las botellas llenas a medida que me las iban entregando. Les había sugerido que recogieran agua profunda y agua superficial, agua clara y agua estancada, pero ellos fueron más allá y recogieron todo lo que se movía. Era la prueba fehaciente del instinto depredador. En el centro de la corriente había un islote bajo cubierto de hierba, y algunos chicos lo recorrían de rodillas cazando ranas y bichos. Raymo incluso atrapó una perca de unos diez centímetros utilizando como red su propia camiseta.

—Supongo que un día iremos a pescar —me dijo—. Un pez es un animal, ¿no?

—Correcto —le contesté mientras lo metía junto con las ranas en un cubo de fregar que habíamos pedido prestado al conserje. No sé cómo lo harán en las escuelas de las grandes ciudades, pero en el instituto de Grace teníamos un concepto bastante flexible de la propiedad interdepartamental.

De vuelta al laboratorio, reunimos todos los animales detectables a simple vista y les proporcionamos un nuevo hogar en un acuario que en su día había contenido unas pelotas de ping pong azules y naranjas que habían servido para cierto experimento enigmático de física. Marta y otras dos animadoras sacaron las pelotas de ping pong y se encargaron de acondicionar el terrario. Instalaron una charca en un lado para el pez y una admirable isla de musgo en el otro, rematada con una playa y una cueva que llamaron el Hotel Batracio. Pero se negaron a tratar directamente con los clientes. Raymo trasladó al pez y a las ranas —con las manos desnudas— desde el cubo de fregar.

Al día siguiente sacamos los microscopios. Los chicos refunfuñaron, pues preferían hacer experimentos con las ranas. Resulta difícil hacer que la gente se interese por animales que no tienen cabezas visibles, ni colas, aletas, ni nada parecido... y con las plantas, mejor olvidarlo. No ofrecen ningún aliciente. En el mundo vegetal no hay huidas, ni acecho, ni se devoran víctimas inocentes. Ni siquiera comen, excepto del modo más pasivo. En la universidad conocí a un profesor de botánica que siempre decía: «Hace falta una mente superior para apreciar a una planta». Supongo que Hallie y yo éramos un buen ejemplo de eso. Nosotras nos repartimos el mundo en dos mitades desde la infancia. Yo me decanté por la gratificación inmediata, atrapando brillantes y rápidas mariposas, aplicándoles cloroformo en un frasco y clavándolas con alfileres sobre unas etiquetas escritas a máquina con el nombre en latín. Los gustos de Hallie eran más calmados; tenía tiempo para ver cómo las cosas crecían. Transplantaba flores silvestres y mostraba buenas aptitudes para la jardinería. A la edad de diez años asumió la responsabilidad de completar el catálogo Burpee.

Pero ahora yo estaba sola en el Jardín del Edén. Se suponía que debía enseñarles todo el mundo viviente a esos chiquillos. Escribiría a Hallie y le pediría consejo sobre cómo conseguir que unos adolescentes se interesen por organismos que no tienen vida sexual aparente. Mientras tanto, nosotros estudiábamos a los protozoos, un tema que me parecía bastante manejable. Les dibujé unos enormes y fantásticos esquemas con tizas de colores de lo que esperábamos ver en el agua del río: algas filamentosas semejantes a collares de perlas azules; hidras de múltiples tentáculos; rotíferas que se tropezaban unas con otras como niños hiperactivos. Les hice una demostración de cómo colocar una gota de agua sobre el cristal de un portaobjetos, taparlo y enfocar el microscopio. El laboratorio enmudeció en plena concentración.

No podían ver nada. Al principio me irrité, pero me mordí la lengua y enfoqué yo misma el objetivo, preparándome a contemplar el abigarrado mundo microscópico de un río sucio. Comprobé que tenían razón, no había nada. Fui presa de un extraño pánico al contemplar esa quietud bajo tantos aumentos. Nuestra agua estaba muerta. Bien podría haber procedido de un río lunar.

☙ ☙ ☙

Como deberes les asigné a mis alumnos la tarea de convertirse en espías. Debían interrogar a sus padres para saber qué demonios le estaba pasando a ese río. Según pudimos comprobar, el pH de diferentes zonas era un poco más alto que el ácido de una batería. No podía creer que el veneno de la mina hubiera llegado tan lejos. Los protozoos son el sistema de alarma inmediata de la vida de un río, como los canarios de una mina. Y este canario estaba muerto. Echamos un vistazo más detallado a la perca de Raymo —bautizada como míster Pescao— y a las ranas del terrario, que parecían gozar de una salud razonable. Sin embargo, había resultado demasiado fácil capturarlas.

—No puede ser legal —me quejé a Viola mientras estábamos sentadas en el porche con tres de los chicos y cuatro bolsas de la compra llenas de habas. Emelina y John Tucker estaban en la cocina haciendo conservas a mayor velocidad de lo que nosotros podíamos pelar las habas. Cuando se trataba de criar niños o de horticultura, Emelina parecía incapaz de mantener la moderación.

—No es legal —afirmó Viola con mal humor—. ¿Y qué?

Seguimos trabajando en silencio durante un rato. El cuenco de aluminio que teníamos a los pies repicaba como una campana cuando tirábamos las duras habas verdes en su interior. Mason no parecía muy versado en el arte de pelar habas y se había quedado dormido en el balancín. Los gemelos se daban codazos como pájaros excitados posados en un alambre. Viola había estado cuidando de los niños en el jardín toda la mañana, y por una vez parecía cansada. Llevaba unas mallas de color vainilla, una blusa bordada y una gorra de béisbol con la insignia del Sindicato del Metal. El padre de J. T. había trabajado en la fundición durante cuarenta años, desde que cumplió los dieciocho hasta que murió de cáncer de pulmón. Viola llevaba la gorra echada hacia adelante, pues sus largos cabellos estaban recogidos en un grueso moño. Según Emelina, Viola opinaba que los niños estaban perdiendo contacto con su pasado, pero al verla a ella yo no podía discernir a qué pasado se refería. Eso me hizo pensar en la colección de botellas de whisky de Elvis que tenía en su dormitorio. En realidad, yo no conocía a Viola tanto como a Emelina, a J. T. o a los niños. Siempre estaba entrando y saliendo de las habitaciones con las manos llenas, a punto de salir a algún recado, demasiado ocupada para sentarse a charlar.

—Tendrán que pagar una multa si no dejan de contaminar el río —anuncié animosa—. La EPA les cerrará el chiringuito si no lo limpian.

Siguiendo las recomendaciones de Emelina, me había pasado por el palacio de justicia para cumplimentar una declaración ante las autoridades locales sobre el nivel de pH y la muerte biológica del río. Para ello utilicé el lenguaje más científico de que fui capaz, con términos como «muerte biológica» y «carga de oxígeno». Le había escrito a Hallie sobre ello.

Viola me dijo sin levantar la mirada:

—Van a desviar el río.

—¿Qué?

Se inclinó hacia adelante con un leve gruñido, cogió otro manojo doble de habas de la bolsa que tenía entre las piernas y las dejó sobre su delantal. Curtis y Glen habían dejado de darse golpes un momento y estaban haciendo una carrera. Estaban tardando una eternidad en pelar las habas, pues se paraban cada dos minutos para contar quién había pelado más.

—Van a hacer una presa —dijo Viola—. Eso es todo lo que tienen que hacer para cumplir las normas de la EPA. Hacer una presa y desviar el cauce por el cañón Tortuga en vez de por aquí. La EPA sólo ordena que no pueden dejarlo pasar por una zona habitada.

—Pero entonces *no* habrá agua para los huertos. Eso será peor que lo de ahora.

—Es verdad. Pero los de la EPA dicen que amén. Los hombres se reunieron ayer en el pueblo para hablar del tema con ese mandamás de Phoenix. Estuvieron hablando nueve o diez horas y al final él les dijo que si Black Mountain hace una presa, el asunto quedará fuera de la jurisdicción de la Agencia de Protección Medioambiental.

Viola pronunció esas últimas palabras con sorna, como si las escupiera fuera de su boca.

—Eso es imposible —dije yo—. Hay una ley de aguas.

—Nadie de por aquí puede ampararse en esa ley. Todas las familias vendieron sus derechos a la compañía en 1939 por veinticinco centavos el acre. Todos pensamos entonces que nos regalaban el dinero. Hasta hicimos una fiesta.

Yo me la quedé mirando.

—¿Estás segura de que eso es todo lo que van a hacer, desviar el río?

Ella se encogió de hombros.

—¿Quién puede estar seguro de lo que van a hacer los demás? Todos podríamos morir mañana mismo. Sólo Dios lo sabe.

Yo tenía ganas de zarandearla por los hombros. Deseaba que me mirara a los ojos.

—¿Pero eso es lo que has *oído* que va a pasar?

Ella asintió con un único movimiento de cabeza, sin apartar ni un momento la mirada de las habas que pelaba con las manos a toda velocidad y que caían recién abiertas en el cuenco de aluminio.

Yo todavía no podía creerlo.

—¿Y cómo van a poder hacerlo?

—Con excavadoras —dijo Viola.

***

Loyd y yo decidimos ir a Whiteriver en otra fecha, esta vez un domingo de octubre. La víspera fui con Emelina a escuchar música Chicken Scratch en un restaurante al aire libre regentado por las cuatro hijas de doña Althea. Las mismas bandas Waila ambulantes habían recalado allí, provenientes de la reserva papago, durante décadas, relevándose padres e hijos tan gradualmente que la música no había llegado a cambiar. Los gustos de Emelina se decantaban por el country, Merle

Haggard y Dolly Parton; pero la música Waila era algo especial, me decía, y a ella la volvía loca. Sus hijos, iluminados por la MTV, apartaban la mirada avergonzados. Llevó consigo a Mason y al bebé porque, citando sus palabras, eran demasiado pequeños para poder elegir.

El restaurante estaba al aire libre en un patio rodeado de un muro que parecía una versión mayor y más barroca del de Emelina. Las flores crecían por doquier en sus macetas con forma de cerdito y de gallo rechoncho, algunas de las cuales habían perdido miembros, y había dos viejos olivos enormes adornados con diminutas luces de Navidad que evidentemente no sabían de estaciones. Excavados por aquí y por allá en el grueso muro de adobe había unos nichos redondos que albergaban unas figuras de santos deterioradas por las inclemencias del tiempo y del tamaño de muñecos de juguete; de hecho, algunas se parecían sospechosamente a muñecas infantiles vestidas de santas. En una esquina, cerca de donde la banda había tomado posiciones, se hallaba un san Francisco de Asís de metro y medio de una delgadez casi cómica. Su aspecto era venerable y fatigado —además de hambriento—, y estaba rodeado de un surtido posmoderno de cerámica vidriada y pájaros de plástico.

Las mesas y las sillas eran de todos los tipos imaginables, manteniendo el mismo estilo, como también lo eran las mantelerías. No había dos iguales, como los copos de nieve. El efecto era totalmente festivo, fuera cual fuera el propósito de las hijas de doña Althea. Las cuatro —y cada una de ellas llevaba Althea incluido en sus largos nombres— pasaban de los sesenta, y eran tan delgadas como san Francisco, aunque carecían de su magnetismo animal. Se movían entre la multitud con destreza, tomando pedidos y sirviendo una comida celestial desde su pequeña cocina, a la vez que actuaban como si no pudieran entender por qué se habían metido en aquel lío. Uno podría pensar que a esas alturas ya deberían tenerlo claro. El suyo había sido el restaurante más popular de la ciudad durante medio siglo.

Con una atención tierna y paternal, los hermanos Álvaro desenfundaron sus instrumentos musicales, que viajaban cómodamente alojados en edredones de alegres colores. Más que hermanos parecían pertenecer a tres generaciones diferentes. El mayor de los Álvaro, ataviado con botas vaqueras y una camisa del oeste muy formal, acunaba un saxofón de metal cromado que me recordaba a los aviones de la segunda guerra mundial. Un Álvaro de mediana edad con el pelo hasta los hombros tocaba el acordeón, y dos jóvenes en camiseta se encargaban del bajo y la batería. El viejo saxofonista se acercó al micrófono.

—Somos los hermanos Álvaro —dijo—. Si hacemos demasiado ruido, hacérnoslo saber.

Ésa fue la última vez que alguno de ellos esbozó una sonrisa. Desde el mismo instante en que empezaron a tocar permanecieron inmóviles, con los labios fruncidos en plena concentración. Todo el público comenzó a removerse en sus sillas. La música Chicken Scratch es polca indígena con regusto mexicano. Suena como una boda jubilosa, muy alegre y ligeramente etílica, y le hace a uno subir y bajar; no se puede escuchar quieto. Una fila de mujeres mayores vestidas con blusas y faldas negras, posiblemente hermanas Álvaro o esposas Álvaro, se alineaba cerca de la cocina, balanceándose levemente y moviendo los pies al ritmo de la música. Varias parejas empezaron a bailar, y pude adivinar que Emelina se moría de ganas, pero se estaba reprimiendo. Mason no mostró tanta resistencia. Saltó disparado de su asiento de inmediato para colarse en el centro, dando saltos en círculo y tropezando con las piernas de la gente. Los más jóvenes se hicieron a un lado cuando las mujeres papago se apartaron de la pared e iniciaron su baile tradicional de los seis pasos. Mantenían una fila suelta, ligeramente encorvadas hacia adelante, arrastrando los pies sobre la grava con un sonido —y también con un aspecto— exactamente igual al de los pollos cuando escarban la tierra, y de donde la música recibe su nombre.

El lugar estaba atestado. Se tardaba una eternidad en ser servido, y a veces equivocaban los pedidos, aunque a nadie parecía importarle. La música era de lo más optimista. Una de las hermanas Althea llegó incluso a esbozar una sonrisa. Después de cuarenta y cinco minutos, el bajista recogió el cigarrillo encendido que había dejado clavado en el mástil de su instrumento y los Álvaros hicieron una pausa.

Emelina me contó que ella y J. T. habían ido allí en su primera cita. Tenían catorce años. Viola también había ido, pero por fortuna se había pasado la velada metida en la cocina, dándole consejos a doña Althea sobre cómo hacer *menudo*, la especialidad de Viola. J. T. pudo así pasarse la cena con una mano posada sobre la rodilla de Emelina, al abrigo de la mesa.

—Imagínate —dije yo— que hubierais venido otro día, que el menú del día hubiera sido diferente y que tú y J. T. no hubierais llegado a casaros.

Ella me dedicó una sonrisita extraña.

—No creo que hubiera nadie en esta ciudad con quien poder casarme excepto J. T. Era como si ambos tuviéramos el nombre del otro impreso en la piel al nacer.

—Parece que eso es bastante común en esta ciudad.

—Oh, sí. Y la gente se dedica a lo mismo que hicieron sus padres. El padre es un carapuerco, el hijo es un carapuerco.

Yo sonreí.

—¿Qué es un carapuerco?

—Un conductor de locomotoras. No sé por qué les llaman así.

Dicho esto tamborileó los dedos sobre la mesa mientras observaba a las mujeres papago hablar con los músicos.

Por un instante pensé que Emelina y J. T., con su afinidad de colegas y toda esa distancia entre ellos, eran como Carlo y yo, líneas paralelas que nunca llegan a cruzarse. Estaba equivocada. Dos noches antes, cuando J. T. llegó a casa a las tres de la madrugada, hicieron el amor en el patio a la luz de la luna, con urgencia, con algunas ropas puestas. Mi casa estaba a oscuras, pero yo estaba despierta, invisible en mi cocina. Me sentí abandonada a mi suerte. Emelina no era para nada como yo.

—Es peligroso —dijo ella de repente—. Mierda, no hay que pensar en eso, pero el ferrocarril es un infierno. ¿Te acuerdas de Fenton Lee, el del instituto?

—Claro.

—Sufrió un choque frontal hace dos años. Traía su tren de vuelta de El Paso en plena noche, y alguien venía en sentido contrario por la misma vía. Nadie sabe por qué. Puede que fallara una señal. Southern Pacific dice que no. Pero J. T. dice que a veces pasa.

—¿Así que Fenton murió?

Yo le recordaba vagamente con sus gafas negras de concha. Tenía el flequillo rubio y una risa sonora.

—Sí. Fue un verdadero desastre. El choque se oyó en toda la comarca. Una de la locomotoras subió por encima de la otra y le arrancó el techo. No quedó mucho que ver.

Me quedé helada. Un choque de trenes con Fenton como víctima era más de lo que podía imaginar.

—Puedes saltar del tren si lo ves venir —me informó Emelina—. El guardafrenos y el revisor saltaron con el resto del personal, pero Fenton se quedó. Supongo que no se lo acababa de creer. Yo le dije a J. T.: «Si ves un faro que viene hacia ti, ni se te ocurra salvar el tren. Salva tu culo primero».

La banda empezó a tocar de nuevo y Emelina recobró de inmediato el buen humor. Nos sirvieron la comida y Mason volvió de un salto a la mesa. Emelina volvió a sentar al bebé en su trona destartalada.

—Así que mañana te vas a la reserva con Loyd —me dijo con cierto brillo en los ojos—. Esto se pone serio. Si fuera tu madre te diría que te pusieras una ristra de ajos alrededor del cuello. —Dicho esto metió la punta de su cuchara en los frijoles refritos y se la dio al bebé. Él tomó aquel grumo marrón y picante como si fuera maná caído del cielo—. Pero como no soy tu madre —añadió con seriedad—, te recomiendo que te pongas ropa interior bonita.

Eso me hizo sentir incómoda.

—No es nada serio —le dije—. No somos lo que se dice la pareja ideal, ¿no crees? Yo y el-Loyd-con-una-sola-L.

Ella levantó la mirada con sorpresa.

—Él no tiene la culpa de cómo se deletrea su nombre. —Se detuvo un instante para observarme—. Vaya, ¿es que crees que Loyd es tontito?

Ahora me había puesto en evidencia.

—No, no quiero decir eso. Es sólo que no me veo saliendo con un tipo que está involucrado en las peleas de gallos.

Estaba segura de que Emelina sospechaba que ésa no era toda la verdad. Ella pensaba que le echaba en cara a Loyd su nombre mal escrito y muchas otras cosas. Como que no quería liarme con un carapuerco apache de clase baja que era el mejor amigo de su marido. Sentí que me sonrojaba. Yo era igual que Doc Homer, mirando a todos los habitantes de Grace por encima del hombro.

—Te voy a decir algo, guapa —anunció Emelina mientras detenía la cuchara en el aire a mitad de su viaje en dirección a la boca abierta del bebé—. La mitad de las mujeres de esta ciudad, y no me refiero sólo a las solteras, renunciarían de por vida al desayuno de los domingos con tal de poder ir a Whiteriver en esa camioneta roja.

—Ya lo sé —le dije, prestando atención a mis enchiladas. No sabía cómo disculparme ante Emelina sin tener que admitir algo que no estaba segura de sentir. Francamente, no me creía superior a Loyd ni a la mitad de las mujeres de Grace. De hecho, estaba maravillada por el interés que Loyd me demostraba. Tampoco pensaba que fuera a durar mucho.

Emelina volvió a dirigir sus energías a la crianza de sus hijos.

—Mason, cariño, no cojas eso con los dedos —ordenó afectuosamente intentando imponerse al sonido de la música, que había subido de volumen—. Ya sé que se te engancha. Yo te lo corto.

Alargó las manos hasta el extremo opuesto de la mesa para diseccionar con mano experta el pollo de Mason.

Por alguna razón miré al bebé, cuyos ojos y boca estaban abiertos de par en par. Algo iba mal. No respiraba. Tiré la silla al levantarme hacia él. Le metí un dedo en la garganta y noté algo, pero no podía moverlo. Él dio una arcada silenciosa. Me puse a su espalda y le tiré de las axilas, sosteniéndolo con mi brazo izquierdo, y le di cuatro azotes entre los omóplatos. Después le di la vuelta para ponerlo boca arriba, aunque todavía con la cabeza hacia abajo; sosteniéndole la cabeza con mi mano derecha, le metí dos dedos debajo del esternón y presioné con fuerza. Una judía pinta, pequeña y dura, salió disparada de su boca como una bala.

Toda la operación no me ocupó más de treinta segundos.

Emelina recogió la judía de debajo de la mesa y se me quedó mirando. Su rostro estaba tan ceniciento como el del bebé.

—Se había atragantado —me limité a decir mientras dejaba al bebé con cuidado sobre la mesa—. Ésta es la única manera de sacar algo de la tráquea cuando queda tan metido.

Él bebé se quedó inmóvil medio minuto, respirando nuevamente, pero todavía de un gris macilento, después tosió dos veces y empezó a llorar. Su rostro se tornó de un rojo púrpura. Algunas mujeres de las mesas cercanas se habían quitado las servilletas del regazo y se agolpaban a nuestro alrededor. La música cesó. Emelina contemplaba a su propio hijo como si fuera un plato que no había pedido y que hubieran dejado por error sobre la mesa.

—Puedes cogerlo —le dije—. Le dolerán un poco las costillas, pero está bien.

Ella lo atrajo contra su pecho. El bebé todavía lloraba, y para entonces no creo que hubiera ni una sola persona en el restaurante que no nos estuviera mirando. Mirándome a mí, de hecho. Emelina tenía los ojos muy abiertos, como si fuera uno de los santos de la pared: Nuestra Señora de la Tráquea Obturada. Se enjugaba las lágrimas de las mejillas con el dorso de la mano.

—No tiene importancia —le dije.

Y era verdad. Yo sólo había hecho lo que sabía que debía hacerse.

* * *

Emelina me rogó que me quedara a dormir en la casa con ellos, por si acaso el bebé dejaba de respirar otra vez. No había ninguna razón para que eso pasara, y así se lo dije. Pero ella, aunque silenciosa, estaba fuera de sí. J. T. había salido para El

Paso esa mañana, esta vez para dos semanas, a resolver algunos asuntos del descarrilamiento. Viola estaba todavía en una de las supuestas «reuniones de emergencia» de su club femenino. Creo que Emelina se sentía sola, o tal vez vulnerable, asustada por el hecho de que la vida escondía peligros que ella no podía resolver sola. Debía de haber sido una experiencia insólita para Emelina, y a mí me daba pena. Mientras estábamos preparando una cama para mí en el cuarto del bebé, me detuve un instante y le di un abrazo. Ella se aferró a mí como una niña.

Yo sabía que no podría dormir. Me acurruqué de costado, sin poder evitar escuchar la respiración suave del bebé, e intenté apartar de mi mente un pensamiento que no dejaba de repetirse, tan molesto e insistente como la mano no deseada de un amante. Había salvado una vida.

En lugar de eso pensé en Loyd. No sabía nada del lugar que íbamos a visitar a la mañana siguiente; nunca había estado en esa zona. Mi mente sopesó varias expectativas, y no pude reconocer ninguna como propia. ¿Quién creía ser, y que quería yo de un apache involucrado en las peleas de gallos con un nombre mal escrito? Su cuerpo, sí. Pero no podía correr el riesgo de acabar ansiando más y más.

En algún momento de mi vida había deseado de todo corazón que el amor me rescatara del castillo frío y desapacible en el que me veía recluida. Pero en otros momentos, creo que mucho antes, mantenía la callada esperanza de no tropezar con nada parecido al amor, de no sufrir ninguna decepción. Funciona. Hasta llega a convertirse en una costumbre.

De repente, una manada de coyotes empezó a merodear cerca de la casa, aullando y soltando chillidos, a tan poca distancia que parecían tenernos rodeados. Cuando una manada sale de caza y acorrala un conejo parece sumirse en un frenesí sangriento, profiriendo unos gritos casi humanos. El bebé suspiró y se removió en su cuna. A los siete meses sólo era del tamaño de una liebre grande, con la misma cantidad de carne. Sentí que el vello de mi nuca se erizaba. Eso está causado por una contracción muscular involuntaria que dispara los folículos capilares; si tuviéramos pelo en la espalda se pondría de punta como el de un perro rabioso. Somos animales. Nacemos como cualquier otro mamífero y nos pasamos la vida disfrazando nuestros instintos. Tanto disimulo no tiene sentido. Mañana, pensé, o al día siguiente, o al otro, tendría relaciones sexuales con Loyd Peregrina.

12

LOS SUEÑOS DE LOS ANIMALES

El domingo por la mañana me puse unos tejanos, los cambié por un vestido de algodón, y volví después a ponerme los tejanos, sintiéndome como una estúpida. A veces me convierto en mi peor enemiga. Cuando ya estuve totalmente harta y dejé de preocuparme llevaba puestos unos tejanos, una camisa blanca y unos pendientes de plata, así que eso es lo que acabé llevando. Y sí, lo admito, también ropa interior bonita.

Esperé en el porche, y me alivió ver que Loyd aparecía antes de que la familia de Emelina se levantara de la cama. Resultaba un tanto extraño vivir con una familia que prestaba tanta atención a mi vida social.

Jack se irguió para saludarme desde la parte trasera de la camioneta, y yo le acaricié las orejas.

—He traído algo de almuerzo —le dije a Loyd mientras entraba en la cabina con una cesta que Emelina me había ayudado a preparar la noche anterior.

Él esbozó una sonrisa maravillosa.

—Y yo aquí haciendo el indio.

Yo no supe cómo reaccionar ante ese comentario. Era una frase hecha, pero normalmente la utilizaban los blancos.

Le pedí que pasáramos por la oficina de correos para comprobar si había llegado algo. En Grace no había servicio de reparto, seguramente por razones humanitarias. Recorrer a diario esas calles escalonadas habría puesto a cualquier cartero al borde del infarto. Cada familia tenía un apartado de correos, que podían comprobar a diario o una vez al año si querían. Emelina prefería lo segundo. Yo le persuadí para que me diera la llave; era el único miembro de la familia que esperaba recibir correo.

Los buzones estaban colocados en el muro exterior de la oficina. Eché un vistazo a través de la pequeña ventanilla del de la familia Domingos y vi el borde bicolor de un sobre de correo aéreo.

—¡Hallie! —le grité a Loyd mientras agitaba el sobre en una mano y volvía dando saltos a la camioneta. Él puso cara de no entender una palabra—. Mi hermana Hallie está en Nicaragua.

Comprobé el matasellos para asegurarme de que tenía razón, y la tenía. Hallie la había echado al correo hacía tres semanas. Los sellos, ambos parecidos, eran bonitos y de vivos colores, y mostraban océanos y continentes con cierta ingenuidad revolucionaria: una mujer recogía granos rojos de café con su bebé amarrado en un gran pañuelo a la espalda. Hallie estaba en el país de sus sueños.

Yo rasgué el sobre y leí la carta con avidez. Había llegado a Nicaragua a mediados de septiembre, estaba bien, había recibido mis cartas, había pasado unos días en Managua y después había dirigido sus pasos a la zona rural que rodeaba Chinandega. Ella esperaba —o temía— ciertas formalidades, pero la habían puesto a trabajar el mismo día de su llegada, ataviada con su único vestido. «Estoy en el séptimo cielo», escribía, y yo podía imaginarla arremangándose el vestido y cruzando la tierra recién arada mientras repartía órdenes a un grupo de hombres asombrados. «Han sulfatado este algodón mil veces y todavía se lo comen los gorgojos. Los métodos de cultivo son lamentables. Sé perfectamente lo que tengo que hacer. Creo que doblaremos la producción del año pasado. ¿Te lo imaginas? Parece como si fuera Navidad. Todo el mundo está discutiendo cómo debería emplear la colectividad tanta prosperidad: podrían contratar a un profesor de secundaria a tiempo completo, o financiar un buen programa de educación de adultos.»

Mientras leía la carta podía ver la imagen del rostro de Hallie con toda claridad y oír su voz. Seguramente llevaría el pelo recogido con un pañuelo rojo, el rostro tenso de concentración y las cejas arqueadas como dos acentos. También podía recordar la expresión exacta de su rostro en Tucson, echada en el sofá de nuestro salón con sus largas piernas estiradas, una mano atusándose el cabello que le caía sobre su amplia frente, mientras repartía consejos con paciencia a través de la Línea de Emergencia del Jardín. Comprendí en toda su extensión cómo había malgastado su tiempo con las plantas de interior.

La carta era breve. Ella estaba alojada en una casa de dos habitaciones con una madre viuda y sus cuatro hijos pequeños, y la mujer había insistido para que Hallie ocupara ella sola una de las habitaciones, un lujo que la hacía sentir muy incómoda. Allí no sobraba nada. El día de su llegada hicieron correr la voz entre los vecinos, una mujer trajo un plato y una taza de hojalata, y otra más un tenedor. Ambas mujeres habían perdido hijos recientemente.

El territorio que ella debía cubrir repartiendo consejos sobre cultivos era enorme. Le habían asignado una yegua. Había

169

problemas con las carreteras, decía, que desaconsejaban utilizar jeeps para trayectos cortos: los caballos normalmente no pesaban lo suficiente para hacer estallar las minas que los contras habían enterrado. La yegua se llamaba Sopa del Día; era blanca con motas grises.

Firmaba «Tu hermana, loca de amor, Hallie», y había una posdata:

En referencia a tu pregunta sobre botánica: diles a tus estudiantes que las plantas hacen lo mismo que los animales: nacen, crecen, viajan (¿cómo si no crees que llegaron las palmeras a Hawai?), hacen el amor, etc. La única diferencia es que lo hacen todo un poco más despacio. Piensa en esto: las flores son los órganos sexuales de las plantas. Diles a los chicos que lo tengan en cuenta cuando les regalen ramilletes a sus novias para ir al baile.

Y una posdata adicional:

Claro que me acuerdo de cuando estuvimos a punto de ahogarnos en una riada. Tan claro como el día. Por Dios, Codi, ¿tú no? Encontramos unos cachorros de coyote, y el río se estaba desbordando, y tú querías salvarlos. Dijiste que debíamos hacerlo. Yo estaba muerta de miedo porque creía que Doc Homer nos iba a dar una paliza de muerte, y quería marcharme, pero tú no me dejaste.

—Mi hermana está salvando vidas humanas en Nicaragua —le dije a Loyd.

—¿Es médico? Creía que era granjera.

—La gente no puede vivir sin cosechas. Los caminos de la revolución son infinitos.

Él asintió.

170

Yo quería que supiera más cosas de Hallie. Que también era un ser humano que hacía cosas normales. Que una vez había intentado enseñarnos a Carlo y a mí a bailar breakdance. Se alborotaba el pelo como una estrella de rock, y nosotros nos moríamos de risa. Con sus calcetines de lana podía hacer el *moonwalk* sobre el suelo de madera como Michael Jackson.

No paré de plegar y desplegar la carta.

—Tiene que ir a caballo porque las carreteras están minadas.

La cabina de la camioneta traqueteaba cada vez que topábamos con un bache, pero Loyd conducía con calma, la mente absorta, con el mismo aspecto que yo imaginaba *tendría* montado a caballo. Nunca le había visto tan relajado. Miré atrás varias veces para ver cómo le iba a Jack, y parecía igual de contento. Suponía que ya había dado unas cuantas vueltas para aplanar su nido imaginario de hierbas altas.

—¿Hay algo por lo que darías tu vida? —le pregunté a Loyd.

Él asintió sin dudarlo.

—¿El qué?

Él tardó un instante en contestar. Después dijo:

—La tierra.

—¿Qué tierra?

—No importa. No puedo explicarlo.

—¿La reserva? ¿Algo así como defender tu país?

—No. —Parecía disgustado—. La propiedad privada no. No he dicho nada de la propiedad privada.

—Oh.

Pasamos por delante de otra de las minas de Black Mountain, abandonada años atrás, cuyos edificios semejaban los restos silenciosos de un naufragio. Los enormes ventanales de la fundición tenían cristales con alambradas, pero muchos de ellos estaban rotos de todas formas; en su interior las máquinas yacían inertes como esqueletos de dinosaurios. Junto a la fundición estaba el concentrador y una hilera de cabañas con tejados de metal oxidado. Tras ellas se extendían más campos de alfalfa, cuyo suelo estaba cubierto de una costra blanca tras tantos años de riego con agua ligeramente salada. Hallie bien podría haberse quedado en Grace y haberles echado una mano, pero era una cuestión de prioridades. Nadie iba a morirse por falta de alfalfa.

La linde de esos campos marcaba la frontera sur de la reserva apache, a sólo quince minutos al norte de Grace. Yo no había estado allí nunca, y le confesé a Loyd mi sorpresa al saber que estaba tan cerca.

—¿Estás de broma? —me preguntó Loyd—. El cañón Gracela estaba *dentro* de la reserva. Los blancos volvieron a quedárselo cuando encontraron oro por allí.

—¿Lo dices de verdad?

—Compruébalo tú misma, Einstein. Consta en el registro de la ciudad. Para empezar, si les dieron esta tierra a los apaches fue porque no valía una mierda.

Hasta cierto punto eso debía de ser verdad: era una comarca de aspecto desolado, aunque no tan estéril como las tierras ya cultivadas. No parecía haber sido *asesinada*. Aquí las suaves colinas iban del marrón claro al rosa, salpicadas a duras penas de salvia y flores silvestres del otoño. A lo largo del cauce de los arroyos secos había altos conjuntos de chopos. Sus hojas amarillentas se combaban lánguidamente. De vez en cuando pasábamos junto a unas agrupaciones de casitas que uno no podría llamar exactamente pueblos, y todas albergaban largas cuadras de caballos entre sus muros. Unos caballos bermejos alzaban sus cabezas y galopaban a nuestro lado todo lo que les permitían sus recintos, girando con maestría justo antes de llegar al final de sus corrales. Loyd saludaba con la mano a las personas que pasaban, y ellas le devolvían el saludo.

—¿Todos te conocen? —le pregunté incrédula.

—No, sólo la camioneta.

Llegado el momento nos detuvimos en uno de los asentamientos, que se distinguía de los demás por su tamaño y por la presencia de un almacén. Unos oxidados anuncios de refrescos clavados a lo largo del porche lo identificaban como un establecimiento comercial. A través de la puerta mosquitera pude ver las sombras de unos hombres con sombreros vaqueros. Loyd puso el freno de mano, me apretó un brazo y lo mantuvo así durante un segundo.

—¿Quieres entrar? —preguntó dubitativamente—. No tardaré más de diez minutos.

—Ya sé de qué va —le contesté—. J. T. me dijo que te dedicabas a las peleas de gallos.

Él asintió levemente.

—Bueno, ¿te parece bien a ti que entre? ¿Se permite la entrada a las mujeres? —le pregunté.

Él rió, después me soltó el brazo y me puso su dedo índice contra mi mejilla.

—Viejo jefe hechicero de peleas de gallos atrapar a mujer blanca.

—Ya soy mayorcita —le dije. Salí y le seguí por los escalones de madera, pero me arrepentí en cuanto entramos. Un hombre bajito que se apoyaba en el mostrador miró a Loyd y se arregló el sombrero sobre la frente, sin hacerme caso. Estaba claro que no iban a darme opción en ese asunto. Le compré un refresco espantosamente caliente al viejo que había al otro lado del mostrador. Él agarró la botella con su delantal y arrancó la chapa, dejando al hacerlo un asterisco de polvo en la tela blanca. El resto de los hombres observaron ese gesto en silencio.

—Te espero fuera —le dije a Loyd.

Me senté en el balancín de madera del porche. Jack había levantado la cabeza con las orejas enhiestas, pero no se movió de la camioneta.

Casi de inmediato pude oír a Loyd alzando la voz.

—Te dije que quería de los apodaca y no otros. Los quiero con espolones, no cuchilleros.

El hombre bajito dijo:

—Loyd, hazme caso, tienes que ir a Phoenix. A los turistas les encantan los torneos de cuchilleros. Es de locos. Puedes presentar doscientos gallos en un solo día.

—No me digas lo que quiero. ¿Los tienes con espolones o es que he vaciado el depósito en balde?

Las voces bajaron de tono otra vez. A mí me incomodaba estar escuchando, aunque me fascinaba y me aterraba al mismo tiempo el término «cuchilleros». Fueran lo que fueran, me consolaba que Loyd no los quisiera. El lenguaje de aquellos hombres me resultaba tan misterioso como la jerga ferroviaria de Loyd. Parecía evidente que él hablaba muchas lenguas, además de apache, pueblo y navajo.

En el lado opuesto de la calle, frente al almacén, se erguía una iglesia pintada de blanco de aspecto sólido, el único edificio blanco en ese pueblo de adobe. Tenía la misma forma que El Álamo, y tenía un campanario. El terreno que daba a la fachada estaba plagado de petunias, floxias y caléndulas: rosas, púrpuras y naranjas, en ese orden. Hallie siempre decía que una de las cosas que le gustaban de las reservas indias y de México era que no había reglas para los colores. Tenía razón. Realmente era una combinación espléndida, ahora que me fijaba, pero en algún país amante del orden, como Alemania, seguramente le arrestarían a uno por plantar eso delante de su casa; en el Tucson suburbano te harían el vacío. Meterían a los niños en casa cuando salieras a cortar el césped.

La gente salía de la iglesia en parejas y tríos, y la mayoría eran mujeres que seguían las mismas pautas de color en sus blusas y faldas. Todas me miraron mientras pasaban por delante, no con hostilidad, sino con esa curiosidad que se experimenta al descubrir una planta rara que ha crecido en tu jardín: uno no la arranca de buenas a primeras. Se le conceden unos días para ver en qué se convierte.

Podía oír unos gallos cantando por alguna parte, y sentí curiosidad. Mientras bajaba los escalones vi a un perro color terroso apartarse de mi camino para meterse debajo del porche. El almacén, según descubrí, tenía un gran patio trasero. La valla metálica estaba rodeada por altas matas y enredaderas, pero aun así pude mirar al otro lado: había un corral de pollos. Los pollos ocupaban unos pequeños cubículos, dispuestos en filas ordenadas, uno por jaula. Caminaban dando vueltas en círculo, observándose como si cada momento fuera una novedad, como si fuera la primera vez en su vida que estaban rodeados de gallos. Tenían la cabeza roja y brillantes plumas negras que despedían brillos iridiscentes, como los cuellos de un colibrí. Hermoso. Pero tanta energía claustrofóbica era penosa de contemplar.

Oí un portazo y volví rápidamente al porche de la entrada. Loyd estaba a punto de irse, pero no tan enfadado como yo suponía. Cuando llegamos a las afueras del pueblo estaba sonriendo.

Yo le ofrecí lo que quedaba de mi refresco.

—Así pues, ¿has vaciado el depósito en balde?

Él reposó su brazo en el respaldo del asiento, rozando con su pulgar la curva de mi cuello.

—De eso nada.

No íbamos en dirección a Grace. Íbamos al norte. No había más pueblos, sólo colinas rojizas y una carretera en mal estado.

—¿Eso era Whiteriver? —le pregunté.

—No. Todavía estamos en lo que podría llamarse área metropolitana de Whiteriver.

—¿Tú vivías por aquí? ¿Después de dejar el pueblo de tu madre?

—Por aquí cerca. Vivíamos en Ghost River, que está un poco más arriba. Es bonito, hay árboles.

—Tú, tu padre y... —Yo quería preguntarle por su hermano gemelo muerto, pero me contuve de nuevo. Otro día sería.

—Y Jack —concluyó.

—¿Qué le paso a la madre de Jack, a la hembra coyote?

—Después de tener sus cachorros se fue. Volvió a la vida salvaje.

Yo me quedé callada un minuto, contemplando las colinas.

—¿Adónde vamos ahora?

Él sonrió.

—¿Quién quiere saberlo?

—Una chica de pueblo que busca algo de aventura.

—Bueno, entonces vamos a buscar algo de aventura.

Loyd mantenía las dos manos en el volante por aquella carretera accidentada, conduciendo como un piloto de carreras. No quiero decir rápido, sino con precisión, con esa clase de concentración relajada que parece tan simple como un puro reflejo. Estábamos subiendo, ganando terreno, pasando a través de apariciones intermitentes de plantas de hoja perenne. Entre medio había prados sólidamente alfombrados con flores amarillas, salpicados de altas amapolas blancas con hojas plateadas y pétalos semejantes a pañuelos de papel. En la distancia, la cara sur de las laderas de las montañas estaba pintada de amarillo. Pasamos a través de otro diminuto enclave de casitas y corrales de caballos. Allí la gente vivía tal como había nacido; podía imaginarlo. Por alguna razón pensé en la primera carta de Hallie, en los niños que jugaban alrededor de la fogata en el campo de refugiados. Pero esto no era igual; no parecía desesperado, sólo solitario. Resultaba difícil imaginar por qué la gente se quedaba. Loyd no se había quedado. Pero tampoco había nacido allí. Y aun así parecía que algo le ataba a ese lugar por razones diferentes a las peleas de gallos.

La carretera se suavizó un poco y Loyd apartó su mano derecha del volante y la posó sobre mi pierna. Por un momento ambos fingimos no habernos dado cuenta. Después le pregunté:

—¿Qué pensaría la gente de por aquí si te viera con una mano en el muslo de una mujer blanca?

Él sonrió.

—Dirían que soy un hijoputa con suerte.

Levantó la mano y recorrió mi brazo con su palma, desde mi muñeca hasta mi hombro, suavemente, acariciando más mi vello que la piel. Mis pezones se endurecieron, la nuca se me erizó y todo mi cuerpo deseó tener esa mano por toda su superficie a la vez. Pero él la retiró y la devolvió al volante, y yo me compadecí por envidiarlo.

—Todavía no me has dicho adónde vamos —le comenté.

Él asintió en dirección a la carretera.

—Vamos allí. Casi hemos llegado.

Un minuto después giró y salió de la carretera polvorienta a un camino lateral, que no era tanto una carretera como dos líneas paralelas que se adentraban en un campo de grava. Si uno no lo conocía de antemano nunca lo hubiera encontrado.

Si se trata de otra visita a un tratante de gallos con espolones y cuchilleros, pensé, será mejor que quede sentada y quieta como una buena chica blanca. Pase lo que pase, voy a tener que reprimir mis deseos de besar a Loyd.

177

Aparté la vista de su rostro y me puse a mirar por la ventanilla. Allí no había más que campos de flores amarillas, colinas rocosas rojizas a poca distancia y montañas muy altas hacia el este, débilmente coronadas de negro por un tapiz de bosquecillos de pino. Allí arriba debía de hacer frío, incluso en un día como aquél. Me imaginé tumbada bajo los pinos en un lecho de agujas marrones. Resultaba difícil no incluir a Loyd en esa imagen.

🐎 🐎 🐎

—¿Qué es esto? —Yo estaba fuera de la camioneta, en trance, antes de que él pusiera el freno.

—Kinishba —dijo Loyd—. Adosados prehistóricos.

Y eso es lo que parecía. Allí, en los confines del mundo, sin una valla a la vista, se erguía un largo edificio rectangular construido enteramente de piedra tallada, sin cemento. A lo largo de la fachada se abrían decenas de puertecitas.

—¿Podemos entrar? ¿Se puede?

Él me rodeó el cuello con su brazo como un luchador amistoso, y ambos caminamos en dirección al edificio.

—Está permitido. Yo lo permito.

—¿Cómo, eres el propietario?

—Hasta que alguien me diga que no lo soy.

Él me soltó y se giró hacia la camioneta, dando un único silbido.

Jack salió de un brinco fuera del vehículo y atravesó las altas hierbas como si fuera la viva imagen de la felicidad. Se dirigió colina abajo hacia lo que parecía haber sido un río; podía ver chopos. Allí la altitud era mayor, y había más vegetación.

—Buen perro —dije yo.

—Sí. Buen perro.

Las puertas no tenían más de metro veinte de altura. Me agaché para entrar por una de ellas hasta una pequeña habitación rectangular con el suelo de tierra. Era silenciosa y fresca como una cueva. La puerta era un cuadrado de luz brillante con la silueta de Loyd entrando por ella. Incluso en el interior de la habitación el techo era muy bajo, sólo unos centímetros por encima de mi cabeza.

—En aquellos tiempos la gente era muy bajita. No comían pan integral.

—A ti te tendrían que haber construido una habitación especial. Te habrían nombrado su reina.

Yo reí, aunque advertí de repente que me había dicho un piropo. ¿Era así como Loyd me veía? ¿No como un silo en la pradera sino como una reina? En la pared opuesta a la entrada había una puerta que daba a otra habitación más oscura que no tenía aberturas al exterior. Otras dos puertas permitían salir de la habitación, una a un lado y otra a través del techo, que estaba soportado por vigas fabricadas con los troncos gruesos y curvados de unos árboles pequeños. Encima había otra planta con sus habitaciones.

—¿Podemos ir arriba?

Él negó con la cabeza.

—No me fío de esas vigas. Son más bien viejas.

—¿Cómo de viejas?

—Ochocientos años.

Yo le miré.

—¿Estás de broma?

—No.

Fuimos de habitación en habitación, cambiando de dirección en la oscuridad hasta que perdí totalmente el sentido de la orientación. Era un laberinto. Loyd dijo que tenía más de doscientas habitaciones: todo un pueblo bajo el mismo techo.

179

El aire olía a frío. Intenté imaginarme aquel lugar habitado: saltando de una habitación a otra por encima de parejas que duermen, escuchando los sonidos de las cocinas y las reprimendas a los niños, a las madres intentando seguir la pista de sus propios hijos, que ya conocerían atajos secretos para ir a los alojamientos de sus amigos.

—Las paredes son muy gruesas —observé.

—Las paredes son tumbas. Cuando un bebé moría, emparedaban sus huesos dentro de los muros. O debajo del suelo.

Yo me estremecí.

—¿Por qué?

—Para que pudiera seguir cerca de la familia —me contestó sorprendido de que no se me hubiera ocurrido a mí misma la respuesta.

Sin previo aviso salimos a un patio iluminado en el centro, rodeado de muros y piedras por los cuatro costados. Quedaba totalmente escondido del exterior: un pequeño refugio con una alfombra de fina hierba y un viejo fresno. Una isla del tesoro. La sombra del árbol me atrajo hacia él.

—Deberíamos haber traído la cesta del almuerzo —le dije mientras me sentaba bajo el fresno. El suelo era frío. Mi breve visión de una ciudad viva se desvaneció; de nuevo parecía un lugar fantasmal. Durante ochocientos años, los huesos que albergaban las paredes no habían oído nada más que el seco deslizarse de las lagartijas.

—Tenemos todo el día —dijo Loyd. Se sentó a medio metro de mí, agarrándose las rodillas con las manos y contemplando la puntera de sus botas.

—Así pues, ¿quién construyó este lugar hace ochocientos años?

—Los paisanos de mi madre. Los pueblo. En aquellos tiempos tenían buena maña, ¿no?

La verdad es que sí. Yo no podía dejar de recorrer con la mirada aquellos muros y el bajo techo nivelado. Las piedras tenían casi todas la misma forma rectangular, pero eran de tamaños diferentes; había una hilera de piedras grandes, y después dos o tres hileras de piedras más pequeñas. Había algo que me resultaba familiar en cómo encajaban unas con otras. Al poco caí en la cuenta. Parecían células vistas al microscopio.

—Ni siquiera parece una construcción —le dije a Loyd—. Es demasiado hermoso. Parece algo que haya *crecido* aquí.

—Ésa es la idea. —Loyd parecía tan satisfecho como si lo hubiera construido él mismo.

—¿Qué idea? ¿La idea de la arquitectura de los pueblo?

—Sí. Nada de grandes héroes. Nada de monumentos a Washington. Sólo construir algo que la Madre Tierra quiera acoger en su seno.

Era un pensamiento agradable. A mí tampoco me desagradaba la idea de que Loyd me acogiera en su seno, pero él no hacía ningún movimiento en esa dirección. Me estaba explicando el sistema de conducción de agua (parecía evidente que tenían agua corriente) y cómo cultivaban calabazas y maíz en la ladera que daba al río.

Yo alargué una mano y recorrí con un dedo la distancia entre su rodilla y su tobillo. Él levantó la mirada.

—Hablo demasiado, ¿no?

Negué con la cabeza.

—No, sigue hablando.

—¿Estás segura?

Dudé. No me había imaginado que tendría que hacerle una sugerencia tal, y sentí un nudo en el estómago.

—Sí. Sólo que... podrías acercarte para hablarme.

Sus ojos brillaron. Le había tomado por sorpresa. Él se

inclinó hacia mí, tomó mi rostro entre sus manos y me dio el beso en que yo había estado pensando las dos últimas horas. Duró un buen rato. Él atusó suavemente con sus dedos el cabello que crecía en la base de mi nuca y me estrechó con fuerza, y mi respiración se entrecortó mientras él repartía una serie de pequeños besos entre el lóbulo de mi oreja y mi clavícula. Nos recostamos sobre la hierba, y yo me enredé contra él, mirándole a los ojos. Eran de color marrón oscuro, de un color profundo, como el cristal esmerilado. Resultaba un tanto sorprendente mirar aquellos ojos marrones después de todos los pálidos azules de Grace.

Estar entre sus brazos resultaba increíblemente agradable, el trago largo que tanto había deseado. Por un segundo me acerqué a él tanto como pude. Algo en el bolsillo abotonado de su camisa crujía como si estuviera envuelto en celofán. Me aparté un poco y lo señalé con el dedo.

—Si llevas un condón en tu bolsillo, Loyd Peregrina, es que hoy es mi día de suerte.

Sí que lo llevaba. Era mi día.

🐎 🐎 🐎

Al caer la tarde la sombra se había movido, y nosotros también habíamos rodado varias veces sobre la hierba, supongo, alejándonos de nuestra ubicación original. Sea como sea, estábamos bajo el sol. Nos desacoplamos y yo quedé tendida de espaldas, sintiendo el tacto prohibido del sol sobre mis pezones y mis pestañas.

Loyd yacía con la cabeza apoyada en su mano, mirándome sin proferir palabra, tal como lo había hecho en la fiesta de Emelina. Con un dedo trazó círculos concéntricos alrededor de mis pechos, y triángulos sobre mi abdomen, como si me estuviera aplicando pinturas rituales para alguna ceremonia. Fuera lo que fuera, yo me sentía bien dispuesta. Sabía que cuando recobrara los sentidos estaría muerta de miedo de sentirme tan a gusto con otra persona, pero mi cuerpo se sentía renovado. Me sentía como una parcela de tierra seca acabada de regar.

Jack había entrado en el patio interior y dormitaba a la sombra a poca distancia.

—Ha encontrado el camino sin dificultad —dije—. Vosotros debéis venir mucho por aquí.

Loyd me besó en la mejilla, se sentó y se puso los pantalones.

—Sí, bastante. No tanto como a mí me gustaría.

Yo pensé en el condón que llevaba en el bolsillo, en sus claras expectativas, y me sentí irritada.

—Bueno, es un buen lugar para seducir. Conmigo ha funcionado.

Recogí el resto de mi ropa y me concentré en abotonarme la camisa. Había perdido un pendiente en alguna parte.

Loyd me miró durante medio minuto, para después recostarse con las manos enlazadas en su nuca, mirando hacia arriba.

—No quiero decir que traigo gente aquí. Aquí no ha estado nadie más que yo y Jack. —Me miró, y después volvió a apartar la vista—. Pero supongo que eso es lo que esperas que te diga.

No volvió a decir nada durante otro minuto, para después añadir:

—Mierda.

—Lo siento. Supongo que te creo. Te creo.

Estaba herido. Creo que algo doliente en mi interior quería castigarle por hacerme sentir que le necesitaba. Después de haberme llevado al límite de lo que un alma puede soportar.

Pero eso no tenía sentido. Cualquiera admitiría que ese bebé era culpa mía, y él ni siquiera sabía de su existencia. Miré al Loyd adulto que tenía ahora delante e intenté tenerle consideración, pues vi claramente que era demasiado dulce para sobrevivir a mi lado. A mí me iban a enterrar echando de menos un arma.

—Codi, no podía creérmelo cuando aceptaste venir aquí conmigo. Ni siquiera podía creer que me hubiera atrevido a pedírtelo.

Yo me incliné hacia adelante, dejando que mi mentón se apoyara en mi rodilla.

—Ya veo lo que significa para ti. Siento haber pensado así.

Él habló muy despacio.

—He deseado este momento desde la fiesta del día del Trabajo. No porque pensara que tú y yo... Por ningún motivo en particular. Sólo quería venir aquí contigo.

Yo le miré. Decía la verdad. Yo no sabía qué decir.

—No te culpo por estar enfadada conmigo desde el instituto.

Mi corazón se detuvo un instante.

—¿Por qué?

—Por ser un gilipollas.

—¿Te acuerdas?

Supongo que era una pregunta insultante. Él dijo:

—Me acuerdo de muchas razones para ser como era, pero eso no lo disculpa. Hice daño a mucha gente.

Yo le miré con atención.

—¿Y de qué manera crees que me heriste?

Él se encogió de hombros.

—Bueno, tal vez no. Quizá no te importaba. Pero aun así podría haberme portado mucho mejor. Salimos un par de veces, y después si te he visto no me acuerdo, eso es. Loyd sólo quiere pasárselo bien, nunca llama dos veces a la misma chica.

Yo di un respiro. Nadie lo sabía, así que Loyd tampoco podía saberlo, pero por un instante temí lo peor. No quería que supiera cómo su desamor había marcado mi vida. Eso sólo le dejaría dos posibilidades: amabilidad compulsiva o la huida desesperada. Yo me incliné y le di un beso.

—Estás perdonado —le dije—. Fea de Jane perdonar a Chuleta del Instituto por ser un desalmado.

—Fea de Jane los cojones —me dijo, colocándome sobre él y agarrándome por donde yo los tendría—. Me gustas mucho. De verdad, mucho. ¿Qué te parece?

—De acuerdo. Pero no intentes venderme gallos cuchilleros.

Él me miró fijamente a los ojos.

—Lo digo en serio, Codi.

—Muy bien. Adjudicado.

Apoyé mi cabeza en su pecho y casi me quedé dormida mientras él acariciaba suavemente mi columna vertebral. Me sentí como un bebé acunado en contra de su voluntad hacia el mundo de los sueños. A pocos metros de distancia, Jack ya había caído en ese mundo. Sus patas se agitaban sin poderlo evitar, dándole un aspecto vulnerable.

—He perdido un pendiente. ¿Lo ves?

—No. En un momento te ayudo a buscarlo.

—¿Con qué está soñando Jack?

—Caza conejos —dijo Loyd.

—Eso es lo que todo el mundo dice, pero no creo que todos los perros sueñen lo mismo. Si observas a un perro de ciudad, a uno que no ha visto un conejo en su vida, verás que hace lo mismo.

—¿Y cómo sabes que están soñando?

—Porque sí. Todos los mamíferos tienen la fase REM del sueño, excepto algunos osos hormigueros.

Después de decir aquello me sentí un tanto avergonzada. Sonaba como Codi Noline, la listilla de séptimo curso, despreciada por sus semejantes.

—¿Osos hormigueros?

—Bueno, lo siento, pero es la verdad. Lo leí una vez en una enciclopedia.

—Eres una persona sorprendente.

Lo decía en serio, no se reía de mí. Su mano dejó de moverse y descansó en mi cintura. Él estaba pensando en todo eso. Carlo no hubiera prestado atención a una conversación como ésa; estaría pensando en lo que piensan los hombres, como cuánta gasolina queda en el depósito. Loyd me preguntó:

—¿En qué crees que sueñan los animales?

—No lo sé. En el cielo de los animales —reí.

—Yo creo que sueñan con lo que hacen cuando están despiertos. Jack caza conejos, y los perros de la ciudad cazan, no sé, parquímetros.

—Pero eso suena triste. ¿Es que los perros no pueden tener imaginación como las personas?

—A las personas les pasa lo mismo. Y no tiene nada de triste. La gente sueña con lo que hace cuando está despierta. Vaya, cuando yo trabajaba con la tía seleccionando pacanas me iba a la cama y soñaba con pacanas, pacanas, pacanas.

Yo observé su rostro.

—¿Nunca has soñado que puedes volar?

—No cuando seleccionaba pacanas todo el día.

—Pero en serio. ¿Nunca has volado en tus sueños?

Hasta yo lo había hecho, aunque no muy a menudo.

—Sólo cuando estaba cerca de volar en la vida real —me

dijo—. Tus sueños, tus esperanzas y todo eso, no son parte separada de tu vida. Nacen de ella.

—Así que tú crees que todos soñamos como los animales. No podemos soñar en otra cosa que en nuestra vida cotidiana.

Él apartó suavemente un mechón de cabello de mis ojos.

—Sólo si tienes una vida corriente. Si quieres dulces sueños, debes tener una vida dulce.

—De acuerdo —le dije, sintiéndome feliz. Estaba segura de que ningún otro hombre de los que había conocido se hubiera preocupado por los sueños de los animales—. Ahora voy a dormir, ya te informaré.

Yo volví a posar mi cabeza en su pecho. Los latidos de su corazón golpeaban débilmente mi oreja mientras recorría el suelo con la vista. Vi mi pendiente plateado brillando sobre la hierba.

HOMERO

13

LAS LLORONAS

Su nombre se había desvanecido. Él sabe que es culpa suya. Había cogido papel y lápiz y lo había cambiado, había eliminado a sus ancestros, y ahora su nieto —el hijo de Codi— había quedado tan borrado como si sólo fuera un garabato, y no de carne y hueso. Él sabe que ella ya no lo lleva en sus entrañas. Puede advertir los síntomas.

La luz roja del cuarto oscuro brilla como una estrella muy vieja que se apaga: enanas rojas, las llaman, cuando llegan a ese punto. Él a veces lee algo de astronomía cuando no puede dormir. Pero en este momento, fuera de esa habitación sellada, es de día. Piensa detenidamente en la hora del día y en el día del año y en la edad de sus hijas, un ritual que realiza a diario una decena de veces para mantener la noción del tiempo. Fue hace unos veinte años cuando Codi perdió al bebé. Él ha fotografiado los ojos de muchos bebés. Ahora pierde el cómputo de los años, tal como solía abstraerse cuando se quedaba demasiadas horas sentado en la oscura sala del cine. Siempre le había encantado la oscuridad.

El líquido resulta frío al tacto, aunque es un baño químico, no demasiado adecuado para la elasticidad de la piel humana. Podría utilizar los fórceps Piper de la cocina, pero les ha perdido la pista. Agita la fotografía en el fijador y presta atención a las líneas. Y frunce el ceño. Son una copia precisa de lo que el mundo real ofrece a su cámara, y nada más que eso: la sombra enramada de una chumbera contra un rectángulo de tierra pálida y agrietada. Encontró la imagen mientras caminaba por el arroyo, e inmediatamente vio la ilusión óptica que podía conseguir: un río en el desierto. Había visto exactamente lo mismo a vista de pájaro. Fue años atrás, durante la guerra. Le habían llevado en un avión pequeño hasta el campo de maniobras, cerca de Yuma; allí había un soldado herido y no se atrevían a moverlo. Siguieron la ruta más corta, sobrevolando las dunas Algodones, un océano muerto de arena ondulante. El piloto dijo que era más difícil sobrevolar las dunas en un día caluroso que atravesar un tornado; el avión traqueteaba hasta hacer crujir los remaches. Entonces, pasaron repentinamente sobre las llanuras cultivadas del río Colorado. Él se maravilló, sintiéndose tan feliz como un astronauta. Seguro que nadie había contemplado antes esa vista asombrosa, un complejo río saeteado por canales que seguían un curso sobrenatural a través de la tierra reseca.

Él no puede recordar al soldado herido. Cierra los ojos y lo intenta, pero no puede. Seguramente era una herida en el pecho. ¿Un pulmón perforado? No, no puede traer al soldado a su memoria. Pero recuerda la visión de esas aguas. Agita cuidadosamente la fotografía en el baño de revelado, absorto en las cuestiones técnicas. Sabe que debe de haber una manera de transformar la sombra de ese cactos en la otra imagen, que ya sólo existe en su memoria. Ésa es la cuestión. Él debe ser el único hombre sobre la tierra que puede fotografiar el pasado.

Se detiene de repente, sintiendo una presencia al otro lado de la puerta.

—¿Codi? —Escucha—. Estoy sacando copias en papel, sólo tardaré unos minutos. Codi, ¿estás ahí?

No oye nada. Es lunes por la mañana, ella no puede estar ahí. Está dando clase en la escuela. Él sumerge la copia en el fijador, sintiéndose molesto, y vuelve a la ampliadora para intentarlo de nuevo. Debería cerrar la puerta con pestillo para evitar accidentes. Qué sorpresa para las niñas, una puerta cerrada con llave. Siempre habían tenido reglas para esas cosas; una puerta cerrada es algo sagrado. La intimidad debe respetarse. En la casa de los Noline no hacía falta cerrar pestillos. Pero aún así ella se encerró para no dejarle pasar. Esa noche se pasó más de cuatro horas en el baño. Cuando él intentó entrar se dio cuenta de que el pestillo de arriba estaba echado. Ella había entrado poco después de la cena. Tenemos normas para eso.

—¿Codi? —Él vuelve a escuchar, pero no se oye ningún sonido. Llama a la puerta con los nudillos—. Sólo quiero comprobar que estás bien.

—Estoy bien.

Ella solloza débilmente.

—Puedo oír que estás llorando —le dice él—. Tu hermana está preocupada. Dinos qué te pasa.

—No me pasa nada. Es que soy una llorona. Siempre me dices que soy una llorona, y ya ves que tienes razón.

Eso no es verdad, él no utiliza esa palabra. Él les dice que deben intentar comportarse como personas mayores. Pero hace años que no necesita decírselo.

Un minuto después ella habla en voz baja.

—¿Está Hallie? Necesito hablar con ella.

Hallie está en su habitación, leyendo. No parece demasiado preocupada; Codi está tan rara últimamente que Hallie la deja en paz. No discuten, pero parece haberse creado un cierto distanciamiento entre ambas. Una bahía. Codi había entrado en la adolescencia, dejando atrás a Hallie por el momento. Ambas parecían perdidas. De hecho, los tres lo parecían: una familia de náufragos, aislados en sus respectivas islas desiertas. Antes, cuando las niñas se llevaban bien, a él le preocupaba pensar qué pasaría cuando se separaran. Ahora ya lo sabía.

—Hallie. —Él está de pie ante la puerta de su habitación y repite su nombre con voz queda—. Hallie.

Ella está leyendo con luz muy débil, dañando su vista. Ella alza la mirada. Sus ojos son de un blanco marmolino bajo la pequeña luz que ilumina la cabecera de la cama.

—Tu hermana pregunta por ti. ¿Puedes averiguar, por favor, qué necesita?

Ella deja su libro abierto boca abajo sobre la cama y se levanta sin decir palabra. Ambas conferencian frente a la puerta del baño. Él intenta escuchar sus susurros desde la cocina. Se da cuenta de que Codi no la deja entrar.

—El de color negro. Ese viejo que era de mamá.

Hallie sólo tarda un minuto en volver.

—No lo encuentro. Tengo tu chaqueta verde.

—¡No! —exclama Codi antes de decir algo que él no puede oír. Él lava la sartén de hierro y la deja sobre el hogar a fuego lento, para quitarle la humedad. Entra en su dormitorio, desde donde no puede ver pero puede oír mejor. Hallie le mira de reojo cuando pasa a su lado en el pasillo, y ella baja la voz.

—¿Por qué quieres precisamente ese suéter, Codi? ¿Vas a salir? Ni siquiera hace frío.

—Tú sólo tráeme el suéter negro. Lo digo en serio, Hallie, encuéntralo. Está en el fondo de unos de mis cajones.

Tras un intervalo bastante largo Hallie vuelve con la prenda. Él oye cómo se abre el pestillo, para cerrarse de nuevo; la puerta no ha llegado a estar abierta ni un segundo. Hallie vuelve a su lectura.

Quince minutos después él oye que ella frota algo. Está limpiando el suelo. Ha tirado de la cadena más de doce veces. Tenemos reglas para esas cosas.

Mucho más tarde él acecha desde la sala de estar con la luz apagada. La casa está a oscuras. El rostro de ella queda oculto por la cortina de su propio cabello cuando asoma la cabeza y mira en dirección a la cocina. Sale. Lleva un hatillo en los brazos, apretado contra su pecho, la espalda encorvada como una anciana, como si el suéter negro pesara tanto como su propio cuerpo. Cuando él comprende lo que le pasa, se lleva los nudillos a la boca para ahogar cualquier sonido. Ella se ha deslizado por la puerta de la cocina tan silenciosamente como un gato.

Él la sigue hasta el arroyo. Ella ha tomado la senda del ganado que ataja directamente hasta la ribera. Unos peñascos volcánicos redondos la rodean a ambos lados, sus superficies brillan como piel a la luz de la luna. Está bajando hacia el mismo río seco donde estuvieron a punto de ahogarse hace diez años, durante la riada. Este afluente había horadado el cañón Tortuga; se llamaría el río Tortuga si tuviera nombre, pero nunca lleva agua. Sí que llevaba años atrás, cuando él era un chiquillo que recorría esas riberas para escapar de la cocina grasienta de su madre, pero ahora sólo corre agua durante las tormentas. Las tierras de Grace se están secando.

Está a unos cien metros de Codi, por encima de ella, a la sombra de los chopos. Ella ha llegado al lugar donde las rocas dejan paso a la gravilla y al fango del lecho del río. Incluso en la semioscuridad puede verse una línea clara allí donde cambia la vegetación. Ella penetra entre las pequeñas acacias y él sólo puede verle la espalda, su espalda encorvada bajo la blusa de algodón sin mangas. Parece un pequeño cuadrado blanco, como un pañuelo. Con mejor luz él podría hacerle una foto y darle ese aspecto, o el de una sábana tendida. Se agita exactamente de la misma forma, como una sábana olvidada bajo una ventosa tormenta. Ella permanece largo rato de rodillas, agitándose de ese modo.

Después su cabeza se alza entre la hilera de acacias y empieza a caminar hacia donde está él, su hermoso rostro brillando bajo sus lágrimas privadas. Comprende cuánto le dolería a ella saber lo que él ya sabe: que su observación le ha hurtado los secretos que ella había preferido preservar. Es una niña con la dignidad de una anciana. Él da la vuelta, atravesando los chopos de camino a casa, a su cuarto de trabajo. Él no puede saber a quién ha enterrado ella, pero podrá recordar el camino. Al menos puede hacer eso. Para protegerlo de los animales. Antes de ir a la cama lo cubriría con una pila de piedras, las más grandes que pueda levantar.

Él finge estar ocupado largo rato en su cuarto de trabajo, saliendo a la cocina periódicamente para cubrir alguna necesidad. ¿Dónde habrá dejado sus fórceps Piper? Codi está vacía y agotada, pero aún sigue despierta en mitad de la noche para acabar sus deberes. Sobre la mesa de la cocina hay seis tomos de la *Britannica* abiertos; ella afirma estar haciendo un trabajo sobre los mamíferos marsupiales.

Él está a punto de hablar muchas veces, pero las frases toman formas absurdas en su cabeza: «He notado que has estado embarazada los últimos seis meses. Hace tiempo que quería hablar contigo de eso». Vendería su alma al diablo por poder volver atrás en el tiempo, pero, aunque pudiera hacerlo, no podría escoger el momento preciso. No diez semanas atrás, ni diez años. Si les ha fallado a sus hijas es que les ha fallado de manera uniforme. Durante toda su vida, desde la muerte de

Alice, ha mantenido la distancia. Es como si Alice tirara de ellas para llevárselas consigo, pero las dejara atrás en el último momento, abandonando a las dos niñas en ese frío cañón de piedra.

Él ya no encuentra otra excusa para quedarse en la cocina, y ella sigue trabajando. Bajo sus ojos se ven dos depresiones oscuras, como dos huellas dactilares sobre su pálido rostro. Ella le dice que tiene dolor de cabeza, le pide una aspirina, y él se dirige rápidamente al armario donde guarda las medicinas. Él se queda largo rato mirando los frascos, pensando. La aspirina aumentaría la hemorragia, si todavía tiene, que es lo más probable a juzgar por su aspecto. Pero si ella estuviera en peligro él se daría cuenta, se dice a sí mismo. Seguramente no tendrá complicaciones, como casi todos los abortos espontáneos; incluso a los seis meses el niño debía de ser muy pequeño. Ella parece tan mal nutrida que se podría haber previsto una toxemia, incluso un desprendimiento de la placenta. Él sigue con la vista fija en el armario, golpeándose el mentón con un dedo. Ni siquiera puede darle Percodán: contiene aspirina. Demerol. Eso para el dolor, y algo para los calambres. ¿El qué? Ojalá pudiera inyectarle algo de Pitocín, pero no ve cómo.

Él vuelve a la cocina y le da las pastillas con un vaso de agua. Cuatro pastillas, dos amarillas y dos azules, cuando ella sólo ha pedido aspirina, pero las toma sin rechistar, una tras otra, sin levantar la vista de los libros. Eso es todo lo que él puede darle. Ése es todo el amor que él es capaz de dispensar.

🐎 🐎 🐎

Él vuelve a inclinarse sobre el baño de revelado, con el rostro tan cerca del líquido que sus ojos lagrimean. La fotografía le revela poco a poco su alma mientras permanece en la cubeta,

197

como un ahogado sobre el fondo de una piscina. Todavía es la misma: sombras lisas sobre el polvo. Maldita sea. Él está buscando la textura luminosa del agua, incluso del agua oscura vista desde lejos. Tiene una superficie que él no puede vislumbrar en esas sombras secas.

Se incorpora, los ojos todavía acuosos, y se palpa los bolsillos buscando un pañuelo. Finalmente lo encuentra en el bolsillo equivocado y se suena la nariz. Ha manipulado esa fotografía de todas las formas posibles, y ninguna le ha ofrecido lo que él busca. Ahora se da cuenta de que el problema no está en el revelado; el error está en la concepción inicial. Sus derrotas en el cuarto oscuro son tan escasas que le resulta difícil rendirse, pero lo hace. Por una vez olvida la necesidad de trabajar a su antojo. Apaga la vieja enana roja y enciende la brillante luz del techo, y las copias que esperan su turno para el fijador se oscurecen en su baño hasta quedar negras por completo. No importa. La verdad de esa imagen no puede corregirse.

COSIMA

14

DÍA DE DIFUNTOS

El último lunes de octubre, Rita Cardenal dio tres noticias a la clase: abandonaba la escuela, ése era su último día, y si alguien quería su feto de cerdo podía quedárselo, pues estaba como nuevo.

Habíamos examinado todo el reino animal en un tiempo récord, y ya no nos quedaba nada que estudiar de los protozoos. Habíamos vuelto de excursión al río un par de veces para prestar atención especial a los anfibios y a míster Pescao, cuya casa de cristal se había vuelto más elaborada con cada salida al campo hasta quedar bautizada como Club Med Batracio. Ahora había palmeras de helecho y un campo de golf de musgo, y las ranas se dedicaban al aeróbic de alto nivel, brincando por encima de todo el conjunto. En ese momento nos disponíamos a explorar los misterios insondables de un mamífero nonato, que tuvimos que encargar por correo.

Pero Rita no tenía estómago para diseccionar el suyo, y yo no podía culparla, dadas las circunstancias. Estaba embarazada de gemelos. Dijo que dejaba la escuela porque estaba demasiado cansada para hacer los deberes; yo temí por el futuro de sus pequeños.

Rita llevaba media docena de pendientes en una oreja, iba de chica dura, y a mí me gustaba. Había sido buena estudiante. Parecía lamentar su partida, pero también resignada a su destino, con esa manera básicamente adolescente de mirar la vida, como si todo fuera un castigo infligido a los jóvenes por un aburrido comité de adultos con mal gusto en el vestir. Yo estaba decepcionada, pero no me sorprendía perder a Rita. Había estado observando cómo se le iban ajustando los tejanos. En Grace, el índice de fracaso escolar por culpa de los embarazos superaba con creces al de los accidentes de tráfico como peligro potencial para los adolescentes. Rita ya formaba parte de esas estadísticas. El martes di mis propias noticias: íbamos a dar un cursillo, fuera de programa, sobre control de natalidad.

La reacción entre las filas de pupitres fue de incredulidad y de vergüenza a partes iguales. Parecía como si hubiera propuesto una orgía en la sala de estudios. Cundió cierta histeria cuando eché mano del soporte audiovisual.

—Mirad, un condón no tiene nada de divertido —les dije, fingiendo que sus risas me sorprendían—. Es un profiláctico con una finalidad práctica, como un... —Sólo vinieron a mi mente las analogías más desafortunadas—. Como un guante —les dije, repitiendo el tópico. Di la espalda a la pizarra y fruncí el ceño—. Si pensáis que tiene una forma rara, deberíais ver la ridícula herramienta en la que encaja.

Los chicos se miraron unos a otros estupefactos. Yo ya le iba cogiendo el tranquillo.

—Señorita —dijo Raymo. No habían aprendido a llamarme Codi.

—¿Qué pasa?

—La van a despedir por esto.

Yo acabé mi diagrama, que tenía un aspecto bastante más obsceno de lo que me hubiera gustado. Me sacudí el polvo de tiza de las manos contra mis tejanos y me senté de un salto en el alto banco de trabajo que hacía las veces de mesa del profesor.

—Ya sé que a algunos de vuestros padres no les entusiasmará este tema de estudio —les dije, recapacitando un poco—. Y no le he pedido permiso a la dirección. Pero creo que deberíamos arriesgarnos. Es importante.

—Vale, díganos algo que no sepamos ya —dijo Connie Muñoz, quien llevaba aún más pendientes en su oreja izquierda que Rita. Me pregunté si eso era un indicador secreto de promiscuidad.

—¡Cállate, Connie! —dijo Marta. (Dos perlitas, una en cada oreja)—. Mi padre me mataría si se entera de que me han explicado cosas de ésas.

—Lo que tú *hagas* es cosa tuya y de tu padre —dije yo—. O tal vez no. Lo que sea. Pero lo que tú *sepas* es cosa mía. Evidentemente, no hace falta que pongas en práctica todo lo que sabes, como no hace falta que vayas vaciando el extintor por todas partes porque sabes cómo funciona. Pero si hay fuego en vuestras casas, chavales, no quiero que os queméis porque nadie os ha explicado qué es qué.

Raymo meneó lentamente la cabeza y repitió:

—Des-pe-di-da.

Eso provocó las risas que él esperaba.

—¿Sabes una cosa, Raymo? —le pregunté mientras me daba unos golpecitos en los dientes con el lápiz.

—¿Qué?

—En realidad, no importa mucho lo que piensen en dirección. —Iba encontrando las palabras a medida que las pronunciaba. Recordé el siguiente precedente: despedirme de mi jefe en el 7-Eleven dos días antes salir de Tucson. Ésos eran mis poderes, la invulnerabilidad de los trabajadores temporales—. No hay nadie más que pueda dar esta clase. Y sólo tengo contrato por un año, y no tenía pensado renovarlo. Ni siquiera soy profesora de verdad. Sólo tengo un certificado provisional. Así están las cosas. Estamos estudiando el sistema reproductivo de los mamíferos superiores. Si con ello ofendo la religión o la moral de alguien, le pido disculpas, pero mejor que toméis apuntes, que nunca se sabe.

El silencio era total, pero a última hora de la tarde eso no se sabe qué significa. Podía deberse al asombro o a la muerte cerebral. Los síntomas son idénticos.

—¿Señorita? —Era Barbara, una estudiante alta, delgada y tímida (orejas sin pendientes), cuya postura intentaba siempre compensar su altura. Se me había pegado como una lapa desde principios del semestre, como si hubiera olido de inmediato mi pasado en el instituto—. ¿No va a volver el año que viene?

—No —le dije—. Me las piro, como si me graduara. La única diferencia entre vosotros y yo es que a mí no me darán un diploma.

Dicho esto les dirigí una sonrisa comprensiva, dirigida especialmente a Barbara.

—No es nada personal. Es sólo mi *modus operandi*.

Los chavales se quedaron parpadeando, preguntándose sin duda si eso era un nombre en latín que debían apuntar.

—Tu *modus operandi* es tu manera de trabajar —les expliqué—. Es lo que se deja atrás cuando te alejas del escenario del crimen.

🦁 🦁 🦁

En el instituto de Grace enseñaba Biología I y Biología II a dos grupos diferentes, y también daba algunas clases de álgebra para sustituir a una compañera que se ausentaba con frecuencia a causa de un embarazo complicado. Mi clase favorita era Biología II, los mayores (Raymo, Marta, Connie Muñoz y Barbara), pero ese día tenía una misión, y no hice distinciones entre unos y otros. A todos les di mi charla sobre prevención del embarazo. Barbara, que estaba entre los mayores y también en clase de álgebra, tuvo que aguantarme tres veces, la pobre, e imagino que eso era lo último que necesitaba.

Esa cruzada me sorprendió tanto a mí como a mis alumnos, y sospeché cuáles eran mis motivos reales; ¿a mí qué me importaba si toda la clase tenía gemelos? Lo más probable es que quisiera asegurarme de que mi contrato seguiría siendo temporal. Cuando sonó el último timbre del día borré la pizarra y me quedé un minuto de pie, compartiendo el silencio con mi paisana de Illinois, la señora Josephine Nash. Nuestra jornada laboral había acabado. Ella me ofreció su sonrisa silenciosa de oreja a oreja. Era el único habitante de Grace que no me había herido en la infancia, ni me había hecho estrujarme la cabeza para recordar su nombre (lo llevaba escrito en la pelvis), ni me había tirado bolitas con un canutillo ni me había pedido dinero prestado, y la única que no había sugerido que haría mejor en irme a París, Francia, o a un grupo de rock.

Desde el extremo opuesto del aula podía oír a las ranas topando contra las paredes de su terrario, tan constantes como un reloj, arriba y abajo, arriba y abajo, dejando a la vista sus vientres blandos y blancuzcos. El año próximo por aquellas fechas no quedaría en el río ni un pez ni una rana; esos especímenes del reino animal estaban en vías de extinción. Mi sustituto tendría que escribir a Suministros Biológicos de Carolina para que le enviaran esas ranas tiesas en conserva que olían a formol, con las patas agarrotadas como manos y el corazón a la vista.

205

Me acerqué al terrario y atisbé desde arriba en su interior, como un Dios. El pez permanecía inmóvil en su laguito. Bajo el cristal superior se estaban formando gotitas de condensación. Allí estaba a punto de llover. Al igual que los chavales, había empezado a encariñarme de ese mundo en miniatura, y le había añadido mi toque personal: un manojo de setas de brillante color rojo que crecían en el patio de Emelina, y un helecho del barranco que daba a la parte trasera de mi casa. El terrario era una cápsula del tiempo. Creo que todos estábamos tratando de salvar pequeños fragmentos de Grace.

Deslicé el cristal a un lado, sabedora de que estaba perturbando ese ecosistema, pero tenía que darle de comer al pez. Hasta mi nariz ascendieron húmedos olores a barro y a musgo, y me acordé de Hallie en el trópico. ¿Cómo resolvería ella esos problemas si estuviera allí? Bueno, para empezar se quedaría, no como yo. Yo había llegado allí con cierta sensación de que aquello era el final del camino, tal vez de una forma positiva, pero no encontraba nada que me ligara a Grace. Considerarlo un «hogar» era una entelequia esperanzadora, pero tan falsa como el terrario. Intentaría echar una mano a Doc Homer, todo lo que me fuera posible en un año, y después volvería con Carlo, o me apuntaría a otro trabajo de investigación; no tenía ideas claras en mente. Mi futuro podía describirse en negativo. El año siguiente podría estar en cualquier parte menos allí.

Le había contado a Hallie lo de mi ridícula y escueta declaración sobre el pH del río, y que unos días más tarde empecé a enterarme de que iban a construir una presa. Las cuestiones del pH no eran más que academicismos. Me sentía frustrada. En cierta ocasión me escribió para contestarme: «Piensa en cómo crecimos. No se puede vivir con algo así y evitar ahora los riesgos. No hay manera de esquivarlo». Me estaba sermoneando, supongo. Debería serle más leal a mi lugar de nacimiento. No tenía el valor suficiente; todavía intentaba esquivarlo. Una ciudadana ideal del país de los amantes del olvido. Salpiqué la superficie del agua con copos de comida para peces. En la naturaleza hay animales que luchan y otros que huyen; yo era una criatura inconstante». Hallie parecía opinar que me había pasado de bando; decía que era la misma que en cierta ocasión quiso luchar a muerte para salvar unos cachorros de coyote. Emelina decía que yo había sido una cabecilla de las campañas para salvar a los pollos de las granjas avícolas. En los años que yo puedo recordar claramente no fui ninguna de ambas cosas. Cuando Hallie y yo vivíamos en Tucson, en el tiempo de los refugiados, ella se quedaba en pie toda la noche cogiéndolas de las manos y cuidando de sus niños, traumatizados por los bombardeos. Yo no podía. Yo me quedaba cruzada de brazos y me iba a la cama. Más tarde, después de mi segundo año en la facultad de medicina, podía describir sus heridas exteriores, pero nada más.

Los habitantes de Grace también se convertirían pronto en refugiados, sacados de allí como la calderilla de un bolsillo. Su historia común se disolvería a medida que las familias seguían su propio camino a Tucson o a Phoenix, donde había trabajo. Intenté imaginarme a la familia de Emelina en una casa prefabricada, con sus vecinos vigilando nerviosamente la combinación de colores de sus macetas. Y a mis alumnos de la escuela, rebosantes de confianza, devorados vivos por las escuelas de la ciudad, donde deberían aprender a caminar como Barbara, avergonzados por sus acentos de pueblo y su rudeza inadecuada. En Grace resultaba fácil dar la talla.

Bueno, al menos sabrían cómo utilizar condones. Al menos yo podía ofrecerles eso en su paseo por la vida. Volví a deslizar el cristal hasta su posición original y apagué las luces. Para cuando Grace quedara en ruinas yo ya estaría lejos; tenía un contrato de un año. Ahora me había asegurado de que fuera así.

⁂

Rita Cardenal me llamó por teléfono. Dudó un instante antes de hablar.

—Me parece que su padre no está bien de la cabeza.

—Es posible. —Me senté en la butaca de mi sala de estar y esperé a que continuara.

—¿Le ha hablado de mí? ¿De que dejo la escuela?

—No, Rita. Yo no haría eso.

Silencio. No me creía. Para Rita, ambos éramos figuras de autoridad. Pero al menos me había llamado.

—Mi padre y yo no nos contamos muchas cosas —le dije—. Voy a verle cada semana, pero no hablamos mucho. —Seguro que una adolescente embarazada lo entendía perfectamente.

—Bueno, entonces es que tiene un problema bastante grave.

—¿Qué ha hecho?

—Se le fue un poco la olla. Fui a hacerme la revisión de los cinco meses, ¿vale? Entonces me dijo que los bebés eran demasiado pequeños, pero que todo era normal y eso. —Hizo una pausa—. Y de repente pierde el control y se pone borde y me monta una escena. Me *gritó*.

—¿Qué te dijo?

—Cosas. Que tenía que comer más y que ya se ocuparía él de que fuera así. Me dijo que no me iba a dejar *salir de la casa* hasta que me pusiera en forma. Parecía que se había vuelto loco. Estaba midiéndome la tripa con una cinta métrica y va y la deja caer y se pone a llorar y me coge de los hombros y me abraza. Y se pone «Tenemos que hablar. ¿Sabes lo que llevas en tus entrañas?». Yo estaba muerta de miedo.

Me quedé atónita. Se produjo una larga pausa.

—¿Señorita Codi?

—Rita, lo siento de verdad. ¿Qué te puedo decir? Está perdiendo facultades. Tiene una enfermedad que le deja confundido. Creo que sólo quería hacer su trabajo, pero no sabía cómo tenía que hablar contigo.

—Ya me han dicho algo de eso. Que tiene esa enfermedad que te vuelves lelo y te deja como un bebé.

—Bueno, yo no lo diría exactamente así, pero es verdad. A veces los rumores son ciertos.

—¿Es verdad que es usted médico?

Miré a través de la ventana del este a la muralla de roca rojiza que se alzaba detrás de la casa.

—No —le dije—. Eso no es verdad. ¿Te lo dijo él?

—No. —Hizo una pausa—. Bueno, sí. Dijo algo hace algún tiempo, que usted estaba en la facultad de medicina o algo así. Pero ahora no. Me lo ha dicho otra persona, que usted es médico, que Doc Homer se va a morir y que usted se va a hacer cargo.

—¿A hacerme cargo?

—A encargarse de ser el médico de Grace. Decían que ya ha salvado usted al bebé ese del restaurante de doña Althea.

—Oh, vaya por Dios.

—Mire, la gente dice cosas, ¿vale? —dijo Rita—. Este pueblo está lleno de bocazas. Yo sólo lo he oído.

—Yo me quedo sólo hasta fin de curso, así que puedes decirles a los que van diciendo eso que se vayan a la mierda.

—Vale, vale. Perdone.

Me arrepentí de perder los estribos con Rita.

—No pasa nada —le dije—. No es culpa tuya. No estoy

acostumbrada a vivir en un sitio donde la gente mete las narices en los asuntos de todo el mundo.

—No se puede caer más bajo, ¿verdad? Mi madre se enteró de que estaba embarazada porque se lo dijo una que trabaja en el banco. Mi madre le dice «¿Qué día es hoy?», y la mujer le suelta «El catorce. Tu hija saldrá de cuentas hacia el día de San Valentín, ¿no? Yo tuve un hijo el día de San Valentín». —Rita hizo una pausa para saber mi opinión.

—Sí —le contesté—. No se puede caer más bajo.

—Eso digo yo. Mi madre me dijo que después tuvo que romper tres cheques seguidos hasta que consiguió rellenar uno bien. Como si fuera culpa *mía*.

🦂 🦂 🦂

En cuanto colgué el teléfono me dispuse a visitar a Doc Homer de inmediato, pero tardé mucho en averiguar dónde estaba, y mis energías se desvanecieron poco a poco. Primero me dirigí a su oficina en el sótano del viejo hospital, en la cima del cañón. Eran las cuatro de la tarde de un miércoles, y él debería estar allí. Pero la señora Quintana me dijo que había bajado al centro a revisar la máquina de oxígeno del señor Moreno, que hacía ruiditos, y que a la vuelta iba a pasarse por el colmado a recoger unas costillas de cerdo. Ya había pasado media hora, así que imaginé que le atraparía si me saltaba la visita al señor Moreno e iba directamente al colmado, pero llegué tarde. La señora Campbell, la tendera, me dijo que Doc Homer había pasado por allí *antes*, olvidando completamente que tenía que pasar por casa del señor Moreno. Se había pasado seis u ocho minutos contemplando las latas, como si estuviera perdido, y después se había acordado. La señora Campbell me lo dijo con un guiño indulgente, como si estuviéramos hablando de Einstein o alguien así y se le pudiera perdonar. Él había ido de allí a casa de los Moreno, pero primero iba a pasar por la farmacia para recoger la medicación contra el enfisema del señor Moreno. Me salté la farmacia y fui directamente a la casa rosada de los Moreno, pensando que lo encontraría mientras salía de allí y que podríamos subir juntos por el camino de la colina, pasando por el hospital, hasta su casa. De modo que en Grace la guerra contra los gérmenes estaba liderada por un hombre que se perdía contemplando latas de cóctel de frutas. Había una clínica en Morse, justo al otro lado de la frontera del estado, y según la señora Quintana mucha gente iba hasta allí en coche últimamente. Ella parecía ver en ello un acto de deslealtad; adoraba a mi padre. No olvidó comentar que todos ellos habían tenido problemas con los formularios del seguro estatal.

De camino a casa de los Moreno me detuve en la oficina de correos. Había carta de Hallie, que me guardé para leerla más tarde. Me gustaba leerlas a solas, con tiempo para rellenar mentalmente los vacíos que ella dejaba.

Resultó que la visita de Doc Homer a los Moreno había sido inesperadamente breve, y él ya se había ido. La máquina de oxígeno había dejado de hacer ruiditos por arte de magia. Volví a solas por el camino de la colina. Para cuando llegué finalmente a la cocina de Doc Homer, sus costillas ya estaban cocinadas y él estaba a punto de sentarse a la mesa.

Parecía sorprendido, casi contento, levantando la mirada de la mesa, y se ofreció para poner algo en el fuego para mí, pero yo le dije que no tenía hambre. Me senté a la mesa en mi lugar de siempre, donde había rechazado tomar bocado con toda pasividad mil veces antes. Pero esa noche me entristeció verle cenar en soledad. Había cocinado una sola ración de un menú completo, con verduras y todo. Eso me maravilló. Cuando

Carlo se entregaba a sus excesos de trabajo en el hospital, yo me saltaba comidas enteras a conciencia; tenía suerte si tomaba algo de cada grupo alimenticio cuatro días consecutivos. Pero suponía que Doc Homer le había cogido el truco a la soledad. Para él no era un tiempo de espera, sino la vida misma.

—He oído que has sido un poco duro con Rita Cardenal —le dije.

Él se sonrojo ligeramente.

—¿La conoces? Está embarazada de gemelos. Necesita cuidarse mejor.

—Ya lo sé. Era una de mis alumnas hasta anteayer. Es una buena chica.

—Seguro que sí —me contestó—. Pero no es fácil hablar con ella. Le receté una dieta especial en un papel, pero lo arrugó y lo tiró a la papelera antes de salir de mi consulta. Me dijo que comería lo que le diera la gana, ya que su vida era una escena de lo más borde. Y cito sus palabras.

Yo sonreí.

—Los chavales tienen sus propias convicciones. Lo estoy descubriendo. Y no me lo esperaba.

—Pues sí.

—Mis alumnos hablan como una mezcla entre Huckelberry Finn y un televisor.

Él parecía levemente divertido. Me di cuenta de que me estaba yendo por las ramas. Tomé una buena bocanada de aire.

—Me parece que he dejado que las cosas fueran demasiado lejos. Ya hace tiempo que debería haber hablado contigo de esto. Creo que no te las arreglas demasiado bien, y siento que debería cuidar de ti, pero no sé cómo. Parecemos un ciego guiando a otro ciego. Todo lo que sé es que depende de mí.

—No hay ningún problema, Codi. Estoy tomando un derivado de la acridina. Tacrina. Está comprobado que frena el deterioro de las funciones mentales.

—La tacrina *ralentiza* el deterioro de las funciones mentales, si tienes suerte. Su uso es experimental. No soy tonta. Después de que me lo contaras leí muchos libros en la biblioteca de la facultad de medicina.

—No, no eres tonta. Y yo estoy bien.

—Tú siempre dices que estás bien.

—Porque siempre lo estoy.

—Mira, sólo me quedaré hasta el verano próximo. Necesitamos dejar varios temas zanjados. ¿Qué vas a hacer cuando ya no puedas seguir ejerciendo? ¿Crees que eres justo?

Él cortó la coliflor, haciendo pasar el cuchillo entre los dientes de su tenedor. La diseccionó en cubos de idéntico tamaño, y no me contestó hasta habérselos comido todos.

—Haré lo que siempre he planeado. Me jubilaré.

—Tienes sesenta y seis años —repliqué—. ¿Cuándo piensas retirarte?

—Cuando no pueda seguir trabajando con precisión y capacidad.

—¿Y eso quién lo va a decidir?

—Yo mismo.

Yo me lo quedé mirando.

—Bueno, parece haber pruebas de que últimamente estás algo flojo en lo de precisión y capacidad.

Mi corazón latía con fuerza. Nunca me había atrevido a hablarle en ese tono. No esperé su respuesta. Me levanté y entré en el salón. Estaba como siempre, montones de cachivaches por todas partes. Algo nuevo me sorprendió: de alguna parte había salido una docena de zapatos de mujer, dispuestos en un círculo perfecto con las punteras hacia el centro. Orden superficial imponiéndose al caos. Así era exactamente como imaginé que Doc Homer perdería la razón. Me sentí mareada e incapaz de que mis piernas me sostuvieran sobre el suelo de Doc Homer, así que me senté. Eso no podía ni contárselo a Hallie. Vendría a casa de inmediato.

La vieja colcha roja y negra, la manta de consuelo de Hallie y mía en los viejos tiempos, seguía cuidadosamente plegada en el sofá. En los meses que yo llevaba allí no la habían utilizado ni una sola vez, de eso estaba segura. Tomé en brazos el grueso hato, caminé hasta la cocina y me senté, esta vez en la silla de Hallie, apretando la colcha contra mi pecho como un escudo.

—Me la llevaré, si no te importa. La necesitaré cuando haga más frío.

—Muy bien —me contestó.

Le observé un minuto más.

—¿Sabes lo que dicen en Grace?

—Que la luna está hecha de queso verde, supongo.

Se levantó y empezó a lavar los platos de su pequeña cena. Una sartén grande y una pequeña, un hervidor de verduras, una parrilla, plato y vaso, cucharas y cuchillos de varios tamaños, y los fórceps Piper. Incluyendo las tapas, eran cerca de veinte utensilios para cocinar y consumir unos doscientos cincuenta gramos de comida. Me parecía que contarlos demostraba cierta obsesión en mí, pero aquello simbolizaba algo. El modo en que él había vivido su vida, haciéndolo todo de la manera que le parecía más adecuada, tuviera sentido o no.

—Empiezan a decir que soy médico —le dije a su espalda—. Que he venido a salvar Grace.

Hallie y yo habíamos bromeado sobre nuestra ciudad y sobre Doc Homer de todas las formas posibles: qué des-grace, qué grace-oso. Todas esas bromas me dejaban ahora un sabor amargo en la boca.

—¿Y cómo suponen que lo vas a hacer?

—No lo sé. De la misma manera que los médicos hacen milagros.

—Tú sabes muy bien qué hacen los médicos. Acabaste cuatro años de facultad y casi terminaste las prácticas. Te quedaste a dos o tres meses de estar titulada para ejercer.

Toqué con la yema de un dedo unas miguitas de pan que había esparcidas sobre la mesa. Dado que él estaba de espaldas hice acopio del valor suficiente para dispararle la pregunta a bocajarro.

—¿*Hasta qué punto* me lo echas en cara, eso de que no consiguiera ser médico?

—¿Quién dice que no lo conseguiste?

—Yo lo digo, aquí y ahora. No valgo para eso, ni ahora ni nunca. Pensar en ejercer la medicina me parece algo ridículo. ¿Que la gente dependa *de mí* en una situación de vida o muerte? ¿Recuerdas cuando hice el cursillo de socorrista de natación en la Cruz Roja? Intenté lo del rescate por los codos con Ginny Galvez y casi nos ahogamos.

Él habló sin darse la vuelta.

—¿Cómo has llegado a la conclusión de que no puedes ser médico?

Durante un minuto enterré mi rostro en la colcha, cuyo olor me resultaba tan familiar como un animal de la casa. Cuando levanté la vista de nuevo él me estaba mirando, secándose las manos con un trapo, enjugándose los dedos uno a uno.

—Me gustaría saberlo —insistió.

—No pude soportar un turno de guardia en ginecología y obstetricia. Estaba trayendo al mundo a un bebé prematuro, complicado con lesiones, y el feto corría peligro, y la presión de la madre empezó a dispararse. Yo me fui. No recuerdo exactamente lo que hice, pero sé que los dejé colgados. La mujer podía haber muerto. —Corregí mi observación—. Ambos podían haber muerto.

—Tú eras una interna en primer año de prácticas, y era un parto de alto riesgo. Estoy seguro de que tenías alguien cerca para que te echara una mano. Tal como están las leyes sobre negligencia médica.

—Ésa no es la cuestión.

—No hace falta atender partos para ser médico. Yo ya no me ocupo de los partos. Hay cien especialidades para escoger que no tienen nada que ver con la obstetricia.

—Ésa no *es* la cuestión. La gente esperaba que yo tomara una decisión, y perdí los papeles. Uno no puede perder los papeles. Tú mismo me lo enseñaste.

Él me miró directamente a los ojos y dijo:

—Yo pierdo los papeles una decena de veces al día.

Eso era lo último que esperaba oír. Me sentía como si me hubieran robado. Volví a posar el rostro sobre la colcha y de repente empecé a llorar. No tengo ni idea de por qué manaban esas lágrimas, sólo sé que brotaban de mis ojos. No quería que ninguno de los dos admitiera su desolación. Mantuve el rostro sobre la colcha largo rato, empapando la lana. Cuando finalmente levanté la mirada él estaba metiendo algo en la nevera. En la oscuridad de la cocina, el interior iluminado de la nevera semejaba todo un brillante país encantado de alegres cajas blancas, alineadas como chalets adosados. Debía de haber más de cincuenta botes Tupperware: tartas, pasteles y cocidos. Pensé en el pastel de calabaza de Uda, y comprendí con sorpresa que todas las mujeres de Grace ya estaban cuidando de Doc Homer. Como cuidadora, resultaba superflua.

Él advirtió que le miraba. Se quedó de pie con la puerta de la nevera medio abierta iluminándole el rostro.

—Codi, podrías ser médico si quisieras. Has aprendido todas las técnicas. No intentes echarle la culpa a algo abstracto como tu templanza. Debes asumir responsabilidades. ¿Quieres o no?

—No lo sé.

Él no se movió. Seguí pensando que debería cerrar la puerta de la nevera. Siempre tenía medio millón de reglas para todo. Para no derrochar electricidad, por ejemplo.

—No quiero —dije finalmente, por vez primera.

—¿No?

—No. Pensé que sería algo impresionante. Pero no creo que saliera realmente de mí. No recuerdo haber pensado nunca que resultara agradable mirarle a la gente la garganta o dentro de sus asquerosos oídos infectados o a sus vesículas biliares.

—Tienes derecho a esa opinión —me dijo—. A opinar que el cuerpo humano es un templo de inmundicia.

Yo le miré fijamente a los ojos y él sonrió, aunque muy levemente.

—Eso mismo —le contesté—. La gente es un escenario de desolación.

🐾 🐾 🐾

Las noticias de Hallie eran breves y moderadamente alarmantes. La contra había actuado en su distrito, y aunque nadie había resultado herido, cuatro tractores John Deere habían ardido hasta convertirse en amasijos de metal retorcido. Se sentía decepcionada. «Aquí un John Deere es como un lingote de oro. Por culpa del embargo de Estados Unidos no podemos conseguir recambios, y los que todavía funcionan son como los santos patrones de Nicaragua». Ella parecía total y felizmente integrada, mucho más de lo que yo lo estaba en Grace. Hablaba de sus amaneceres: los gallos se subían al alféizar de su ventana. Un ejército de chiquillas con vestidos de poliéster abarrotando la calle con enormes cestas sobre sus cabezas, ocupándose de cien recados urgentes. Estaba haciendo buenos progresos con unos nuevos métodos de cultivo; deseaba saber más sobre motores diesel. Un hombre llamado Julio, un profesor de alfabetización de Matagalpa, le había pedido una cita. (Ella había dibujado estrellitas alrededor de la palabra «cita», como tomándoselo a broma.) Sus ocupaciones no les dejaban mucho tiempo libre, de manera que se encontraron después del trabajo y fueron juntos a una reunión en una iglesia, donde Hallie dio una charla sobre seguridad y pesticidas. La iglesia estaba plagada de mosquitos, humo de queroseno y de niños que gateaban sobre un gran retal de plástico, llorando de impaciencia para que sus padres los llevaran a casa y los metieran en la cama. Ella y Julio habían montado juntos a lomos de la yegua, Sopa del Día, y se lo habían pasado en grande en el camino de vuelta a casa.

🐾 🐾 🐾

La noche del domingo era Halloween, y Emelina y los niños salieron a la calle. Grace estaba en un interesante momento sociológico: los adolescentes esnifaban la MTV y todos querían parecer criminales convictos, pero al mismo tiempo nadie parecía estar todavía preocupado por la violencia urbana.

Emelina me nombró voluntaria para salir con los cuatro niños mayores a repartir «truco o trato» mientras ella se quedaba en casa para ofrecer sobornos al resto de los merodeadores del pueblo; ella creía que un poco de fiesta pagana me sentaría bien. Yo sólo tenía que hacer de carabina y vigilarles en los cruces, y nadie esperaba que me pusiera un disfraz. Una ley estatal prohibía a los mayores de doce años llevar máscaras o ir pidiendo de puerta en puerta. Las fuerzas vivas de Grace eran independientes hasta cierto punto: hacían caso omiso de las leyes del estado cuando cerraban las escuelas el 2 de noviembre para celebrar la festividad más importante de la localidad, el Día de Todas las Almas. Pero preferían ceñirse a la prohibición de llevar máscaras en Halloween por motivos de seguridad. John Tucker parecía defraudado, pero se esforzaba en disimularlo. Emelina le animó para que viniera con nosotros de todos modos, haciendo más o menos de segunda carabina. Me encantó ver a Emelina en acción. Supongo que nunca había visto de cerca a una buena madre haciendo de las suyas.

Él accedió a venir, vestido con el impermeable negro de J. T. y con medio dedo de polvos de talco sobre la cara. Emelina le dibujó con rímel unas gruesas sombras debajo de los ojos. Resultaba convincente. Parecía estar muerto o muy enfermo, según la posición. Mason iba de insecto, con unas alas confeccionadas con bolsas de papel y unas antenas de radio enganchadas a la cabeza con cinta adhesiva amarilla. Le pidió a Emelina que le dibujara unos colmillos con su lápiz de ojos. No creo que Emelina llevara nunca maquillaje, sólo lo tenía a mano para casos de emergencia. Los gemelos iban de adolescentes —es decir, de criminales convictos—, pero al final decidieron que también necesitaban colmillos.

Conseguimos un botín bastante generoso; en este cascarón de valle nunca había visto tal orgía de sacarosa. Los caramelos y las gominolas con forma de osito se multiplicaban en las bolsas de los niños como los panes y los peces. Los gemelos me acarreaban de un lado a otro tirándome de ambas manos a la vez, y Mason se aferraba a mi pierna cuando cruzábamos una calle. Paramos en todas las casas que rodeaban el cañón hacia el sur, lo que suponía tomar el camino más largo hasta el palacio de justicia. John Tucker se quedaba en la sombra, justo en el límite de los jardines de las casas, pero yo acompañaba a los niños hasta las mismas puertas de entrada, disfrutando secretamente de poder atisbar en los salones iluminados de toda aquella gente. Nuestra última parada fue en la casa amarillo limón de la señora Nuñez, que según tenía entendido era una figura importante en el Club de las Comadres. Estaba empezando a orientarme en el matriarcado de Grace, algo que me había resultado totalmente desconocido en la infancia.

La anciana señora Nuñez reconoció a los niños de inmediato, pero por alguna razón me confundió con Emelina. Creo que, en realidad, ni siquiera me miró. No paraba de hacerles comentarios a los niños mientras iba echando sugus y chicles en las pesadas bolsas de la compra: «Oh, qué espantoso eres. Vete de mi casa, cucaracha. Y vosotros, gemelos horrorosos, también. Me dais mucho miedo». Después les besó a todos en la frente.

De repente la anciana se detuvo, echando mano de sus gafas y atisbando en dirección a John Tucker, que estaba esperando al otro lado del seto, como indica la ley.

—¡Cielo santo! —exclamó con auténtica preocupación—. ¿Qué le pasa a tu hermano?

—Tiene trece años —dijo Glen.

🦂 🦂 🦂

El Día de Todas las Almas amaneció frío, y los habitantes de Grace agradecieron poder ponerse jerséis. La ola de calor había cesado. A las ocho y media el sol ya estaba bien alto y se volvieron a quitar los jerséis, pero aun así hacía un día perfecto. Todas las personas de Grace que pudieran moverse por su propio pie subieron por las carreteras del cañón para congregarse en el cementerio.

Era la festividad mexicana más agridulce, el Día de Difuntos, secuela democrática de la celebración católica de Todos los Santos. Algunos resolvían sus asuntos con los santos el primero de noviembre e iban a misa, pero el día dos de noviembre *todo el mundo* tenía cosas que hacer en el cementerio. Las familias que ascendían lentamente colina arriba semejaban hormiguitas recolectoras, portando todas las especies imaginables de flores tanto naturales como artificiales: sacos repletos de crisantemos y gladiolos; tulipanes construidos con el cartón rosado y azulado de las hueveras; rosas de seda de largos pétalos balanceándose en las manos de los niños como varitas mágicas; y creaciones inclasificables de tela, papel de colores e incluso con el plástico anillado de los lotes de seis latas. El Club de las Comadres había celebrado cuatro reuniones extraordinarias consecutivas.

Cuando Hallie y yo éramos niñas nos dejaban participar en esa celebración con la familia de J. T. Me preguntaba si Viola recordaría habernos llevado a cuestas. En mi recuerdo todo era vago; lo que mejor recordaba eran las caléndulas. *Cempazúchiles*, las flores de los muertos. Le pregunté a Viola sobre ellas.

—Las traen en camión —me contestó crípticamente.

—¿Recuerda cuando Hallie y yo veníamos aquí con usted?

—Claro que sí. Vosotras siempre saltabais encima de las lápidas y lo dejabais todo hecho un asco. —A Viola no le iban las quejas moderadas.

—Bueno, éramos pequeñas —le contesté, poniéndome a la defensiva—. Doc Homer nos prohibió venir al poco tiempo.

De eso sí me acuerdo. Recuerdo que decía: «Esas tatarabuelas no son asunto vuestro».

—Bueno, él era el jefe.

—Vale. Él era el jefe.

Emelina y los cuatro mayores marchaban delante, pero yo tiraba del cochecito por encima de la gravilla y Viola tenía más de sesenta años, de manera que ambas teníamos una excusa para rezagarnos. Nosotros solos ya formábamos una caravana de hormiguitas, cargados no sólo con flores, sino también con comida, cerveza, refrescos y toda la parafernalia propia de un día de campo soleado. John Tucker acarreaba un nuevo san José para la tumba del marido de Viola. J. T. estaba en El Paso, y Loyd estaba conduciendo una locomotora de repuesto a Yuma, pero no parecía que les echáramos mucho de menos. Parecía un festival femenino, con todas esas flores de cartón de huevera. Un festival de mujeres, niños, ancianos y difuntos ancestros.

Viola se detuvo a tomar aliento, sosteniendo los faldones de su brillante vestido negro y mirando cañón abajo. Yo la esperé, ajustando el pañuelo rojo que Emelina había anudado alrededor de la cabeza pelona de Nicholas para protegerle del sol. Con el traqueteo de ese camino de troncos, el pañuelo se le había bajado hasta los ojos, y parecía un pirata borracho. Yo me incliné para mirarle la cara, que quedaba cabeza abajo. Él me dedicó una sonrisa de bucanero malo.

Era un día espectacular. El arcén del camino estaba bordeado de los brillantes plumones amarillos de las cizañas, que aparentemente eran plantas demasiado vulgares para que alguien las llevara a una tumba, pero a mí me gustaban. Intentaría acordarme de recoger unas cuantas en el camino de vuelta para colocarlas en ollas de barro alrededor de mi casa; estaba decidida a demostrarle a Emelina que no carecía por completo de instintos domésticos.

Desde donde estábamos podíamos mirar hacia abajo y contemplar todo Grace y los numerosos y pequeños asentamientos dispersos a poca distancia de la ciudad por todo el cañón Gracela y sus afluentes, habitados a menudo por unas pocas familias, algunas de las cuales disponían de sus propios y diminutos cementerios. Ahora esos asentamientos estaban abandonados en su mayoría. Muchos otros habían quedado arrasados cuando Black Mountain hizo una prospección en busca de una veta de cobre justo debajo de las casas; otros habían quedado sepultados; la compañía estaba acostumbrada desde antiguo a escarbar y amontonar desechos donde le viniera en gana. El enorme cementerio principal de Grace estaba situado en el lado opuesto del cañón, lo más lejos posible de la mina, por esa misma razón. Ni siquiera las tumbas eran sagradas.

En el extremo corriente arriba del cañón también podíamos ver los cimientos de la presa que iba a desviar el cauce del río por el cañón Tortuga. En el periódico local habían publicado una foto ridícula: el presidente de la compañía y dos directivos en la ceremonia de colocación de la primera piedra, encorbatados, posando sus pies delicadamente en la hoja de una pala con sus elegantes zapatos. Esos hombres habían llegado de Phoenix por la mañana y habían regresado allí al acabar. Todos esbozaban sus sonrisas de vendedor. Fingían que la presa formaba parte de un proyecto de desarrollo para la comunidad, pero desde donde Viola y yo estábamos parecía exactamente lo que era: una enorme tumba. Unas excavadoras de color naranja se agolpaban con culpabilidad en una esquina de la cicatriz que habían abierto en la tierra.

—¿Qué va a pasar? —le pregunté a Viola.

—Sólo el Dios del cielo lo sabe —me contestó.

Yo la pinché un poco.

—Bueno, ayer hubo una reunión. ¿Ha hablado con alguien?

—Oh, claro. Los hombres del consejo celebraron otra de sus grandes reuniones y decidieron presentar una denuncia. Vino un abogado de Tucson para reunirse con Jimmy Solto-vedas.

Jimmy era el alcalde. El ayuntamiento de la ciudad ya no tenía nada que ver con Black Mountain; Grace no era una colonia industrial en el sentido clásico, a excepción de que la compañía poseía toda la tierra sobre la que posábamos nuestros pies.

—¿Y qué dijo el abogado?

En un momento de vanidad me pregunté si alguien había mencionado mi declaración. Mi frase sobre «pH de nivel aproximado al del ácido de una batería» parecía apropiada para que la citara un abogado peleón.

—El abogado dijo que tal vez podemos apelar a los derechos de nuestros abuelos, de manera que se puede presentar una demanda conjunta para obligar a la compañía a que nos devuelva el río.

—¿Y cuánto puede tardar eso?

Ella se encogió de hombros.

—Unos diez años.

—¿Diez *años*?

—Eso mismo. Dentro de diez años podremos volver todos para regar nuestros árboles muertos.

—¿Han pensado en acudir a la prensa para conseguir algo de publicidad? Esto es ridículo.

—Jimmy ha hablado media docena de veces con los periódicos. Me lo dijo su mujer. A nadie le interesa una porquería de pueblo como Grace. Nos podrían tirar una bomba atómica y nadie de la ciudad pensaría que es noticia. A menos que afectara al tiempo y se pusiera a llover en un partido de béisbol, o algo así.

—Un proceso de diez años. —Yo no quería creer que tuviera razón, aunque sus fuentes estaban fuera de toda duda—. ¿Eso es todo lo que se puede hacer contra la Mountain?

—No llames a la compañía la Mountain —atajó ella—. Suena como algo natural que no se puede mover.

—He oído que los hombres la llaman así —le contesté.

Viola resopló como un caballo y empezó a subir colina arriba.

Cuando llegamos había media docena de ancianos aplicando una nueva capa de pintura blanca a la verja de hierro forjado que rodeaba el enorme cementerio. Allí el hierro forjado era algo recurrente; había cruces y coronas de hierro, y sobre algunas de las lápidas habían colocado pequeñas casitas de hierro, con tejados y todo. Durante los altibajos de la fundición de Black Mountain, Grace había albergado a muchos trabajadores del metal desocupados.

Muchas familias dividían su tiempo entre las líneas materna y paterna, pasando la mañana en un grupo de tumbas y la tarde en otro. Emelina y los chicos se agruparon frente a la zona de los Domingos y se pusieron manos a la obra, limpiando y arreglándolo todo. Una de las tumbas, la de un tío abuelo de J. T. llamado Vigilancio Domingos, estaba completamente rodeada de botellas de tequila de aspecto anticuado, enterradas con el cuello hacia abajo. Mason y yo nos pasamos media mañana reuniendo los restos y volviéndolos a colocar en el suelo, clavándolos tan firmemente como si fueran dientes. Era una estética notable. Y no me refiero a la tumba del tío Vigilancio, sino a todas en general. Algunas tenían unos nichos ocupados por santos; otros parecían jardines botánicos de seda y papel; otras llevaban las iniciales de los seres queridos escritas en unos túmulos de piedra blanca. El nexo de unión era que hasta las cosas más sencillas estaban hechas con el mayor de los cuidados. Resultaba reconfortante ver las atenciones que les dedicaban a los muertos. En esas familias nunca dejaban de amarte.

El camión de las caléndulas llegó a las diez en punto. Las mujeres pululaban a su alrededor como un enjambre de abejas, volviendo con los brazos llenos de oro floral. Había varias teorías sobre cuál era la mejor manera de sacarles provecho, o hacer que duraran más. Viola, que dirigía las operaciones de la familia Domingos, era de la escuela desconstructivista. Ordenó a los chicos que arrancaran los pétalos y los colocaran sobre una tumba, alfombrándola con un mosaico monocromo.

John Tucker siguió con sus tareas, pero los gemelos empezaron a deambular y Mason ya había desaparecido. Emelina no estaba preocupada. «Está poniendo en práctica la mendicidad que aprendió en Halloween», me dijo, y seguramente tenía razón. Por todas partes, las abuelas que habían dispuesto platos extra para los muertos estaban ahora repartiendo indiscriminadamente los dulces que les sobraban.

A media tarde, Emelina decidió que deberíamos enviar una misión de rescate «antes de que se empache con tantas galletas». Viola se presentó voluntaria, y yo la acompañé, más o menos para hacer turismo. Quería ver qué más podía lograrse en cuanto a embellecimiento de tumbas. Pasamos junto a las de los Gonzalez, los Castiliano y los Jones, y cada familia tenía su propio estilo. Algunos eran devotos seguidores del color o de la forma, mientras que a otros les iba más la cantidad. Una de las tumbas, la de un chico que había muerto joven, estaba decorada con la mejor parte de un Chevrolet. Había centenares de agujeros en los guardabarros traseros para sostener flores. Era muy hermoso, como la carroza de un desfile.

El cementerio ocupaba varios acres. En la zona oeste había grupos de pequeños túmulos descuidados, cuyas lápidas llevaban los nombres de las familias que habían desaparecido.

—Trubee —leí en voz alta, internándome en el desierto de los olvidados—: Alice, Anna, Marcus. Lomas: Héctor, Esperanza, José, Ángel, Carmela.

—Querida, mejor que volvamos a donde está la gente —me previno Viola, pero yo seguí deambulando tan distraídamente como debía de estar haciendo Mason, estuviera donde estuviera.

—Nolina —grité—. Mire, aquí están mis parientes lejanos.

Viola me dirigió una mirada extraña por encima de las tumbas.

—Es broma —le dije. Nosotros procedíamos de Illinois, como ella bien sabía—. Aquí está mi tía Raquel, mi tía... no se qué María.

La mayor parte de las inscripciones era ilegible o estaban tan roídas que no había nada qué leer.

—Viola. Aquí hay un Homero Nolina.

—Así es —me contestó sin mirar—. Un bala perdida.

Yo la miré a ella.

—¿Sabe algo de él?

—¿Qué quieres que te diga?

—¿Quiénes eran los Nolina?

—Apártate de ahí y te lo cuento.

Yo me aparté de inmediato.

—Querida, vamos, dejemos a los muertos en paz. Hace mucho, mucho tiempo que nadie les ofrece platos de comida. Hoy no deben de estar muy contentos.

—Vale, pero me lo tiene que contar.

Ella me explicó que los Nolina vivían en la zona alta del río Tortuga, en el extremo norte del cañón Gracela. Allí había habido un pequeño asentamiento, que se había dispersado cuando toda la zona quedó cubierta de escorias. Los Nolina habían desenterrado lo que habían podido del cementerio

familiar y habían trasladado los huesos unos cuantos kilómetros para volverlos a inhumar allí. No hacía tanto tiempo, me
dijo. Hacia 1950.

—No conozco a ningún Nolina que viva ahora en Grace
—le dije.

—No, acabaron yéndose. La verdad es que nunca acabaron de integrarse en Grace. La mayoría se fueron a Texas o
a otra parte después de que derribaran sus casas. No eran...
—En ese punto se detuvo y se sacó un zapato, apoyando el
pie y la media que quedaron al descubierto en el tobillo de la
otra pierna mientras examinaba su interior antes de volvérse-
lo a poner—. Los Nolina no estaban bien vistos. En aquellos
tiempos parecían muy diferentes. Una de las hermanas Gracela tenía el pelo castaño y muy mal genio, y se casó con
Conrado Nolina. Dicen que esa familia fue de mal en peor.

—Lo que quiere decir es que eran unos indeseables.

—No, sólo diferentes.

Yo la seguí mientras caminaba pesadamente, esquivando
lápidas. A su manera, era tan intransigente como Doc Homer.

—¿Y cómo es que uno de ellos tiene casi el mismo nombre
que mi padre?

—Eso mejor que se lo preguntes a él —me dijo—. Es su
nombre.

En ese momento algo chocó a mi espalda como un torpedo,
doblándome las rodillas. Era Mason.

—¿Dónde te habías metido, pachuco? Le has dado a tu
madre un susto de muerte —dijo Viola. Mason llevaba un
enorme chicle debajo de una de sus mejillas. Se rió, reconociendo la mentira que usaba Viola para regañarle.

—Estaba en un cumpleaños —dijo él devolviéndole la mentira.

Tardamos mucho en llevarlo de vuelta con su familia. Había

infinidad de distracciones; Calaveras, unos caramelos en forma de cráneo que los niños partían con sus dientes. O la promesa de una pata de pollo a cambio de un beso. Los niños y las niñas más pequeños jugaban a «maquillaje», poniéndose de puntillas con los ojos cerrados y los brazos a los lados, estirando los dedos con anticipación, mientras un adulto utilizaba una caléndula como brocha, espolvoreándoles las mejillas y los párpados con polen dorado. Unos chiquillos ya bien dorados se encorrían entre las tumbas de sus tatarabuelas y tatarabuelos, cuyos huesos seguro que hubieran deseado ponerse en pie para entrechocar y cascabelear de pura alegría. Nunca había visto una ciudad que les diera tanto (tanto de lo que realmente *cuenta*) a sus niños.

Más que ninguna otra cosa, deseé pertenecer a alguna de esas familias vivas tan festejadas, tan exuberantes como plantas, cuyas raíces se hincaban en la tierra en forma de huesos. Quería llevar polen en mis mejillas y tener uno de esos antepasados de calcio para decorarlo a mi gusto. Antes de que nos fuéramos con la llegada del ocaso, le robé una caléndula a la tía abuela de Emelina, a Pocha, a sabiendas de que no la iba a echar de menos. Corrí para dejarla sobre la tumba de Homero Nolina, por si acaso.

HOMERO

15

ERRORES

Él tiene que mirarla largo rato antes de atreverse a hablar. ¿Quién es esta chica? Su hija Codi, pero ¿qué Codi? Él piensa.

—Pareces sorprendido.

—Me has cogido desprevenido. No esperaba a nadie.

Él estaba ocupado con el trabajo de laboratorio del señor Garrison, esperando a que la centrifugadora separara las células sanguíneas, y cuando levantó la vista se encontró con que ella estaba de pie en el dintel de la puerta. Detesta las sorpresas.

—Papá, te he llamado hace cinco minutos para ver si estabas. Te avisé de que me pasaría por aquí. He venido directamente. Me he pasado el día en el cementerio.

Se apoya en el marco de la puerta sosteniendo un ramo de flores silvestres y brotes recogidos de los arcenes, salpicando el aire de polen como un sacudidor de alfombras viejo. Ella lleva botas vaqueras de color púrpura, que aún ahora le deforman los pies.

—Y ahora estás aquí —dice él con cuidado.

—En el cementerio me encontré con una sorpresa, con una

lápida cuyo nombre seguro que reconoces. Es el tuyo. Casi el tuyo.

—Igual es que me he muerto.

Ella le mira fijamente.

—¿Tenemos parientes aquí?

Era un regalo de Navidad de Uda Dell para ambas: botas y sombreros vaqueros, cartucheras y pistolas con tapones de corcho, para que pudieran correr y dar vueltas a la casa como bandidos, disparándose balazos imaginarios. Él les requisó las pistolas, por el bien de sus almas, y las botas por el bien de sus pies. Dejó que se quedaran los sombreros.

La aguja minutera del reloj de pared da un salto, y la centrifugadora se detiene con un chasquido sugerente, como la rueda de la fortuna. Sin ese ronroneo mecánico, el laboratorio resulta muy silencioso. Él vuelve a alzar la vista y comprueba que ella sigue allí, con sus pies descalzos y su sombrero vaquero de paja roja, con el cordón anudado debajo de su barbilla. Ella parece entender lo de las pistolas, pero quiere que le devuelva las botas. Ha venido de parte de ella misma y de su hermana, dice. Su pie izquierdo se curva dentro de su calcetín blanco. ¿Cómo es que sólo las niñas se apoyan sobre el exterior del pie? Como si temieran quedarse plantadas al suelo. Los ojos de ella se llenan de lágrimas.

Él no puede devolverles ni las pistolas ni las botas. Desearía que todo fuera diferente, pero no puede. Él le dice: «No creo que necesitemos seguir discutiendo este asunto».

—Venga, vamos, dímelo. No te vas a morir por decírmelo.

Él vuelve a mirarla sorprendido: no tiene los pies descalzos, lleva botas. Y es mucho más alta. Está confundido y enfadado. Lleva un tubo de ensayo lleno de sangre en una mano. Ésta es su consulta. Ella no tiene por qué meter sus narices allí ni sorprenderle en su propia puerta.

—Estoy haciendo el hematocrito del señor Garrison —le dice—. Tengo mucho trabajo por delante.

Ella suspira débilmente. Debe de tener catorce años. Dentro de un año tendrá mal humor y un embarazo furtivo. ¿O eso ya ha pasado? Ni siquiera la mira, pues tiene mucho que hacer, y tiene miedo. Ella es su primera hija, su favorita, su único error.

COSIMA

16

CORAZONES SANGRANTES

Con las primeras señales del invierno, los árboles comenzaron a morir. Las hojas y los frutos abortados caían en gruesos y frágiles manojos como los cabellos de un paciente de cáncer. La abundancia de sol y de calor, que nosotros llegamos a pensar que nunca se acabaría, había engañado también a los árboles, prometiéndoles lo imposible. Pero ahora la luz del sol era cada vez más escasa, y no mostraban deseos de seguir con vida. Sobre el suelo de los huertos se iba amontonando un mar de hojas muertas, profundo y sereno. Los niños ya no jugaban por allí.

Me pasé largos momentos sopesando el misterio de mi árbol familiar. No hice averiguaciones sobre la cuestión de los Nolina, pero le pregunté a algunas personas sobre mi madre, cuyos vestigios eran escasos. Yo había crecido con una sola frase, repetida como un mantra: «No murió de parto, sino de un fallo en los órganos». Soy consciente de que a Hallie y a mí nos decían eso para que no nos sintiéramos culpables, pero «fallo en los órganos» resultaba, a su manera, igualmente frustrante: esa afirmación me recordaba a esos niños de dudosa capacidad cuyas notas escolares se sazonan de suspensos cada estación, tan perennes como la hierba. «Fallo en los órganos» sonaba como algo de lo que nuestra madre debería avergonzarse, y nosotras con ella, *por* ella, en su muerte.

Viola rompió el mito del fallo orgánico con la misma facilidad con que se parte una nuez: «No, fue de parto», me dijo.

—Pero Hallie nació en junio —le repliqué—. Ella no murió hasta finales de verano.

—Tardó unas semanas —concedió Viola—. Hallie le dio mucho trabajo. Perdió mucha sangre, y después del parto ya no volvió a recuperarse.

Esas noticias me dejaron aturdida, y seguimos caminando en silencio un buen rato. Íbamos de camino a una reunión especial del Club de las Comadres. Para mi sorpresa, me habían invitado como asesora científica para que les diera una charla sobre el pH del río; la costura no estaba en el programa.

Viola llevaba un abrigo de paño marrón y lo que debía de haber sido la gorra de caza de su difunto marido, con las orejeras desplegadas, echada hacia adelante para dejarle sitio a su grueso moño enredado. Se detuvo para recoger dos plumas de pavo real, que se metió en un bolsillo del abrigo. Una era perfecta, con un ojo saltón de azul iridiscente en la punta. La otra no tenía ojo.

—¿Qué aspecto tenía? —le pregunté.

—Como tú. Exactamente como tú, pero más pequeña. Tenía las manos y los pies muy pequeños.

Yo bajé la vista hasta mis zapatos del 9, poniéndome a la defensiva.

—¿No se parecía a Hallie?

—Hallie siempre se pareció más a Doc —dijo Viola.

Yo sopesé sus palabras, pero no acerté a comprenderlas. Hallie siempre fue muy vital, y Doc Homer parecía siempre hundido. Pero ahora yo estaba reparando en sus interiores, no en sus fachadas. Los parecidos en tu propia familia son un acertijo frustrante, y los que mejor lo resuelven son los que menos te conocen.

—Bueno, ya sé que era guapa —le dije—. Todo el mundo lo dice. Con un nombre como Alice, ¿cómo se puede ser fea?

Viola hizo un ruido extraño, como una risa ahogada.

—¿Qué?

—Ella era la única que se hacía llamar Alice. Todos los demás la llamaban Althea. Quiere decir «la verdad».

—¿Althea? Cómo, ¿era miembro honorario de la familia de doña Althea?

Viola no dijo nada. Yo nunca sabía cómo tomarme sus oscuras pistas, pero ésa era muy improbable. Mi impresión era que mi madre había sido siempre una forastera, como el resto de nosotros. Doc Homer se había casado con mi madre y se había mudado allí desde Illinois después de la segunda guerra mundial, después de que él sirviera en el ejército y acabara sus prácticas. Su apellido de soltera era algo así como Carlisle. Nunca conseguimos sonsacarle más; en lo concerniente a nuestra madre, Doc Homer parecía estar en duelo perpetuo, desde el inicio de nuestras vidas hasta la fecha.

De todos modos, sentía curiosidad. Me imaginaba a mí misma intentándolo de nuevo, asiendo los frágiles hombros de mi padre contra la pared de la consulta de su sótano y forzándole a contarme toda la verdad sobre nuestra familia. Como si se pudiera obligar a hablar a Doc Homer.

De repente, Viola y yo habíamos llegado al edificio de la Legión Americana, organización de veteranos de las dos guerras mundiales. Entramos en un ruidoso salón generosamente iluminado con luz artificial, y sentí como si me hubiera equivocado de década. El salón estaba abarrotado por la conversación de

241

mujeres que llevaban gruesos jerséis de lana hechos a mano sobre finos vestidos sencillos, todas con grandes bolsos y unas pechugas imponentes. Cuando repararon en Viola y en mí empezaron a guardar cierto orden. Arrastraron sillas, provocando chirridos metálicos, para convertir los redondeles de conversación en filas torcidas. Muchos rostros me resultaban ahora familiares después de algunos encuentros, como el de la señora Nuñez, que había estado tan parlanchina cuando llevé a los niños a su casa para el «truco o trato», o el de Uda Dell, a quien conocía de primera mano. Doña Althea presidía la reunión desde una silla exageradamente acolchada en un extremo del salón, pero no habló. Su rostro quedaba tan bien delineado como las vetas de la madera de un arce, y era más o menos del mismo color. Sus pálidos ojos azules irradiaban en el aire sobre nuestras cabezas. Podríamos tomarla por ciega si no supiéramos la verdad, que no era otra sino que doña Althea tenía la vista más aguda que un halcón.

Norma Galvez, cuyo cabello blanco y enlacado estaba coronado por una gorra marinera que hacía juego con su camiseta del sindicato del metal, llamó al orden a las asistentes. La sala estaba repleta. Tardaron un poco en quedar en completo silencio. Viola me acompañó a una silla en la mesa de la presidencia, se apresuró a saludar a doña Althea y depositó las dos plumas en una bolsa de la compra llena de plumas similares a los pies de Althea. Después se escabulló y tomó asiento a mi lado.

—Viola ha traído a una invitada —anunció la señora Galvez, acompañada de un vigoroso asentimiento de Viola. Ésta se había quitado su gorra de cazador—. Ya conocéis a Cosima, la hija de Doc Homer. Nos va a hablar de la contaminación.

Ésa fue mi presentación. Yo esperaba oír algo sobre mí misma y sobre la situación general, como suele suceder cuando se tratan temas extensos. Pero ella ya había acabado, y ahora me tocaba a mí. Me levanté un poco temblorosa, pen-

sando en Hallie, quien se sentía a sus anchas soltando un discurso en una iglesia llena de mosquitos, humo de queroseno y
bebés chillones.

—No soy una experta —comencé—. Aquí van los datos
químicos. Las minas Black Mountain ha estado vertiendo
ácido sulfúrico, que es un ácido incoloro, corrosivo y soluble
en agua, en las escorias para recuperar un poco de cobre extra.
Ambas sustancias se combinan hasta formar sulfato de cobre,
que también recibe el nombre de «vitriolo azul». La gente
solía utilizarlo para matar ratas, algas de las balsas y cualquier
otra cosa que se les ocurriera. En el río hay ahora una tonelada de eso. Y también hay ácido sulfúrico tal cual. La EPA
finalmente ha emitido un informe afirmando que esa clase de
contaminación es muy peligrosa, y que no se puede verter
cerca de zonas habitadas ni de huertos, así que Black Mountain está construyendo una presa para desviar el río por el
cañón Tortuga. Ya conocéis esa parte de la historia. Y los
hombres del consejo están preparando una demanda que
puede que tome cuerpo en el siglo veintiuno. —En ese punto
se produjeron algunos rumores. Yo recordé mi conversación
con Viola cuando contemplábamos la construcción de la presa
desde lo alto de la colina: su disgusto. El Club de las Comadres no confiaba mucho en sus viejos paisanos masculinos.

—La verdad es que no sé cómo ayudaros con este problema. Todo lo que puedo decir es que tenéis un problema, y el
porqué, que supongo que es para lo que sirven los científicos
normalmente.

Hice una pausa para tragar saliva. La sala era un jardín
silencioso de rostros parpadeantes que esperaban algo de mí.

—Mis alumnos y yo hemos observado el agua del río al
microscopio, y no contiene nada de lo que suele vivir en un río.
Después comprobamos el pH del río y descubrimos que es muy

243

ácido. La EPA también lo ha comprobado, y están de acuerdo. Pero vuestros árboles ya lo sabían desde hace tiempo. Regarlos con agua del río es como bañarlos con lluvia ácida, si habéis oído hablar de ella. El problema de la lluvia ácida aquí en el oeste está causado principalmente por las fundiciones mineras. De una forma u otra se trata del mismo ácido. Ácido sulfúrico. —Yo temía estar perdiendo el hilo, pero ellas todavía me escuchaban.

—No creo que os pueda explicar nada de utilidad. Pero Viola me dijo que debería venir de todas formas. Si tenéis preguntas intentaré contestarlas. —Entonces me senté.

Una mujer delgada con gafas ovaladas de concha y un vestido rojo se puso en pie y me preguntó:

—¿Quieres decir que los peces y todo lo demás están muertos? Mi marido dice que ha estado pescando carpas hace un mes o dos.

—Bueno, los peces no...

—Levántate, guapa, que no te oímos —dijo la señorita Lorraine Colder, mi profesora de cuarto curso. Ella y la señorita Elva Dann, que se sentaba a su lado, habían vivido juntas desde siempre, y se parecían mucho, aunque no eran parientes.

—Los peces no —les dije—. Todavía están vivos, pero las cosas más pequeñas que viven en el agua... —Medité cómo construir esa frase y empecé de nuevo—. Normalmente hay todo un mundo de animales microscópicos viviendo en un río, y en el polvo y en el aire. Si uno va en avión sobrevolando una ciudad y mira hacia abajo y no ve *nada* que se mueva, sabe que está pasando algo. Así es como se sabe si un río está sano o no. No se pueden ver, pero se supone que están ahí.

La mujer que llevaba el vestido rojo apretó el jersey contra su cuerpo.

—¿Como si fueran bichos?

—Algo así —le dije.

Otra mujer dijo en español que si el agua del río mata los bichos iba a coger un poco para rociar la casa de su hijo. Por un momento todo fueron carcajadas.

—No mata a las cucarachas —le dije—. Y es una pena. Se podría utilizar para recaudar fondos.

Volvieron a reír, aunque algunas me miraron con sorpresa, y yo me sentí secretamente satisfecha. Durante toda mi vida, la gente había hablado español cerca de mí del mismo modo que los adultos cuchichean en presencia de los niños.

La mujer del vestido rojo todavía estaba de pie.

—Lo que queremos saber es si el río *está* envenenado para siempre. ¿Es mejor que lo desvíen por el cañón Tortuga?

Todas las personas de aquella sala me estaban mirando. Me di cuenta de que no consideraban que su situación fuera desesperada. No querían ni simpatía ni consejos, sino información.

—Bueno, no —les dije—. El río puede recuperarse. No empieza aquí, sino en la reserva apache, con la nieve que se funde en las montañas. Mientras sea pura, el agua que fluye por el río estará bien.

—Entonces, ¿si Black Mountain dejara de verter el ácido en la escoria, el río quedaría limpio después de un tiempo? —quiso saber la señora Galvez—. ¿Como cuando se tira de la cadena?

—Exactamente así —dije yo.

Cincuenta mujeres empezaron a hablar a la vez. Podría pensarse que yo acababa de conmutar una pena de muerte. Un minuto después, doña Althea se puso en pie con sumo cuidado, apoyándose para ello en los brazos de su silla, esperando a que se hiciera silencio. Embutida en su vestido negro, parecía sacudirse como un cuervo. Dijo unas breves palabras en español, que en resumen les decían que ya habían oído lo que necesitaban saber, y que ahora debían proponer cómo pensaban que se debía presionar a la compañía para que dejara de construir la presa, dejara de contaminar el río y se fuera al infierno.

Yo me senté un tanto perpleja. Mi español era aceptable, gracias a los años que había pasado con los refugiados de Hallie durmiendo en el sofá, pero algunos de los tacos y giros de doña Althea eran totalmente nuevos para mí. Además, se había referido a mí como «la huérfana». A Hallie y a mí siempre nos habían llamado así. Me parecía de mala educación.

—Mi marido llevaba una grúa cuando la mina estaba abierta —gritó una mujer desde las últimas filas—. Seguro que sabría cómo dejarles las excavadoras esas a punto antes de mañana al desayuno.

—Pues mi marido trabajaba con dinamita —dijo otra mujer—. Eso sería más rápido.

—Perdonen, pero sus maridos no se enfrentarían a una excavadora ni que supieran karate —dijo Viola. La señora Grúa y la señora Dinamita no se inmutaron, pero Viola añadió pensativa—: No se ofendan. El mío sería igual de vago, pero está muerto.

La señora Galvez asintió.

—Bueno, eso es verdad. Mi marido dice lo mismo, «los abogados ya lo arreglarán, guapa». Si pudiéramos contar con los hombres, ya estarían aquí, y no en casa viendo el partido por la tele.

—¿Qué dices de fútbol? —añadió la señora Dinamita—. Muchacha, ¿no lo has oído? Esta noche transmiten el concurso de Miss América. —Dicho esto se levantó—. ¿Cuántos de vuestros maridos estaban viendo el partido de los Broncos cuando salisteis de casa?

Unas cuantas manos se levantaron.

—Pues vale, diez segundos más tarde... —entonces se inclinó hacia adelante, abrió la boca de par en par y puso los ojos como dos huevos fritos—. Y si tenéis mando a distancia, *tres* segundos.

—Claro, ¿cómo si no tenían tanto interés en que nos reuniéramos esta noche? —añadió una mujer desde la primera fila—. «Claro, cariño, sí, vete al club esta noche. Está bien. Ya cenaré algo mirando el fútbol en la tele». Y una leche. Futbolistas en traje de baño.

—Vale, chicas —dijo la señora Galvez mientras se arreglaba el peinado y golpeaba la mesa con su zapato de tacón—. Como dice doña Althea, esta noche tenemos algo importante en qué pensar.

—Yo digo que vamos bien encaminadas con lo de la dinamita —dijo Viola. El asentimiento fue general.

La mujer del vestido rojo se levantó de nuevo.

—Pero no sabemos cómo utilizar la dinamita. Y los hombres, serán buenos hombres, pero no lo harán. Tendrán miedo, creo yo. O no verán motivo para hacerlo. Estos hombres no ven que necesitamos hacer algo *ahora mismo*. Se piensan que los árboles se pueden morir y que nos podremos ir a alguna otra parte, y mientras les friamos el tocino en la misma sartén vieja de siempre, pensarán que están en... —aquí vaciló, cogiéndose de los codos con un balanceo a modo ilustrativo—... pensarán que están *en casita*.

🐾 🐾 🐾

En el camino de regreso Viola permaneció en silencio. Caminaba con paso rápido, deteniéndose para recoger las plumas que había tiradas sobre el suelo cubierto de hojarasca del huerto. La repentina ola de frío que anunciaba la llegada del invierno había provocado que los pavos reales mudaran las plumas al unísono. Como no había esperanzas de que pudieran aparearse en los meses venideros, habían abandonado la carga de sus pesadas colas.

La reunión había acabado con un compromiso: el Club de las Comadres organizaría oficialmente manifestaciones populares contra las operaciones de filtrado de Black Mountain, que tendrían lugar a diario frente a los terrenos de construcción de la presa, comenzando a las seis de la mañana del día siguiente. Extraoficialmente, el Club de las Comadres no pondría objeciones a que alguna excavadora hallara una muerte prematura.

Hallie escribía:

Esta mañana he visto morir a tres niñas. Unas hermosas chiquillas de trece años que llevaban unos vestiditos encima de los tejanos. Estaban en un bosque cercano recogiendo fruta cuando apareció un helicóptero entre los árboles y les disparó. Oímos los disparos. Quince minutos más tarde, una patrulla de defensa derribó el helicóptero a unas veinte millas al norte, y el piloto y otro ocupante murieron, aunque uno sigue con vida. Codi, son americanos, guardias nacionales en servicio activo. El helicóptero también es americano, y las ametralladoras, todo viene de Washington. Por favor, mira en los periódicos y dime lo que cuentan sobre esta cuestión. Las niñas estaban recogiendo fruta. Cuando las trajeron al pueblo, Dios mío. ¿Sabes cómo queda un cuerpo humano cuando lo despedazan desde arriba, desde el cielo? Desde allí no tenemos defensa posible, se supone que no tenemos enemigos que nos puedan atacar desde arriba. Las niñas estaban vivas, o casi, y una de las madres vino corriendo y empezó a decir «Gracias, Santa Madre, no es mi Alba». Pero era Alba. Después, cuando las familias llevaron los cuerpos a la iglesia para lavarlos, me quedé con las dos hermanas pequeñas de Alba. No

*paraban de decir «Alba nos cepilló el pelo esta mañana. No puede
estar muerta. Mira, nos arregló el pelo».*

*Codi, dime por favor qué oyes sobre todo esto. No puedo soportar
la idea de que se repita la amnesia, que un día haya grandes titulares y después todo se olvide. Aquí nadie tiene ánimo para comer ni
para hablar. Todo el suelo de cemento de la iglesia tiene manchas
oscuras. No es algo que se pueda olvidar fácilmente.*

Su firma era perversa, «La chica más afortunada del mundo».

Yo no oí nada sobre el tema. Escuché la radio, pero no dijeron una palabra. Dos días más tarde, nada. Después, finalmente, oí una nota breve sobre el estadounidense del helicóptero,
que había sido hecho prisionero por el gobierno de Nicaragua. Era un ex mercenario que traficaba con drogas, decía la
radio, sin conexión con nosotros. Le habían disparado y le
habían hecho prisionero. Eso era todo. Ningún niño había
muerto en el campo, nada de hermanas, ni madres, ni cráneos
destrozados. Y lamento decirlo, pero aunque sabía que era
mentira, me sentí aliviada.

🐾 🐾 🐾

—¿A quién se le ocurrió la idea de que los indios eran pieles
rojas? —le pregunté a Loyd una mañana. Si no tenía cuidado
ese hombre sería mi perdición. Su color recordaba a una hogaza de pan perfectamente horneada. Su antebrazo, sobre el cual
reposaba mi cabeza, estaba ligeramente cubierto de vello
negro y sedoso.

Él giró la cabeza. Su cabello era muy lacio y le llegaba a los
hombros.

—A las películas viejas —me contestó—. Las del oeste.

249

Estábamos acostados en mi cama a última hora de una mañana de domingo. Loyd era una cura maravillosa contra el insomnio, tan buena que se debería embotellar. Así mismo se lo había escrito a Hallie, para quien ya no tenía secretos, aunque mis cartas diarias resultaban triviales en comparación con las suyas. «Se dedica a las peleas de gallos —le confesé— pero es mejor que un somnífero.» Cuando Loyd se acostaba a mi lado yo dormía como un tronco, sin sueños que me perturbaran. Al principio tenía reparos por tenerle allí. Por los niños de Emelina, y todo eso. Pero él no me había invitado a su casa, y decía que la mía era mejor. Le gustaba coger algún libro de mi exigua estantería y leer algún pasaje en voz alta, tan interesado en la poesía como en la descripción de la fase oscura de la fotosíntesis. Pensé que Emelina se moriría de risa de saber mis suspicacias hacia sus hijos. Seguramente ella misma los estaba animando para que espiaran por la ventana y le proporcionaran informes.

Pero las persianas estaban bajadas.

—Las películas del oeste antiguas eran en blanco y negro —le recordé—. Nada de pieles rojas.

—Bueno, más a mi favor. Si John Wayne hubiera vivido en los tiempos de la tele en color todo el mundo sabría qué aspecto tenían los indios.

—De acuerdo —le dije mientras le cogía un antebrazo y le daba un mordisquito—. Como ese blanco maquillado de torrija que hacía de Tonto.

—¿Qué Tonto?

—Tonto Schwarzenegger. ¿Qué Tonto va a ser? Tonto. El secretario del Llanero Solitario.

—Cuando era pequeño no teníamos tele en casa. —Él apartó su brazo y se tumbó sobre su estómago, cruzando los antebrazos bajo su barbilla. Parecía una postura defensiva—.

Cuando instalamos el agua corriente en Santa Rosalía nos sentamos todos alrededor del váter para ver cómo se tiraba de la cadena. Suena a chiste, ¿no? Como cuántos indios hacen falta para tirar de la cadena.

—No importa. Lo siento. Olvídalo.

—Sí que importa. —Él posó la mirada en la cabecera pintada de mi cama, en vez de en mí—. Tú crees que soy como un indio de la tele. Tonto Schwarzenegger, bobo, pero guapo.

Yo tiré de las mantas. Como edredón había utilizado la colcha roja y negra de punto, la manta de consuelo para Hallie y para mí.

—¿Y qué quieres decir con eso? —le pregunté.

—Nada. Olvídalo.

—Si lo has dicho, Loyd, es que lo piensas.

—Vale, tienes razón.

Él se levantó y empezó a vestirse. Yo me estiré y le agarré la camiseta cuando se la estaba metiendo por la cabeza, tirando de él como si fuera el desayuno de una araña. Le besé a través de la tela. Él no me devolvió el beso. Sacó la cabeza y me miró, expectante.

—No sé qué quieres de mí —le dije.

—Quiero más de lo que me das. Más que sexo.

—Bueno, igual es que no tengo más que ofrecer.

Él siguió esperando.

—Loyd, sólo me quedo hasta junio. Ya lo sabes. Nunca te he engañado.

—¿Y adónde irás en junio?

—No lo sé.

Yo metí los dedos entre los agujeros de la colcha roja y negra, un hábito nervioso de muchas décadas atrás. Él me aguantó la mirada hasta hacerme sentir incómoda.

—¿Con qué tipo de persona esperas casarte, Codi?

Pude sentir que mi nuca palpitaba. Era una pregunta muy extraña.

—Con nadie.

—Sí, sí que lo esperas. Pero tiene que ser alguien más alto que tú, más listo que tú, más de todo. Con un trabajo mejor y más títulos universitarios. Eres como todas las mujeres.

—Pues muchas gracias —le dije.

—Ya sólo la altura limita tus posibilidades.

—Si se supone que eso es un insulto, vas listo. Siempre quise ser más alta de lo que soy, más alta que Hallie.

Nos quedamos sentados sin mirarnos durante un minuto. Cogí su mano y la posé sobre la mía como si estuviera muerta.

—No se trata de que tengas defectos, Loyd. Soy yo. No me puedo quedar aquí. Hay un poema de Robert Frost sobre ese bracero desgraciado que vuelve a casa cuando se le acaba la suerte porque sabe que no le van a despreciar. El poema dice «El hogar es el lugar, cuando debes regresar, donde deben acogerte». —Acaricié los tendones del dorso de la mano de Loyd—. No quiero que me consideren desgraciada. Vine aquí para hacer un trabajo, pero tengo otros lugares a donde ir. Espero...

Giré mi rostro hacia la ventana para que él no pudiera ver mis lágrimas.

—Me gustaría encontrar un lugar donde sintiera que me *quieren* acoger. Pero no es éste. Cuando termine el curso, se acabó. Si nos comprometemos demasiado, tú y yo, será más difícil.

—Eso es lo tú opinas, no yo, Codi.

Él se levantó y caminó hasta la sala de estar para hacer su llamada de cada hora a la estación del ferrocarril; esperaba que pronto lo mandarían a El Paso. Me mortificaba que se apartara de mí cuando más necesitaba que me ampararan. Pero supongo que yo misma le había pedido que se fuera. Llevaba la camiseta del revés, y se la volvió a quitar para darle la vuelta, componiéndoselas para mantener el auricular pegado a su oreja. Le habían dicho que esperara un momento. Yo le observé a través del marco de la puerta y me di cuenta de que los músculos de su espalda estaban tensos de ira. Nunca había visto a Loyd enfadado, y me sorprendía que pudiera estarlo.

Me sentí perdida. Me levanté, apartando la colcha y envolviéndome en la sábana como si fuera un sari para entrar en la sala de estar. El suelo estaba frío. Fui apoyándome en un pie y en otro alternativamente, sintiéndome un poco como la Estatua de la Libertad. Jack, que estaba en el dintel de la puerta de entrada, se estaba rascando el cuello vigorosamente, haciendo tintinear su collar. Ese perro tenía la paciencia del santo Job.

—¿Qué pasa? —le pregunté cuando Loyd colgó el teléfono.

—Estoy cinco a cero. Tenemos tiempo para echar un polvo.

—No quería decir eso. Loyd, no creo que seas bobo.

—Es sólo que no soy suficiente para que cambies tus planes. Yo me reí.

—Como si tuviera planes.

Él me miró, escrutando con sus ojos mis pupilas como si intentara discernir cuál de las dos puertas escondía el premio.

—¿Qué crees que pasaría si te quedaras, Codi?

—Llevaría un corte de pelo equivocado. Todo el mundo me recordaría que soy forastera. «Oh, querida», dirían, «¿todavía estás por aquí? Me habían dicho que te ibas a Río de Janeiro para tomar el té con la princesa Grace de Mónaco.» Y yo les diría «No, ya soy mayorcita y quiero ser el nuevo Doc Homer. Me he mudado a su casa para hacerme cargo de su consulta y para salvar a la ciudad».

—¿Salvarnos de qué, Gran Madre Blanca?

—Mierda, os podéis ir todos al infierno. —Y me puse a reír, pues la otra opción que me quedaba era ponerme a llorar. Él me tomó en sus brazos y yo me acurruqué como un hatillo de colada—. Esta ciudad nunca fue buena conmigo —le dije a su camiseta—. Ni siquiera me pedían para salir. Excepto tú, y estabas tan borracho que ni siquiera sabías lo que te hacías.

—¿Sabes cómo te llamábamos en la escuela? La Emperadora del Universo.

—¡Eso es justamente lo que quiero decir! Y no os importaba que la Emperadora del Universo tuviera que dormir cada noche en su frío castillo, donde el rey iba dando tumbos diciendo que si queréis un amigo compraros un perro y que nuestro hogar está roto.

Loyd parecía interesado en mis palabras.

—¿Y luego qué?

—Bueno, no mucho. Me escondía en mi habitación y me ponía a llorar porque tenía que llevar zapatos ortopédicos y no sabía cómo vivir.

Él levantó mi barbilla para mirarme el rostro. Hasta entonces no había notado que sin zapatos éramos de la misma altura. Teníamos proporciones diferentes (mis piernas eran más largas) pero nuestros mentones quedaban a la misma altura.

—Bueno, ¿y ahora adónde irás, Emperatriz?

—Dios, Loyd, no lo sé. Estoy perdida. Sigo esperando a que algún tipo con el nombre «Ron» o «Andy» bordado en el mono y el surtidor en la mano me diga cuál es el buen camino.

Su rostro fue mudando hasta esbozar una sonrisa socarrona.

—Yo te lo diré. Vas a venir conmigo a hacer algo que se me da realmente bien. Soy el mejor.

Intenté imaginármelo. Detrás de su sonrisa, sus ojos escondían una mirada de ansia profunda. Entonces se me ocurrió.

—¿Peleas de gallos?

Yo no podía negarme.

Un gallo de pelea es un animal criado para ser fuerte y adiestrado para el combate. Tiene las alas pequeñas, las piernas fuertes, y cuando se bate en duelo las plumas de su cuello se erizan como la melena de un león. La individualidad no interesa en su crianza; la función lo es todo. A mí todas las aves me parecían iguales. No pude distinguirlos hasta que empezaron a morir de maneras diferentes.

Sus muertes son lentas. Eso aprendí cuando fui con Loyd a ver cómo destacaba en esa profesión que tan bien había mamado.

Yo tenía en mente que una pelea de gallos sería algo furtivo y propio de las horas posteriores al ocaso: hombres que apuestan y beben y sudan todo el suspense animal al abrigo de la noche. Pero estábamos a plena luz del día. Loyd salió de la carretera con un giro brusco para circular por un arroyo de grava. Parecía orientarse en la reserva con el mismo instinto misterioso que dirige a los pájaros hasta Costa Rica y de vuelta a casa sin errores año tras año. Llegamos a un bosquecillo, donde había aparcado una manada variopinta de furgonetas en ángulos extraños, muy juntas, como caballos nerviosos a punto de desbocarse. Loyd condujo su camioneta roja hasta la manada. Al otro lado de los árboles había una placeta de tierra donde los gallos vagaban aclarándose las gargantas con la misma inocencia que los pollos de una era.

Loyd me condujo hasta la placeta, rodeándome los hombros con su brazo, saludando a todo el mundo. No vi a ninguna otra mujer, aunque allí Loyd sería bien recibido aunque apareciera con una loba.

—Hoy muchos van a perder hasta la camisa —le dijo un hombre—. Tus gallos tienen muy buena pinta.

El hombre era atractivo y delgado, y llevaba una larga coleta sujeta al estilo navajo. Su nombre era Collie Piedrazul. Loyd nos presentó, y parecía estar orgulloso de mí.

—Encantada —le dije. La mano de Collie rebosaba energía. Sobre su nuez descansaba una turquesa atada a una cinta de cuero, debajo de la cicatriz de una traqueotomía.

—Collie es un mecánico de gallos —me dijo Loyd—. Nos conocemos hace una eternidad.

Yo reí.

—¿Les haces la puesta a punto antes de las peleas?

—No, después —dijo Collie—. Les coso las heridas. Así sobreviven para pelear otro día.

—Vaya, yo pensaba que las peleas eran a muerte. —Ilustré mis palabras pasándome un dedo por la garganta.

Collie sonrió.

—En cada pelea uno muere y el otro sobrevive. —Dicho esto se volvió hacia Loyd—. ¿Cómo es que las chicas siempre se olvidan del que sobrevive?

—A todas les gustan los héroes, supongo —dijo Loyd dedicándome un guiño.

—No veo nada heroico en un gallo muerto —apunté.

La placeta convergía en un foso de tierra alisada de color rojizo. Loyd me condujo a través de los hombres que gesticulaban y discutían en su perímetro hasta una fila de sillas de madera desvencijadas, donde me depositó. Me sentía nerviosa de estar sola, aunque el ambiente era tan inocuo como una merienda campestre, con la diferencia de que no había mujeres ni comida.

—Ahora vuelvo —me dijo antes de desaparecer.

El lugar estaba repleto de gallos, pero no olía a aves, sino a polvo limpio y fino. Supongo que los gallos no se quedan el tiempo suficiente para hacer notar su presencia de ese modo. Algunos hombres se sentaron a mi lado, chocando ligeramente conmigo; las sillas estaban unidas con clavos en largas hileras, como las que se utilizan en los desfiles. Localicé a Loyd entre la multitud. Todos querían hablar con él, interrumpiéndose como los pretendientes en un baile. Él parecía sentirse allí como en su propia casa, muy relajado: como un hombre importante que no se da humos.

Volvió a mi lado justo cuando un hombre bajito y oscuro vestido con unos pantalones muy raídos estaba marcando con tiza un cuadrado sobre la tierra del foso central. A su alrededor se cruzaban las apuestas. Un hombre viejo dirigió el muñón de su índice a la multitud gritando con enfado:

—¡Setenta! ¿Quién me da setenta?

Loyd me cogió de la mano.

—Éste es un torneo de espolones —me explicó en voz baja—. Eso quiere decir que los gallos llevan una pequeña espuela de acero detrás de cada pata. En las peleas de cuchilleros llevan hojas de afeitar.

—Así que tú tienes gallos con espolones y cuchilleros —le dije. Yo le había estado dando vueltas al asunto desde nuestra excursión a Kinishba.

—Correcto. Pelean diferente. Una pelea de cuchilleros es una pelea a base de cortes, y va mucho más rápido. No se llega a ver de lo que un gallo es capaz. Los gallos de pelea de verdad son los de espolones.

—Si tú lo dices —le contesté.

Los dos primeros contendientes, llamados Gustavo y Scratch, se dirigieron al hombre de los pantalones raídos, que parecía estar al mando. Daba la impresión de que Scratch sólo tenía un ojo útil. Loyd me dijo que eran dos de los mejores criadores de gallos de pelea de la reserva. Salir en primer lugar era todo un honor.

—Los gallos no parecen muy impresionados —dije yo. La

verdad es que no parecían estar ni a gusto ni a disgusto, sólo caminaban en círculos, acostumbrados a vivir en un metro cuadrado de césped. Las plumas de sus colas cabeceaban como juncos, y uno de ellos cantaba sin cesar como si estuviera impaciente. Pero la impaciencia conlleva conciencia del tiempo, y los gallos son existencialistas. Eso es todo lo que sé de aves.

—¿Cómo es que no estás ahí jugando con tus amigos? —le pregunté a Loyd.

—Tengo gente que me entrena los gallos, me los trae, los pesa y todo eso. Yo los manejo. Ya lo verás.

—¿Que *entrenan* a los gallos? ¿Cómo se le enseña a un gallo a pelear?

—No se puede, es todo instinto y crianza. Se les entrena sólo a que no pierdan la calma cuando están entre la multitud.

—Ya veo. Así que tú no entrenas, tú los manejas —le dije—. Un manipulador.

Él me dio un leve pellizco en el muslo, justo en la costura interior de mis tejanos. A mí Loyd ya me había manejado varias veces desde lo de Kinishba. La multitud guardó silencio. Scratch y Gustavo tomaron posiciones frente al cuadrado dibujado en el centro de la arena, sosteniendo a sus pupilos a la altura de los muslos, y encararon a los gallos uno contra el otro tres veces con una cadencia francamente sexual. Cada vez que las caderas de los hombres se echaban hacia adelante, los gallos se picoteaban el rostro obedientes. Aparentemente, la intención era crear una predisposición a la pelea. Dos minutos antes, esos mismos gallos estaban paseando por sus propios circuitos cerrados, y si incluso ahora dejaran de mirarse seguramente perderían la concentración y se pondrían a escarbar la tierra en busca de maíz.

Pero ahora estaban en tensión, como pistolas amartilladas. Sus cuidadores los posaron ante líneas opuestas de tiza, y ellos se sacudieron e inflaron sus pálidos collarines. Cuando el árbitro de los pantalones raídos dio la señal, los hombres soltaron a los animales. Los gallos corrieron al encuentro de su oponente y empezaron a saltar, apuntando cada uno con sus espolones al pecho del otro. Brincaron uno sobre el otro, agitando sus cortas alas, picoteándose las cabezas y haciendo manar la sangre. Unos treinta segundos más tarde, los espolones se enredaron y los gallos quedaron tirados en el suelo sin poder moverse, literalmente enzarzados en su combate.

—¡Apartadlos! —gritó el árbitro.

Los cuidadores se acercaron para separarlos. Escondieron las cabezas de los animales, esperaron a la cuenta atrás, y dejaron que se atacaran una vez más. Un minuto después, Scratch y Gustavo tuvieron que intervenir de nuevo, esta vez porque uno de los gallos había hincado sus espolones en la pechuga de su oponente y no los podía sacar. Los cuidadores los separaron con delicadeza y volvieron a empezar.

Se tarda mucho hasta que uno de los dos gallos muere. Presumiblemente morían de hemorragia y de heridas internas. Por perforación de los pulmones, por ejemplo, y por tener los corazones literalmente sangrantes. En un momento dado empezaron a sangrar por la boca. Llegado ese punto pude diferenciar por fin al gallo de Scratch del de Gustavo porque aquél yacía en el suelo y no se podía levantar. Scratch tuvo que ponerlo en pie y empujarlo al combate.

—¿Por qué no declaran ya un ganador? —susurré yo.

—Hay reglas.

La respuesta era ridícula, aunque correcta. Hacía falta una muerte. Eso tardó unos treinta o cuarenta minutos, y supongo que los gallos demostraron su valor, pero era algo duro de contemplar. Ambos gallos estaban agotados y al borde de la muerte, y ya no resultaban ni siquiera ligeramente bellos. Sus rubias pechugas y cuellos estaban salpicados de sangre, tan apelmazados como el cabello sucio. Collie Piedrazul tenía faena a la vista.

Parecía haber una serie de reglas muy elaboradas sobre cómo debían continuar las cosas llegado este punto, cuando ambas aves permanecían con los picos hundidos en la tierra. Si uno se quedaba quieto, el otro no se sentía impulsado a luchar. He estudiado mucha biología; rápidamente supuse que esta industria se aprovechaba del impulso natural de los gallos de defender su territorio, y es por ese mismo motivo por lo que cesaba la lucha. Ningún animal siente la necesidad de luchar con sus semejantes hasta la muerte. Un gallo defenderá su territorio, pero una vez que esto se dirime, se acabó. Después tiende a darse un paseo ignorando el insólito entorno que le rodea y a la multitud, preocupada por el alquiler del mes próximo, y se comporta como un gallo: como el animal que es. Los criadores tenían que cogerlos firmemente en sus manos, azuzándolos y forzándolos a continuar la lucha.

—Esto me está poniendo enferma —le dije a Loyd.

Él me miró con tanta sorpresa que me irritó. Nadie podía contemplar esa escena sin advertir su crueldad.

—He visto a niños pequeños hacer exactamente lo mismo —le dije—. Coger algún animalito desgraciado y azuzarlo y tirarle de las patas una y otra vez para que siga peleando.

—Las peleas de cuchilleros son mucho más rápidas —me dijo.

—Pero a ti no te gustan las peleas de cuchilleros. A ti te gustan éstas. Eso es lo que me dijiste.

No contestó. Para evitar a los gallos miré a la multitud, cuyos rostros no reflejaban ni dolor ni sed de sangre, sólo un interés pasivo. Podría haberse tratado de cualquier tipo de espectáculo, no de dos animales obligados a matarse entre sí; podrían estar mirando la televisión. La mayoría eran ancianos con gorras de propaganda, o con sombreros vaqueros de fieltro negro si eran apaches. Ahora podía ver a algunas familias, pero sabía que si les preguntaba a las mujeres sobre las peleas de gallos utilizarían la palabra *nosotros*. «Oh, a nosotros nos encantan», dirían con voces de fumadoras empedernidas, queriendo decir que *a ellos* les encantan. Una adolescente con un top negro y un tatuaje verdoso que le trepaba por sus anchas espaldas llevaba un mocoso encaramado al hombro. Ella encendió un cigarrillo sin prestar mucha atención a la acción que tenía lugar en la arena, pero su hijo lo absorbía como una esponja.

Mucha gente vitoreó al gallo de Gustavo. Entonces, sin previo avio, su oponente meramente pasó de vivo a muerto. Sin ceremonia alguna, Scratch agarró a su gallo inerte por las patas y lo tiró en el remolque de su camioneta. Anunciaron que Loyd Peregrina era el siguiente. En sus manos posaron un gallo con la misma delicadeza que si fuera una hogaza de pan, mientras él se dirigía a la arena. Esta vez observé con atención. Se lo debía.

Durante la primera pelea miré a los gallos, pero ahora observaba a Loyd, y pronto comprendí que en ese deporte imperdonablemente brutal había una enorme ternura entre el criador y su animal. Loyd acunó al gallo en sus brazos, atusándolo y hablándole en voz baja y firme. Al acabar cada asalto, él volvía a colocarle las plumas en su sitio con caricias, le atusaba la espalda y le lamía la sangre de los ojos. Al final, le echó su propio aliento en la boca para inflarle un pulmón perforado. Lo hizo cuando el gallo estaba a un paso de la muerte y claramente abocado a la derrota. La relación física entre Loyd y su gallo iba más allá de la victoria o la derrota.

261

Eso duró hasta el momento de la muerte, ni un segundo más. Yo me estremecí cuando él descargó su cadáver emplumado, tan inerte como un trapo, en la parte trasera de su camioneta. Sólo de pensar en las manos de Loyd sobre mi cuerpo, la piel de mis antebrazos rechazó mi propia mano.

☙ ☙ ☙

—¿Qué hacen con los gallos muertos? —quise saber.

—¿*Qué?*

—¿Qué hacen con ellos? ¿Alguien se los come? ¿Arroz con pollo?

Él rió.

—Aquí no, pero he oído que en México lo hacen.

Me acordé de Hallie y pensé en si tenían peleas de gallos en Nicaragua. En esa nueva sociedad tan humana que ya había abolido la pena capital, me apostaría lo que fuera a que todavía las celebraban.

Loyd observó la carretera y tomó una curva peligrosa. Conducía un poco rápido para ser una carretera de tierra y grava, pero conducía bien. Intenté imaginarme a Loyd conduciendo un tren, pero no pude. No daba con la imagen. No más de lo que podía imaginarme a Fenton Lee en su choque frontal.

—¿Qué hacen aquí con ellos?

—¿Por qué? ¿Es que tienes hambre?

—Te estoy haciendo una pregunta.

—Hay un vertedero arroyo abajo. Con un gran foso. Los entierran en una fosa común. La tumba del gallo desconocido.

Hice caso omiso de su chiste.

—Creo que todo esto me causaría mejor impresión si se comieran a los pollos.

—La carne debe de ser muy dura —dijo Loyd divertido. Estaba de buen humor. Había perdido su primera pelea, pero después había ganado otras cuatro, más que ningún otro en esa jornada.

—A mí simplemente me parece un desperdicio patético. Todo el tiempo y el esfuerzo que se les dedica a esos pollos en vida, para ir del huevo a la tumba del pollo desconocido. No tiene sentido. —Necesitaba dejar claro mi punto de vista—. No, no es que no tenga sentido. Es que está orientado en una dirección que me incomoda.

—Esos gallos no saben lo que les pasa. ¿Crees que un gallo de pelea comprende si su vida tiene sentido o no?

—No, yo creo que un gallo de pelea es más tonto que un pepino.

Miré a Loyd, esperando que mi aseveración le molestara, pero él parecía estar de acuerdo. Yo quería que él defendiera sus gallos. Me aterraba que pudiera comprometerse tan intensamente con un gallo y después, en un suspiro, despreocuparse.

—Es un deporte limpio —me dijo—. Puede que te resulte difícil comprenderlo, visto desde fuera, pero yo he crecido con esto. No se ven borrachos, y las apuestas son sólo una mínima parte del asunto. El público es más agradable que el de un partido de fútbol.

—No puedo negarlo.

—Es una habilidad que se tiene. Puedes ir a cualquier parte, coger un gallo, aunque no sea tuyo, un gallo que no has visto antes, y ponerlo a pelear.

—Como tocar el piano —le dije.

—Eso mismo —me contestó sin ironía.

—Puedo ver que tú eres bueno. Muy bueno.

Me esforcé por dar con el argumento adecuado, pero sólo conseguí evocar unas imágenes confusas y desagradables: una mujer en la sala de urgencias en mi primera noche de prácticas, apuñalada hasta dieciocho veces por su amante. Curty y Glen sentados a la puerta de su casa manchados de sangre de pollo. Hallie en un jeep, topando con una mina. Esas tres niñas.

—Todo acaba muriendo, Codi.

—Ah, bueno. Dime algo que no sepa. ¡Mi madre murió cuando yo era una niña de tres años!

No tenía ni idea de dónde había surgido mi ira. Miré por la ventana y me enjugué las lágrimas con cuidado en la manga de mi camisa. Pero las lágrimas no dejaban de manar. Durante largo rato lloré por esas tres adolescentes destrozadas desde arriba mientras recogían fruta. Por vez primera creí de todo corazón que aquello había sucedido. Que alguien podía mirar hacia abajo, apuntar y apretar el gatillo. Sin sentir nada. Y olvidarse.

Loyd parecía confundido. Al final dijo amablemente:

—Me refiero a que todos los animales mueren de un modo u otro. Sufren en la naturaleza y sufren en la granja. No son como la gente. Se supone que no tienen que vivir la buena vida y después ir al cielo, o a donde vayamos.

Entonces, con toda naturalidad, recordé haber intentado salvar a los coyotes de la riada. Mis oídos se llenaron con el rugido del río desbordado y mi nariz con el fuerte olor del fango. Me agarré al reposabrazos de la puerta de la camioneta de Loyd para evitar que el recuerdo me nublara los sentidos. Oí mi propia voz ordenándole a Hallie que se quedara conmigo. Y después, más tarde, preguntarle a Doc Homer «¿Irán al cielo?». No podía oír su respuesta, probablemente porque no tenía ninguna. Yo no quería hechos, quería su salvación.

Con sumo cuidado, para no perderme nada, me concentré de nuevo en el presente y me quedé inmóvil, prestando atención.

—No me refiero a las almas de los pollos. No creo que los gallos tengan alma —le dije muy lentamente—. Lo que creo es que los seres humanos deberíamos tener más compasión. No puedo aceptar por las buenas que la gente convierta las heridas punzantes y las hemorragias internas en un deporte espectáculo.

Loyd mantuvo la mirada fija en la oscuridad que dominaba la carretera. Los insectos revoloteaban a la luz de los faros como planetas apartados de sus órbitas, abocados al caos. Después de una buena media hora me dijo:

—A mi hermano Leander lo atropelló un borracho a unas quince millas de aquí.

Después de otra media hora me dijo:

—Lo dejo, Codi. Lo dejo ahora mismo.

17

LAS DAMAS DE LOS PAVOS REALES
EN EL CAFÉ GERTRUDE STEIN

—¿Va a dejar *las peleas de gallos* por ti? —Los ojos de Emelina estaban tan abiertos que sólo podía pensar en el marido de la señora Dinamita mirando el concurso de Miss América.

—Eso creo. Ya veremos si aguanta.

—Codi, eso es tan romántico. No recuerdo que J. T. haya dejado nada por mí excepto hacer crujir los nudillos.

—Bueno, eso ya es algo —le dije.

—No, ni siquiera cuenta, porque le metí el miedo en el cuerpo. Le dije que acabaría teniendo artritis.

Emelina y yo estábamos comiendo salchichas picantes en un bar de la I-10. La camioneta de Loyd, que habíamos pedido prestada para nuestra escapada, estaba aparcada donde pudiéramos verla. En la parte de atrás, envueltas por separado en bolsas de la tintorería y formando un cúmulo, había cincuenta piñatas de pavo real confeccionadas con plumas de verdad. Nos dirigíamos a Tucson, dispuestas a tomar las calles al asalto para recaudar fondos con la mayor iniciativa de toda la historia del Club de las Comadres.

El proyecto era idea de Viola, aunque ella compartía la autoría con doña Althea, quien había ofrecido su almacén de plumas. Habían organizado dos cadenas de montaje durante toda la noche para confeccionar esas obras maestras, y la verdad es que se habían superado a sí mismas. No eran de las piñatas ordinarias, destinadas a encontrarse con su creador ante el extremo de un bate de béisbol manejado por un chaval de diez años. Tenían ojos de botones de cristal, crestas de plumas y alas de papel pinocho de color azul. Esas aves iban destinadas a la gran ciudad, como iba todo el Club de las Comadres al completo, montado en un autobús Greyhound. Nuestro plan era encontrarnos en la terminal y empezar desde allí.

Me sorprendió que Viola me pidiera que fuera con ellas. Dijo que precisaban mis servicios, pues conocía la ciudad; parecía una evasión de la cárcel. Pero Loyd había salido a bordo de una locomotora hacia Lordsburg y estábamos en vacaciones de Navidad, así que disponía de tiempo libre. Le rogué a Emelina que viniera para que pudiéramos pasar unos días juntas en Tucson. Yo necesitaba caminar por aceras llanas, jugarme el cuello con el tráfico, ir al cine, esa clase de cosas. J. T. podía quedarse con los niños. El ferrocarril le había suspendido cautelarmente quince días por el descarrilamiento que oficialmente no era culpa suya. Los caminos del ferrocarril son infinitos.

Emelina no había estado sin niños en ningún sitio desde hacía trece años. Se metió unas toallitas de papel en el bolso por pura costumbre. Mientras salíamos de Grace tomó una bocanada de aire con los ojos tan abiertos como un pez que ha picado en un anzuelo.

—No puedo creer que esté haciendo esto —repetía—. Da la vuelta a la camioneta. No puedo ir.

Yo seguí conduciendo hacia el oeste, sin hacer caso a mi rehén.

—¿Qué? ¿Te parece que J. T. no puede cuidar de sus propios hijos?

—No es eso —me contestó absorta en la línea continua—. Tengo miedo de encontrármelo muerto en el suelo de la cocina con una flecha de juguete clavada en la cabeza y una bolsa de magdalenas en la mano.

Cuando llegamos a la carretera general decidió que no pasaba nada. Los niños podrían ir a la universidad con el seguro de vida de J. T.

—Bueno, no soltarán ni un duro en caso de asesinato —le dije con gravedad.

Ella se animó un poco.

—Siempre me olvido. Era él el que quería tener muchos niños.

Estábamos a mediados de diciembre, diez días de compras antes de Navidad, y la tarde era fría y despejada. Veintidós mujeres con abrigos de invierno y medias de lana invadieron el centro de Tucson como una marabunta, en parejas y sosteniendo cada una una piñata de cartón piedra en la mano. Ninguno de los testigos del suceso podrá olvidarlo nunca.

Emelina, yo y la camioneta hacíamos las veces de cuartel general. Aparcamos frente a un restaurante cursi llamado Café Gertrude Stein por la simple razón de que albergaba un enorme torso femenino de plástico verde, y todas pensaron que podrían guiarse por esa señal para volver. En cuanto vendieran sus piñatas volverían a por más. Emelina y yo guardábamos el fuerte, encaramadas cuidadosamente a nuestra pirámide de aves de cartón.

Un hombre tocado con un sombrero negro y una bufanda de cuadros escoceses salió del café y nos dirigió una mirada sorprendido. No estábamos allí cuando él había entrado.

—¿Cuánto? —nos preguntó.

Esa cuestión había sido objeto de un agrio debate; aparen-

269

temente, el conductor del autobús había amenazado con pararse en la cuneta si las Comadres no dejaban de vociferar. Al final se había decidido intentar sacar lo que se pudiera.

—¿Cómo cuánto le gustan? —preguntó Emelina mientras cruzaba las piernas en un gesto de coquetería. Tan monógama como una oca, pero de natural flirteante.

Un pequeño grupo de vagabundos se había congregado en el lado opuesto de la calle, delante de donde habíamos aparcado nosotras. Parece ser que éramos con diferencia el mejor entretenimiento del día.

—¿Qué le parece cincuenta dólares? —preguntó el hombre de la bufanda.

Emelina y yo nos miramos la una a la otra, más frías que dos estatuas.

—Están hechas a mano —le dije yo.

—¿Sesenta?

—De acuerdo.

Él nos dio tres billetes de veinte y Emelina le entregó un pavo real envuelto en plástico. Su cola cabeceaba grácilmente a su espalda mientras se alejaba calle abajo. Yo pronuncié las palabras «¡Sesenta dólares!», y ambas fingimos desmayarnos.

—Están hechas a mano —apostilló Emelina, con las cejas arqueadas en perfecta imitación de una Emperadora del Universo.

La señorita Lorraine Colder y la señorita Elva Dann volvieron a la camioneta casi de inmediato. Habían enrolado en sus filas a una vagabunda llamada Jessie que disponía de su propio carrito de la compra. Cuando la señorita Lorraine le explicó a la mujer la amenaza que se cernía sobre Grace, Jessie se puso a llorar un instante antes de aguzar su ingenio. En el carrito cabían media docena de piñatas, y las mujeres partieron en trío para venderlas en una incursión.

Mientras tanto, Norma Galvez había perdido a su pareja en un paso de peatones, y tuvo que ser escoltada de vuelta al enorme torso verde por un policía en bicicleta llamado oficial Metz. En su breve conversación, que sólo había durado cinco manzanas, ella había averiguado una cantidad de información infinita sobre aquel hombre: por ejemplo, tenía dos hijas gemelas nacidas un día de Navidad, y llevaba un cintero para la hernia. Eso mismo nos contó a Emelina y a mí mientras nos lo presentaba. El oficial Metz declaró sus simpatías, pero preguntó si las señoras tenían permiso para la venta ambulante. La señora Galvez, reaccionando rápidamente, le explicó que no estábamos vendiendo nada. Estábamos pidiendo donaciones para salvar nuestra ciudad. Todos los donantes recibían una piñata de pavo real de regalo. En interés de las relaciones públicas, le regaló una para sus gemelas. A las cinco de la tarde ya nos habíamos quedado sin piñatas. Al final resultó que Emelina y yo no habíamos realizado la mejor venta del día. Mientras muchos pavos se habían vendido por sólo diez o quince dólares, doña Althea le había conseguido sacar setenta y cinco a un anciano. Una vez concertada la transacción, doña Althea le había permitido besar su mano.

Para cuando volvimos a Grace en el último autobús de la tarde, según me informaron más tarde, el Club de las Comadres ya había decidido volver al cabo de diez días con quinientas piñatas de pavo real. Sólo habría dos variaciones sobre el plan original. Primero, cada piñata debería ir acompañada de un escrito con la historia de Grace y su heroica lucha contra la Compañía Minera Black Mountain. Para mi sorpresa, me habían elegido en mi ausencia para que escribiera ese panfleto épico y para que lo ciclostilara en la escuela. (La señorita Lorraine y la señorita Elva estaban jubiladas.) Segundo, el precio se fijaría en sesenta dólares. Algunas querían pedir sesenta y cinco, pero Althea se impuso, señalando que no estaba dispuesta a darle un beso a todos los vaqueros de Tucson.

🐎 🐎 🐎

Emelina y yo entramos en mi antigua casa. Carlo sabía de nuestra llegada, y había escondido la llave debajo del mismo ladrillo de siempre. El vecindario parecía aún más sórdido que cuando yo me había ido. Había una demolición en marcha y pintadas alegremente provocativas decoraban los plafones de madera que hacían de barrera. Nuestra vieja casa, con sus macetas atornilladas al suelo, se erguía sorprendentemente intacta, tanto por fuera como por dentro. Carlo había dejado que se murieran todas las plantas, como era de esperar, pero aparte de eso no parecía haber hecho ningún esfuerzo por adueñarse de la casa. Parecía vivir como un hombre de luto, cuidando de no perturbar los vestigios de su difunta esposa. O esposas.

—Esto pone los pelos de punta, Carlo —le dije cuando volvió de madrugada de su turno en emergencias—. ¿Porqué no has movido un poco las cosas? Parece como si Hallie y yo hubiéramos estado dando vueltas por aquí ayer mismo.

—¿Qué quieres decir con mover un poco? —me preguntó encogiéndose de hombros.

Emelina se había ido a la cama, intentando, creo yo, desaparecer de escena. No había dejado de preguntarme si no me parecía extraño que nos alojáramos en casa de mi «ex». A ella le costaba comprender que Carlo y yo éramos «ex» desde el principio. La ausencia de vínculos era la base de nuestra relación.

Yo me puse a mirar las noticias para poder verle cuando volviera a casa. Al llegar se derrumbó junto a mí en el sofá con una bolsa de patatas fritas.

—¿Es esta tu cena?

—¿Eres tú mi madre?

—Espero que no.

En las noticias estaban hablando de una nueva ley que prohibía a los Papá Noel de la beneficencia recaudar donativos en los centros comerciales. El propietario de una tienda de deportes explicaba que espantaban a la clientela. A su espalda se extendía una hilera de arcos de caza como si fueran las costillas delicadamente curvas de una caja torácica.

—Pareces agotado —le dije a Carlo. Era la verdad.

—Esta noche he tenido que coser una nariz en su sitio. Con cartílagos y todo.

—Eso te matará.

—¿Qué es lo que te pone los pelos de punta de cómo vivo?

Ataviado con su bata verde descolorida del hospital, Carlo parecía más pálido y más pequeño de como yo lo recordaba. No había músculos a la vista.

—Parece que vives en el limbo —le dije—. Esperando que alguien se mude a esta casa para que te prepare una comida de verdad y cuelgue algunos cuadros.

—Tú nunca hiciste ninguna de las dos cosas.

—Ya lo sé. Pero es diferente cuando son dos los que viven en una casa sin cuadros. Da la impresión de que están demasiado ocupados pasándoselo bien como para prestar atención a las paredes.

—Te echo de menos. Nos lo pasábamos muy bien.

—No tanto. Echas de menos a Hallie.

El estar allí también hacía que yo la echara de menos, de modo más tangible que en Grace. En ese mismo suelo desluci-

273

do de madera, Hallie había enrollado las alfombras y nos había intentado enseñar a hacer el *moonwalk*.

—¿Cómo está? ¿Te escribe? Yo recibí una postal de Nogales.

—Sí, me escribe. Está muy ocupada.

No le conté que me escribía *mucho*. Habíamos recuperado un intensidad epistolar como no habíamos tenido desde 1972, el año en que escapé de Grace y Hallie entró en la última fase de su pubertad, quedando ambas enteramente libres. Esta vez ella estaba rebosante de alegría, y yo rebosante de algo a medio camino entre el amor y el terror, pero todavía nos necesitábamos la una a la otra para convencernos de que todo era real. Teníamos que soportar un extraño retraso de dos semanas entre nuestras conversaciones. Yo le escribía relatando alguna pequeña y emocionante victoria en la escuela, y ella hacía referencia a mi depresión de dos semanas antes, cuando tenía la regla. No importaba; nos seguimos escribiendo, sabedoras de que algún día coincidiríamos.

—¿Cómo está tu padre?

—Oh —exclamé—. Se está deteriorando por momentos. Se olvida de quién soy. Tal vez sea una bendición.

—¿Duermes últimamente?

—Sí, claro, no lo puedo negar —le dije en tono evasivo.

—¿No has vuelto a tener ese sueño del globo ocular?

Nunca había conseguido que Carlo lo entendiera correctamente.

—No es un sueño sobre un globo ocular.

—Entonces, ¿qué es?

—Sólo un sonido, como el cristal al romperse, y después me quedo ciega. Es un sueño muy corto. Prefiero no hablar de ello, si no te importa. Tengo miedo de ponerme nerviosa.

—O sea que no lo has tenido.

—No, al menos por un tiempo.

Era muy amable de su parte que mostrara interés. Con la palma de su mano me acarició suavemente el hombro, liberando a mi músculo deltoide de su rigidez. No es que tuviera ya importancia para nosotros, pero la gente que sabe mucho de anatomía acostumbra a ser buen amante.

—Bueno, ¿te va todo bien por ahí?

—Tan bien como en cualquier otra parte —le dije, y él se rió, seguramente porque creía que yo quería decir «tan mal como en cualquier otra parte».

—He estado pensando en Denver —me dijo—. O en Aspen.

—Eso sería todo un desafío. Podrías coserles la cara de nuevo a los esquiadores que se dan contra los árboles.

—¿Quieres venir? Podríamos chocar contra los árboles juntos.

—No sé. Por el momento no hago planes.

Él me puso los pies sobre su regazo y se puso a masajearme los talones. Tenía manos de cirujano, no lo podía negar, pero yo no tenía interés sexual en Carlo. Todavía tenía la leve esperanza de que me propondría el plan perfecto para ambos, el plan que me proporcionaría una felicidad y satisfacción completas, pero hasta eso se estaba desvaneciendo.

—¿Qué más podría hacer una pareja moderna como nosotros en Aspen? —le pregunté—. Aparte de chocar contra los árboles y fisgonear a los famosos que esnifan coca en los salones de los hoteles? Aspen suena a fiesta continua.

—Después de Grace, no me extrañaría, claro.

—No te rías de mi lugar de origen.

Carlo parecía sorprendido.

—Nunca te había oído defenderlo.

—Era broma.

—Bueno, ¿y qué tal Denver? No es tan acelerado.

—Denver suena bien.

Sentí la acostumbrada promesa de un nuevo destino que resultaría, esta vez, maravilloso. Y el habitual impulso de Carlo a que le acompañara. Yo había estado una vez en Denver. Tenía interminables barrios de casas de ladrillo rojo con tejados con aleros y jardines cobijados a la sombra de enormes arces. Sería un lugar maravilloso para pasear el perro.

—¿Alguna vez has pensado en tener un perro, Carlo?

—¿Un perro?

—Eso que tiene cuatro patas y dice «guau, guau».

—Ah, vale.

—En Grace conocí un perro maravilloso. Es medio coyote, y se queda cinco horas sentado en la parte de atrás de una camioneta para esperarte, sólo porque está convencido de que vas a volver.

—Parece un perro muy serio.

—Es un buen perro.

Me di cuenta de que no había pensado en Loyd en todo el día, lo que para mí era todo un triunfo. Así deben sentirse los alcohólicos: superando pequeñas pruebas, demostrándose a sí mismos que pueden vivir sin su adicción. Cuando en realidad dedicarle tanto interés sólo demuestra que no se puede. De repente mi humor empezó a caer en picado; aquella tarde me había sentido eufórica, pero ahora reconocía en mí todos los síntomas de la depresión. Si mis cálculos eran correctos, la respuesta de Hallie a mi *última* depresión llegaría justo a tiempo.

—¡Ostia, mira eso! —Carlo apartó mis pies y se levantó de un salto para subir el volumen del televisor—. ¡Eres tú!

Era yo. Llamé a Emelina de un grito, pero la información ya había acabado cuando ella apareció en la puerta de la sala de estar, vestida con una de las camisetas de J. T. y con semblante atónito.

—Acabáis de salir en las noticias —explicó Carlo muy excitado—. Han dicho algo de las damas de los pavos reales y del arte popular del suroeste, y ha salido una señora vestida de negro...

—Doña Althea —le dije.

—... con una piñata, y una señora con un policía...

—El oficial Metz.

—... y no he podido escuchar más porque estábamos gritando.

Se detuvo de repente, avergonzado de su propio entusiasmo. Emelina y él no habían sido presentados formalmente.

—Oh. Carlo, Emelina. Emelina, Carlo. Una vieja amistad de una vida anterior.

No les dije quién era la vida anterior y quién era la presente. No lo sabía.

Hallie, nunca he podido discernir por qué tú y yo somos como somos. ¿Cómo es que tú eres así? Eres mi hermana. Nos han cocido en el mismo horno, con los mismos ingredientes. ¿Cómo es que uno de los pasteles leva y el otro se desinfla? Pienso en ti montada a caballo por los campos con tus botas y tus calcetines grises de lana, con el pelo como el de los anuncios de champú suavizante, dispuesta a construir un nuevo mundo. La vida debe resultar mucho más fácil cuando tienes sueños.

He leído en los periódicos que vamos a enviar 40 o 50 millones más a la contra para que puedan masacrar niñas y borrarte del mapa con tu cosecha de algodón. Me duele profundamente saberlo; podría ser una americana mucho más feliz si no tuviera un ser querido contándome la verdad desde las trincheras. Tienes razón, somos un país de amnésicos. Estoy avergonzada. Es una emoción excesivamente débil. Tú lo arriesgas todo, mientras yo pago mis impuestos como todo el mundo e intento olvidar el desagradable hedor de la muerte.

Mi vida es algo mecánico y triste, como un cochecito de cuerda, listo para correr en cualquier dirección. Hoy he imaginado que era una heroína. Hemos vendido cincuenta piñatas en una colecta para el Club de las Comadres, que de alguna manera ayudarán a salvar a Grace. Pero no es mi guerra, voy a desertar. No tengo ni idea de cómo se salva a una ciudad. Yo sólo me apunté porque parecía una fiesta y porque me habían invitado. ¿Recuerdas cuando rezábamos para que nos invitaran a las fiestas? Y sólo nos llamaban porque estábamos tan agradecidas que aceptábamos hacer cualquier cosa, como quedarnos hasta tarde y ayudar a las madres a lavar las bandejas del horno. Yo todavía soy así, halagada hasta el infinito si alguien quiere estar conmigo.

Carlo me ha pedido que vaya con él a Denver o posiblemente a Aspen. Carlo todavía es Carlo. Quiere saber por qué no le has escrito. (Yo le he dicho que estás muy ocupada salvando al mundo.) Estoy tentada de creer que puedo ir a Denver. Carlo no corre peligro, no estoy tan enamorada de él. Si un día no me quiere a su lado, no será tan terrible. No me moriré.

Hallie, ya sé qué estás pensando. Me siento pequeña y ridícula y esclava de la necesidad de sentirme segura. Todo lo que quiero es ser como tú, valiente, poder deambular por un país plagado de pollos y minas y decir que estoy en casa, y hacer que sea mi hogar. ¿Cómo consigues seguir adelante, haciendo siempre lo correcto, aun cuando tienes que hacerlo sola mientras los demás se quedan mirando? Yo tendría tantas dudas...¿Qué pasa si pierdes esa guerra? Entonces, ¿qué? Si tuviera sólo una pizca de tu valentía estaría servida de por vida. Tú te levantas y miras al mundo cara a cara, apartas a los gallos de tu ventana y decides qué parte del mundo vas a salvar ese día. Eres como Dios. Yo estoy cansada. Carlo dice «Vamos a Denver», y qué caray, yo estoy dispuesta a abandonar la bandera del Club de las Comadres y la república que representa. Dispuesta a vivir en Denver y a pasear a mi perro.

Salí al amanecer, sola, para echar mi carta al correo y para echarle un vistazo a mi antiguo vecindario. Seguí intentando convencerme de que aquella madriguera tan familiar me hacía sentir bien. Había llevado conmigo mis ropas de ciudad: una falda corta, medias negras y unos botines con tacón de aguja (su sola visión hubiera dejado a Doc Homer sin aliento), y me encaminé hacia el centro entre los desconocidos, sonriente, tan anónima como un pececillo en un estanque. Cuatro manzanas más abajo había un quiosco donde yo solía comprar el *Times* y el *Washington Post*, que Hallie y Carlo esparcían por el suelo las mañanas de los domingos. Hallie nos preguntaba constantemente si podía interrumpirnos un segundo. «Escuchad esto», decía. Necesitaba leer en voz alta, tanto las tragedias como las comedias.

Entré en una cafetería que servía un café decente y unos cruasanes deliciosos. Mientras estaba sentada, soplando mi taza, me di cuenta de que estaba observando a los presentes, un hábito adquirido en Grace, donde miraba a la gente porque no podía identificar a nadie.

Un hombre sentado a una mesa muy cerca de mí no dejaba de mirarme las piernas. Ésa es otra cosa a la que te acostumbras cuando eres muy alta: los hombres actúan como si hubieras comprado tus piernas por catálogo. Finalmente, las crucé y le dije:

—Mire, ya ve, tengo otra igual.

Él se rió. Sorprendentemente, no parecía avergonzarse en absoluto. Ya me había olvidado de cómo se comportaba la gente en el centro. Todos cultivaban sus rarezas como si fueran una enfermedad o una carrera profesional. El hombre llevaba una barba cuidadosamente recortada y era extremadamente atractivo.

—¿Cómo vamos, Emma Bovary?

Yo sonreí.

—Parece que ha olvidado su sintaxis. Igual se ha equivocado de sitio. El Café Gertrude Stein está calle abajo.

—Bueno —me dijo—. Bueno bueno bueno. Igual me puedes ofrecer algo de contexto. ¿Tienes nombre?

—Cosima. Quiere decir orden en el cosmos.

—Cosima, cariño, necesito desesperadamente algo de orden. Si llevas el *New York Times* en el bolso me caso contigo.

—Yo llevaba el *New York Times*.

—No acostumbro a casarme con extraños —le dije. De repente me desagradó lo que estaba haciendo. Iría a cualquier parte con Carlo, me dejaría vapulear por mis alumnos en Grace, hasta había intentado ser médico para complacer a Doc Homer, igual que me había humillado en los viejos tiempos para que me invitaran a las fiestas de cumpleaños. Si continuaba intentando agradar a todo el mundo, pronto sería tan insípida que podría encajar en cualquier parte. Agarré mi bolso y me levanté dispuesta a marcharme. Le dije al hombre—: No tiene ni la menor idea de quién soy.

🐞 🐞 🐞

En mi segunda noche en Tucson dormí como un bebé, sumida en un sueño tan profundo que cuando me desperté no sabía dónde estaba. Durante un minuto permanecí perdida en la cama, intentando lentamente vincular mi presencia física a un nombre, a una vida, a una habitación en una casa situada en un lugar mayor. Era un instante terrorífico, pero tampoco me resultaba desconocido. Tan pocas veces me había rendido realmente al sueño que me costaba un esfuerzo extra volver en mí. Me sentía como si estuviera arrastrándome con los codos por la orilla de un río.

Carlo no estaba en la cama conmigo, desde luego; había evitado esa cuestión delicada alegando que tenía un turno a deshora y que prefería dormir en el sofá para no molestar a nadie. Pero en el pasado había tenido muchas oportunidades de verme despertar en plena confusión. Siempre aseveraba que debía de haber algún problema con las corrientes eléctricas del lóbulo temporal de mi cerebro. Decía que eso explicaba que no pudiera recordar partes de mi vida y que al mismo tiempo recordara cosas que no me habían sucedido. Las explicaciones sencillas me resultaban atractivas, pero también desconfiaba de ellas. La especialidad de Carlo era el sistema nervioso; tenía tendencia a pensar que todas las dificultades humanas se debían a que la sinapsis neuronal se había cortocircuitado. Y yo temía —mejor dicho sabía— que mi problema era más complicado que el de una casa con la instalación eléctrica mal hecha.

Carlo ya se había ido, pero había dejado una nota en la que me rogaba que pensara seriamente en Aspen. Así dicho sonaba a broma, pero yo doblé la nota y la guardé en mi maleta. A la hora del desayuno, Emelina estaba de muy buen humor. El día anterior había captado que mi estado de ánimo se tornaba pesimista y triste, pero estaba dispuesta a hacer de nuestros planes de vacaciones una realidad aunque nuestros corazones se resistieran. Fuimos al cine y comimos en un McDonald's, lo que para el nivel de Grace era la gran vida. Pedimos dos Happy Meals; ella estaba coleccionando pequeñas figuritas de plástico de vehículos de aspecto imposible para sus hijos. Ahora ya habíamos cumplido y podíamos volver a casa.

De camino a nuestra ciudad insistió en que debíamos parar en una evidente trampa para turistas llamada la Cueva Colosal. No era colosal, pero era una cueva. Nos quedamos en la triste entrada mientras el guía, que vestía un plumón, no soltaba prenda, esperando a que llegara más público. Sólo éramos

281

siete u ocho. Debe de resultar difícil soltarle el rollo completo a un grupo que no llega a formar un equipo de béisbol ni un jurado completo.

—¿Cuándo vuelve Loyd?

—El viernes —le contesté.

—Esos viajes con las locomotoras de recambio duran lo suyo, ¿no?

—A ti no parece importarte —le dije, aunque recordaba claramente la noche en que les sorprendí haciendo el amor en el patio.

—Humm —murmuró.

—Una vez más, Loyd debe estar pegándome el salto. Seguramente tiene una amante en Lordsburg. —Emelina me dirigió una mirada atónita—. Es broma —le dije.

—No digas esas cosas. Toca madera. —Y se golpeó la cabeza con los nudillos.

—Bueno, cuando llegué me estuve preguntando por qué Loyd no estaba casado o algo así. Ya que está tan solicitado.

—Lo estaba.

—¿Casado?

—No. Salía con alguien, pero no llegó a tanto. De casarse nada. Una vez lo estuvo, hace mucho, durante un año o dos, creo. No tuvo hijos. ¿No te lo ha dicho?

—Nunca se lo he preguntado.

—Se llamaba Cisie. Ella no le merecía.

Emelina se quitó su sudadera de los Dallas Cowboys (en realidad era de John Tucker). Allí la temperatura era realmente la de una caverna, sólo unos doce grados, pero hacía más calor que fuera, donde la predicción era que helaría por la noche. Una mujer llevaba un abrigo de visón.

—No iba a dejarlo en el coche —nos explicó sin que le preguntáramos.

Loyd nunca había llegado a mencionar ningún hecho personal de importancia como un matrimonio anterior, mientras que esa mujer del visón se sentía impulsada a dar explicaciones a cualquier desconocido. Así son las cosas: algunos se conforman con esperar a que les preguntes, mientras otros te sueltan de repente la historia completa. Debía de tener algo que ver con la incomodidad. Una vez que estaba esperando para embarcar en un avión, una abuela apareció por el pasillo con una muñeca en una mano y un niño pequeño en la otra, y se tomó la molestia de darnos explicaciones mientras pasaba. «La muñeca es de su hermana, que va más adelante.» Yo podía entender ese impulso. Recuerdo todas las trolas que les he explicado a los desconocidos en los autobuses. Yo les explicaba mi versión, inventándomelo todo para que no hubiera dudas de quién era yo *en realidad*.

Finalmente nuestro guía nos dedicó unas palabras a modo de arenga y todo el grupito le seguimos hacia el interior de la cueva. Mientras caminábamos nos habló de un forajido que se había escondido allí para ocultar su botín, allá en los días de Jesse James, y aparentemente nunca había vuelto a salir. Se suponía que eso nos tenía que estremecer, pero sonaba más bien a que el malo había escapado con el dinero por alguna puerta falsa. Yo todavía creo que Adolf Hitler vive en algún rincón del Pacífico Sur con las huellas dactilares borradas y una nueva cara, tumbado en una playa bebiendo mai-tais.

Emelina nunca había visto antes una cueva, y estaba muy impresionada. Había delicadas estalactitas con forma de pajitas de refresco, y pesadas estalagmitas que surgían del suelo. No paraba de señalar formaciones que tenían forma de pene.

—Sólo has estado fuera tres días —le susurré.

—No he dicho que se parezcan a la de J. T. —replicó, también en un susurro.

Por todas partes se oía el rumor del agua, incluso sobre

283

nuestras cabezas. Me daba escalofríos pensar en todas las toneladas de rocas y tierra que teníamos encima. Había olvidado
que las cuevas no son mi diversión favorita.

El punto culminante de la visita era la Cámara de la Pañe-
ría, que debo admitir que era de un tamaño impresionante. El
guía señaló con su linterna varias formaciones, que tenían
nombres como Jefe Cochise y Los Paños. Las paredes y el
techo brillaban con humedad cristalizada.

Entonces, durante un minuto (siempre tienen que hacer
eso) el hombre apagó las luces. La oscuridad era absoluta. Yo
agarré el brazo de Emelina mientras el techo y las paredes se
me venían encima. Sentía que mi propia lengua me asfixiaba.
Mientras permanecía asida a Emelina y esperaba a que se
hiciera de nuevo la luz, respiré con lentitud e intenté visualizar
el tamaño de la cámara y la distancia entre mi cabeza y el
techo, que sabía estaba allí. En lugar de eso vi unas imágenes
inconexas que no me ayudaron mucho: Emelina recogiendo
los cochecitos de la hamburguesería para sus hijos; el hombre
del café que quería casarse conmigo. Y entonces, mientras
todos esperábamos inmóviles, comprendí que lo terrorífico de
mi sueño recurrente no era la mera pérdida de la visión, sino
de todo mi ser, fuera lo que fuera. Lo que se pierde con la
ceguera es el espacio que te rodea, el lugar donde uno está, y
sin eso uno bien pudiera no existir. Uno podría no estar en
ninguna parte.

18

ORIENTACIÓN TERRESTRE

Loyd y yo íbamos a pasar las navidades con los pueblo de Santa Rosalía. La nieve caía sin cesar mientras conducíamos hacia el norte a través de la reserva apache. La nevada envolvía a los translúcidos árboles del desierto con un manto blanco y esférico, otorgándoles forma y sustancia. Resultaba sorprendente contemplar un paisaje normalmente vacío y ver un bosque.

Cuando cerraba los ojos no veía más que pavos de cartón piedra. Había estado colaborando en la línea de montaje de las piñatas. De nuevo sufría pesadillas, y estaba falta de sueño; se me había ocurrido que podría resultar útil. No conseguimos montar quinientas piñatas en diez días —ese objetivo era un tanto ambicioso—, pero logramos pasar la línea del ecuador. Las últimas cincuenta o así eran las mejores desde el punto de vista artesanal. Para entonces ya habíamos utilizado hasta el último pedazo de papel pinocho azul que habíamos encontrado en las buhardillas y en todos los cajones de los escritorios de Grace, de manera que tuvimos que echar mano de la imaginación. Algunas mujeres cortaron retales de pantalones tejanos, y la señora Núñez hizo alas de pavo con las sobrecubiertas color añil de los doce tomos completos de la *Enciclopedia Infantil Compton.* No hace falta decir que no había dos pavos iguales.

También sudé sangre para redactar mi panfleto a multicopista. Yo sólo era escritora por defecto. Viola se negó a ayudarme, alegando que era yo la que había ido a la universidad, así que manos a la obra. Intenté incluir todos los detalles que habían hecho de Grace lo que era: la llegada de las hermanas con sus pavos; sus descendientes de ojos azules plantando todo un Edén de huertos en los días idílicos anteriores a la Black Mountain; las casas multicolores y las calles escalonadas, todo lo que iba a desaparecer por culpa de un río contaminado. Y todo en una sola página. Viola no quería que me extendiera más, razonando que nadie se tomaría la molestia de leerlo. Hubo ciertas discusiones sobre si debíamos poner la nota *dentro* de la piñata, como si fuera un mensaje en una botella. Yo les dije que la gente de la ciudad no compraba artesanía para abrirla a golpes; mi opinión como experta en temas urbanos era ampliamente respetada. Así que mi modesta Historia de Grace acabó metida en los picos de cada pavo, enrollada en una cinta como si fuera un diploma.

La segunda excursión a Tucson precisó fletar dos autobuses completos. Algunos maridos e hijos se apuntaron a la iniciativa, así como la mayoría de mis alumnos. Yo lo definí como una actividad extraescolar. Le dije a Raymo que si vendía diez pavos le pondría un suficiente alto. Pero yo no fui. Loyd había pedido una semana de vacaciones, así que nos fuimos a disfrutar del viaje que tanto habíamos planeado.

—¿No tienes que parar en algún sitio para echarle un vistazo a tus gallos? —le pregunté. Estábamos cerca de White-river.

—Ya no tengo gallos.

—¿Ya no? —le pregunté incrédula. Yo pensaba que sólo había dejado de asistir en persona a las peleas—. ¿Cómo, los has vendido?

—Collie Piedrazul se ha hecho más o menos cargo de la empresa.

—Así que puedes retomar el negocio cuando quieras.

—No. Se ha ido a la reserva de río Colorado. Los está llevando a las peleas de Ehrenberg.

Eso me daba más miedo que si me hubiera regalado un anillo de boda.

—Pero yo no... ¿Qué pasa si lo nuestro no funciona?

Él condujo hábilmente la camioneta por un tramo lleno de baches.

—No te ofendas, Codi, pero no he dejado las peleas de gallos para impresionarte. Lo he hecho porque tenías razón.

—¿Qué yo tenía *razón*?

—En eso que me dijiste.

—¿Y qué te dije?

Él no me contestó. Yo recordaba vagamente haber dicho algo sobre heridas punzantes y hemorragias internas. Sobre lo de hacer de aquello un deporte espectáculo.

—No puedo creer que te hayas dedicado a eso toda tu vida y que ahora lo dejes por algo que yo he dicho. Tal vez ya pensabas en dejarlo de todos modos.

—Tal vez sí.

Ambos callamos unos instantes mientras atravesábamos campos de hierbas y matas que el invierno había marchitado. Dos caballos negros trotaban entre unos arbustos erizados, sin vallas a la vista.

—Tú y tu hermano erais gemelos, ¿no? —le pregunté sin venir a cuento.

Él asintió.

—Idénticos. Los gemelos dan mala suerte.

Yo reí.

—A la madre.

—No, eso dicen los pueblo. Cuando nacen gemelos la gente dice que habrá sequía, o plagas de saltamontes o cualquier otro castigo. En los viejos tiempos a los gemelos se les dejaba morir.

—¿A los dos? ¿No se podía escoger uno y dejar que muriera el otro?

—No.

—No puedo imaginarme a una madre que lo consintiera —le dije, aunque claro que podía. Yo seguramente había matado a mi hijo de hambre *in útero* para no enfrentarme a un desastre anunciado.

—Los tewa explican una historia sobre una madre que se escabulló con sus hijos fuera del pueblo y se los entregó a la Abuela Araña para que los criara.

—¿Sí? ¿Lo ves? Si contaban una historia así es que la gente comprendía que estaba mal dejarlos morir.

—Sabían que no era fácil. Pero no que estuviera necesariamente mal. Cuando Leander y yo hacíamos gamberradas, nuestra madre decía que era como la pobre Abuela Araña, castigada a soportar a los Gemelos de la Guerra.

—¿Erais muy traviesos?

—Sólo el doble que un crío normal —contestó riendo—. La gente nos llamaba Dos Veces Malos. Nuestra hermanas hablaban de nosotros como si fuéramos una sola persona. Decían «se ha ido a montar a caballo» o lo que fuera. Yo creo que nosotros *pensábamos* que éramos una sola persona. Un chaval con dos pieles diferentes.

—Hallie y yo nos sentimos así a veces.

Yo podía ver dos claras medialunas de agua formándose sobre los párpados inferiores de Loyd.

—No hace falta que hables de ello si no quieres —le dije.

—Ya ni siquiera hablo del tema. A veces paso un día o dos sin pensar en él, y luego me asusto pensando que voy a olvidarle.

Yo posé mi mano sobre la suya, que descansaba en el cambio de marchas.

—¿Quieres que conduzca yo?

Él detuvo la camioneta y apagó el motor. Nos quedamos mirando los copos de nieve que se posaban sobre el parabrisas hasta convertirse en idénticos puntitos de agua. Después salió. Yo me puse los guantes y le seguí.

Fuera de la camioneta reinaba un silencio irreal. Habíamos ascendido a cierta altura, y estábamos en un bosque. Los copos de nieve quedaban apresados en las agujas de los pinos con un susurro. Jack estaba sentado en la parte trasera, observando a Loyd con sumo cuidado, exhalando mudas nubes de vapor.

—¿Te he contado alguna vez cómo me quedé con Jack? —me preguntó Loyd.

Yo medité un instante.

—No. Me contaste que refugiaste a su madre y que tuvo cachorros. Pero no me has explicado cómo elegiste a Jack.

—Fue él el que nos escogió —dijo Loyd mientras se apoyaba contra la camioneta con los brazos cruzados sobre el pecho. Parecía tener frío—. Papá quería ahogar a toda la camada. Los metió en un saco vacío de cemento, lo ató con fuerza, lo llevó hasta el río y lo tiró al agua. No sabía lo que se hacía; estaba como una cuba, creo. Al volver me pasó a buscar por el trabajo y yo le dije: «Papá, hay uno de los cachorros en la parte de atrás». Estaba escondido entre unas juntas de cañería. La furgoneta de mi padre era un vertedero sobre ruedas; allí no se podía encontrar nada de nada. Así que le dije: «¿Dónde están los demás?». —La voz de Loyd se ahogó, y él esperó un instante, enjugándose las lágrimas—. No sé por qué me pongo así. Dios sabe qué habría hecho yo con siete cachorros de coyote huérfanos.

Dios sabe que habría hecho yo con un bebé a los dieciséis, pensé. No es precisamente el lado práctico de las cosas lo que nos afecta. Yo me apoyé a su lado en la camioneta y tomé su mano izquierda entre mis dedos enguantados. Estaba tan fría como el cristal de una botella.

—¿Qué pasó con Leander? ¿Por qué le perdiste?

—¿Por qué? —Él alzó la mirada al cielo—. Porque dejamos a los pueblo. Supongo que éramos de verdad los Gemelos de la Guerra. Mucho trabajo para nuestra madre. Nuestras hermanas ya eran mayores, y por entonces ya tenían sus propios hijos. Y la gente pensaba que los chicos deben ver un poco de mundo. Que debíamos estar con nuestro padre. Él estaba en Whiteriver más o menos desde que yo tenía uso de razón. Si nos hubiéramos quedado en Santa Rosalía supongo que todo habría salido bien, pero vinimos aquí y Leander empezó a meterse en líos. Nadie cuidaba de nosotros. Papá no podía ni cuidarse a sí mismo.

—A mí todo esto me suena —le dije.

—Todo el mundo decía que Leander había muerto por culpa de la bebida, pero no tenía ni quince años. Ni siquiera tenía edad para pedir una cerveza. Todos se olvidan de eso, de que sólo era un muchacho. Bebíamos un poco, pero no creo que él bebiera la noche que murió. Hubo una pelea en un bar.

—¿De qué murió entonces?

—Heridas de arma blanca. Hemorragia interna.

Yo conduje a través del bosque de pinos, pensando por momentos en Hallie, concentrada en la carretera resbaladiza. Loyd permanecía callado, pero volvió a coger el volante una vez descendimos hasta la reserva navajo. Señaló unas zonas cubiertas de hierbas altas.

—Parece tan grande como el planeta entero, pero sigue siendo una reserva —me dijo—. Hay vallas, y las ovejas no pueden cruzarlas.

Mientras la penumbra del anochecer nos envolvía, el paisaje fue cambiando hasta convertirse en un desierto llano y desolado vigilado por dioses de roca rojiza. Ahora ya habíamos dejado atrás la nieve. Las colinas estaban surcadas por líneas escarlatas que aumentaban su color a medida que nosotros seguíamos hacia el norte y el sol seguía su camino hacia el oeste. Ya estaba oscuro cuando dejamos la carretera y nos adentramos por una pista llena de baches hasta la boca del cañón de Chelly. Dejamos atrás varios carteles que proclamaban que la superficie del cañón era terreno tribal de los navajo, donde sólo se le permitía el paso al personal autorizado. El tercer cartel, vagamente iluminado por las luces de los faros, decía «Tercer y Último Aviso».

—¿*Podemos* entrar aquí? —le pregunté a Loyd.

—No te separes de mí. Te llevaré a los mejores sitios.

Una vez en el cañón fuimos pegando saltos por aquella pista pedregosa durante una hora, siguiendo el curso de un arroyuelo. Yo no podía ver la luna, y pronto perdí el poco sentido de la orientación que pudiera haber tenido cuando aún brillaba el sol. Estaba agotada, pero también, y por primera vez en semanas, me sentía adormecida, embriagada por ese escaso y delicioso licor que empapaba todo mi cuerpo como si éste fuera de papel secante. Casi me quedé dormida ahí sentada. Mi cabeza se balanceaba mientras cruzábamos y volvíamos a cruzar el riachuelo helado y sus riberas empinadas. Finalmente, paramos y dormimos en la parte trasera de la camioneta, envueltos como momias bajo una gruesa capa de mantas. Nos fuimos acurrucando con cuidado muy juntos para darnos calor. Fuera de las mantas, nuestros labios y nuestras narices se frotaban como yesca, haciendo saltar chispas en el aire helado.

—No es justo, Jack está en tu lado —murmuré.

—Jack, al otro lado, chico —ordenó Loyd. Jack se levantó y pasó por encima del nido que nos contenía posando sus patas con cuidado sobre nuestros pechos. Dio unas vueltas sobre sí mismo en el escaso espacio libre que había a mi espalda y después se tumbó con un gruñido. En cuestión de minutos sentí su calor suplementario y me sumí en un letargo celestial.

Por la mañana descubrimos que había caído una suave capa de nieve que cubría débilmente las rocas. El cañón se dividía en dos ante nosotros; desde el lecho del río se alzaba una columna de roca trescientos metros en el aire. Unas nubes bajas, o tal vez niebla alta, acariciaban su cima. Yo contuve el aliento. El contemplar una roca como ésa hacía que la cabeza me diera vueltas como si tuviera vértigo. Loyd había aparcado de modo que fuera eso lo primero que viera al despertarme: La Roca Araña.

Las paredes del cañón se erguían a ambos lados de nosotros, ofreciendo desde el color naranja del ocaso hasta el rojo del orín salpicado de púrpura. Las rocas habían quedado esculpidas por las eras glaciares y pulidas por el azote de los vientos del desierto durante eones. No es que el lugar inspirara algo religioso, sino que parecía ser la religión misma.

Me vestí en un instante y me puse a caminar a su alrededor tan impresionada como una chiquilla, con la cabeza permanentemente echada hacia atrás.

—No parece una araña —comenté—. Parece un campanario.

—La llaman así por la Mujer Araña. Vivía allí arriba hace mucho tiempo. Un día atrapó a las mujeres navajo con los hilos de su tela, las llevó hasta allí y les enseñó a tejer mantas.

Sólo de pensar en estar en la cima de esa roca, por no hablar de intentar aprender algo allí arriba, me puse a temblar.

—¿Hablas de la misma Abuela Araña que crió a los gemelos?

Yo esperaba que Loyd quedara impresionado por mi memoria, pero él se limitó a asentir.

—Esa historia es de los pueblo, y ésta es de los navajo, pero se trata de la misma Mujer Araña. Todos están más o menos de acuerdo en lo fundamental.

Entrecerré los ojos y miré cañón arriba. Sus estrechamientos enmarcaban las partes más amplias como una ventana. De sus paredes surgían unos gigantescos contrafuertes de roca semejantes a barcos veleros, dotados incluso de mascarones en sus proas. Algunos de esos mascarones habían encallado, separados de la roca madre por la erosión, y se erguían en soledad como obeliscos. Allí donde el cañón se estrechaba, los contrafuertes de roca se alternaban como las hojas de un biombo, de manera que el río discurría en zigzag para superarlos. Y nosotros también. La camioneta avanzaba haciendo crujir placas de hielo y atravesando los túneles de cristal que formaban las ramas heladas de los chopos. Pasamos junto a una cabaña circular con un tejado de tablillas y un hililllo de humo que salía de su chimenea. Un caballo vagaba a poca distancia, cabeceando entre las hojas heladas.

Loyd se detuvo varias veces para señalar unas pinturas antiguas talladas entre las rocas. Estaban agrupadas, como si buscaran refugio para escapar a la soledad en esa enorme extensión mineral. Mostraban antílopes, serpientes y patos, todos
alineados como en el tiro al blanco de una feria. Y también
humanos: figuras extrañas con forma de tortuga, sus brazos
separados del cuerpo y los dedos extendidos como si se rindieran o les hubieran cogido por sorpresa. Los petroglifos que se
habían añadido en épocas más recientes mostraban a unos
hombres más esbeltos y confiados montando a caballo. El
curso del progreso humano parecía cuestión de superar el
asombro inicial de saberse en este planeta.

En un momento dado nos detuvimos al resguardo de una
alcoba de roca, donde la nieve no había llegado a caer. Las
paredes se combaban hacia adentro sobre nuestras cabezas, y
largas marcas oscuras, semejantes a restos de herrumbre,
corrían en paralelo por el acantilado en ángulos alocados.
Cuando miré hacia arriba perdí el sentido de la gravedad. El
suelo bajo mis botas era una tierra arenosa, rojiza y seca, muy
suave y muy blanda, que las inclemencias del tiempo habían
arrancado de la roca. Si el río había llegado hasta allí, su lodo
habría tenido ese mismo color rojizo. Loyd me cogió de los
hombros y dirigió mi atención a la pared opuesta, a un tercio
de su altura. Orientado al sol de la mañana había un pueblo
horadado en el barranco. Era como Kinishba, los mismos
alojamientos de varias plantas construidos con una mampostería increíblemente cuidadosa. Las paredes estaban deformadas para acomodarse a las curvas del acantilado, y los bloques de piedra estaban tallados en la misma roca roja sobre la
que estaban cimentados. Recordé lo que Loyd me había
explicado de la arquitectura de los pueblo, cuyo objetivo era
construir una estructura que la tierra quisiera albergar en su

seno. En este caso era más que albergar. Me recordaba a los nidos de las golondrinas, o a los de los vencejos alfareros, o a jardines de cristal multiplicándose a partir de la misma matriz: las construcciones perfectas de la naturaleza.

—Adosados prehistóricos —le dije a Loyd.

Él asintió.

—Son de la misma gente, pero mucho más antiguos. Ya estaban aquí cuando los congéneres de Colón todavía estaban frotando dos palitos.

—¿Cómo llegaron *allí* arriba?

Loyd señaló una grieta en zigzag que recorría el talud de la ladera hasta la cornisa donde se había situado el pueblo. En algunos lugares la grieta no tenía más de seis centímetros de ancho.

—Eran unos escaladores muy buenos —me contestó. El punto fuerte de Loyd eran las explicaciones incompletas.

No se oía un solo ruido, a excepción de los ocasionales y reverberantes chasquidos de una pequeña piedra desprendida.

—¿De qué tenían miedo? —pregunté en voz baja.

—No lo sé. Tal vez no tenían miedo. Tal vez les gustaba la vista.

Las puertas estaban construidas de manera que había que levantar mucho los pies para salir. Una medida de seguridad para niños, obviamente.

—Sólo de pensarlo me estremezco, ¿no? Eso de criar niños en un lugar donde el portal de la casa da a un barranco de sesenta metros.

—No es peor que criar niños donde la puerta de entrada da a una autopista.

—Tienes razón —le dije—. No es peor. Y es más tranquilo. Hay menos monóxido de carbono.

—Así que a veces piensas en ello —dijo Loyd.

—¿En qué?

—En ser madre.

Yo le observé y consideré varias respuestas posibles. «Constantemente» y «nunca» parecían adaptarse por igual a la verdad. A veces quería decirle «Has tenido tu oportunidad, Loyd, tuvimos un hijo y está muerto». Pero no lo hice. Eso formaba parte de mi pasado, no del suyo.

—Claro, a veces pienso en ello —le dije, deseosa de librarme de la opresión que llevaba en el corazón—. También pienso en hacerle un puente a un Porsche y conducirlo hasta México.

Él rió.

—Sólo una de esas dos cosas es ilegal, según me han dicho.

Yo tenía deseos de intentar la escalada a ese pueblo del acantilado, pero Loyd opinó que nos romperíamos la crisma, además de que se supone que no hay que jugar con las antigüedades.

—Yo pensaba que tú te saltabas todas las normas —le dije mientras volvíamos a subir a la camioneta y seguíamos adentrándonos en el cañón.

Él parecía sorprendido.

—¿Qué normas?

—Prohibido el paso a los que no sean navajo, para empezar. Se supone que ni siquiera deberíamos estar aquí.

—Somos invitados, autorizados por Maxine Pequeña del clan Arroyos que se Juntan.

—¿Vive aquí?

—Ahora no. Casi todo el mundo saca fuera sus ovejas y pasa el invierno en la parte alta, pero las granjas están aquí abajo. Leander y yo pasamos aquí casi todos los veranos hasta los trece años.

—¿De verdad? ¿Y qué hacíais?

296

—Trabajar. Ya te lo enseñaré.

—¿Quién es Maxine Pequeña?

—Mi tía. Me gustaría que la conocieras, pero está de visita en Roca Ventana para las vacaciones.

Loyd estaba lleno de sorpresas.

—Nunca conseguiré hacerme una idea clara de tu familia. ¿Cómo es que tienes una tía navajo? ¿Es que los navajos y los pueblo son una gran tribu o algo así?

Loyd rió de manera un tanto histérica. Se me ocurrió pensar que ese apache de clase baja y antiguo criador de gallos de pelea debía considerar, a veces, que yo era ingenua.

—Los pueblo siempre estuvieron aquí —me explicó pacientemente—. Todavía construyen casas como ésa. Los pueblo de Río Grande, Zuñi, Hopi Mesa. Ya no las construyen en los acantilados, pero por lo demás son iguales. Prácticamente son los únicos indios que no han sido trasladados de su lugar de origen a cualquier otro sitio.

—¿Y los navajo?

—Los navajos y los apaches forman parte de un grupo que llegó desde el Canadá, no hace mucho tiempo. Unos cuantos siglos, tal vez. Buscaban un lugar más cálido.

—¿Y por qué es ahora esta zona la tierra tribal de los navajo?

—Porque el gobierno de Estados Unidos se la concedió oficialmente. ¿No es un detalle? Lástima que no les dieran también el puente del Golden Gate.

La camioneta hacía crujir la arena congelada.

—Así que los pueblo son gente casera, mientras que los navajo y los apaches son más bien vagabundos.

—Podría decirse así, supongo.

—¿Y tú qué eres?

—Pueblo. —Lo dijo sin dudarlo un instante—. ¿Y qué eres tú?

—No tengo ni idea. Mi madre vino de algún lugar de Illinois, y Doc Homer ha decidido que no es de ninguna parte. Yo no puedo recordar ni la mitad de lo que me pasó antes de los quince años. Supongo que no soy nada. De la Tribu Nada.

—¿De las caseras o de las vagabundas?

Yo me reí.

—Emelina me llamó «rompe hogares» una vez. O no, ¿qué dijo? «Ignora hogares», o algo así.

Él no comentó mis palabras.

—¿Y cómo es que tienes una tía navajo? —le volví a preguntar.

—Por la razón habitual. El hermano de mi madre se casó con ella. Los hombres del pueblo tienen que casarse fuera del clan, y a veces lo hacen con las que no son ni pueblo. Por aquí la tierra la heredan las mujeres. Así fue como mi tío vino aquí.

La granja de Maxine Pequeña, que había heredado de su madre y pasaría a su vez a sus hijas, era un triángulo delimitado por el río y por las paredes de un cañón poco profundo. Aparcamos junto a un bosquecillo de chopos que bordeaba el río y caminamos sobre el suelo helado de un campo de maíz. Un triste espantapájaros montaba guardia. Pensé que la aridez de una granja en invierno resulta engañosa; todo estaba allí, todavía era fértil, con la misma seguridad con que los árboles mantienen su identidad en la forma y curvatura de sus despojadas ramas invernales.

—¿Ha cambiado mucho?

Yo lo decía como un chiste, pues no veía nada que *pudiera* haber cambiado, pero Loyd recorrió cuidadosamente el lugar con la mirada.

—Esos chopos han crecido siguiendo el curso del río. Y hay un peñasco grande en la ladera. ¿Ves ese que tiene rayas? Antes estaba por allí. —Al decir esto señaló un punto en la pared del cañón, visible sólo para él, de donde había caído el peñasco. La mayoría de los hombres, pensé, no conocen con tanta precisión ni los muebles de su propia casa.

—¿Y qué hacías aquí?

—Trabajábamos como burros. Arrancábamos malas hierbas, recogíamos maíz, cultivábamos judías y sandías. Y en los años malos teníamos que acarrear mucha agua.

—¿Esos melocotoneros ya estaban aquí? —le pregunté. Un huerto pelado ocupaba la sección llana del terreno.

—Son más viejos que mi tía. Los melocotoneros vienen de antiguo. Aquí ya cultivaban huertos hace unos trescientos años.

—Es un cañón de frutales, como Grace.

Él inspeccionó los árboles cuidadosamente, de uno en uno; las bases de las ramas, los troncos, las puntas de las ramas más pequeñas. Yo no sabía qué estaba buscando, y no le pregunté. Parecía estar tratando asuntos personales. En esa tierra Loyd parecía un padre de familia.

—¿Y los que vivían allí arriba en los barrancos también cultivaban maíz y judías?

—Correcto.

—¿Y cómo es que este cañón sigue siendo productivo durante mil y pico años y nosotros no podemos vivir en Grace ni cien años sin joderlo todo?

Era una pregunta más bien retórica, pero Loyd sopesó la cuestión un buen rato mientras conducía por una senda talud arriba hasta la parte posterior del encajonado cañón.

—Conozco la respuesta a eso —me dijo finalmente—. Pero no puedo decirlo con palabras. Te lo tendré que enseñar. No aquí. Más tarde.

Me sentí tristemente desamparada, aunque eso era mucho más parecido a una promesa de revelación que lo que había obtenido tras nueve años de observar las cejas de Carlo. Podía esperar a ese «más tarde».

En la parte superior de la ladera había otra antigua morada, aunque en este caso sólo se trataba de unas paredes en ruinas. El diseño de la base estaba claro. Me interesó comprobar que todas las puertas estaban alineadas, supongo que para conseguir que la luz entrara en el interior.

—Una vez encontré un jarrón de arcilla entero —dijo Loyd—. Está en la casa de mi madre. —Al decir esto bajó la voz—. No se lo digas a ningún navajo, que meterían a mamá en la cárcel.

—Se lo llevaste al final de un verano, ¿verdad? Como regalo. Y ella todavía lo guarda.

Él sonrió con timidez. La imagen de Loyd a sus diez años acercó la amenaza de lágrimas a mis ojos. Yo me había pasado la vida observando esos rituales madre-hijo desde mi ventana.

—¿Jugabas por aquí cuando eras pequeño? —le pregunté.

—Oh, sí. Éste solía ser el fuerte de Leander y mío.

—¿Jugabais a indios y vaqueros?

Él rió.

—A indios buenos e indios malos.

—¿Cuál eras tú?

—Nadie puede ser bueno todo el tiempo. Ni malo todo el tiempo. Nos turnábamos.

Él me condujo hasta un par de paredes medio derruidas en la base del acantilado, y me indicó que me arrodillara. Miré donde él me señalaba. Cuidadosamente dispuesto entre un surtido de viejos petroglifos había dos más modernos: el contorno de las manos de dos chiquillos, muy juntas, perfectamente idénticas.

Cruzamos el alto desierto desde Chinle a Ship Rock, Nuevo México, y desde allí hasta las montañas Jemez. El viento soplaba con fuerza contra las ventanillas, y nosotros nos calentábamos las manos sobre el conducto de la calefacción y hablábamos sobre mil y una cosas. Loyd habló de su matrimonio con Cissie Ramon, quien según él era bajita y ruidosa. Cissie estaba loca por las peleas de gallos, los hombres y por el esmalte de uñas de colores raros, como por ejemplo el verde. Él había pensado que ella era exótica, pero sólo era salvaje; había una diferencia. Al final ella le había dejado.

Loyd mostraba mucho más interés en hablar de su trabajo en los huertos de pacanas de su tía, en Grace. Su tía era la hermana de su madre, Sonia. Se había casado con un pueblo de su localidad, pero se había mudado con él a Grace cuando Black Mountain reclutó a nativos americanos para trabajar en las minas durante la segunda guerra mundial. Sonia y su marido habían plantado frutales, pensando que la guerra duraría al menos veinte años, y cuando descubrieron que no era así decidieron quedarse en Grace de todos modos para cuidar de los huertos.

Era muy diferente de cómo se trabajaba en el cañón de Chelly, dijo Loyd. Sonia había empezado como recolectora antes de comprarse su propio huerto de pacanas, y había aprendido a cultivarlo a la usanza moderna. Normalmente, la cosecha empezaba en octubre y duraba hasta el Día de Acción de Gracias. Para arrancar los frutos de los árboles utilizaban una máquina llamada vibrador de árboles.

—Recuerdo haber visto a los hombres golpear las ramas con una vara cuando era niña —dije yo.

—De eso nada. Nosotros utilizábamos las últimas tecnologías. Detrás del vibrador de árboles venía la cosechadora, que es esa máquina grande con una aspiradora que se conduce entre las hileras de árboles. Lo aspira todo, y después tira las ramitas y las hojas por detrás, y las pacanas y las piedras caen en un depósito que lleva debajo. Por los huecos de la jaula caen más desechos mientras todo da vueltas, y las vainas van desprendiéndose, y la idea es que al final sólo quedan las pacanas. Pero la verdad es que queda toda una mezcla de pacanas, grumos de desechos en forma de pacana y piedras en forma de pacana.

—¿Tú conducías alguno de esos monstruos?

—No. La mayor parte del tiempo lo pasaba seleccionando piedras y desechos de una cinta transportadora. Creo que era el mejor trabajo que nunca he tenido. El más duro, pero también el mejor, porque me ayudó a madurar. Dejé de pensar en mí mismo todo el tiempo y empecé a pensar en algo más, aunque sólo fueran malditas pacanas.

Por el uso que Loyd hacía del pronombre singular deduje que Leander ya había muerto. Lentamente iba ensamblando las piezas que conformaban la vida de Loyd, y no se parecía a la del pobre gitanillo errante que me había imaginado. Supongo que yo quería verle como un colega huérfano. Pero allí por donde él había vagado, su familia estaba cerca.

—¿Cuánto crees que durará Grace sin el río? —le pregunté.

—Dos o tres años, tal vez. Los huertos viejos aguantarán más porque tienen las raíces más profundas. —Me miró—. ¿Sabes que tengo un huerto?

—No. ¿En Grace?

—Sí. No tengo de los de pacanas, que ésos son de mis primos, pero la tía Sonia me dejará el huerto de melocotones. Los frutales siempre fueron cosa mía, eso de apartar a los pájaros y a las ardillas de la fruta.

—¿Y cómo lo haces?

—Bueno, principalmente matándolos.

Yo reí.

—¿Qué te hace tanta gracia?

—No sé. —Yo miré a través del parabrisas. En la distancia, Ship Rock flotaba como un velero fantasma sobre la llanura nevada—. Así que ahora tienes un huerto moribundo de tu propiedad. Tu tía Sonia ha vuelto a Santa Rosalía, ¿no?

—Correcto. Pero el huerto no será mío hasta que tenga hijos.

—Eso no parece justo.

—No, tiene sentido. Cuando tienes familia necesitas árboles. —Hizo una pausa, creo que con toda la intención, y dirigió la conversación por otro rumbo—. ¿Qué trabajo te hizo madurar a ti?

Yo lo pensé un momento.

—Tal vez no lo haya tenido todavía.

Él rió.

—Tú fuiste a la facultad de medicina, ¿no? Y casi acabaste. Eso no debe de ser fácil.

—Cuando dejó de ser fácil abandoné.

—¿Qué hacías en Tucson antes de venir a Grace?

—Mejor que no lo sepas. Cajera en un 7-Eleven.

—Vaya. Y yo que pensaba que eras demasiado buena para salir con un conductor de locomotoras. ¿Y antes de eso?

—Mejor que no lo sepas.

—Me interesa.

—Bueno, me dedicaba a la investigación en la Clínica Mayo de Minnesota.

—¡Ostia! ¿De verdad?

—Sí. Viví allí hace dos años, hasta que me enteré de que Doc Homer estaba enfermo.

—¿Y antes de eso?

Levanté la cabeza y me puse a mirar el techo de la camioneta.

—Es *mejor* que no lo sepas.

—Eras presidenta de Estados Unidos.

—Inténtalo otra vez.

—Robabas Porsches.

Yo me reí.

—Lo más grande que he robado nunca era una langosta congelada para el cumpleaños de mi novio. Estaba trabajando en un almacén de congelados, y la verdad es que creo que buscaba que me despidieran. ¿No te parece estúpido?

—Pues sí, suena estúpido. Eso era antes de lo de la Clínica Mayo, ¿no?

—Antes de eso y de muchos otros trabajitos raros. Hice algo de investigación entre una cosa y otra. Créeme, nunca lo pongo todo en el mismo currículum.

—¿Y cuál es el que nunca mencionas? El que estás evitando explicarme.

—Durante unos años viví en el extranjero.

—¿En serio? ¿Fuiste en avión? Ostras, a mí me encantaría ir un día en avión a alguna parte.

—Volar está bien —le dije. En realidad me daba pánico volar. Es lo único que sé a ciencia cierta que comparto con mi madre, quien se había negado en redondo en sus últimos momentos. En mi caso, yo lo soportaba a base de negarlo. Había sobrevolado dos veces el Atlántico sin comprobar si había un flotador debajo de mi asiento; la flotación me parecía que no venía a cuento. Vamos, que yo volaba como un pájaro.

—Bueno, pues, ¿qué hacías en el extranjero?

Yo le miré de reojo.

—Era la novia de Carlo, mi novio. En la isla de Creta.

Él parecía divertido.

—¿Qué? ¿Quieres decir que limpiabas la casa y hacías galletitas?

—Algo así. A veces le echaba una mano en la clínica. Una vez le curé una pata rota a una oveja. Pero la mayor parte del tiempo hacía de ama de casa.

—¿Ibas a comprar en biquini?

Yo me reí.

—En realidad no era esa clase de isla. Sabes dónde está, ¿no? Entre Grecia y Egipto. Las mujeres llevan vestidos negros de algodón y unos crucifijos del tamaño de un adorno para capó de coche. ¿Te haces una idea?

Él asintió.

—El regalo más preciado para un niño es un cuchillo de plata, y se lo dan en una ceremonia donde los padrinos recitan toda la lista de los enemigos de la familia hasta Adán y Eva.

—Te encantaba, ¿eh?

Yo me quité el abrigo. Finalmente, estaba subiendo la temperatura.

—Bueno, era interesante. Era un destino. Era como visitar otro siglo, la verdad. Pero me sentía como una completa forastera. —Cerré los ojos, luchando con un dolor antiguo.

—¿Qué quieres decir?

—Se me dan bien los idiomas, pero nunca he visto la necesidad de encajar en un sitio. No en cualquier sitio, pero aún menos allí.

—¿Por qué crees que no encajas? Dame un ejemplo.

Estaba claro que en Grace yo era un bicho raro, así que supongo que se refería a Creta.

—Bueno, mi primer día allí me fui a la panadería y pedí un *psoli*. La palabra para pan es *psomi*. Un *psoli* es un pene.

Loyd estalló en carcajadas.

—Ese fallo lo puede tener cualquiera.

—No más de una vez, te lo aseguro.

—Bueno, tú eras extranjera. La gente ya esperaría que dijeras un par de tonterías.

—Oh, es que yo decía algo mal cada día. Tenían unas normas muy complicadas sobre quién puede hablarle a quién y qué puedes decir y qué no y quién tiene que hablar primero. Como, por ejemplo, todas esas cosas que tienes que hacer para librarte del mal de ojo.

—¿Y eso cómo se hace? —quiso saber. Loyd estaba lleno de curiosidad.

—Tienes que llevar un amuleto pequeño que parece un ojo azul. Pero lo principal es no mencionar *nunca* algo de lo que estés orgulloso. Es un error social terrible halagar a alguien, porque así se atrae el mal de ojo. Así que todo lo dicen al revés. Cuando dos madres se cruzan por la calle, una le dice a la otra: «¡Qué niño más feo!». Y la otra contesta: «¡Y el tuyo más!».

Loyd soltó una risotada alta y maravillosa que me recordó a Fenton Lee en sus días de escuela. El que había muerto en el choque de trenes.

—Te juro por Dios que es verdad.

—Te creo. Me río de lo rara que es la gente. Los habitantes de Grace también hacen lo mismo a su manera. Si felicitas a alguien por algo que ha hecho, te dicen: «Oh, no, es algo que tenía hace tiempo». Todos tenemos miedo de mostrarnos demasiado alegres por algo que tenemos, y todo por temor a que alguien se de cuenta y nos lo quite. —Él alargó su mano y me acarició el brazo por dentro, del codo para arriba—. Como tú, Codi. Tú eres exactamente así. Temerosa de defender lo que amas.

—¿Ah sí?

Deseaba poder creer cualquier cosa que dijera. Hablar con Loyd era como hablar conmigo misma, sólo que con más honestidad. Emelina siempre me preguntaba qué tal era eso de vivir en el extranjero, y yo sabía que le encantaría la historia del pene, pero nunca le había hablado mucho de Creta. Tenía miedo de que me considerara más forastera en Grace de lo que ya era. Pero Loyd no me juzgaba. Podría haberle dicho a Loyd que había vivido en Neptuno y él me preguntaría: «¿Ah, sí? ¿Y qué tal el tiempo por allí, hacía frío?».

🐎 🐎 🐎

En las montañas Jemez condujimos por la ladera de lo que parecía ser un enorme volcán extinguido. Un núcleo estriado de granito sobresalía de su boca, y unos vértices negros y retorcidos de lava seca recorrían sus costados como venas varicosas. La nieve era profunda y la carretera estaba helada. Seguimos avanzando penosamente hasta detenernos. Loyd salió de la camioneta y empezó a bajar por el arcén en dirección a un arroyo helado que separaba la carretera de la empinada falda de la montaña.

—¿Estás loco? —le pregunté.

—Ven conmigo. —Me hizo señas enérgicas con la mano.

—¿Para qué voy a seguirte hasta allí? —quise saber mientras le seguía tan rápidamente como pude.

—Es una sorpresa.

El ocaso se acercaba, estábamos cerca o por debajo de los cero grados, y Loyd ni siquiera llevaba puesta su chaqueta. Yo resbalé detrás de él varias veces, y después ambos nos deslizamos de espaldas colina abajo. Estábamos resbalando no sobre nieve sino sobre una ladera pelada de grava extraña y redonda. Recogí un puñado con mi mano enguantada y la eché por el aire. «¿Qué es esta cosa?», le pregunté, pero Loyd ya estaba atravesando el arroyo helado sobre un tronco caído. Yo le perseguí por la ladera boscosa del lado opuesto. Me abrí camino entre las rocas, asiéndome a las raíces y a los troncos de los árboles para poder avanzar. A medio camino tuve que parar, jadeando, abrazada al tronco de un pino. El aire frío me cortaba la respiración, y no dejaba de parpadear con fuerza para combatir la sensación de que el agua de mis ojos se iba a congelar.

—Es la altitud —masuclié. Loyd me cogió de la mano y me izó suavemente colina arriba. De repente estábamos siguiendo el curso de un extraño torrente que no se había helado, salpicado en sus orillas de vistosas plantas que medraban a su alrededor, cuyas hojas, de un verde brillante, contrastaban con el blanco de la nieve. Nunca había visto algo así en la naturaleza, sólo en esas ilustraciones que representan cosas improbables u oníricas. Loyd, que había vuelto a adelantarse, se estaba quitando la camisa. Me pregunté si no estaría en uno de mis extraños sueños, y si pronto estaría rebuscando entre el follaje del torrente a mi hijo perdido.

Escalé hasta la cima de un peñasco, y allí estaba Loyd, desnudo, sonriente, como una aparición bañada en vapor. Él se deslizó en el interior de la balsa azul que había en la base del peñasco. Yo toqué el agua vaporosa y ésta casi me quemó las yemas de los dedos. Me desnudé lo más rápidamente que me había desnudado en toda mi vida y me sumergí hasta los ojos.

El sol se ocultó. Venus abrió un ojo en el horizonte. Desde donde estábamos sentados podíamos ver la cordillera de las Jemez y el valle que se extendía a cincuenta millas hacia el sur, cuyos prados y mesetas todavía quedaban iluminados por el ya distante sol. Cuando nuestros cuerpos se tornaron rojos nos pusimos brevemente en pie sobre las rocas cubiertas de nieve, gritando, y el vapor surgía de nuestros brazos levantados como columnas de humo.

Loyd me preguntó:

—¿Así que estoy loco?

Yo estiré mis piernas sobre el fondo arenoso de la balsa

hasta que mis pies se encontraron con los suyos. El calor relajaba cada músculo, cada tendón y cada reflejo de mi cuerpo, así como la mayor parte de los de mi mente. Esa clase de felicidad seguro que atraía la atención del mal de ojo.

—¿Tienes más sorpresas preparadas? —le pregunté—. ¿O es ésta la última?

—Tengo algunas más.

Él se me acercó y me levantó de la arena, sosteniendo mi cuerpo en el aire con ambas manos por debajo de mis caderas.

—Pero no las doy todas a la vez —me dijo—. Sólo media docena al año.

Yo conté con los dedos: Kinishba. La Roca Araña, la casa del acantilado y la granja de Maxine Pequeña. Y esos baños termales volcánicos. No sabía si debía contar las peleas de gallos. Que él hubiera sido capaz de dejarlas sí que contaba.

—Me parece que ya he gastado mi media docena —le dije.

Él me levantó del agua y me besó las costillas de una en una.

—Si sólo te quedas un año, ésas son las reglas.

—Eso es chantaje.

—Lo que sea.

Me besó en el ombligo y en la húmeda colina del monte de Venus.

La parte anterior de mi cuerpo estaba muy fría, y la parte posterior muy caliente. En algún lugar del centro, cerca de mi corazón, la temperatura era perfecta. Abrí los ojos y vi constelaciones cuyos nombres no me importaban.

—¿Has estado alguna vez enamorado de mi hermana? —le pregunté.

Él me dirigió una mirada extraña.

—Es broma. Al parecer, todos los hombres con los que he estado estaban enamorados de Hallie.

—No me acuerdo de tu hermana. Es más bajita que tú, ¿no?

309

Yo bajé un poco la barbilla, escondiendo mi sonrisa. En ese instante hubiera firmado para toda la vida.

🐎 🐎 🐎

El día que dejamos Grace había cuatro cartas en el apartado de correos. Últimamente las cartas de Hallie llegaban en serie, a causa de los retrasos acumulados en el servicio postal entre Chinandega y Grace. Pero yo las reservaba y sólo leía una al día. Eso aumentaba la falsa aunque agradable sensación de que la tenía constantemente a mi alcance y que podría aparecer de un momento a otro.

El cuarto día de nuestro viaje era Nochebuena. Por la mañana, mientras volvíamos de Jemez y antes de que llegáramos a Santa Rosalía, dejé las cuatro cartas sobre el salpicadero, ordenadas por la fecha del matasellos, y le dediqué una hora más a mi hermana.

Releí las viejas antes de abrir la cuarta. A Hallie la semana le había proporcionado altibajos extremos. El martes estaba eufórica porque el gobierno había celebrado con éxito una asamblea nacional sobre el problema de los pesticidas. Centroamérica se había convertido en un basurero de productos químicos agrícolas, decía ella, debido a las economías estranguladas por la guerra y a los vertidos del primer mundo. En los años setenta, cuando estaba todavía gobernada por los marines de Estados Unidos y por Somoza, Nicaragua era el primer consumidor mundial de DDT. Pero parecía que la nueva Nicaragua (ella lo llamaba *nuestro* gobierno) había planeado responsabilizarse de sus venenos. También mencionaba que su amigo Julio estaba de nuevo en Chinandega después de acabar su trabajo de alfabetización cerca de la costa atlántica. No pude leer nada sugerente entre líneas.

El miércoles, un niño fue transportado a toda prisa del pueblo de San Manuel al hospital de Chinandega en estado crítico porque alguien había guardado herbicida en una botella de Coca-Cola.

El jueves ella estaba siniestramente feliz. Cinco contras estaban a punto de consumar una misión secreta de sabotaje en una central hidroeléctrica en algún lugar del este cuando fueron sorprendidos y hechos prisioneros por unos granjeros armados. Los acusados fueron paseados por la ciudad en un jeep abierto, con los ojos cerrados de vergüenza, de camino al tribunal de Managua. ¿No tendría ironía, decía, si ese jeep hubiera topado con una de las minas con las que ellos mismos había plagado las carreteras? Pero había que pensar en el conductor, y aunque hubiera sucedido ella no podía permitirse desearlo. Decía: «Una no puede dejar que su corazón se malee de esa forma, como la leche que se agria. Puede que más tarde quieras utilizarlo».

Yo me pregunté cuándo había dejado que el mío se agriara. No lo sabía, aunque Hallie seguro que tendría una respuesta. Releí cada una de las tres cartas con la misma mezcla de fascinación y desagrado que sentí la mañana en que las abrí por vez primera. Sólo hablaban de *cosas que pasaban*, y yo, egoísta de mí, quería a Hallie en persona. Aunque no me hablara directamente, quería escucharla.

Abrí el último sobre, y lo que tanto estaba esperando me dio de lleno en la cara. Eran cuatro páginas de letra cursiva llena de ira. En palabras de Isak Dinesen, cuando Dios quiere castigarte hace que se cumplan tus plegarias.

¿Que soy como Dios, Codi? ¿Como DIOS? Venga ya. Si recibo otra carta tuya que diga algo de SALVAR AL MUNDO te mandaré un paquete bomba por respuesta. Por favor, Codi. Tengo cosas que hacer.

311

Dices que no eres una persona moral. Qué excusa más tonta. En algún momento, cuando yo no estaba mirando, alguien te dijo que eras mala. ¿Quién fue? ¿La señorita Colder te puso mala nota en comportamiento? Tú crees que no vales nada, que no puedes hacer cosas buenas. Jesús, Codi, ¿cuánto tiempo piensas ir apoyada a esa muleta? Es al revés, es lo que haces *lo que dice cómo eres.*

Siento ser brusca. He tenido una mala semana. Intento explicarte, y quisiera que estuvieras aquí para decírtelo, que no estoy aquí para salvar *a nada ni a nadie. No seguimos adelante por algún ideal de perfección. Tú me preguntas: ¿y qué pasa si perdemos esta guerra? Bueno, podría ser. Por una invasión, o incluso por las próximas elecciones. La gente está muy cansada. No espero alcanzar la perfección antes de morir. Señor, si sólo fuera eso habría metido la cabeza en el horno cuando estábamos en Tucson, después de escuchar los relatos de algunos de esos refugiados. Lo que te impulsa a seguir no es la promesa de un destino fulgurante, sino el camino que recorres, y el hecho de que sabes conducir. Uno mantiene los ojos abiertos, ve este mundo infernal en el que ha nacido, y se pregunta: «¿Qué vida deseo para poder respirar, amar a alguien o a algo y para no salir corriendo y gritando a esconderme en el bosque?». Yo no me he subido a alguna cima y he escogido los campos de algodón de Nicaragua. Esos campos me han elegido a mí.*

Los contras que pasaron ayer por aquí han sido enviados a una granja prisión, donde plantarán verduras, aprenderán a leer y a escribir si es que no saben, aprenderán a reparar radios y podrán irse una semana de vacaciones con sus familias una vez al año. Seguramente serán amnistiados en cinco años. No suele haber reincidentes.

El niño de San Manuel ha muerto.

Tu hermana, Hallie

—¿Qué novedades explica Hallie? —me preguntó Loyd.
—Nada.

Yo volví a plegar las hojas dentro del sobre tan cuidadosamente como pude, intentando no romper los bordes, pero mis dedos se habían vuelto torpes e insensibles. Observé lo que ofrecía el paisaje hacia el sur con lágrimas en los ojos, esa tierra en la que ahora nos estábamos adentrando, pero no recuerdo cómo era. Estaba empezando lentamente a discernir la diferencia entre Hallie y yo. No era una cuestión de valentía ni de sueños, sino algo mucho más simple. Un piloto lo habría llamado orientación terrestre. Yo me había pasado mucho tiempo sobrevolando en círculos las nubes, buscando la vida, mientras que Hallie la estaba viviendo.

19

LA CHICA DEL PAN

Loyd detuvo la camioneta a cinco millas del pueblo de Santa Rosalía, se quitó sus botas vaqueras y se calzó mocasines. Pronto tendríamos que caminar sobre la nieve.

—¿No quieres que se te gasten las botas? —le pregunté.

Él no hizo caso de mi comentario. Esas botas en particular parecían haber ido de ida y vuelta al infierno en autoestop sin conseguir que nadie las dejara subir a un coche.

—Leander y yo solíamos volver a casa a finales de verano con nuestras botas y sombreros vaqueros, y a mamá le daba un ataque. Nos quitaba los sombreros y nos azotaba con ellos mientras decía, «¡Ah! ¡Parecéis navajos».

Yo nunca había visto a Loyd llevar sombrero de ninguna clase, ahora que lo pensaba. Su historia evocó el recuerdo vago e incompleto de las botas y el sombrero vaqueros que yo llevaba de niña. Sólo podía acordarme del brillo de la paja barnizada, y de una terrible tristeza.

—¿Ya lo ves?

Yo miré hacia el sur, pero sólo vi unas colinas cubiertas de nieve y salpicadas de arbustos oscuros y esféricos de enebro.

El horizonte estaba moteado de áridas mesetas, cuyas estribaciones quedaban expuestas al frío.

—¿Ver qué?

—El sitio donde vamos a dormir esta noche.

—Espero que no sea cierto.

Unos minutos después me lo volvió a preguntar. Yo vi altozanos y colinas peladas con afloramientos rocosos en sus cimas. Vi árboles de enebro y nieve.

—¿Es un test de oculista? —le pregunté.

Estábamos prácticamente dentro del poblado de Santa Rosalía antes de que pudiera divisarlo. Las casas estaban construidas sobre una meseta, y se integraban perfectamente en el paisaje. Estaban edificadas con las mismas piedras que los afloramientos que remataban todas las demás mesetas vacías. Los caballos y el ganado levantaron sus cabezas hacia nosotros desde sus corrales mientras la camioneta roja de Loyd, que parecía la más nueva a cien millas a la redonda, rodaba sobre la carretera de tierra que se adentraba en el pueblo.

Era un conjunto de rectángulos desdibujados, algunos sabiamente agrupados en parejas o tríos, y todas las casas se agolpaban alrededor de una plazoleta central. Las paredes de piedra estaban recubiertas de adobe, tan blandas y atractivas como pasteles de fango: era una preciosa ciudad de color marrón. El color marrón, según pude comprobar, es cualquier cosa menos aburrido. Puede presentar tantos matices como colores tiene la tierra, que normalmente se consideran infinitos.

Dejamos la camioneta junto a otras furgonetas a las afueras del pueblo, y entramos a pie por sus calles tortuosas. Calzado con sus mocasines, Loyd caminaba con una cadencia más suave, menos agresiva. Jack permanecía cerca de su rodilla izquierda. No había ni un alma, pero se veía salir humo de las chimeneas y de los grandes hornos de adobe que podían verse cada tres o cuatro patios. Un perro negro daba zarpazos a un charco helado. Las escaleras que conectaban un tejado con el siguiente estaban ligeramente cubiertas de nieve. Una casa tenía un aro de baloncesto clavado en una de las vigas que sobresalían de la fachada. Las cortinas de todas las ventanas estaban iluminadas por la cálida luz de su interior, aunque todavía no se había puesto el sol, y de las puertas principales colgaban brillantes ristras de chiles secos.

La casa de la madre de Loyd tenía una puerta verde. La ventana delantera estaba repleta de flores artificiales y animales de cerámica. La más mayor de sus hermanas, Birdie, salió a nuestro encuentro ante la puerta. Los dos hablaron rápidamente en un lenguaje que me sonaba cantarín, como si los tonos fueran tan importantes como las sílabas. Birdie llevaba permanente y un gran collar de color verde sobre su blusa floreada. Dejó de hablar con Loyd el tiempo justo para tocarme el brazo y decir: «Todavía tiene ese perro suyo, ¿no?» y «Entra a calentarte». La seguimos hasta la cocina, donde la madre de Loyd le abrazó, le tiró de la coleta y le palmeó cariñosamente las orejas.

—¿Qué dice? —le pregunté a Birdie.

—Dice que parece un navajo.

La cocina olía a humo de cedro. Inez Peregrina estaba asando un ganso, entre otras muchas cosas. Llevaba un largo vestido compuesto de seis retales diferentes de tela de algodón, lisos y floreados, con cierta armonía en su colorido. Los marcos de sus gafas eran grandes como ojos de búho. Su pelo gris caía en cortos mechones sobre sus orejas, pero lo llevaba largo por la parte de atrás y recogido en un complicado moño anudado con cinta roja. Sus manos eran notablemente grandes. Yo quería que me diera también un abrazo, pero ella se limitó a

317

sonreír y a tocarme una mejilla cuando Loyd hizo las presentaciones. Ella continuó hablándole con voz rítmica y musical, y él le prestaba toda su atención.

Birdie desapareció para volver al poco tiempo encabezando un tropel de mujeres, y fui presentada en sociedad, aunque la conversación entre Inez y Loyd prosiguió sin interrupción. De una en una, todas las mujeres me ofrecieron sus manos, que yo tomé intentando parecer agradable mientras me esforzaba en comprender su parentesco. Allí estaban las hermanas de Loyd; una sobrina; su tía Sonia, la que había vivido en Grace durante y después de la guerra; y alguien a quien Loyd llamó su «madre de ombligo». Yo no podía distinguir las diferentes generaciones. La tía Sonia me habló en español mientras nos servía tazas de café a Loyd y a mí de una enorme olla de metal que reposaba sobre un hogar de leña. También había un hornillo de propano y el horno de adobe del patio, y los tres estaban funcionando.

Me sentí inconmensurablemente fuera de lugar. Para empezar, yo era dos palmos más alta que cualquier otra mujer de aquella casa; y no hace falta que hablemos del vestuario. Pero también me fascinaba ver a Loyd haciendo de hijo de su madre y de hermano de sus hermanas, de rey de la casa. El único muchacho que les quedaba. Las hermanas le preguntaron en un inglés lento y carente de inflexiones sobre nuestro viaje y cuánto tiempo pensábamos quedarnos y si habíamos visto a la tía Maxine, quien parecía tener problemas de corazón. La tía Sonia hizo varias preguntas específicas sobre los habitantes de Grace, alguno de los cuales yo conocía mejor que Loyd por mi asociación con el Club de las Comadres, pero me resistí a hablar. La tía y las hermanas fueron a ocuparse de otras tareas, pero Inez todavía seguía hablando.

—¿Te parece bien que eche un vistazo por aquí? —le pregunté a Loyd.

—Por mí como si te pones a bailar encima de la mesa. Eres la invitada —me contestó cogiéndome de la cintura.

—No pienso ponerme a bailar encima de la mesa.

Él me mantuvo enlazada un minuto, preguntándole a Inez en inglés qué opinaba de mí. Yo me pasé una mano por el cabello, agradecida de que hubiera crecido desde el modelo Billy Idol al Mary Martin.

Inez sonrió y dijo algo mientras movía el cucharón arriba y abajo dibujando una línea imaginaria. Yo miré a Loyd, esperando la traducción.

—Dice que tengo suerte de tener una chica tan grande y tan fuerte. Dice que debo de ser muy vago.

—Pues dile que yo no me lío con vagos. Yo les obligo a que carguen con su parte del trabajo.

Él se lo tradujo y ella se echó a reír, regalándome al abrazo que yo tanto deseaba.

Los escarchados cristales de las ventanas daban a la vasta llanura y a los desolados campos de maíz, redondos como platos, que quedaban hacia el sur, pero la cocina estaba caliente y humeante. La despensa que Inez tenía abierta a su espalda estaba repleta de jarras de maíz seco y amarillo, latas de carne en conserva y cóctel de frutas. (Era evidente que allí no había huertos.) Y harina de maíz. En Grace eran los tarros dorados de melocotones en conserva casera los que atestaban los estantes de la cocina. Aquí eran la harina blanca y esponjosa, jarros y más jarros, harina suficiente para alimentar un ejército.

La cocina estaba en el extremo de una gran habitación que albergaba una larga mesa de madera, un sofá, numerosos sillones pequeños y muchas, muchas fotos. En una habitación cercana, una radio emitía música de Hank Williams. Yo di una vuelta por la sala de estar, mirando distraídamente por la ventana y examinando fotografías. Había una de Inez y un hombre que supuse sería el padre de Loyd, ambos vestidos muy formales: él con unos mocasines de botones plateados y una camisa de terciopelo azul marino, Inez con unos brazaletes de turquesas y un collar de plata con motivos florales sobre su oscuro vestido ceremonial. Sus piernas parecían tocones de abedul embutidos en sus polainas de ante, y la manta de lana que llevaba sobre los hombros parecía sepultarla bajo su peso. Parecía mucho más vieja de lo que debía de ser en aquella época.

En la mayor parte de las mesitas y aparadores había pequeños animalitos de cerámica de aspecto simpático y colores pastel. Loyd me había dicho que Inez era la mejor alfarera del pueblo, pero parecía evidente que las fabricaba para los coleccionistas anglosajones, no para su uso doméstico. En un aparador de vajilla encontré toda una exposición de magníficos jarrones en blanco y negro, cuyas superficies lacadas estaban cubiertas con dibujos de una geometría microscópica exquisita. Algunos de los jarrones eran más bastos, y tal vez eran los primeros ensayos de las hijas de Inez. Un cuenco oscuro y sobrio con el borde cuarteado reposaba en el centro, el lugar de honor de aquel aparador, y yo lo observé asombrada hasta que comprendí que debía tratarse del de Loyd, el que había encontrado en las ruinas. Un recuerdo de Loyd desde el cañón de Chelly.

Eché un vistazo a la habitación contigua. Charlie Rich estaba ahora cantando por la radio, y Birdie tarareaba «Behind Closed Doors» mientras se inclinaba sobre una máquina de coser eléctrica. Su minúscula luz le iluminaba la cara. Un bebé dormía sobre una tabla lisa y forrada de cuero,

320

que colgaba del techo con unas cuerdas como un columpio a modo de cuna. Cada cinco balanceos del columpio, Birdie alargaba la mano sin mirar y le daba un empujón. Advirtió que yo estaba en el dintel de la puerta e inclinó la cabeza en dirección a un extremo de la habitación, donde había una cama de hierro detrás de una cortina de mantas semicerrada.

—Puedes poner tus cosas ahí. Es para ti y Loyd.

—Gracias —le dije—. ¿Quién es esa criatura?

—La niña de mi hija. Hester.

—¿Qué tiempo tiene?

—Tres semanas.

—¿Tu hija vive también aquí?

Birdie sacó la tela de la máquina y negó levemente con la cabeza mientras cortaba un hilo con los dientes.

—Está en un internado en Albuquerque.

Yo volví a examinar la sala de estar. Me quedé atónita al encontrar una pequeña foto enmarcada de los dos Loyd, idénticos, montados a lomos de dos caballos muy diferentes. A su espalda había un fondo de colinas resecas y un depósito de agua de color marrón. Loyd y Leander, a los nueve años de edad, con aspecto de ser los amos del mundo. Hasta que vi la foto no había hecho mucho caso de lo que me decía sobre la pérdida de su hermano. No puedes conocer a alguien, creo yo, hasta que visitas su casa.

🐏 🐏 🐏

Esa tarde la casa de Inez se llenó de parientes para el festín. Primos y tíos y tías fueron apareciendo, sacudiéndose la nieve de sus mocasines, portando platos tapados y sus propias sillas. Las mujeres mayores llevaban el pelo cortado del mismo

321

modo que Inez, con cortos mechones sobre las orejas y pesados moños por detrás, y llevaban collares de plata y elaborados anillos de turquesas que acorazaban sus nudillos. Las adolescentes llevaban tejanos y todo lo que uno espera en las adolescentes, excepto maquillaje. Una de ellas amamantaba un bebé sentada a la mesa por debajo de su camiseta.

Loyd y yo compartíamos una silla; aparentemente éramos los tortolitos oficiales de la fiesta. Él estuvo largo rato explicándome lo que comíamos. Había, para empezar, cinco tipos diferentes de *posole*, una sopa a base de harina de maíz con cerdo o pato, chiles y cilantro. De los más de veinte platos yo sólo reconocí la gelatina de lima cortada en cubitos. Dejé de clasificar las cosas por especies y me dediqué a comer. Para diversión de los presentes, mi plato favorito fue el pan, que estaba cocido en enormes hogazas semiesféricas, doce al mismo tiempo, en los hornos de adobe del exterior. Tenía una corteza dura y dorada y un interior celestialmente vaporoso, y sabía a gloria. Yo sola me comí media hogaza, creyendo que nadie lo notaría. Más tarde, ya acostados, Loyd me dijo que todos habían empezado a llamarme la Chica del Pan.

Nuestra cama era pequeña, pero después de tres noches en la camioneta la encontré deliciosamente mullida. Me acurruqué junto a Loyd.

—¿Qué es una madre de ombligo? —le pregunté adormecida por el calor y media hogaza de pan.

—Es como una tía especial. Es la que corta el cordón umbilical cuando naces, y la que ayuda a la madre a salir de la cama cuando se recupera. Ése es el día que cuenta como tu cumpleaños, el día en que tu madre se levanta.

—¿Y no el día en que naces?

—El día en que sales ni importa. Se considera que la recuperación de la madre forma parte del parto.

—Entonces Hallie no tiene cumpleaños —le dije—. Después de que naciera, nuestra madre nunca llegó a ponerse en pie. Se puso muy enferma, y después un helicóptero vino a llevársela y murió. No llegó ni a ponerse las zapatillas.

—Entonces Hallie nunca llegó a nacer del todo —dijo Loyd. Estampó un beso en mi frente.

Yo podía oír los sonidos que Inez y Hester hacían al dormir al otro lado de la cortina improvisada. Le pregunté:

—¿Está bien que durmamos juntos?

Loyd se rió en voz baja.

—A mí me parece bien. ¿Y a ti?

—Me refiero a tu familia.

—No les preocupa. Mamá quiso saber si eras mi mujer.

—¿Y eso qué quiere decir?

—Lo contrario de la chica de la semana, supongo.

—Más bien la mujer del año —le dije.

Por la mañana vi que había nevado hasta una altura de tres o cuatro colchones. Las ventanas semejaban una serie de túneles redondos y azules que se abrían a la luz, como las entradas de las cavernas. Loyd se levantó y salió afuera, donde, desde el amanecer, Inez y Birdie ya estaban ocupadas con las tareas del día. Le enviaron de vuelta a la cama con una hogaza de pan recién hecha.

      🜚 🜚 🜚

—¿Cómo se conocieron tus padres? —le pregunté a Loyd. Él y yo estábamos sentados en el tejado de la casa de Inez, mirando al sur, esperando el comienzo de las ceremonias en la plaza.

—En un baile en Laguna. Un verano. Era un baile para la cosecha del maíz. Todo el mundo dice que era una bomba cuando era joven. Una bailarina excelente.

—Yo creo que ahora sigue siendo una bomba.

—Se crió en Jicarilla.

—¿Dónde está eso?

—No lejos de aquí. Es otra reserva apache. Todo el mundo va a los bailes de los demás. En el otoño solíamos ir a los *pow-wows* de los navajo.

Hoy, día de Navidad en Santa Rosalía, se suponía que iba a haber baile desde la mañana hasta la noche. Medio pueblo parecía estarse preparando para salir a la pista, mientras la otra mitad estaba ocupada buscando buenos asientos. Yo no tenía idea de cómo iba a ir aquello. Unos chiquillos de aspecto impaciente que llevaban coronas de plumas y pieles de zorro correteaban por las esquinas de la plaza agazapados, como si eso les hiciera invisibles. A primera hora de la mañana, esos mismos chiquillos habían corrido en grupitos ruidosos de casa en casa llamando a las puertas para pedir cortezas calientes de las hogazas matutinas. Era una versión saludable del «truco o trato». Si a esos chavales les llevaran a pasar un día de Hallowen en Grace, pensé, ya nunca se contentarían con hidratos de carbono integrales.

—Así que se casaron —proseguí—. Y tu padre vino aquí.

—Aquí las mujeres son algo así como el centro de gravedad. El hombre se va siempre a casa de su mujer.

—Pero él no se quedó.

—Yo nunca conocí muy bien a papá. Ya estaba ausente cuando aún estaba aquí, no sé si me entiendes. No sé qué fue lo que le hirió. Sé que se crió en un internado, que nunca tuvo una vida familiar y que no se le daban bien las tradiciones. O no las conocía. No sé. Aquí lo pasó mal.

Yo no volví a insistir en el asunto. Si el brote se tuerce, se tuerce todo el árbol, solía decir Doc Homer, refiriéndose sobre todo a la estructura ósea de los pies, pero eso podía aplicarse también a la vida moral. Y quién sabe cómo se producían esos torcimientos; ocurrían, y ya está. Yo debería saberlo. Tal como Hallie había señalado directamente en su carta, yo me había marcado a mí misma como indeseable, no merecedora de amor e incapaz de sentir benevolencia. No era culpa de las malas notas en mi expediente, como ella suponía. Era algo más profundo. Había perdido todo lo que podía perder. Primero mi madre y después mi bebé. Nada que ames permanecerá. Hallie podía decir que esa actitud era una muleta, pero ella qué sabía. No había amado y perdido tan intensamente. Como decía Loyd, nunca había llegado a nacer del todo, no a la vida tal y como yo la conocía. Hallie todavía podía arriesgarlo todo.

Loyd y yo nos sentamos en el tejado con los pies colgando, mirando desde arriba a la plaza y a sus aledaños, allí donde la plaza acababa repentinamente, y a la fuerza, en el borde de un barranco. Yo no veía en ese precipicio más que una amenaza, y me preguntaba cómo podían los mocosos llegar a la edad de la razón sin caer gateando barranco abajo, pero muchos chavales emplumados corrían cerca del borde como si no fuera más que el final de un patio.

Oí el sonido de un tambor y el breve clamor de lo que parecían campanillas de trineo. Después nada. Si algo se estaba preparando, la vista desde allí sería excelente. Habíamos subido hasta donde nos encontrábamos por una escalera de mano. Jack le había dirigido una larga mirada de desaprobación a los peldaños, como si estuviera sopesando no subir, pero tenía su amor propio. Ahora yacía acurrucado sobre el tejado, vigilándolo todo. Por todos lados había apoyadas viejas escaleras de madera y escaleras plegables de aluminio; los tejados de las segundas y terceras plantas hacían las veces de patios. Alrededor de toda la plaza se veían piernas colgando como flecos sobre las fachadas de los edificios. Divisé a Inez y a otros de sus parientes justo enfrente. Las gafas de búho de Inez eran de esas que se oscurecen al aire libre; dos enormes discos negros ocultaban su cara redonda mientras permanecía allí sentada con las manos cruzadas, tan inescrutable como un socorrista playero.

No lejos de nosotros, al refugio de una esquina del tejado, había una cerca de alambre con gansos y pavos musitando las plegarias de los condenados.

—¿Sabe tu madre que te dedicabas a las peleas de gallos? —le pregunté a Loyd.

—No. —Dudó un instante—. Sabía que mi padre lo hacía, y que nos llevaba a Leander y a mí a ver las peleas cuando éramos pequeños, pero no le importaba. Ella nunca supo que yo seguí la tradición familiar. Y mejor que no se lo digas.

—Me voy a chivar —le dije mientras le daba con un dedo en las costillas—. Voy a buscarlo en mi diccionario *Keres*-inglés, «Su hijo es un sucio y rastrero promotor de peleas de gallos».

Loyd parecía dolido. Complacer a su madre no era cosa de broma. Había dejado las peleas de gallos por Inez, no por mí, ahora lo entendía. Yo sólo había sido su Pepito Grillo. Pero decidí que eso no era poco. Podía darlo por bueno. Miré hacia la plaza, cuyo manto de nieve reciente permanecía aún de un blanco virginal, sin huellas ni marcas. Eso parecía milagroso, dada la multitud que se congregaba a su alrededor. Debía de haber casi doscientas personas o más. Algunos parecían haber acudido de fuera del pueblo. Apaches de Jicarilla en busca de esposas bomba.

—¿Cómo es que esas casas cerca del borde del barranco se están derrumbando? —le pregunté. Sus revestimientos de adobe estaban cuarteados, revelando la misma mampostería artística de Kinishba, pero en estado de ruina.

—Porque son viejas —contestó Loyd.

—Muchas gracias. Lo que quiero decir es por qué no las arreglan. Vosotros sois expertos en la materia, habéis construido esas casas durante novecientos años.

—No necesariamente en ese lugar. Este pueblo ha estado antes en siete sitios diferentes antes de construirse aquí.

—Así que cuando algo se vuelve viejo lo dejáis caer a pedazos, ¿no es eso?

—A veces. Algún día tú te harás vieja y te caerás a pedazos.

—Gracias por recordármelo.

Yo entorné los ojos para mirar hacia el este. Algo estaba pasando cerca de la kiva, que era el edificio que tenía una escalera que sobresalía por un agujero del tejado. Loyd había sugerido que no debía mostrar mucho interés en esa casa.

—El mayor honor que le puedes ofrecer a una casa es dejarla derrumbarse de nuevo sobre la tierra —me dijo—. Para empezar, es de allí de donde sale todo.

Yo le miré sorprendida.

—Pero entonces te quedas sin casa.

—No si sabes cómo construir otra. Todos esos grandes pueblos como Kinishba... La gente vivió allí un tiempo, y después se fueron. Se limitan a dejarlos en pie. Tal vez se mudan a otro lugar con más agua, o algo así.

—Yo pensaba que erais gente casera.

Loyd frotó una mano pensativo contra la palma de una de las mías. Finalmente dijo:

—Lo importante no es la casa. Es la habilidad para construirla. Uno lleva eso en su cerebro y en sus manos, allí donde vayas. Los anglosajones son como las tortugas, si van a alguna parte acarrean toda la casa en sus malditos Comansis.

Yo sonreí.

—Comanches. Se llaman así por una tribu india.

327

Más tarde se me ocurrió que Loyd ya sabía ambas cosas. Creo que me había pasado meses sin entender sus sutiles bromas. La Emperadora del Universo instruyendo a los salvajes.

—Nosotros somos como coyotes —me dijo—. Cuando llegamos a un buen sitio, damos tres vueltas sobre la hierba y ya estamos en casa. Una vez sabes cómo hacerlo, siempre puedes repetirlo, no importa el qué. No se te olvida.

Yo pensé en las abundantes chucherías de Inez y sospeché que Loyd estaba idealizando un poco. Pero me gustaba el ideal. El recuerdo de la última carta de Hallie todavía me impactaba, pero intenté pensar en abstracto sobre lo que quería decirme: sobre eso de seguir adelante porque sabes conducir. La moraleja es que no importan las cosas grandes y manufacturadas que puedes tener o no tener, sino simplemente tus capacidades. Algo que puedes llevar en tu cerebro y en tus manos.

Yo me había sumado a este viaje a sabiendas de que debería dejar a Loyd en junio, que Grace no me acogería, pero tal vez no hacía más que seguir carretera adelante. Sentí que la culpa me aplastaba como una losa.

—Es un pensamiento bonito —admití—. Supongo que me llevaré algo de Grace cuando me vaya.

Él me miró con atención, empezó a hablar, y luego se calló. Y después empezó a hablar de nuevo.

—Una cosa es llevar tu vida allá donde vayas. Y otra bien distinta estar siempre buscándola en algún otro sitio.

Yo no le contesté. Parpadeé e intenté parecer despreocupada, pero la culpa me iba dando codazos con el canto afilado de mi propia racionalización, reconociendo su falsedad. Yo no iba rodando por ninguna carretera, estaba huyendo, olvidando lo que dejaba atrás y con la vista al frente, buscando el hogar perfecto, donde los trenes no descarrilaban y los corazones nunca se hacían añicos, donde nadie que uno amara moría nunca. Loyd era una trampa de la que todavía podía escaparme.

Oí a los tristes gansos en su corral, y advertí que la multitud guardaba silencio. La plaza nevada estaba marcada con un solo rastro de pisadas: en el centro del blanco redondel había una mujer joven y alta ataviada con un vestido negro que le colgaba de un hombro. El otro hombro estaba desnudo. Su cintura, la parte superior de sus brazos y sus muñecas, así como sus mocasines de ante, estaban decorados con guirnaldas de hilos de colores, cuero y campanillas de trineo; sobre la parte superior de la cabeza llevaba una borla de plumón de águila blanca. El sol brillaba con fuerza sobre su cabello. Estaba cortado como el de Inez, pero lo llevaba suelto hasta la cintura, meciéndose a medida que ella descansaba primero sobre una y después sobre otra de sus piernas, levantando levemente los pies del suelo. Su aspecto era grácil y gélido.

De la kiva emergió primero el sonido de los tambores, y después los percusionistas. Cuatro ancianos tomaron posiciones en un extremo de la plaza y fueron desplazando los enormes tambores sobre sus rodillas sin perder el ritmo. Iniciaron un cántico suave. Una segunda hilera de hombres con mantas sobre los hombros surgieron del interior de la kiva, también cantando, y se colocaron detrás de los ancianos de los tambores.

Entonces empezaron a llegar ciervos de todas partes. Eran hombres y muchachos con camisas y polainas negras, faldones blancos y cornamentas de ciervo sobre sus cabezas. Sus facciones quedaban ocultas por un trazo de pintura negra que les cruzaba los ojos. Se movían como ciervos. Llevaban unos largos palos, que sostenían delante de sus cuerpos en perfecta imitación del grácil y cuidadoso caminar de los animales, e inclinaban sus cabezas con impaciencia hacia un lado, escuchando, escuchando. Olisqueando el viento. La mujer de negro se adelantó agitando un sonajero de calabaza, y los ciervos la siguieron. Se habían *convertido* en ciervos. Tenían exactamente el mismo aspecto que tendrían los ciervos al ser sorprendidos en el bosque inmersos en algún rito secreto, moviéndose al unísono, siguiendo el irresistible siseo del sonajero de una muchacha.

Yo estaba en trance. Más personas bajaron desde el tejado de la kiva. Algunos iban vestidos y armados como cazadores de arco y flechas que acechaban pacientemente a los ciervos. Un hombre, que no parecía tener ningún papel realista en aquella representación, estaba prácticamente desnudo y pintarrajeado de manera muy chocante. Su cuerpo estaba atravesado de rayas horizontales blancas y negras, llevaba unos redondeles negros alrededor de los ojos y de la boca, y su cabello recogido hacia arriba con rastrojos de maíz a modo de cuernos. Iba dando saltos por toda la plaza como un histérico, posiblemente para mantenerse caliente.

—¿Quién es el de las rayas? —le pregunté a Loyd.

—Koshari —me respondió—. Un kachina. Tiene algo que ver con la fertilidad. Vive en el este.

Eso me pareció bastante divertido.

—¿En el este, como en Nueva York? ¿Prefijo 212?

—El este como por donde sale el sol.

—¿Eso forma parte de la descripción de su trabajo?

—Todos los kachinas tienen su historia, su familia, y viven en algún lugar importante.

—Yo creía que una kachina era una muñeca.

—Correcto.

—¿Y también es una persona vestida así?

—Sí. Y un espíritu.

LOS SUEÑOS DE LOS ANIMALES

—Un espíritu con familia y apartado de correos.

—Correcto. Cuando una persona se viste de cierta manera, el espíritu acude a ella. Y a la muñeca, si se hace bien.

—Vale —le dije.

—¿El qué?

—Nada, sólo vale. Comprendo.

Él me dedicó una sonrisa maliciosa.

—Te suena a superchería, ¿no?

—Vale, soy estrecha de miras. Me suena a superchería.

Ambos prestamos atención a los bailarines durante un rato. Yo necesitaba mantener cierta distancia con Loyd.

—Los anglosajones ponéis muñequitos de Santa Claus en casa para Navidad —dijo Loyd sin dirigirme una mirada.

—Sí, pero sólo es un muñequito.

—¿Y tiene esposa?

—Sí —admití—. Esposa y gnomos. Y viven en el Polo Norte.

—Y a veces alguno se viste como Santa Claus. Y todo el mundo reacciona de manera especial cuando aparece. Todos se vuelven alegres y generosos.

Nunca me había visto obligada a defender a Santa Claus. Nunca había *creído* en Santa Claus.

—Pero sólo porque representa el espíritu de la Navidad —le repliqué.

—Exacto. —Loyd parecía satisfecho consigo mismo.

Uno de los cazadores se llevó el arco a la cara y disparó una flecha invisible a uno de los ciervos. Éste se estremeció angustiosamente, y después el resto de los cazadores cargaron su cuerpo inerte sobre los hombros.

—También he visto kachinas de Jesucristo —dijo Loyd—. Las he visto colgadas en todas las casas de Grace.

Eso daba qué pensar.

Koshari también debía de ser el espíritu del incordio, o de

las carcajadas. El resto de bailarines disfrazados de ciervo todavía seguían a la mujer, sin hacer caso de los cazadores ni de su compañero caído, pero Koshari hacía pantomimas y se colaba entre ellos, cortándoles el paso, interfiriendo con su solemnidad. Pero cuando uno de los bailarines más jóvenes perdió su cornamenta, Koshari la recuperó y volvió a atarla a su cabeza con sus lazos de ante. El muchacho siguió bailando con la vista fija hacia adelante, sin prestar atención al duende enredador que le estaba recomponiendo el disfraz.

En cierta ocasión, según pude notar, Koshari cogió un sombrero vaquero de paja que parecía nuevo, y lo puso ridículamente en uno de sus cuernos. Tuve la sensación de que no se estaba mofando de los navajos precisamente. Caminó con pies de pato y un balanceo a lo John Wayne, y utilizó un corto palitroque como fusil. Puso rodilla en tierra y disparó repetidamente a los ciervos danzantes, que iban cayendo de espaldas aparatosamente a cada disparo. Más tarde los apiló, clavando su fusil en la nieve y tropezando con él con una mímica cómica admirable.

Los ciervos acabaron retirándose hacia el barranco, y la plaza se llenó con dos filas de nuevos bailarines (una fila de mujeres vestidas de negro y otra de hombres con faldones blancos), cuyos cuerpos mantenían un ritmo muy sonoro mientras caminaban. Sus pechos estaban cruzados por campanillas de conchas marinas. Las dos filas de bailarines estaban una enfrente de la otra y empezaron a golpear los pies contra el suelo, agitando las campanillas, llenando el aire de la plaza con unos chasquidos altos y huecos que recordaban a los insectos de verano. Los hombres llevaban unas coronas de plumas de águila, y las mujeres lucían unos tocados espectaculares de madera decorados con nubes estilizadas, líneas azules que representaban lluvia y hojas verdes de maíz. Era el baile del maíz, que oficialmente era un baile de verano, aunque se representaba en todas la ocasiones importantes, decía Loyd, porque no se podía rogar suficientemente a menudo.

—La mayor parte de los bailes tienen algo que ver con la lluvia —me dijo—. Aquí todo depende de ella.

A pesar de las kachinas de Santa Claus y de la belleza de aquel espectáculo, yo me sentía ajena a todo aquello.

—Así que hacéis un trato con los dioses. Vosotros representáis estos bailes y ellos envían lluvia y buenas cosechas y todo funciona a las mil maravillas. Y nada malo vuelve a ocurrir. Perfecto.

Las plegarias siempre me habían parecido más o menos un remedo glorificado de las transacciones comerciales. Y una danza de la lluvia mucho más.

Pensé que tal vez había ofendido a Loyd sin remedio, como aquella vez que robé una langosta congelada para que me despidieran. Pero Loyd estaba meditando mis palabras. Un minuto después me dijo:

—No, no va por ahí. No se trata de llegar a un acuerdo. Las desgracias pueden seguir ocurriendo, pero intentamos no *provocarlas*. Se trata de mantener un equilibrio.

—Un equilibrio.

—En realidad, es como si los espíritus hubieran hecho un trato con *nosotros*.

—¿Y cuál es ese trato?

—Nos dejan en paz. Los espíritus son suficientemente generosos para dejarnos vivir aquí y hacer uso de sus recursos, y nosotros les decimos: «Sabemos que sois buenos con nosotros. Agradecemos la lluvia, agradecemos el sol, agradecemos los ciervos que os quitamos. Pedimos perdón si hemos estropeado algo. Os habéis tomado muchas molestias, y nosotros intentaremos comportarnos como buenos invitados».

—¿Como cuando se le envía una nota a alguien después de alojarse en su casa?

—Exactamente igual. «Gracias por dejarme dormir en tu sofá. Te he cogido una cerveza de la nevera, y se me ha roto una taza de café. Lo siento, espero que no fuera tu preferida.»

Yo me reí porque finalmente había comprendido ese «equilibrio». Yo lo hubiera llamado «mantener la paz», o tal vez «ser consciente de cuál es tu sitio», pero me gustaba.

—Me parece buena idea —le dije—. Especialmente porque todavía estamos durmiendo en el sofá de Dios. Somos unos invitados permanentes.

—Sí, lo somos. Mejor que recordemos cómo volver a dejarlo todo en su sitio.

Para mí era una nueva actitud religiosa. Me sentí avergonzada por la brusquedad de mi interrogatorio. Y cuanto más lo pensaba más avergonzada me sentía también por la brusquedad de mi cultura utilitaria.

—Tal como nos lo cuentan a los anglosajones, Dios dispuso la tierra para nuestro disfrute, vamos todos a la conquista del oeste. Como si fuera un patio de juegos.

Loyd dijo:

—Bueno, eso explica muchas cosas.

Explicaba muchísimas cosas. Yo le dije en voz baja, pues las campanillas de los bailarines estaban dejando de sonar:

—Pero ¿adónde iremos cuando nos hayamos orinado en todas las esquinas de nuestro patio de juegos?

Volví a mirar a Koshari, que había dejado su sombrero vaquero y su fusil y parecía estar negociando con Jack.

Recordaba que Loyd me había dicho una vez que daría su vida por la tierra. Y yo que pensaba que se refería al patriotismo. No tenía ni idea. Me preguntaba qué veía él cuando contemplaba la mina de Black Mountain: las pilas de escombros, una montaña que devoraba sus propias entrañas y pronto acabaría con todos los árboles y las casas de Grace. Era una historia tan típicamente americana que casi no tenía interés. Después de enseñarme sus baños termales secretos, Loyd me había explicado que las montañas Jemez estaban siendo expoliadas en busca de piedra pómez, esa antigua gravilla parecida al porexpán que yo había tirado por el aire a puñados. Necesitaban la piedra pómez para fabricar eso que llamaban tejanos lavados a la piedra.

Para quienes se consideraban invitados de Dios, el progreso americano debía parecerles de una arrogancia increíble. O estúpida. Un país de amnésicos, actuando como si el día de mañana no existiera. Dando por sentado que la tierra también se olvidaría de lo que le estaban haciendo.

꙳ ꙳ ꙳

Nuestro amigo Koshari había conseguido engatusar a Jack de alguna manera y se había llevado la escalera que constituía nuestra única salida. Estaba abajo haciendo pantomimas, imitando con gestos a una pareja que se besuqueaba y conversaba sin parar, todo de cara al público, que no paraba de reírse. En cierto momento todos se pusieron a aplaudir. Loyd estaba muy incómodo.

—¿Qué está diciendo? —le pregunté.

—Te lo diré en un minuto.

Cuando Koshari se fue a otro rincón de la plaza y la gente había dejado de mirar, volví a preguntárselo.

—Dijo que ahora tendremos que quedarnos aquí un buen rato.

—Ha estado hablando cinco minutos, Loyd. Estoy segura de que ha dicho algo más.

—Sí. Dijo que cuando se funda la nieve, nosotros... Básicamente ha dicho que en primavera habrá una boda.

Yo puse cara de circunstancias.

—¿Y a la gente le *gustaba* la idea? ¿De que tú y yo nos casemos? Estaban aplaudiendo.

—Tú no...

Él se detuvo porque un amable paisano nos había devuelto la escalera.

—Tú no eres el patito feo, ¿sabes? —dijo Loyd una vez que el hombre se hubo ido.

—Ni siquiera me conocen. Soy una forastera.

—Yo también soy forastero —respondió—. Seguramente saben que a mi madre le gustas.

—¿Y cómo lo saben?

—La gente corre la voz.

—Quiero decir, cómo sabe *ella* que le gusto. Ni siquiera puedo hablarle.

—¿A ti te gusta?

—Sí. Me gusta.

—¿Y cómo lo sabes?

—Me gustan sus abrazos. Hace un pan muy bueno.

—Bueno, igual es por eso que tú le gustas. Te gusta su pan.

Era imposible enfadarse con Loyd.

🐎 🐎 🐎

Los bailarines del maíz tenían una resistencia extraordinaria. A veces bailaban en dos hileras enfrentadas con sus ejes rotando alrededor de la plaza como una rueda. En otras la hilera de las mujeres se trasladaba a través de la de los hombres para formar parejas, que dirigían los hombres, que prácticamente daban saltos de alegría, mientras las mujeres mantenían la vista clavada en el suelo con concentración suficiente como para volverla fértil. En ese momento no me hubiera extrañado oír un trueno ni que cayera una tormenta de verano. Seguían bailando sin parar. Los pies de las mujeres, embutidos en sus mocasines, y sus piernas se movían sólo una fracción de pulgada a cada paso, pero el esfuerzo contenido de ese paso debía de ser más agotador que unas volteretas. Seguían y seguían bailando, y siguieron bailando hasta primera hora de la tarde.

La danza del maíz era seguida del baile del águila, que parecía involucrar a todos los niños pequeños del pueblo y a unos cuantos mayores y más avezados. Todos vestían camisa negra y polainas, un faldón blanco bordado y un gorro de plumón de águila blanca rematado con ojos y un pico ganchudo. Desde los dedos de una mano a los de la otra, pasando por la espalda, llevaban una imitación de alas de águila. Los más jóvenes temblaban de concentración mientras permanecían agachados antes de levantarse al unísono, extendiendo las alas e imitando el vuelo con un estilo aguileño muy convincente.

Ese baile parecía ligeramente menos reverencial que los anteriores, y más afín a los jóvenes participantes del recital, pero Loyd decía que también era una plegaria. Todos los bailes son una plegaria. El águila lleva los pensamientos de la gente hasta los espíritus del cielo. Eran los mensajeros animales de las pequeñas esperanzas humanas. Mientras bailaban, los labios de los niños se movían en muda recitación.

—Mira —indicó Loyd—. Uno marchará hacia el este.

Y uno lo hizo. Era uno de los mayores, un bailarín competente. Planeó con las alas extendidas hasta un extremo de la plaza y más allá, hasta adentrarse por la calle central en dirección al extremo este del pueblo. Loyd explicó que el chaval estaba llevando las preocupaciones de su madre a todos los muchachos que servían en el ejército.

Koshari estaba ahora solemnemente ocupado con los niños, que necesitaban buenas dosis de instrucciones y de arreglos en sus disfraces. En varias ocasiones abandonó a los bailarines y se adentró en la multitud recogiendo peticiones de bendiciones y preocupaciones especiales. Yo le pedí a Loyd que reclamara su atención.

—Para mi hermana —le dije, y Loyd lo tradujo—. Está en el sur. Muy lejos.

Cuando el baile tocaba a su fin, una pequeña águila extendió sus alas y corrió hasta el extremo sur de la plaza. El viento hinchó sus alas cuando se detuvo al borde del precipicio, y durante un segundo creí que iba a caer, o a volar.

HOMERO

20

EL GRITO

La tetera está apunto de hervir, y suena el teléfono. Él se seca las manos lentamente y se acerca a contestar, suponiendo que se trata del cuarto hijo de Mandy Navarrete. Día de Navidad, un largo día silencioso, acabaría con una larga noche desagradable. Hubo un tiempo en que los alumbramientos le excitaban; durante sus estudios de genética esperaba con ilusión comprobar los ojos de los bebés, preparando su cámara y las luces. Pero ahora no hay nada que estudiar. Mandy Navarrete es puro músculo y resistencia, una mujer que daba a luz a su tiempo. Su abuela, Concepción Navarrete, fue su profesora de primero. Era igual de musculada, y no le gustaba la familia de él.

Él levanta lentamente el auricular al cuarto o quinto timbrazo. La voz al otro lado del aparato habla en español a toda prisa, pero él contesta en inglés porque sabe que le pueden entender. Él no había hablado español desde el día en que se casó con Alice.

—Tenemos mucho tiempo —dice él—. Conozco el proceso. No hace falta que cunda el pánico.

Él oye silencio, interferencias, varias voces diferentes y preguntas, y de nuevo la misma voz, que repite enfáticamente la misma palabra: *Secuestrada.*

—¿Quién habla?

Él escucha. La voz suena muy distante y a menudo entrecortada. Es una mujer, una amiga de su hija. Intenta discernir de qué hija le hablan. *Secuestrada.* Codi está fuera desde hace varios días, pero esa voz le dice «Hollie». Alguien la retiene. Ella estaba sola en el campo con su yegua cuando llegaron a volar el edificio en el que guardaba los productos químicos para la cosecha. Él no entiende nada de todo eso y lo deja revolotear como si fuera polen, como su propia vida. La mayor parte de su vida, echa de menos oír otras palabras.

Hollie, insiste la mujer, como si intentara hacerle despertar. ¿Es usted su padre? *¿El padre de Hollie Nolina?* Tememos por ella.

Tememos por ella.

En primer curso ella le pegó a un chico y la castigaron después de clase. El nombre del chico era Simón Bolívar Jones. Él chaval estaba enfadado con ella y le había llamado cosas feas porque ella se había subido al tobogán de mala manera, trepando por la rampa y no por las escaleras, y se quedó allí y se puso a bailar y a dar gritos con las manos extendidas. Ningún chico podía conseguirlo.

—Mejor dejen que vuelva a casa. No ha hecho nada malo. La están castigando por un acto de valentía.

Él no está seguro de si ha hablado en español o en inglés.

Sí, contesta la voz después de un instante. *Claro que sí.*

—¿Dónde está?

No estamos seguros. Creemos que la deben de haber llevado a Honduras, donde está su campamento. Una patrulla numerosa ha salido en su busca. Treinta personas, más de la mitad provenientes del pueblo donde vive ella. Había más que querían ir. Hasta un niño de ocho años. Hallie tiene muchos amigos. Hasta un niño de ocho años. Treinta personas.

Las palabras siguen flotando en el aire ante su rostro como si fueran polvo fino en la sección trapezoidal de luz que entra por la ventana. Él examina el polvo. Ve la palabra «Hallie». Era Codi la que se subió al tobogán y se puso a bailar.

—Mejor que la dejen volver a casa —repite. Puede recordar con toda precisión la musculatura de la mandíbula de la señora Navarrete con su rictus de desaprobación—. Dejen que mi hija vuelva a casa.

La voz rechaza su petición, no dice nada.

Se palpa el rabillo del ojo y se sorprende al comprobar que las yemas de sus dedos se humedecen. Mira fijamente un cubo metálico de carbón que hay junto a la chimenea, intentando recordar su historia, cómo llegó hasta allí. Él piensa, sin razón aparente, que ese cubo de carbón le pudo salvar la vida, si es que puede acordarse. En vez de eso recuerda que ya no asiste a los partos, de manera que la llamada de teléfono no puede ser de Mandy Navarrete. Es una mujer de otro país que conoce a su hija. Hace esfuerzos por apartar la mirada del polvillo que flota en el aire, pero el sol ilumina cada partícula hasta hacerlas brillar. Cada palabra quema.

—¿Hay algo que yo pueda hacer? —acierta a preguntar finalmente—. Sé que tiene amigos en el Ministerio de Agricultura. ¿Saben ellos lo que le ha pasado?

—Todo el mundo lo sabe. Nuestro Ministerio de Agricultura y su Ministerio de Agricultura. —Se produce una pausa—. Comprenda que esto nos sucede cada día. Somos un país de familias desmembradas. La única diferencia es que esta vez se trata de una estadounidense. Se trata de Hallie.

La voz vuelve a debilitarse, y él espera hasta que vuelve a oírla.

—Le hemos mandado un telegrama a su presidente y a la NBC. Creemos que si sus contras le ponen en un serio aprieto harán algo al respecto.

Si les ponen en un serio aprieto.

—Espere. Deje que tome nota del número desde donde llama. Así podré llamarla mañana.

—Le llamo desde la oficina de una iglesia en Managua. Aquí nadie sabe nada. Si quiere puede llamar al Ministerio de Agricultura. O a su presidente. Él es el responsable.

Comprende que la mujer hace todo lo que puede. Su voz es amable y cansada. Él no quiere que ella cuelgue, pues entonces la vida de él comenzará. Se produce una pausa mientras ella le habla a alguien más que está con ella, para después volver a dirigirse a él y decir «lo siento».

—¿Hay algo más que pueda hacerse? ¿Aparte de esperar?

—Lo siento. Nada.

Con sumo cuidado, él cuelga el auricular y mira al aire frente a la ventana de su habitación vacía. El polvo. Él escucha en su interior largo rato antes de comprender que es la tetera la que está gritando.

COSIMA

21

El tejido de los corazones

Alguien tenía prisionera a Hallie. Tanto si tenía los ojos abiertos como si los tenía cerrados, yo la veía con una tela blanca amordazándole la boca. Era la única imagen que podía evocar.

Si ella no podía gritar, yo sí. Estaba intratable, especialmente con mis alumnos del instituto. Incluso en esos momentos, mantenía la lucidez suficiente para agradecer que Rita hubiera dejado el curso. Un miembro de mi familia ya le había gritado; no hacía falta que comprobara que ninguno de los dos estaba del todo en sus cabales.

Mis alumnos habían intentado cooperar. Habían ido a Tucson con el Club de las Comadres, tal como yo les había pedido, y descubrieron en la ciudad una aventura fabulosa. Descubrieron un salón recreativo; Raymo intentó seducir a más de diez jovencitas para que compraran piñatas; había rumores de que Connie Muñoz le había hecho un trabajito manual a Hector Jones en los asientos del fondo del autobús en el viaje de vuelta. ¿Y qué esperaba? Eran adolescentes. Yo lo sabía, pero les gritaba porque Black Mountain estaba envenenando la leche de sus madres mientras a ellos sólo les importaba el sexo y aprobar el curso.

Intenté ser racional. Les hablé de la evapotranspiración, y de los bosques tropicales y del oxígeno de la biosfera, de cómo todo estaba interrelacionado. Estaban talando el último bosque virgen para abrir paso a un continente de vertederos repletos de periódicos. Era un discurso poético. Marta cometió el error de preguntarme si esa poesía iba a salir en el examen.

Yo me encendí.

—Tu propia vida es el examen. Si lo suspendes te mueres.

Toda la primera fila se quedó atónita. Sus bolígrafos dejaron de moverse.

—Todo lo que estudiáis para un examen lo olvidáis al día siguiente. Eso es una tontería. Es una pérdida de tiempo para vuestros cerebros y para mí. Si no puedo enseñaros algo que podáis recordar es como si no hubiera estado aquí este año. —Me crucé de brazos y les dirigí una mirada penetrante—. Vosotros os creéis que esto de la polución no es problema vuestro, ¿no? Ya vendrá alguien a limpiarla. No es culpa vuestra. Bueno, esa actitud me produce náuseas. Tenéis tanta culpa como todos los demás. ¿Es que pensáis que el mundo está aquí para vuestro propio disfrute, o qué?

Nadie estaba tan loco como para contestar. Durante el largo silencio que siguió a mis palabras observé que la mitad de la clase llevaba tejanos lavados a la piedra. Agarré a Hector Jones del brazo y lo puse como ejemplo. Debo admitir que Hector me desagradaba por razones personales: su padre había sido un gamberro de nombre Simón Bolívar Jones que me había hecho la vida imposible de niña.

—Ponte de pie —le ordené—. Enséñales a todos tus tejanos. Son bonitos, ¿eh? Date la vuelta. Buen trasero, Hector. Son unos tejanos maravillosos. Ya estaban medio gastados cuando los compraste, ¿no? —Le di una ligera palmada en el culo antes de decirle que se sentara—. ¿Sabéis cómo los fabrican? Los lavan en una gran máquina con una gravilla especial que extraen de las montañas volcánicas. Las montañas más bonitas que hayáis visto jamás. Pero esas montañas son muy frágiles, como si fueran de azúcar. Levi Strauss, o los que sean, van allí con excavadoras y sierras mecánicas, cortan todos los árboles y arrasan la montaña, todo para que nosotros, los afortunados estadounidenses, podamos llevar tejanos que parecen como si alguien los hubiera tirado a la basura antes de ponérnoslos.

—Los árboles vuelven a crecer —dijo Raymo. Raymo era un jovencito muy valiente.

—¿Perdón?

Se colocó las manos alrededor de la boca a modo de bocina y lo repitió como si se lo estuviera diciendo a la sorda de su abuela.

—Los árboles... vuelven... a crecer.

Yo coloqué mis manos alrededor de mi boca y le dije en el mismo tono:

—No si la... maldita... montaña ya no existe, entonces no.

—Bueno, hay otras montañas.

—Claro. Hay otras montañas —le respondí, sintiendo que estaba a punto de explotar si no iba con cuidado—. Si te atropella un camión, Raymo, supongo que tu mamá dirá «Bueno, tengo otros hijos».

Media clase lo encontró muy cómico. La otra mitad debía de estar pensando cómo salir con vida del aula.

Yo les miré, haciendo tictac como una bomba de relojería.

—Claro. Los árboles vuelven a crecer. Hasta las selvas tropicales pueden volver a crecer, dentro de doscientos años, o algo así. Pero ¿quién lo va a hacer? Si tuvieras que pagar el pre-

349

cio real de esos tejanos, el coste del tiempo y el trabajo de resucitar esa montaña en vez de dejarla morir, esos bonitos pantalones te hubieran costado cien dólares. —Yo me sentía como drogada. Furiosa y competente—. Pensad en la gasolina del coche. En su coste real. No sólo en el coste de extraerla de la tierra, refinarla y transportarla por barco, sino también en todos los vertidos y en la basura que sale por el aire cuando se quema. Eso forma parte de su precio, pero no lo pagáis. La gasolina debería costar veinte dólares el galón, de manera que aún podéis dar gracias. Pero un día nos pasarán factura, y habrá que pagarla, o comeremos mierda. Será el día de la Factura Final.

No podría jurar que me estuvieran escuchando, pero me miraban con atención. Treinta y seis ojos azules se movían adelante y atrás mientras yo paseaba ante la mesa del profesor.

—Si Grace se envenena, si todos esos árboles se mueren y esta tierra se va al infierno, os iréis a otra parte, ¿no? Como los grandes pioneros, como Lewis y Clark. Bueno, ¿sabéis qué, chavales? Ya no queda donde ir. —Me puse a recorrer un pequeño recuadro de suelo como una fiera enjaulada—. La gente se olvida, se olvida y se olvida, pero la tierra tiene memoria. Los lagos y los ríos todavía se acuerdan del DDT y de todos los insultos que les hemos dedicado. El Lago Superior es un pozo negro superior. Los peces tienen cáncer. Los océanos se están muriendo. Hasta el propio aire se está consumiendo.

En ese punto señalé al techo, queriendo indicar al cielo.

—¿Sabéis que hay allí? Ozono. Es eso que hay en la atmósfera que hace de paraguas.

Hice una pausa y reconsideré esa analogía tan manida. A esos adolescentes que ni siquiera usaban condones no les iba a impresionar la necesidad de tener un paraguas. Recorrí el aula con la mirada y pregunté:

—¿Quién de vosotros tiene un padre o una madre que haya trabajado en la fundición?

Casi la mitad de las manos se levantaron, muy a pesar suyo.

—Ya sabéis lo que hacían allí, ¿no? De una manera u otra estaban rodeados de metal a miles de grados de temperatura. ¿Los habéis visto alguna vez con su ropa de trabajo? Iban tan tapados como Neil Armstrong cuando paseaba por la Luna, y llevaban un grueso protector delante de la cara, ¿no?

Todos asintieron aliviados, supongo que porque vieron que no iba a humillar a ninguno en particular. Me senté encima de la mesa y crucé los brazos.

—Imaginaos que sois vosotros los que estáis trabajando allí con ese metal candente delante de la cara. De repente, alguien os quita la careta mientras estáis trabajando. Adiós cara. Adiós nariz y párpados, guapitos. Estáis muertos.

A juzgar por el silencio, parecían estar muertos de verdad.

—Para eso necesitamos la capa de ozono, chicos y chicas. Es como un gran escudo que hay en el cielo. —Me estaba saltando algunos detalles, pero no estaba exagerando las consecuencias. Ni mucho menos. Intenté bajar la voz y parecer medianamente razonable—. Y se está disolviendo. Hay un enorme agujero encima del Polo Sur. Cuando utilizáis un aerosol lo estáis haciendo más grande. Hay algo en la mayoría de los aerosoles, en las neveras y en el aire acondicionado que neutraliza el ozono. Se llaman clorofluorocarbonos. Las fábricas todavía están produciendo toneladas de eso, ahora mismo.

Supongo que «clorofluorocarbonos» era la palabra más larga que nadie había pronunciado entre las paredes del Instituto Grace, y estoy bastante segura de que nadie la olvidaría durante el resto del día.

Antes de que el timbre señalara en final de la clase, Connie Muñoz me miró y me dijo:

—Señorita, la he visto llevar tejanos lavados a la piedra alguna vez.

El resto de los niños ya había salido a escape.

—Tienes razón —le dije—. Cuando los compré no sabía lo de las montañas. Igual que Hector y tú no lo sabíais.

—¿De verdad? —Siguió mascando su chicle y me dirigió una mirada neutra, casi militar. Había humillado en público a su nuevo novio; ahora era el momento de actuar con diplomacia.

—Últimamente he aprendido mucho sobre estas cuestiones —le dije—. No digo que yo no sea parte del problema.

—Pues ¿por qué está tan enfadada con nosotros, señorita? Me di cuenta de mi posición, y sentí vergüenza.

—Connie, no lo sé. Porque yo también soy culpable, supongo. Y ahora parece que quiero arreglarlo todo de golpe.

Sus ojos cobraron algo de vida.

—No sufra —me dijo—. Me parece guay que nos riña y eso si está enfadada. Todos estaban atentos. Lo que decía era verdad, éstos se creen que cuando gastan algo siempre va a haber más.

—No debería haberos reñido —le dije—. Sólo quería dar ejemplo. Y no debería haberle hablado así a Hector.

Ella se rió e hizo estallar un globito de chicle.

—Hector Jones es un gilipollas.

᠅ ᠅ ᠅

Fui a cenar a casa de Doc Homer. Lo llevaba haciendo cada noche desde que había vuelto de Santa Rosalía y me había enterado de que habían secuestrado a Hallie. Si le seguía presionando, pensaba yo, conseguiría que me contara algo más. Pero él no recordaba nada. Si alguna vez había dudado sobre si Hallie era su favorita, ahora estaba claro. Nunca le había visto tan afectado por ningún acontecimiento anterior de nuestras vidas. Él todavía mantenía sus funciones, cocinaba su comida e iba a trabajar, pero no era más que un ritual obstinado; estaba destrozado. Encontré algunos de sus frascos de medicamentos en un escondrijo de la sala de estar, metidos en el viejo cubo de hierro del carbón. No tenía manera de saber si los estaba tomando. La mitad de las veces me hablaba como si yo tuviera todavía seis años.

—¿Quién era la persona con la que hablaste por teléfono? —le volví a preguntar—. ¿Era alguien del gobierno? Debe haber alguien a quien podamos llamar.

Miré con reparo al plato que me había puesto delante. Doc Homer había preparado hígado con manzanas al vapor y calabaza amarilla. En algunos restaurantes habrían considerado ese plato como *haute cuisine*, ya lo sabía, pero allí sólo se podía considerar extravagante. Había llegado al punto en que se limitaba a combinar cualquier cosa que encontrara en la nevera. Yo empecé a hacerle la compra para que no acabara alimentándose de fríjoles salteados y helado.

—Me aconsejó que llamáramos al presidente de Estados Unidos —me dijo.

Yo dejé el tenedor en la mesa. Ya me había dicho eso anteriormente. «Creo que voy a llamar al presidente.» Aparté mi silla de la mesa como si fuera a hacerlo en ese mismo instante. Era una amenaza vana; seguramente sólo conseguiría hablar con algún funcionario bienintencionado. Pero sabía que a Doc Homer le molestaría. A buen seguro temería encontrar una llamada a larga distancia en su recibo del teléfono.

—Tengo entendido que tienes novio —me dijo mientras cortaba su ración de hígado con manzanas en pedacitos.

—¿Qué creen que pasará? ¿La persona con la que hablaste parecía preocupada? ¿O te dijo que era algo rutinario? A veces toman a algún extranjero como rehén para llamar la atención y lo liberan al día siguiente. Seguramente ya está en su casa.

Yo sabía que eso era muy improbable. Los contras, según tenía entendido, no necesitaban llamar la atención. Estaban totalmente apoyados por el padrino más rico del mundo moderno.

—Ese chico bebe, Codi. Se aprovechará de ti.

Yo me quedé mirando a Doc Homer largo rato.

—Ya no —repliqué—. Ya no bebe. Y no podría aprovecharse de mí aunque quisiera. Soy tan dulce e inocente como el Muro de Berlín. Tus consejos llegan dos décadas tarde.

—Me preocupa tu bienestar.

—Te preocupa. —Yo cogí unas rodajas de manzana y las comí con los dedos para molestarle—. Tendré que ir en persona. Puedo coger un autobús a Tucson esta noche y un avión a Managua y plantarme allí mañana mismo.

Yo misma dudaba de que fuera tan fácil.

La tetera comenzó a silbar y a pegar saltos. Él parecía nervioso. Sacó un filtro de papel y lo colocó lentamente sobre la cafetera, manipulando cada parte de aquel aparato como si se tratara de algún experimento importante de química orgánica.

—Y te dije que no te convenía —aseveró mientras vertía agua hirviendo sobre el filtro. Esperé a que me diera más pistas. Podría estarse refiriendo a cualquiera de mis errores desde los tres años.

—¿El qué no me conviene? —quise saber, ya que no soltaba prenda.

—Loyd Peregrina.

Ambos observamos cómo al agua atravesaba los oscuros posos, absorbiendo su color y sustancia. Nunca antes había mencionado el nombre de Loyd; me sorprendió que lo supiera. Me pregunté si Doc Homer llevaba una doble vida en su cabeza, en la cual repartía consejos amables y paternales. Ese abismo entre lo que Doc Homer creía ser y lo que era consiguió sacar lo peor de mí, o lo más arisco.

—No te preocupes por Loyd Peregrina —le dije—. Ahora ya no puede hacerme daño. Le voy a dejar. Es solamente algo pasajero.

—No te dará una vida mejor.

—Y un cuerno, tú no sabes nada de nada sobre mi vida. ¿Qué quiere decir una vida mejor? Soy una fracasada de la facultad de medicina que trabaja en el turno de noche de los colmados.

—Dejaste la carrera por propia elección. Eso ya lo hemos hablado.

—Vale, salí de allí por mi propio pie. ¿Y qué es lo que he escogido por propia elección? ¿Qué es lo que se me da bien? Di una sola cosa.

Él enmudeció. Lo sabía. Doc Homer no dominaba el idioma de los halagos.

—No tengo carrera, ni hijos, ni siquiera un lugar al que pueda llamar mi hogar. Básicamente soy una vagabunda con educación.

—Ésa es una afirmación absurda.

—¿Y cómo lo sabes? No ves mi realidad, sólo ves lo que te interesa ver. Haces fotos de personas y luego las conviertes en paredes de piedra.

—Eso no es lo que hago. Primero escojo la fotografía en mi cabeza, la recuerdo. Y después intento reproducirla con las imágenes que tengo más a mano.

Eso era una novedad.

—No creo que me importen un cuerno las imágenes que tienes más a mano. —Bajé la voz. La manera más rápida de perder puntos con Doc Homer era perder el control. Le dije—:

Tú siempre quisiste que Hallie y yo estuviéramos por encima de todos los demás habitantes de Grace.

—*Estabais* por encima de vuestros semejantes.

Yo solté un bufido.

—Yo era tan basta como Connie Muñoz y Rita Cardenal, pero no tenía ni la mitad de su valor ni una décima parte de su *sex appeal*. Era fea y me daba vergüenza estar viva.

Doc Homer tenía la extraña capacidad de bajar la voz cuando en realidad la quería levantar.

—Mis hijas no son vulgares —me dijo.

Yo le miré fijamente a los ojos.

—Me quedé embarazada a los quince años.

—Ya lo sé. Te vi enterrar el bebé en el lecho del río.

Yo sentí un insólito rubor en mi cuello y en la cara. Durante un minuto nos quedamos escuchando el goteo de la cafetera. Después le dije:

—¿Por qué siempre mientes?

—Nunca te he dicho nada que no fuera verdad.

—Tú nunca me has dicho nada, punto. Me dijiste que mamá y tú veníais de Illinois. Pero veníais de aquí. Tenéis toda una familia enterrada en el maldito cementerio.

—Sí que vinimos de Illinois. Yo estaba acuartelado allí, y allí fui a la facultad de medicina. Volvimos aquí después de la guerra.

—¿En qué guerra acuartelaban a la gente en Illinois? —le pregunté absurdamente, al borde de las lágrimas—. Lo siento, pero en clase de historia nunca me hablaron del frente del Medio Oeste.

—La familia de Alice me rechazó.

Yo callé, recordando cómo Viola había fruncido el ceño para decir «Esa familia fue de mal en peor» el día que descubrí a Homero Nolina en el cementerio. Y a la pelirroja de las hermanas Gracela, la que tenía mal genio, la que se había casado con Conrado Nolina y había dejado su legado de indeseables. Ésa era la familia de mi padre. De donde él creía haber procedido y de donde todavía éramos. De pelo rubicundo y con mal genio, exiliados en nuestro propio pueblo. No había suficiente aire en la cocina para que pudiera respirar profundamente y olvidar el tema.

—¿Así qué? ¿Dejaste el ejército o qué? Te licenciaste con alguna beca del ejército y volviste aquí como el poderoso doctor pródigo con tu hermosa esposa, y empezaste a actuar como si nadie pudiera tocarte.

Yo escruté su rostro, pero no pude ver ninguna señal. En realidad, ni siquiera podía *verle*. No tenía idea de cómo le verían los demás. ¿Viejo? ¿Enfermo? ¿Malvado? Sirvió café en dos tazas y me ofreció la más grande.

—Gracias —le dije.

—De nada.

—¿Por qué volviste aquí? Si para ti era tan importante volver a empezar, podrías haber ido a cualquier parte. Podrías haberte quedado en Illinois.

Doc Homer estaba sentado frente a mí. Abría y cerraba su mano izquierda, para después dejarla plana sobre la mesa y examinarla como si fuera la mano de un paciente. Miré la fotografía enmarcada que quedaba sobre su cabeza: su retrato de una mano que no era una mano, sino cinco cactos de espinas invisibles.

—¿Por qué crees que los poetas hablan siempre del corazón? —me preguntó de repente—. Cuando hablan de dolores emocionales. El tejido del corazón es más duro que el cuero de un zapato. ¿Has cosido alguna vez un corazón?

Yo negué con la cabeza.

—No, pero lo he visto hacer. Ya sé lo que quieres decir.

Las paredes de un corazón son gruesas y fuertes, y los ciru-

357

janos utilizan unas agujas especiales. Hace falta mucha fuerza, pero el tejido se une fácilmente. Es lo más parecido a encuadernar un libro.

—El centro de las emociones humanas debería situarse en el hígado —dijo Doc Homer—. Eso sería una metáfora muy apropiada: no albergamos el amor en el corazón, sino en el hígado.

Yo lo comprendí sin problemas. Una vez, en el servicio de urgencias, vi a una mujer a la que habían golpeado por todo el cuerpo, especialmente en el hígado. Ese órgano tiene la misma consistencia como si estuviera hecho de capas y más capas de kleenex empapados. Cada intento de cura abre nuevos agujeros que se rasgan y sangran. Intentas cerrar la herida con nuevas heridas, y lo intentas y lo intentas y no paras hasta que ya no queda nada.

🐾 🐾 🐾

Para Navidad Loyd me había regalado una cesta apache de mimbre. Estaba confeccionada de un modo exquisito y decorada con los colores de la hierba seca, y alrededor de su boca abierta colgaban de unas tirillas de cuero unas campanillas de latón que repicaban con un leve tintineo. No era mucho más grande que una taza de café. La noche que me la regaló sentí que en esa cestilla podría poner todas las cargas que me abrumaban, para siempre jamás. Ahora la cesta estaba colgada en la pared de mi dormitorio, encima de la cama, y por las noches la miraba y lamentaba mi propia necedad al creer que la vida podía ser hermosa.

Pedí perdón a mis alumnos. No pude mantener la distancia profesional recomendada; les conté que mi hermana había sido secuestrada y que yo estaba muerta de miedo. Les dije que me sentía responsable de todo, incluyendo cuestiones como la capa de ozono. Los chavales estaban extremadamente silenciosos. No creo que ningún adulto les hubiera pedido perdón antes. Sacamos del almacén un mapa anterior a la segunda guerra mundial que mostraba todas las zonas climáticas del planeta, y hablamos de Nicaragua, Honduras, Costa Rica y El Salvador. Las fronteras y los nombres de muchos países habían cambiado durante la existencia de ese mapa, pero las zonas climáticas seguían siendo las mismas. Hablamos con más calma sobre los bosques tropicales y de cómo las empresas de comida rápida los estaban talando para crear negocios de hamburguesas. Hablamos de los países pobres y ricos, del DDT, de la cadena alimenticia, y de cómo nos afectan nuestros propios residuos. Hablamos de la memoria de la tierra. Mis alumnos comprendieron perfectamente todas estas cosas. No hay nada aburrido en la perspectiva de extinguirse.

El viernes me tomé el día libre para hacer llamadas telefónicas. Hallie me había dejado una lista de teléfonos de emergencia, la mayor parte de los cuales eran sólo supuestos, y los llamé a todos. Me ocupó toda la mañana. El Departamento de Estado y el Ministerio de Agricultura resultaron inútiles, y acabé llamando al Ministerio de Agricultura de Nicaragua. Viola me echó una mano con el impenetrable español de las operadoras internacionales. Emelina se sentó a mi lado y me cogió de la mano, apretándome los dedos como si hubiera olvidado que no eran suyos. Mason y el bebé estaban sentados en el suelo delante de nosotras, en silencio, preguntándose, como todos los niños se preguntan en una crisis, qué habían hecho ellos para arruinar el mundo.

No averiguamos nada importante. Ahora estaban seguros de que habían cruzado la frontera con Hallie hasta Honduras, seguramente para llevarla a un campo donde tenían otros prisioneros. Era un campo bien equipado, con radios Sony y raciones de combate de alta calidad. Eso me hizo sonreír un poco al pensar que Hallie debía de estar comiendo raciones C que yo había ayudado a pagar con mis impuestos. La cena corría de mi cuenta. Como las minas.

Hablé con una decena de secretarias de aquí y de allá, y al final conseguí conversar con el mismísimo ministro de Agricultura. Sabía quién era Hallie. Habló largo y tendido sobre la persona extraordinaria que era; eso me hizo sospechar que ya estaba muerta, y me puse a llorar. Viola cogió el teléfono para hacer de intérprete mientras yo recuperaba fuerzas para seguir hablando. El ministro me aseguró que no estaba muerta. Prometió llamarme en cuanto supiera algo más. Estaba bastante seguro de que los contras la habían hecho prisionera por error, sin saber que era ciudadana estadounidense, y ahora debían de estar sopesando cómo liberarla sin generar demasiada mala prensa. Me preguntó si había llamado al presidente de Estados Unidos.

Mientras tanto, las cartas de Hallie seguían llegando al apartado de correos. Yo sabía que las había enviado antes de su secuestro, pero al verlas me asusté. Estaban franqueadas, eran alegres y reales, pero parecían fantasmas que se mofaban de lo que hasta entonces yo había considerado como una manera real de seguir en contacto. Aquellas cartas eran todo mi corazón. Si podía seguirlas recibiendo mientras Hallie estaba muerta o en peligro, ¿qué me quedaba?

No las leí. Las guardé. No las abriría hasta que oyera su voz al teléfono. No me volverían a engañar.

※ ※ ※

En algún momento entre Navidad y mediados de enero, Grace se hizo famosa. Los varios centenares de piñatas que habíamos plantado en Tucson habían crecido hasta convertirse en árboles preñados de interés humano, cuyos frutos tenían la forma de artículos con titulares como «Artesanía Que no Debe Romperse» y «¡Vaya Piñatas!» en revistas satinadas distribuidas por todo el suroeste. Los esfuerzos de cartón piedra del Club de las Comadres se había convertido en un codiciado objeto decorativo en elegantes barrios de adobe como el que Hallie y yo solíamos llamar en Tucson «Barrio Volvo».

Eran los pavos los que habían causado el revuelo, pero por la simple razón de que estaban en el lugar indicado, la gente también empezó a leer mi alegato a una cara a favor de la salvación de Grace. Allí donde las repetidas llamadas a la prensa del alcalde Jimmy Soltovedas habían fracasado, el Club de las Comadres había vencido: nuestro caso empezó a ser conocido. No pasaba un solo día sin que algún reportero inquieto llamara para conseguir declaraciones de Norma Galvez. El club la designó portavoz oficial; doña Althea era más pintoresca, pero sus comentarios no podían imprimirse. Y lo mismo podía decirse de Viola, que lo tenía aún peor porque hablaba inglés.

Pero cuando un equipo de la CBS News apareció en la ciudad, solicitaron hablar con doña Althea a toda costa. Habían asistido a una reunión en la Legión Americana, y se habían quedado prendados de la portavoz del Club de las Comadres, de su encanto y de su autoridad y de cómo podía contribuir a la descripción del color local. Grabaron parte de la reunión, pero acordaron volver el sábado siguiente con un equipo especial para entrevistar a doña Althea en su propia casa. Norma Galvez haría las veces de intérprete (por razones de seguridad). El sábado por la mañana, cuando la CBS entró en la ciudad con sus jeeps como Jesús en Jerusalén el Domingo de Ramos, toda la ciudad estaba sobre aviso de la llegada de lo que Viola llamaba «las B. S. News».

Unas cincuenta de nosotras nos agolpamos en la sala de estar de doña Althea, sólo para mirar. Doña Althea tenía el mismo aspecto de siempre: diminuta, imperiosa, vestida de negro, con su largo moño negro enrollado sobre la cabeza como una corona. Como única concesión a las cámaras llevaba un chal de encaje sobre los hombros.

A pesar de todo no quiso cerrar el restaurante, y era la hora del almuerzo, de manera que todo eran idas y venidas y entrechocar de cazos y ollas. Cecil, el encargado del sonido, tuvo que enchufar todo su equipo en la cocina, pues era la única parte de la casa que había sido cableada en el siglo XX.

—Señoras, tengan mucho cuidado con esto —nos dijo mientras iba de un lado a otro para acabar metiéndose a gatas entre dos de las hermanas Althea en busca del enchufe.

—Será hija de... —masculló cuando una de las hermanas tropezó con un cable y lo desenchufó por tercera o cuarta vez. La Althea en cuestión se puso firme y se pasó un minuto mirándole como si fuera a destriparlo, pero al final decidió servir a sus clientes. Iba tan cargada de platos que era un milagro que Cecil no acabara cubierto de *menudo* de pies a cabeza.

El director del equipo había sentado a doña Althea en una silla de madera tallada de su dormitorio que normalmente sostenía el televisor. Dos hombres la sacaron de su ubicación original, sentaron a doña Althea en ella y dispusieron varios jarros de plumas de pavo real a sus pies.

—Cruce las piernas —le ordenó el director. Norma lo tradujo, y ella obedeció dedicándole una mirada furibunda. Parecía un cuadro de Frida Kahlo—. Vale —dijo él, enjugándose el sudor de la frente. Era un hombre corpulento, vestido con zapatos italianos y una camisa mexicana de boda, aunque sus maneras no eran ni remotamente festivas—. Vale —repitió—. Vamos a empezar.

Una cámara enfocaba al entrevistador y otras dos a doña Althea: por todas partes había focos abrasadores y muy luminosos. Un miembro del equipo espolvoreó la nariz y la frente del entrevistador con una esponjilla, miró un momento a doña Althea y salió de escena. El entrevistador se presentó como Malcolm Hunt. Parecía bastante joven, y su atuendo estaba a medio camino entre un cazador de diseño y un revolucionario centroamericano. Probablemente tenía buenas intenciones. Con sumo cuidado le explicó a doña Althea que montarían el material a posteriori, utilizando sólo las partes más interesantes. Si quería repetir algo podía hacerlo. Le aconsejó que se olvidara de las cámaras y hablara con toda naturalidad. Norma Galvez se lo tradujo. Althea fruncía el ceño ante tanta luz, fijó la vista en algún punto por encima de la puerta de la cocina y gritó todas sus respuestas en esa dirección. Cecil se lo tomó como algo personal y se escondió detrás de la mesa de la cocina.

El señor Hunt empezó.

—Doña Althea, ¿desde cuándo vive usted en este cañón?

—Desde antes que tú cagabas en tus pañales.

Norma Galvez se agitó brevemente en su silla y ofreció su traducción. Althea le dirigió una breve mirada acusadora, y una de las Althea soltó una risita desde la cocina.

El señor Hunt sonrió y pareció empezar a preocuparse.

—¿Cuándo llegó su familia a este país?

Althea dijo algo sobre que su familia había vivido en esa tierra desde antes que la invadieran los gringos y empezaran a llamarla América. Explicó que después vinieron los prospectores y empezaron a hacer minas para sacar el maldito oro, y la Black Mountain sacaba el maldito cobre, y entonces despidieron a todos los hombres y les mandaron a casa a plantar árboles, y ahora, como era de esperar, se estaban orinando en el río y envenenaban los huertos.

La señora Galvez se quedó callada.

—Hace mucho tiempo —dijo finalmente.

El señor Hunt perdió la compostura por primera vez. Hizo un sonido extraño y gutural y miró a la señora Galvez, quien se encogía de hombros.

—¿Quiere una traducción exacta?

—Se lo ruego.

Ella se la dio.

La tarde no discurrió como todos esperaban. Malcolm Hunt no paró de removerse en su asiento y de mover las cejas, y a cada momento parecía reiniciar la entrevista con nuevas preguntas que parecían introducciones.

—La Compañía Minera Black Mountain está contaminando, y en realidad desviando, el río que ha constituido la fuente de recursos de esta ciudad durante siglos. ¿A qué se debe?

—Porque son una banda de malditos follacabras —la señora Galvez dijo «fulanos de tal»— y después de sacar de este cañón todo lo que han querido, ahora quieren exprimirle las pelotas antes de marcharse.

—En realidad, están construyendo una presa para evitar el pago de multas a la Agencia de Protección Medioambiental, ¿no es así? ¿Debido al alto contenido en ácido del río?

Althea esperó a la traducción de Norma, y después asintió sin más comentarios.

—¿Qué cree usted que podría hacerse para evitar la construcción de la presa en este momento?

—*Dinamita*.

El señor Hunt parecía renuente a continuar esa línea de preguntas hasta sus últimas consecuencias.

—En un intento desesperado por salvar su ciudad —dijo en busca de una nueva línea argumental—, usted y el resto de mujeres de Grace han confeccionado cientos de piñatas. ¿Cree usted que una piñata puede pararle los pies a una compañía multinacional?

—Probablemente no.

—Entonces, ¿por qué se han tomado tantas molestias?

—¿Qué cree usted que deberíamos hacer?

Allí le había cogido; Malcolm Hunt parecía anonadado. Paseó su mirada de Norma a doña Althea y de nuevo a Norma.

—Bueno, la mayor parte de la gente le hubiera escrito a su congresista.

—*No sé*. No se nos da bien escribir cartas. Además, no creo que tengamos ningún congresista, ¿no? Tenemos un alcalde, Jimmy Soltovedas. Pero no creo que tengamos *congresista*. —Pronunció esa última palabra en inglés, destacándola del resto de su discurso como si se tratara de un insulto o de un concepto totalmente nuevo—. *Si hay* —prosiguió—, si lo tenemos, todavía no lo he visto. Seguramente no le importamos una mierda. Y tampoco sabemos cómo funciona la dinamita. Sólo sabemos hacer cosas bonitas con papel. Flores, piñatas y *cascarones*. Y cosemos cosas. Aquí las mujeres nos dedicamos a eso.

Yo sonreí, pensando en Jack y sus viejos hábitos, dando tres vueltas sobre sí mismo en el suelo de la cocina antes de echarse a soñar en su nido de hierba.

—Pero ¿por qué pavos reales? ¿Cuál es su origen? —insistió Malcolm después de escuchar toda la traducción—. Hábleme de los pavos reales.

—¿Qué quiere saber de los pavos reales? —preguntó doña Althea dirigiéndole una mirada inescrutable.

—¿Cómo llegaron aquí?

Doña Althea levantó la cabeza, se ajustó el chal, se irguió y colocó ambas manos sobre sus rodillas, que había separado debajo de su falda negra.

—Hace cien años —comenzó— mi madre y sus ocho hermanas llegaron a este valle desde España para traer luz y alegría a los pobres mineros, que no tenían esposas. Eran las nueve hermanas Gracela: Althea, Renata, Hilaria, Carina, Julietta, Ursolina, Violetta, Camila y Estrella.

Pronunció los nombres muy despacio y de manera musical, alargando las sílabas y haciendo énfasis en las erres. Eran nombres de princesas de cuento, pero en su voz aguda y sostenida, la historia adquiría tintes bíblicos. Era el Génesis de Grace. Y el de Hallie y el mío. La propia abuela de nuestro padre —la madre del Homero Nolina que descansaba en el cementerio— era una de esas princesas: la pelirroja malhumorada. Me la podía imaginar descalza, con el pelo rizado como Hallie y el genio temperamental. La veía frente a la puerta de su casa, riñendo cucharón en mano a los arrogantes hijos de sus hermanas que se atrevían a molestar a los suyos. Tal vez era Ursolina, la osita.

Cuando Hallie y yo éramos pequeñas yo me inventaba interminables historias sobre nuestros orígenes para que se durmiera. Se metía en mi cama cuando Doc Homer se quedaba dormido, y yo la abrazaba, intentando protegerla de los vientos que soplan en las cabezas de los huérfanos y los separan de los niños gritones y vivaces que han heredado la tierra. «Venimos de Zanzíbar», le susurraba yo con la boca pegada a sus cabellos. «Venimos de Irlanda. Nuestra madre era una reina. La Reina de las Patatas.»

Yo no podía saber la verdad sobre mi madre, pero ahora había una historia nueva. Otro punto de vista. Cerré los ojos y escuché a doña Althea con la ilusión de una niña. No sé qué dijeron en las noticias de la CBS. Yo había escuchado un cuento para dormir con treinta años de retraso.

22

LUGARES EN PELIGRO DE EXTINCIÓN

En el cañón Gracela no paró de llover. Febrero transcurrió escondido tras una máscara de nubes. Parecía el fin del mundo, o tal vez el principio.

Los huertos, cuyas ramas negras habían sido inspeccionadas durante el invierno en busca de signos de vida latente, florecieron de repente, todos a una: perales, manzanos, membrillos, todo su ciclo habitual había quedado comprimido a causa de aquel extraño clima en un único estallido nupcial. A través de la ventana del aula pude observar los racimos de flores que caían como copos de nieve.

En Grace el agua es una apuesta a todo o nada, como la felicidad. Cuando hay lluvia la hay de sobra, del mismo modo que cuando se está feliz, enamorada y encantada de la vida una no puede recordar los momentos en que el destino le daba la espalda. Y viceversa. Yo sabía, de un modo abstracto, que había sido feliz, pero ahora el dolor volvía a adueñarse de mí, de nuevo sabía que la felicidad era inalcanzable, como si fuera una foto en vivos colores de un lugar en el que nunca había estado. La memoria recorre en el cerebro unos conductos fijos e insondables, como la electricidad por los cables; sólo un cataclismo puede provocar que los electrones den marcha atrás, choquen y salten a otro canal. La mente humana parece condenada a creer, con la misma simpleza de los pollos, que el *ahora* es el único momento existente.

Pero no lo es. A pesar de la promesa de abundancia que desbordaba los tejados y colmaba los arroyos del cañón Gracela durante febrero, las lluvias del invierno pronto se agotarían. A partir de entonces no caería ni una gota hasta julio. Durante esos meses de escasez, el sabor y el olor de la lluvia nos resultarían inaccesibles, y tanto los niños como las raíces más profundas de los árboles se olvidarían de su existencia. Así son las estaciones en el desierto. Sólo el río seguía su curso. En Grace el río mantenía vivo el recuerdo del agua.

🦂 🦂 🦂

No tuvimos noticias de Hallie. Primero intenté convencerme a mí misma de que estaba fuera de peligro. En el pasado, el retraso de dos semanas de sus cartas me provocaba cierta desconfianza, como si Hallie fuera una estrella a tantos años luz de distancia que ya podría haber estallado en pedazos hacía mucho mientras nosotros todavía contemplábamos su brillo falaz. Ahora intentaba darle la vuelta a ese argumento: no tardaríamos en oír que llevaba tiempo en lugar seguro mientras nosotros seguíamos preocupados.

Pero no fue así, y yo me rendí al pánico. Empecé a llamar a Managua cada semana. El ministro de Agricultura, cuya secretaria ya reconocía mi voz, me dijo que no había motivo para que volara a Nicaragua y que no podía hacer otra cosa que esperar, cosa que, según me dio a entender, ya se me daba bastante mal allí donde estaba. No es que fuera maleducada, sino que se sentía frustrada, como todos nosotros. Comentó que Hallie era una persona excepcional para nosotros que la amábamos, pero que su caso no lo era tanto. La contra realizaba incursiones a diario a través de la frontera para atacar a los trabajadores de los campos, a veces hasta a los escolares. Miles de civiles habían muerto. «Si viene por aquí —me dijo—, podrá comprobarlo usted misma.» En todas las casas había una fotografía enmarcada que testimoniaba la pérdida reciente de algún miembro de la familia, me dijo. Los profesores y los trabajadores voluntarios corrían un riesgo especial.

Me aconsejó que intentara informar a la opinión pública de Estados Unidos de la situación en que se encontraba Hallie. Eso podría provocar que sus captores se arrepintieran; o tal vez, me dijo con toda franqueza, podría provocar lo contrario.

Yo ya no sabía qué hacer, así que me puse a escribir cartas. Emelina me echó una mano. La mesa de su cocina quedó repleta de cartas a medio escribir. Yo redactaba los borradores en papel con membrete de la oficina del director del Instituto Grace, pero tanta oficialidad intimidaba a Emelina, quien prefería utilizar el papel pautado de sus hijos. Viola hizo un llamamiento en el Club de las Comadres, y desde entonces la cocina de Emelina se llenó de voluntarias que acudían por las noches a escribir cartas. Yo les dictaba las ideas básicas y ellas redactaban el resto. Intenté discernir cuáles de los destinatarios habían votado a favor del envío de armas a la contra y cuáles habían votado en contra, y probamos diferentes argumentos en cada caso. Creo que enviamos más de mil cartas. Cuando perdimos la cuenta de a qué congresistas habíamos escrito, volvimos a escribirles a todos. También mandamos cartas a las emisoras de radio y a otras entidades públicas que suponíamos leerían nuestras misivas. A veces yo me quedaba paralizada y ocultaba la cara entre las manos. Entonces Emelina me daba un masaje en los hombros sin decir nada, pues ambas sospechábamos que sobraban las palabras.

Seguramente pasábamos por alto alguna que otra información. En Grace no recibíamos el *New York Times*. Yo sabía de cierta noticia breve publicada en el matutino de Tucson, en la sección de economía para más señas, justo al lado de un artículo sobre cómo reducir las hipotecas con el pago de dos cuotas mensuales. Habían publicado una pequeña foto de Hallie muy sonriente, identificándola como antigua empleada del Servicio Público Universitario. El reportero había llamado al ministro de Agricultura, tal como yo le había sugerido, y escribió que el ministro había «alegado» que Hallie había sido secuestrada por ciertos agitadores con base en Honduras. A continuación se citaba una declaración más extensa de cierto senador en el sentido de que la guerra civil de Nicaragua era una tragedia, pero que Estados Unidos hacía todo lo posible para llevar la democracia a la región, y que ningún ciudadano estadounidense podía visitar la zona sin esperar verse atrapado entre dos fuegos.

El reportero, creyendo complacerme, me envió una copia del artículo con una nota adjunta en la que nos deseaba mucha suerte a mí y a mi familia. La magnitud de su ignorancia me dejó sin esperanza, tal como a veces me sentía en mis sueños, cuando mis músculos se paralizaban y la huida resultaba imposible. Me pasaba los días llorando inconsolable. En la escuela les pedí a mis alumnos que leyeran *Silent Spring* toda una hora mientras yo apoyaba la cabeza en mi escritorio y me ponía a llorar. Los pobres chavales estaban consternados. Yo sospechaba que todos los habitantes de Grace se ponían a caminar de puntillas cuando me veían, tal como deben hacer en todas partes cuando la loca del pueblo se levanta las faldas para rascarse mientras insulta a los cuervos que la miran desde un poste de teléfonos.

Ya no volví a cenar en casa de Doc Homer. Estábamos en la peor de las situaciones para podernos consolar mutuamente. Supuse que él podría continuar con su rutina, pues ésta siempre había constituido la base de su entereza, pero no recuerdo haber dormido bien ni una sola noche desde que habían capturado a Hallie, y ya estaba al borde del agotamiento físico. Sufría alucinaciones. Una noche, Hallie apareció en la puerta de mi dormitorio, muy pequeña, mirándome. Con el mismo aspecto con el que solía preguntarme sin palabras si podía meterse en mi cama.

—Hallie, de veras que lo intento. Pero no sé cómo salvarte.

Ella se giró y dirigió sus pies descalzos de vuelta a la oscuridad.

Me levanté y rebusqué en todos los cajones de mi escritorio hasta encontrar la reseña del periódico con su foto. La miré fijamente, intentando convencerme de que Hallie ya no era una niña. Yo estaba envuelta en la colcha roja y negra, pero me sentía tan gélida y pétrea como una rama helada. Me temblaban las manos. Metí la nota en un sobre y escribí una carta al presidente de Estados Unidos, rogándole que se interesara por ella. «Es mi única hermana —le decía—. Asuma su responsabilidad. Usted les dio a esa gente armas y una bandera para justificar su lucha. Si mi hermana muere, ¿qué me dirá usted entonces?» Humedecí la goma del sobre con la lengua y lo cerré. Me sabía la dirección de memoria.

Empezamos a recibir contestaciones a nuestras cartas, y todas nos aseguraban que el asunto iba a ser investigado en profundidad. No nos contestaban con formularios preparados, pues todas estaban escritas con la máquina de una secretaria diferente, pero en el fondo decían lo mismo. Me sorprendió comprobar cómo una frase repetida hasta la saciedad puede empezar a parecer cierta.

⅍ ⅍ ⅍

A mediados de aquel mes plomizo, el hijo menor de Emelina aprendió a caminar. Yo estaba a solas con él cuando sucedió. El sol se había asomado tímidamente mientras yo volvía a casa de la escuela, y tanto el bebé como yo nos moríamos de ganas de estar al aire libre. Emelina me pidió que no le dejara zamparse bichos demasiado grandes, y yo le prometí que no le perdería de vista. Me aposenté en el patio con un libro bajo los repentinos rayos de aquel sol radiante. Las flores estaban mustias, sus lánguidas cabezas adornadas con gotitas diamantinas semejantes a los pendientes de unas viudas ricas y afligidas.

Nicholas ya llevaba unas semanas explorando el perímetro de su mundo, trastabillando con confianza de la casa a un árbol y de allí al balancín y después a una pared, buscando siempre algo a qué agarrarse. A veces se asía a algún soporte de seguridad sólo aparente. Ese día yo estaba vigilando con interés la parte de atrás de su guardapolvo rojo mientras él atravesaba un frondoso macizo de dondiegos agarrándose a sus hojas. Él pobre no tenía idea de qué poco le sostenían.

De repente vio un colibrí. Éste revoloteaba alrededor de los tallos rojos de una galana moteada que se alzaba en el centro del patio. Sus ojitos siguieron las evoluciones del pájaro mientras subía y bajaba como una joya colgada de un hilo; Nicholas quería cogerla. Estuvo un buen rato estudiando el terreno pedregoso que le separaba del pájaro, y entonces se apartó de la pared. Avanzó un paso, y luego otro, flotando en una ingravidez imposible. Dos pasos más tarde, el colibrí había desaparecido, pero Nicholas seguía caminando en dirección al lugar donde había estado momentos antes, asiéndose a la nada con las manos. Era como si un globo invisible flotara sobre su cabeza, atado al cinturón de su guardapolvo, sosteniéndolo en el aire. Él se tambaleaba y se contoneaba, posando los pies de uno en uno sobre el suelo, pivotando sobre sus talones, hasta que de repente la cuerda se soltó y él se vino abajo hasta quedar sentado sobre su acolchado trasero. Entonces me miró y se puso a llorar.

—Estás caminando —le dije a Nicholas—. Te prometo que es fácil. El resto de la vida no, pero esto sí.

Me quedé allí con mi libro el resto de la tarde, observándole de reojo mientras él seguía intentándolo una y otra vez. Los ensayos fallidos no le desanimaban. La motivación contenida en ese cuerpecito era milagrosa. Deseé poder guardar esa pasión en un frasquito y poder destilar algo de ese elixir, gota a gota, para dárselo a beber a mis alumnos. Podrían mover montañas.

🐜 🐜 🐜

El Club de las Comadres había alcanzado una prosperidad sin precedentes en toda su historia. A continuación de la exitosa venta de piñatas empezó a caer una lluvia de donativos. Loulou Campbell, la tesorera, siempre había guardado los fondos del club en una lata de café en la trastienda del Colmado Baptista donde trabajaba. Pero cuando los billetes llenaron doce latas de papillas infantiles empezó a ponerse nerviosa. Loulou decidió abrir una cuenta en el banco y le entregó la cartilla a doña Althea, cuya larga experiencia en la hostelería de alto nivel le había proporcionado un mayor control de las riquezas.

El dinero languidecía en su caja de caudales mientras las mujeres ponderaban su significado. Tras haber enviado a sus pavos reales al mundo exterior como Noé su paloma tras el diluvio, ahora esperaban que fuera el mundo el que les inspirara cuál debía ser su siguiente movimiento.

La deseada inspiración apareció encarnada en un marchante de Tucson. Se llamaba Sean Rideheart, y era un hombrecillo divertido y encantador que parecía comprender tanto a la gente como a la belleza. La espectacular popularidad de las piñatas de Grace (algunas se habían revendido hasta por quinientos dólares) le habían instado a peregrinar hasta la fuente de donde procedían. El señor Rideheart ya era un entendido, y allí se convirtió en todo un experto; antes incluso de poner un pie en Grace ya podía reconocer la obra de varias creadoras de piñatas en particular. Las de la señora Nuñez le parecían de especial interés, tal vez por su decisión de utilizar las sobrecubiertas de la *Enciclopedia Infantil Compton*. También quería conocer mejor la ciudad.

Yo me topé con él en su tercera visita, cuando vino a encontrarse con Viola. Ese día no había clase (creo que era el cumpleaños de algún presidente) y yo estaba ocupada mirando las nubes. Emelina no me importunaba en mis días malos; me dejaba permanecer ociosa, sin preocuparme siquiera por fingir alguna mejoría, lo que yo reconocí como un extraño acto de amabilidad humana que agradecía de veras. Me pasé la mañana sentada en el porche de Emelina observando a nuestro vecino, cuyo tejado quedaba a la misma altura que el suelo de nuestra casa. Estábamos disfrutando de nuevo de una pausa en las lluvias, como si las nubes hubieran pedido tiempo muerto para revisar sus recursos. Nuestro vecino, el señor Pye, aprovechaba la ocasión para inspeccionar su tejado.

—Tiene algunas goteras —me comentó en tono amigable. Yo le saludé con la mano sin saber cómo contestarle. Podía ver su gorra de maquinista desaparecer escalera abajo, para de repente volver a aparecer poco después. El señor Pye manejaba la escalera con una sola mano mientras hacía equilibrios con una vieja cajita de cartón sobre su cadera. Me recordó a las sorpresivas apariciones que surgían de la kiva en el pueblo de Santa Rosalía. El señor Pye se arrodilló cerca del tiro de su chimenea y abrió la caja como si fuera un regalo de Navidad, sacando unas tejas con sumo cuidado. Eran verdes, y tenían forma de as de picas, idénticas a las que tenía en el tejado, sólo que un poco más brillantes. Su color recordaba más al verde de la hierba que al del bronce viejo. Una vez yo había contemplado ese tejado convencida de que las tejas eran irreemplazables.

La curiosidad se impuso a mi lasitud.

—¿Cómo consigue que las tejas hagan juego? —le grité a través de la distancia. Él me dirigió una mirada de perplejidad—. ¿De dónde las ha sacado? Son perfectamente iguales.

Él examinó las tejas que tenía en la mano como si no se hubiera dado cuenta de que estaban allí, y me respondió también con un grito.

—Bueno, se supone que tienen que ser idénticas, son todas del mismo lote. Cuando puse el tejado pedí doscientas de recambio.

—¿Y cuándo fue eso? —le pregunté.

Él miró a las nubes. No sé si estaba escrutando el cielo o el pasado.

—Justo después de la guerra —me dijo—. Creo que en el cuarenta y seis.

En ese preciso momento apareció el señor Rideheart subiendo por el camino con un paraguas azul marino. Tal vez estuviera todavía lloviendo más abajo, de dónde venía. Se encaminó directamente al porche de la entrada, donde yo estaba sentada, brincó ágilmente escalones arriba, se sacudió delicadamente los pies como si se estuviera quitando el barro de los zapatos (aunque su calzado era inmaculado), y alargó la mano en mi dirección. Yo esperaba poder pasar el día en soledad, deprimida y ausente, y ahora me sentía incómodamente honrada con la presencia del esforzado señor Rideheart, como un princesa de cuento abrumada por tareas enojosas. A pesar de todo, sabía que él no había recorrido toda esa distancia para verme a mí.

—Sean Rideheart —me dijo. Tenía las cejas blancas y los ojos verdes, un rostro atractivo.

—Codi Noline —le contesté, estrechándole la mano—. He oído hablar de usted. Usted es el coleccionista de piñatas.

Él se rió.

—Me han llamado muchas cosas en esta vida, pero ésta es nueva. Estoy buscando a Viola Domingos.

Aceptando mi invitación, se sentó en la única silla libre del porche, que era de mimbre y tenía un carácter impredecible.

—No está —le dije—. Hoy no hay nadie. Viola y los niños están en la iglesia. Hoy celebran una festividad importante, están pintando santos.

—¿Pintando santos?

El señor Rideheart sacó un enorme pañuelo azul del bolsillo delantero de su americana de *tweed* y limpió la montura de sus gafas de alambre con un cuidado exquisito. Yo le observé encandilada hasta que él me miró de nuevo.

—Las estatuas de los santos que hay en la iglesia —le expliqué—. Supongo que tienen que refrescarse de vez en cuando, como todo el mundo. Las mujeres pintan a los santos y los niños se pintan unos a otros.

Él volvió a ponerse las gafas y observó los tejados y las copas de los árboles que descendían colina abajo. Ahora el señor Pye estaba de espaldas a nosotros, muy ocupado desmontando las tejas que había colocado allí diez años antes de que naciera Hallie.

—Un lugar muy peculiar —acertó a decir el señor Rideheart finalmente—. ¿Cuánto hace que vive usted aquí?

No era una pregunta fácil.

—Yo nací aquí —le contesté lentamente—. Pero ahora mismo estoy prolongando una visita. Pronto volveré a marcharme.

Él suspiró, dirigiendo la vista a la blanca hilera de árboles en flor que se perdía en dirección a la presa.

—Ah, claro, sí —dijo él—. Como todos. Es una lástima.

🐾 🐾 🐾

Al principio el Club de las Comadres mostraba una división de opiniones con respecto al señor Rideheart. Mientras era amablemente recibido en las cocinas de la mitad de las miembros del club, donde se le ofrecía té mientras él se atusaba sus blancos bigotes y escuchaba con suma atención las aclaraciones metodológicas de las creadoras de piñatas, la otra mitad (bajo los auspicios de doña Althea) sospechaba que era el equivalente sureño de un vendedor de crecepelo.

Pero por una vez doña Althea se equivocaba. Sus intenciones eran nobles, y acabaron siendo providenciales. Cuando el club se reunió en marzo para su pleno mensual en el salón de la Legión Americana, el señor Rideheart fue el invitado de honor. Se suponía que iba a dedicarnos una charla sobre artesanía popular, pero la mayor parte del tiempo lo dedicó a Grace. Les dijo a las mujeres lo que ellas siempre habían sabido: que su comunidad poseía un espíritu y una disposición completamente diferenciada de su identidad económica como avanzadilla de la Compañía Minera Black Mountain. Durante el último siglo, mientras los hombres trabajaban en el subsuelo para despojar al cañón de sus recursos mineros, las mujeres habían compensado su saqueo pagando en especie. Habían pagado con bordados, pavos reales, árboles frutales, piñatas y niños. El señor Rideheart sugirió que nunca había conocido un lugar como el cañón Gracela, y que podía, y *debía*, ser declarado reserva histórica. Existía algo llamado Registro Nacional de Lugares de Interés Histórico. Los lugares incluidos en esa lista, dijo, estaban protegidos contra los embates de la industria, como si se tratara de animales en peligro de extinción. Él nos advirtió de que eso no era una solución final; la inclusión en la lista podía «proporcionar una medida de protección contra el derribo u otros impactos negativos», nos dijo. «En otras palabras, los cazadores todavía pueden abatir un elefante aunque se haya declarado en peligro de extinción, y el elefante no podrá resucitar. Pero los autores del hecho serán considerados gente del todo despreciable.»

—Pero, en realidad, no son las casas las que corren peligro por la contaminación y por la presa —señaló Norma Galvez—. Son los árboles.

El señor Rideheart contestó:

—Sus árboles también son históricos.

Parecía conocer todas las ventajas y los inconvenientes de convertirse en un lugar de interés histórico. Nos explicó por dónde había que empezar, y cómo seguir con los trámites para conseguir que el río fluyera limpio y sin obstáculos. Todo eso conllevaba mucha burocracia, pero el proceso era razonablemente rápido.

—Considerando la publicidad que ha obtenido este caso recientemente —nos dijo mientras gesticulaba en dirección a la ventana, o tal vez hacia las invisibles ondas de la CBS—, creo que puede conseguirse en menos de dos años.

Nos dijo que necesitaría documentarlo todo para demostrar la antigüedad y el especial carácter arquitectónico de la comunidad.

—Las fotocopias, las fotografías y todo lo demás pueden costar mucho dinero. A veces algunas comunidades solicitan créditos especiales.

Tras un breve silencio, Viola se limitó a decir:

—No necesitamos créditos especiales. Somos ricas.

Y eso fue todo.

🐾 🐾 🐾

En cierto momento de la primavera recibí una carta de Carlo. Al final había hecho planes: se iba a Telluride. El embrague de nuestro coche se había roto, y él lo había vendido a un desguace. Esperaba que yo no le tuviera mucho cariño. Pensaba en comprarse una moto, a menos que yo quisiera acompañarle a Telluride, en cuyo caso compraría otro coche.

Yo me encontraba en tal estado, durmiendo tan poco y con los nervios tan desquiciados, que no sabía qué pensar. Sabía que pronto debería hacer planes. Y me conmovió que él todavía contara conmigo a la hora de hacer los suyos, como si fuéramos una familia. Pero no sentí nada especial cuando leí su carta; tal vez se trataba del mismo vacío que siempre había habido entre nosotros. Sus palabras parecían provenir de un lugar muy lejano, con el mismo tono extraño y escueto de una llamada telefónica vía satélite. Yo leí cuidadosamente cada frase y esperé a digerirlas. Lo único que podía vislumbrar con claridad era el nombre de la ciudad con sus sílabas resonantes: Telluride. Sonaba como una orden.

🐾 🐾 🐾

Después de nuestro viaje, empecé a sentirme extraña con Loyd. Estaba claro que era por lo de Hallie. Me sentía culpable por estar lejos de allí cuando llamaron por teléfono. Loyd y yo habíamos estado riendo y haciendo el amor todos esos días mientras las noticias cayeron en casa de Doc Homer como un cadáver. Ni siquiera le llamé la noche que volvimos a la ciudad. No queríamos dar por terminadas nuestras vacaciones, así que nos fuimos directamente a casa de Loyd y pasamos allí la noche. Sorprendentemente, nunca había dormido en su cama. Loyd tenía un hogar para él solo: una caravana situada contra la pared de la parte alta del cañón Gracela y sostenida con cimientos de mampostería, que él había ido levantando lentamente con sus propias manos, año tras año. Gracias a su esfuerzo, la piedra había ido cubriendo gradualmente el exterior metálico, de manera que ahora era más bien una casa rectangular de piedra recubierta de parras sarmentosas.

Despojadas de hojas durante el invierno, las parras habían formado una cortina de encaje sobre la ventana del dormitorio. Sus sombras proyectaban unas líneas sutiles sobre las paredes, que yo me dediqué a observar durante las horas de luz de luna en aquella primera noche. Loyd se abrazó a mí con fuerza toda la noche. Yo no pude conciliar el sueño, pero me sentía feliz.

A la mañana siguiente partió con la primera luz del sol para un turno de siete días en Yuma, y yo bajé a desayunar a casa de Emelina. Pero, como es natural, las noticias me quitaron el apetito. Y no sólo ese día ni el día siguiente. Para cuando Loyd volvió de Yuma, ya no soportaba que me tocaran.

Uda Dell me llamó por teléfono para decirme que Doc Homer se había ido a Tucson para hacerse un escáner CAT. Ella lo llamó «catascán».

Yo me senté en la cama, agarrada al teléfono y envolviéndome en la colcha roja y negra; el instituto estaba cerrado para las vacaciones de primavera, así que mi vida perdió el poco sentido que la rutina diaria podría haberle impuesto.

—¿Cuándo se ha ido? —le pregunté—. ¿Esta mañana?

Lo que en realidad quería preguntarle era: «¿Por qué se lo dijo a usted, y no a mí?». Pero creo que ya sabía la respuesta.

—No, guapa, se fue ayer. Se fue en autobús.

Uda parecía muy ocupada en su extremo de la línea telefónica, incluso mientras hablaba. Cada pocos segundos hacía una pausa, y yo podía oír un sonido violento semejante a una tela al rasgarse.

—¿Le dijo cuánto tiempo iba a estar fuera?

Se oyó otro chasquido, y después la voz de Uda.

—Guapa, a mí no me ha dicho nada. Creo que no quería que nadie lo supiera. Ya conoces a Doc. No quiere que nadie se preocupe por él. —Raaas...—. Pero vino y me pidió que le cuidara la casa. Que si tú o alguien venía y preguntaba por él, que le dijera que se había ido a Tucson a buscar materiales para la consulta. —Raaas...—. Bueno, a mí me parecía que había gato encerrado. Nunca había oído que se fuera a Tucson a buscar nada, y si hemos podido pasar cuarenta años sin esos materiales, pues también podremos pasar sin ellos hasta el día del juicio final, ¿no crees? —Raaas...—. Así que le dije, «Doc, me estás tomando el pelo, a ti te pasa algo», y él me dijo que había algo más, que se iba a mirar lo del «Alziser» y a hacerse una prueba del «catascán».

—Bueno, eso está bien —le dije. Seguro que comprender mi comentario le supondría un desafío. Podía imaginarme

381

perfectamente a Uda: su rostro alargado, sus mejillas enjutas y brillantes como ciruelas. Yo me rasqué la coronilla y miré al reloj con asombro. Me había quedado dormida a las cuatro de la madrugada y había descansado siete horas, una proeza sin precedentes.

—Bueno, guapa, te he llamado para otra cosa. —Raaas...—. Me muero de ganas de entrar en esa casa para darle un baldeo. Estoy segura de que él no se ocupa, y no quiero ofender, Dios sabe cuánto aprecio le tengo a Doc, pero creo que le hace falta que alguien vaya allí y lo limpie un poco. Y creo que ahora sería buen momento, pero no me parecía bien entrar allí como si tal cosa. Tengo la llave desde hace tiempo, desde que os cuidaba a vosotras. Él no quería que se la devolviera. —Hizo una pausa—. Así que pensé que era mejor llamarte a ver qué decías.

La llave era algo más bien simbólico. Él no cerraba la puerta con llave. En Grace nadie lo hacía.

—Creo que lo de la limpieza es buena idea. Pero también creo que se pondrá furioso.

Yo dejé de hablar, sopesando mis lealtades. Por la ventana vi a John Tucker deambulando por el patio con una cinta métrica. Parecía estar midiendo las vigas centenarias que soportaban el tejado del porche trasero. Ya sabía de qué iba... El Registro Nacional de Lugares de Interés Histórico. De repente se me iluminó el cerebro.

—Uda, deje que la acompañe. Tengo que subir al desván a por unos documentos antiguos sobre la casa y las tierras. Para lo del Registro Nacional. Hace días que quería hacerlo, y usted me puede echar una mano. Podemos decirle a Doc que usted me estaba ayudando a buscar, y que nos fuimos animando y le sacamos el polvo a las alfombras y fregamos el baño sin darnos cuenta. Si es que nota la diferencia.

Uda aceptó participar en la conspiración con el entusiasmo de un criminal. Quedamos en encontrarnos en casa de Doc Homer en una hora.

⁂

El desván estaba agradablemente fresco y olía a pino. Décadas de calurosos veranos habían provocado que manaran gotitas de resina de las toscas tablas de madera del suelo, que en aquellos meses más fríos se endurecían como canicas ambarinas que nosotras esparcíamos en todas direcciones mientras corríamos baúles y cajas de cartón. Esa tarde ha quedado grabada en mi memoria con el penetrante olor de la resina y ese cascabeleo de ámbar, semejante al sonido de unos cojinetes dando vueltas en una caja. Resulta sorprendente cómo la memoria se forma a veces a partir de cosas que no advertimos en su momento.

Lo que encontramos me maravilló. La enfermedad de Doc Homer se había manifestado principalmente en el piso inferior, pero allí arriba nuestro pasado no había sufrido los embates del caos. Encontré hileras perfectamente ordenadas de cajas con ropa vieja de Hallie y mía, papeles escolares, álbumes de fotos y toda clase de detritos, etiquetados cronológicamente y con una descripción del contenido. Me vi abrumada por innumerables pruebas materiales de nuestro pasado familiar. No podía imaginarme por qué las había guardado. Su sentido práctico era más bien sorprendente. ¿Qué uso podría imaginar para una caja marcada «ALICE, MATERNIDAD», por ejemplo? Pero uno no debe cuestionar el uso de un desván. Los museos se justifican por sí mismos.

—Mire —le dije a Uda mientras abría una caja de cartón para que pudiera ver su contenido. Dentro había unos treinta zapatos ortopédicos negros ordenados de los más pequeños a los más grandes, con los tacones hacia arriba, tan cuidadosamente dispuestos como huevos en una cesta. Había más variedad de la que yo recordaba. Dos pares parecían oxfords de caña alta, un par negro y otro marrón. Un año —según recordaba vagamente— nos permitió pedirlos en gamuza negra.

Uda llevaba un delantal con pechera sobre sus viejos tejanos y su blusa estampada, y parecía dispuesta a todo. Sus aros de color lavanda hacían juego con sus botas de agua, y se había recogido el pelo con un pañuelo rojo. Tenía ganas de preguntarle qué había estado rasgando esa mañana. Se inclinó a mi lado y cogió uno de los zapatos más pequeños, sosteniéndolo en la mano como un pajarillo huérfano.

—Vaya, estaba siempre tan preocupado por vosotras y vuestros pies. Recuerdo que yo pensaba: «Dios mío, cuando estas chicas crezcan y quieran llevar tacones habrá que hacer un pacto con el diablo».

Yo reí.

—No es que estuviera preocupado. Estaba obsesionado.

Uda me dirigió una mirada de desaprobación.

—Sólo quería que fuerais buenas chicas —dijo ella—. Era difícil criaros con un hombre solo, guapa. No sabes cuánto. Doc se preocupaba hasta lo indecible. Hay mucha gente, ¿sabes?, que sólo se hubiera cruzado de brazos a verlas venir.

Ella dejó de hablar, meneando la cabeza ligeramente, contemplando el zapato que sostenía en su mano.

—Una Navidad os regalé a las dos unos pequeños disfraces de vaquero, con pistolas y todo, y a vosotras os encantaban, pero él decidió quitaros las pistolas. No quería que le cogierais gusto a disparar, ni siquiera como juego. Después de pensarlo, me arrepentí de habéroslas regalado. Él tenía razón.

Mientras ella lo iba contando, yo recordé toda la historia: los trajes de vaquero y las pistolas. Hallie y yo habíamos intentado apelar con argumentos morales, alegando que nos estaba quitando algo que no le pertenecía. Él se quedó de pie delante de la ventana, su delgado rostro vuelto hacia la luz, hablándole al mundo exterior: «No voy a dejar que los vecinos armen a mis hijas como si fueran mercenarios». Yo busqué después «mercenarios» en el diccionario y me avergoncé. Después le expliqué a Hallie la ética del armamento.

—¿Cuánto tiempo nos cuidó usted? —le pregunté a Uda.

—Bueno, creo que unos diez años en total. Hasta que tú tenías unos catorce y Hallie once. Seguro que te acuerdas. Cuando volvíais del colegio jugábamos a casitas o vosotras jugabais a las estatuas en el patio. Lo pasábamos bien. Y también os cuidaba algunas noches cuando él tenía que atender un parto o cosas así. Alguna tarde os escapabais con los hijos de la familia Domingos sin decirme adónde ibais —me contó riendo—. Un par de veces tuve ganas de daros una buena tunda. Erais un par de bichos. Ella era mala, pero tú eras peor.

Recordé sus brazos cuando eran más delgados; los de una Uda más joven. Y recuerdo estar de pie delante de la mesa de una cocina, subida a una silla, dejando las huellas de mis propias manos sobre la masa del pan mientras ella entrelazaba tiras de masa pastelera, pálida y fina como piel desprendida, para rematar una tarta perfecta. Estaba descubriendo un torrente de recuerdos. Temía acabar ahogándome en ellos. Mi cráneo estaba tan poblado de imágenes que me dolían las sienes.

—Quería que fuerais buenas chicas —repitió. Alargó su brazo y apretó el mío con una mano antes de devolver el zapato a su caja.

Yo no sabía decirle qué estábamos buscando para el proyecto del Registro Nacional. Cualquier cosa que documentara la edad de la casa sería de utilidad, y también fotografías de cualquier tipo. Uda parecía contentarse con meter la mano en cajas escogidas al azar, pero yo intenté orientarme por las etiquetas: «VAJILLA Y MANTELERÍAS». «INFORMES DE JARDINERÍA.» Una llevaba el insondable título «ELECTRICIDAD». Miré en su interior: enchufes, cable para lámparas, el reflector de un calefactor de resistencias, un par de guantes de goma.

No pude resistir la tentación de abrir una marcada «DIBUJOS, H. 3 A 6 AÑOS». El tema recurrente en los dibujos de Hallie éramos sobre todo nosotras dos, las hermanas inseparables cogidas de la mano, o a veces sólo yo, con mi pelo anaranjado irradiando de mi cabeza como una tormenta solar. No había ni un solo dibujo que representara a Doc Homer. Me pregunté si él se había dado cuenta. Seguro que sí. Era él quien se había tomado la molestia de recuperar cada dibujo, de rescatarlo de la destrucción, el que finalmente había etiquetado la caja. Él era el archivero invisible de nuestras vidas.

Por pura curiosidad busqué la caja correspondiente, que descubrí titulada «DIBUJOS, C.». Como ya esperaba, estaba llena de retratos de familia. Hermana mayor, hermana menor, papá, mamá, un tejado ondulado sobre nuestras cabezas y un sol amarillo y omnipresente dominando todas las escenas. No parecía representar ninguna de mis realidades, pero allí estaban los dibujos como prueba. Tal vez no eran producto de la realidad sino de la esperanza, representando lo que yo creía que el mundo me debía. Sostuve dos de los dibujos, uno junto al otro, y resolví que no era de extrañar que fuéramos tan diferentes. Hallie y yo habíamos crecido en familias diferentes.

—Aquí hay fotos —me informó Uda de repente. Había todo un pasillo de cajas marcadas como «FOTOGRAFÍAS» con sufijos inescrutables. Escogí una marcada como «FOTOGRAFÍAS,

AM JOUR GEN» y me sorprendió comprobar que era muy ligera, así que me la llevé hasta la ventana del este y me senté en un baúl, colocando la caja sobre mi regazo antes de abrirla. En su interior había montones de viejas fotos de dieciocho por veinticuatro, cuyos bordes estaban curvados como las hojas caídas del otoño. Eran fotografías de bebés recién nacidos, con sus rostros perplejos y sus ojos de un blanco marmolino. Las miré todas, una tras otra, sorprendida por la rareza de aquellos niños. Yo ya sabía lo de los ojos, una anomalía de la pigmentación, prueba genética de la herencia de Grace por ambas ramas familiares. Pero nunca lo había visto. Los ojos tendían a oscurecerse pocas horas después del parto, y en los tiempos actuales uno puede fácilmente pasarse la vida entera sin ver a un recién nacido, tanto en Grace como en cualquier otra parte.

Coronando la pila de fotos había una hoja manuscrita con el encabezamiento «Notas sobre Metodología». La tinta se había descolorido hasta quedar de marrón claro. Ese material debía de pertenecer a su artículo de genética: cuidadosas anotaciones de Doc Homer sobre cómo había dispuesto la cámara, la distancia, la cantidad de luz necesaria. Aparentemente había ideado un dispositivo que utilizaba bombillas de flash muy potentes, de esas anticuadas que después del disparo se tiran a la basura. Todo aquello era anterior a la electrónica moderna.

Los bebés. Cómo debían berrear un segundo después de que él los fotografiara en nombre de la ciencia. O en nombre de su propio deseo de destacar de los demás. ¿Qué podía haber más arrogante que volver a casa y realizar un estudio científico sobre los habitantes de tu propia ciudad, como si fueran nativos de Borneo? Volví a mirar las fotos y me detuve de nuevo en una que me resultaba cautivadoramente familiar. Esos ojos me miraban como si me conocieran. Yo contemplé aquel bebé largo rato.

Era *yo*.

—Eras un bebé precioso —dijo Uda. Estaba mirando la foto por encima de mi hombro.

—¿Soy yo? ¿Está segura?

Ella cogió la pila entera y la manejó como si estuviera preparando un juego de manos. Separó otra foto.

—Ésta es Hallie. No os parecíais en nada cuando nacisteis.

Para ella esos ojos eran algo habitual, no un rasgo distintivo, pero yo no podía apartar la mirada. A mi entender, nosotras éramos idénticas.

Sostuve las dos fotos a la luz, hipnotizada. Esos ojos eran sobrenaturales. Éramos dos bebés extraterrestres. Como todos los demás de aquel montón de fotos; dos bebés típicos de Grace. Él había testificado todo lo contrario al aislamiento. Estaba demostrando que pertenecíamos a aquel lugar de pleno derecho, que éramos tan puros como cualquier habitante de Grace. Por ambas ramas familiares. *El nombre de nuestra madre era Althea. La familia de ella le había rechazado.*

—Somos *puros* —exclamé en voz alta. Y entonces dejé caer las fotografías al oír el estallido sordo de la bombilla del flash y me quedé ciega. Me oí a mí misma profiriendo un quejido entrecortado.

Después Uda apareció en mi campo de visión, alejándose.

—Codi, guapa, voy a bajar a sacudir las alfombras o cualquier otra cosa. Intentaré no levantar demasiado polvo.

23

LAS ALMAS DE LOS ANIMALES

—Hallie, me voy a morir.
—Soy Codi.
—Me estoy muriendo.
—Bueno, ya lo sé. Todos vamos a morir, más o menos.

Tras toda una eternidad de austeridad emocional, mi padre y yo nos veíamos ahora abocados al melodrama. Cuando posé mi mano sobre la suya, ésta yacía inerte sobre las sábanas. Era el diagnóstico lo que lo mató. A veces sucede así.

—¿Dónde está Hallie?
—Por favor, no me lo vuelvas a preguntar otra vez. No sabemos dónde está. No te preocupes ahora por ella, ¿vale? No podemos hacer nada.

Él me dirigió una mirada acusadora.

—No deberías haberte puesto de pie en el tobogán. Te defendí por principio, pero era peligroso.

¿Cómo consigue vivir la gente con sus seres queridos cuando sus mentes se han sumido en la anarquía? Yo hacía oídos sordos a sus monólogos inconexos cada día con la vana esperanza de que el orden se alzara con la victoria en el universo interior de Doc Homer. Puedo recordar haber contemplado una vez un monumento en algún lugar del desierto, al norte de Tucson, que conmemoraba a un pelotón de hombres, aguerridos pero desinformados, que habían muerto en la guerra civil seis meses después de que Lee se rindiera en Appomatox. Eso mismo era yo: un soldado defensor de una causa perdida, luchando todavía por la recuperación de mi padre. El dolor alcanza el corazón a velocidad de vértigo, pero la verdad se aproxima a él con la misma lentitud de un glaciar.

Él ya había dejado la tacrina, su droga experimental; los médicos de Tucson descubrieron que le había dañado el hígado. Ahora su mente retrocedía como un cangrejo, buscando siempre los rincones más oscuros. Yo había leído que quienes padecen esa enfermedad pueden durar unos seis o siete años hasta perder totalmente la conciencia, y normalmente era así. Pero Doc Homer no llegaría tan lejos.

—¿Quieres comer algo? Uda te ha traído uno de esos platos con galletas saladas, nueces y manzanas. Parece una de tus recetas.

—No, gracias.

Su dormitorio era la habitación más grande del piso superior, y tenía las paredes pintadas de verde oscuro, el techo blanco y unos ventanales con persianas que daban al oeste. De niñas, Hallie y yo rara vez entrábamos en aquel cuarto; tenía un aura de importancia y secretismo, las dos cosas que más atraen y asustan a los niños. Pero yo ya llevaba dos días cuidando allí de Doc Homer, y cuando me paré a pensarlo me vi como la presencia más al mando de aquel entorno. Me sentía dueña y señora, y daba vueltas con mis botas ajustando cortinas y moviendo muebles a mi antojo. Intenté cerrar las persianas, pero él las quería abiertas. Insistió en que quería luz, y yo no me atreví a contradecirle.

Me había pasado toda la tarde en intensa vigilancia, al acecho de cualquier síntoma de lucidez. Al final decidí que no había esperanza. Acerqué mi silla a su cama y cogí su mano con fuerza, esforzándome para que me prestara atención.

—Papá, quiero hablarte de mamá.

—Tenía los riñones delicados, y sabíamos que existía esa posibilidad. Ya había tenido un episodio de insuficiencia renal en el primer embarazo. Conocía los riesgos.

Yo hice caso omiso de esa información.

—Se llamaba Althea. ¿Qué relación tenía con doña Althea?

—Ninguna.

La respuesta fue firme y rápida.

—¿*Qué* relación tenía? Sé que era de aquí. Encontré algunas cosas en el desván. ¿Qué era, su sobrina nieta?

—¿Qué cosas del desván?

—¿Eran primas? —Yo me crucé de brazos como la niña obstinada que siempre había sido.

No hubo respuesta.

—¿Nieta?

Su rostro cambió.

—¡Malcriado! La familia de doña Althea no quería que se casara contigo, ¿no?

Él dejó escapar una risita breve y amarga que no se parecía a ningún sonido que le hubiera oído pronunciar antes.

—Éramos Nolina. —El modo en que lo dijo era muy ilustrativo.

—Y te casaste con ella de todas formas. Os escapasteis. —Yo me incliné hacia adelante y le acaricié la frente, algo que nunca había hecho. Su piel era fría y fina, como la de un vegetal—. Es muy romántico. ¿No sabías que eso es lo que a todos nos gustaría oír de nuestros padres? No tenías por qué ocultárnoslo.

—No entiendes nada.

Parecía muy lúcido. A veces había sospechado que su confusión era fingida, o que al menos se aprovechaba de ella.

—Puede ser —concedí, apartando mi mano.

—Éramos una familia de mala reputación. Intenta comprenderlo. Lo aprendimos de niños junto con la tabla de multiplicar y que los animales no tienen alma. Yo podía aceptar el veredicto o demostrarles lo contrario.

—Y lo hiciste. Les demostraste lo contrario.

A la débil luz de la tarde, sus ojos eran de un azul nebuloso y su piel era translúcida. Dirigió la vista al techo, y el ver sus ojos de perfil me resultó desagradable.

—No demostré nada —me dijo—. Me convertí en un hombre sin historia. Sin ángeles de la guarda. Al final me convertí en un bruto, en una bestia. No redimí a mi familia, sino que los enterré y después construí mi casa señorial encima de sus tumbas. Me cambié de nombre.

—Todavía tienes muchos ángeles guardianes.

—No creo que nadie de esta ciudad se acuerde todavía de que soy un Nolina.

—No, en eso te equivocas, se acuerdan. Creo que la gente te compadece. Y te quiere. Mira si no en la nevera.

Él me dirigió una mirada extraña y amargada. ¿Cómo podía no saber que era verdad?

—Las neveras no conservan el amor —dijo él.

—Y un cuerno. La tuya sí. Las mujeres de esta ciudad te hacen cocidos y pasteles como si fuera el fin del mundo. —Él hizo un ruido extraño al exhalar por la nariz. Parecía ausente, como un chiquillo distraído—. Seguramente tienen mala conciencia por el pasado —le dije—. Mamá murió antes de que pudieran aclarar las cosas. Y tú dejaste el teléfono descolgado, emocionalmente hablando.

Él volvió a apartar la mirada.

—No somos de aquí, somos forasteros. Ése es nuestro mito, y todo el mundo en Grace se lo cree porque quieren creerlo. Cuando me miran no quieren ver un Nolina. Quieren ver a un hombre a quien pueden confiarle las otitis de sus hijos. Y yo soy ese hombre. Si cambias lo suficiente el presente, el pasado se amoldará a él.

—No. Estoy convencida de que en eso te equivocas. Lo que es verdad, es verdad, no importa cuántas veces lo niegues.

Él mantuvo los ojos cerrados un momento. Yo nunca le había visto frágil ni desamparado. Durante todo el tiempo que yo había sido hija suya, él nunca había estado enfermo.

—¿Cuánto tiempo vas a guardar cama? —le pregunté en voz baja, por si se había quedado dormido.

—Estoy agotado.

—Ya lo sé. Pero en cuanto hayas descansado querrás levantarte un poco. Puedo calentarte algo de sopa.

Él no abrió los ojos.

—¿Crees que Hallie va a volver? —me preguntó.

—No sé qué pensar. Tenemos que pensar que sí, ¿no crees?

—Tú eres la abogada de la verdad irrefutable. ¿Me estás diciendo ahora que podemos *desear* que Hallie vuelva sana y salva?

—No. No creo que podamos. Sólo nos queda esperar.

Ésa fue la primera conversación honesta que tuvimos sobre Hallie. A ambos nos sorprendió. Guardamos silencio largo rato, pero yo sabía que él no estaba dormido. Podía ver cómo sus ojos se agitaban bajo sus párpados, como si estuviera leyendo sus propios pensamientos. Me preguntaba cómo serían esos pensamientos, tanto los de sus momentos de lucidez como los de sus momentos de confusión. Quise poder conocerle de verdad.

—¿Papá? —Él abrió los ojos lentamente y miró al techo—. ¿De verdad me viste enterrar al bebé?

Él me miró.

—¿Por qué nunca llegamos a hablar de eso? —le pregunté.

Él suspiró.

—Contigo es imposible.

—Al menos podrías haberme dado un abrazo o algo así.

Él se dio la vuelta. Su pelo gris y ralo se agolpaba en mechones detrás de su cabeza. Me dijo:

—Hoy es viernes, ¿no? Los análisis de la señora Nuñez tienen que llegar hoy mismo. ¿Puedes recoger su historial?

—Vale, pero ahora duerme —le contesté mientras le daba unas palmadas en el hombro—. Pero luego quiero que te levantes y te vistas. Hoy o mañana, cuando te veas con fuerzas.

—Me encuentro bien.

—Vale. Pues cuando te encuentres mejor, quiero que me lleves al lugar donde lo enterré. Puedo recordar muchas cosas de esa noche. Cómo limpiaba el lavabo, y ese suéter negro de mamá, por ejemplo. Pero no puedo recordar el lugar exacto.

Él no me prometió nada. Creo que había vuelto a olvidarse de quién era yo. Nuestra falta de sincronía resultaba cómica, como si se tratara de un vodevil familiar. Cuando uno de nosotros encontraba, el otro perdía.

🐾 🐾 🐾

Recibí una carta del consejo escolar. Estábamos a principios de abril, mucho después de renunciar a mis esperanzadas excursiones al apartado de correos y de que le devolviera la llave a Emelina, de manera que me encontré esa carta en mi mesa, entre los platos del desayuno, cuando volví del instituto. La vi nada más entrar por la puerta, pero intenté no hacerle caso el mayor tiempo posible. Rodeé la mesa con cuidado hasta sentarme en el extremo opuesto, donde coloqué una gran pila de exámenes y empecé a corregirlos intentando no mirarla. «Un depredador es un bicho grande que se come a los bichos pequeños —escribía Raymo—. Un herbívoro es un bicho vegetariano. En otras palabras, comida.» Emelina la había dejado entre la taza de café y un tubo de aspirinas. ¿Es que sospechaba que serían malas noticias? Me rendí y abrí el sobre.

En realidad, no puedo decir qué clase de noticias eran. Noticias sorprendentes, tal vez. Era una notificación oficial de que mi contrato quedaba renovado para el curso siguiente. El contrato vigente todavía no había vencido, pero el consejo escolar había considerado que dadas las inusuales circunstancias en que me encontraba preferían darme la noticia con mucha anticipación; estaban deseosos de que volviera en otoño. Mi certificado temporal de enseñanza podía prorrogarse con facilidad, especialmente si tenía intención de sacarme el título. Era una carta personal redactada con el consenso de todos los miembros del consejo, y estaba firmada por alguien de quien había oído hablar pero que nunca había llegado a conocer, un tal señor Leacock. Su carta mencionaba mi popularidad entre los estudiantes y me felicitaba por mi «presentación innovadora» y por mi «empeño decidido en la consecución de un currículum destacado». No hacía ninguna referencia a los métodos anticonceptivos ni a la señora Josephine Nash ni a la capa de ozono. Me preguntaba qué sabían realmente; eso me ponía nerviosa. Seguí mirando de reojo a las palabras «empeño decidido». Después de hacer lo imposible para ser aceptada, al final había abandonado para dejarme llevar por la corriente en una dirección más bien beligerante, y me había ganado la medalla al valor. «Somos conscientes de las dificultades que entraña que los adolescentes se interesen por el curso vital de la instrucción académica», escribía el señor Leacock. Al parecer, alguien pensaba que yo había triunfado en tal empresa. Me iban a nombrar algo así como profesora del año. Los alumnos y los profesores lo habían decidido en votación secreta.

Estaba perpleja. Metí la carta en el bolsillo de mi chaqueta de pana y salí a dar un paseo. Bajé la colina con paso vivo, pasando por delante del tejado del señor Pye y por delante de la casa de la señora Nuñez, que estaba sentada en una mecedora en su porche delantero, precariamente inclinada hacia adelante, intentando atrapar con su bastón una araña fugitiva. Ella levantó el bastón en el aire sociablemente mientras yo pasaba por delante; le devolví el saludo. Pensé en los análisis que Doc Homer había mencionado en sus delirios. ¿De verdad esperaba ella que un desconocido lejano le examinara las células o la sangre para emitir su veredicto? ¿O era ya historia, algo que ella ya estaba padeciendo?

En la ciudad, el Club 4-H había dispuesto una colección de conejos y pollos, elegantes y enjaulados, frente a la fachada del palacio de justicia. Se estaba preparando una pequeña feria campestre para el fin de semana de Pascua. Los conejos eran de una raza extraña, pero todos parecían idénticos, especialmente sus orejas y las patas de puntas negras y unas motas debajo del cuello, y a mí me dio por pensar qué diferente sería todo si la gente fuéramos así, todos con los mismos rasgos. Así yo no daría la nota. Corregí una vieja corriente de pensamiento: mis padres, ambos, habían nacido en Grace, como sus propios padres. Seguramente Doc Homer tenía razón. Hacía tanto tiempo que pensaba lo contrario que se había convertido en una verdad inmutable; yo era forastera no sólo de pensamiento, sino también de obra.

Los niños se arrodillaban delante de las jaulas y les hablaban a los conejos con sus vocecillas agudas, ofreciéndoles brotes de hierba del jardín público. Algunos tenderos habían ampliado sus dominios hasta la acera de enfrente. Mary Lopez, una mujer de mediana edad que conocía del Club de las Comadres, me saludó con la mano. Estaba con su madre, una señora tan bajita como ancha que llevaba el cabello recogido en una larga coleta negra. La anciana curioseaba entre las jaulas de los conejos como una chiquilla. Mary apoyó una mano en la nuca de su madre, un gesto sutil que me rompió el corazón. Di la vuelta al edificio de camino a la casa de Loyd. Sabía que él estaba allí, o que no tardaría en estarlo. Por entonces tenía unos turnos de trabajo bastante regulares, pues se encargaba de llevar el Amtrak a Tucson y de vuelta a Grace. Manteníamos el contacto.

El aire traía consigo un aroma fresco y terroso, el aroma de la primavera. El camino ofrecía varias posibilidades, y yo escogí una senda poco conocida que se abría por detrás de un altozano. Me encontré atravesando un barrio acogedor: las sombras polvorientas de los cedros, los perros que ladraban a mi paso sin molestarse en ponerse en pie. Una mujer discutía amigablemente con su marido mientras recogían uvas de una parra que crecía en su patio trasero. Los frutos se amontonaban en sacos mientras la mujer hablaba en voz baja pero firme y el hombre le contestaba, una y otra vez, en un ciclo de amable irritación y amor que nunca llegaría a agotarse.

—Vaya, qué monada. ¿Eres la nueva profesora de la escuela?

Me giré para encontrarme con un hombre montado en un ciclomotor. Nunca le había visto, pero su presentación me resultaba cautivadora. Me sentía como Miss Kitty en *Gunsmoke*.

—Pues sí —le contesté.

—¿Quieres que te lleve a alguna parte? Hay un par de bulldogs mosqueados a la vuelta de la esquina.

—Bueno.

Me recogí la falda y me monté en su moto. Subimos zumbando la colina hasta pasar por delante de los supuestos bulldogs mosqueados, que estaban tumbados plácidamente con el morro entre las patas.

—Mi hijo Ricky va a una de tus clases. Me ha dicho que les has dado un buen repaso.

—Y ellos a mí —le dije.

Él rió.

—Eres la hija de Doc Homer, ¿no?

—Sí. De Homer Nolina, de los despreciables Nolinas. Se casó con su prima segunda por pura pasión.

Me había pasado la vida contando mentiras a los desconocidos, y no era de extrañar. Ahora la verdad sonaba como un cuento de hadas de serie B. Pero yo quería comprobar si Doc Homer tenía razón, si todos ya lo habían olvidado.

—Nunca me lo han contado —me dijo mi conductor—. Sólo sabía que ella murió.

—Está muerta del todo. Pero nació y creció aquí. Tú tienes más o menos la misma edad que yo, no puedes recordarla, pero es verdad. Su familia no aprobaba a mi padre, así que se escaparon una temporada y él se volvió muy estirado.

El hombre se rió al escuchar mis palabras, pero dijo:

—No deberías hablar mal de un hombre como él.

—Oh, ya lo sé. Doc Homer tiene tendencias altruistas. Pero te juro que a mí me parece que se ha pasado la vida huyendo por despecho.

—Yo tengo un viejo Ford que funciona con algo parecido.

Diez segundos más tarde me dejó frente al sendero que llevaba a casa de Loyd. Él estaba sentado afuera bebiendo café debajo del enorme mezquite que ensombrecía su patio delantero. Acababa de salir de la ducha, y sólo llevaba unos pantalones de chándal de color gris claro. Su cabello húmedo le caía sobre los hombros. Parecía muy contento de verme, pero no mostró sorpresa alguna; el típico Loyd que me sacaba de quicio. Jack batía excitadamente el suelo con su cola, pero Loyd no hizo ningún movimiento repentino. Dejó que yo me acercara a él, que me agachara para darle un beso y que me sentara a su lado. Tomé una extraña conciencia de su poder con los animales.

—¿Quieres café?

—No, gracias.

Él se quedó sentado, sonriendo, esperando.

—¿A que no adivinas qué ha pasado? —le dije mientras le entregaba la carta. Él la leyó esbozando una amplia sonrisa.

—No quiere decir nada —comenté—. Aun así no me puedo quedar.

—Sí que quiere decir algo. Quiere decir que quieren que te quedes, tanto si te vas como si no. Quiere decir que eres buena en tu trabajo.

Yo le quité la carta y la miré, no a las palabras que contenían, sino al objeto mismo.

—Supongo que tienes razón —le dije—. No creo que nadie me haya dicho algo así antes. Al menos no por carta. Supongo que quiere decir algo.

—Por supuesto.

—Estaba pensando en ella como si fuera otra decisión que debía tomar. Una complicación más.

—La vida es una complicación.

—Claro —concedí—. La muerte debe ser una bagatela en comparación.

Nos quedamos mirando un rato.

—Dime como te ha ido el día, cariño —le dije finalmente. Ambos nos reímos.

—Otro billete en el banco, nena.

—¿Es eso todo? ¿De verdad te gusta conducir trenes? Nunca hablas de ello.

—¿De verdad quieres que te lo cuente?

—Eso creo.

—Vale. Sí, me gusta conducir trenes. Hoy fui a buscar un perro.

—¿No fuiste con el Amtrak?

—No. En misión especial.

—Tenías que buscar un perro.

—Buscar un perro es cuando tienes que traer un tren de vuelta después de que los ocupantes se mueren en la línea principal.

—¿Se murieron todos? —Mi mente evocó el desagradable pensamiento de Fenton Lee en su locomotora aplastada después del choque frontal. Suponía que Loyd no se refería a eso.

Él sonrió.

—Están muertos según la ley de servicios máximos. Ya habían trabajado doce horas seguidas, pero había no sé qué retrasos y todavía no habían llegado a destino. No se puede trabajar más de doce horas porque si estás demasiado cansado puede resultar peligroso; es una ley federal. Así que te paras allí donde estés, y esperas a que te releve otro equipo.

—Menos mal que las compañías aéreas no pueden hacer eso —bromeé.

—Seguro que se duermen al volante más que nosotros —dijo Loyd.

—Así que fuiste allí y cogiste el perro.

—Yo y otro maquinista, y un revisor y un guardafrenos, todos nos fuimos a Dragoon a buscar el tren. Los muertos volvieron a Grace en coche.

—Y tú, qué, ¿tuviste que llevar el tren a Tucson?

400

—Exacto.

—¿Y eso qué quiere decir? ¿Qué haces tú exactamente? ¿Llevas el volante?

Él se rió.

—No. Ajusto la velocidad, piso los frenos, observo las señales. Utilizo la cabeza. Hoy he tenido que pensar mucho. Era el maquinista jefe, y el tren era pesado de verdad, más de diez mil toneladas. Había dos máquinas auxiliares enganchadas a la cola.

—¿Diez mil toneladas?

Loyd asintió.

—Algo así como dos kilómetros y medio de tren.

—Y tú estás en la máquina que va delante y hay otras dos empujando por la cola.

—Eso mismo. La parte más difícil era subir hasta Dragoon. Hay una colina muy larga, después una pendiente de Dragoon al puente Benson, y un apartadero donde a veces hay que meterse a cuarenta kilómetros por hora. Pero el dichoso tren pesa tanto que se te quiere echar encima cuando bajas la colina. He tenido problemas en esa colina varias veces. Entre tú y yo, una vez pasé por allí a cien por hora, rezando para que no viniera nadie en sentido contrario. No habría tenido tiempo de entrar por el desvío.

—Creo adivinar que no venía nadie en sentido contrario.

—No. Pero hoy sí, y pude ponernos a salvo. Hoy lo he hecho de maravilla.

Me dedicó una sonrisa por encima de su taza de café.

—Pues cuéntamelo.

—Bueno, llegamos a la cima de la colina muy por debajo del límite de velocidad, y cuando ya había pasado medio tren por encima de la colina metí un poco los frenos de aire. Después esperé a que hicieran efecto. Los frenos actúan a lo largo de todo el tren, en cada vagón, de delante hacia atrás. Y después vi cómo el velocímetro seguía subiendo.

—¿Todavía estabas acelerando? ¿Incluso después de poner los frenos?

—Tenía seiscientas toneladas y casi dos kilómetros de tren bajando la colina detrás de mí. ¿Qué otra cosa podía esperar?

Doc Homer solía retarnos a Hallie y a mí con acertijos semejantes para desarrollar nuestra capacidad cognitiva.

—Pero también tenías varios cientos de toneladas *subiendo* todavía la colina.

—Correcto. Cada minuto hay un poco menos que sube y un poco más que baja. Ése es el meollo del asunto. Ése es el Zen de la Southern Pacific. —Yo estaba impresionadísima—. En un tren normal sería una tontería echar el freno cuando la mitad del tren está todavía subiendo la colina. La parte de atrás empezaría a tirar del tren y se partiría por la mitad.

—Vaya —exclamé—. Entonces tendrías dos trenes.

—Entonces tendrías unas largas vacaciones sin paga.

—Oh.

—Pero yo tenía máquinas auxiliares que podían ayudarme a empujar el tren desde atrás, así que estaba bastante seguro de que no se partiría por la mitad. Llamé por radio al maquinista auxiliar de cola para que siguiera empujando colina arriba a toda velocidad, que es nivel ocho, y para que bajara a nivel uno cuando llegara a la cima de la colina.

—Así que él iba empujando y tú ibas frenando, los dos a la vez.

—Sí. Meter el freno con la suficiente antelación, ésa es la parte que había omitido antes. Cuesta porque parece lo contrario de lo que hay que hacer.

—¿Y nadie te puede explicar cómo recorrer esa colina?

—No, porque cada tren se comporta de manera diferente

en cada colina. Cada viaje es algo nuevo. Tienes que aprender a improvisar.

—O sea que no puedes hacer exactamente lo mismo la próxima vez.

—Exactamente lo mismo no. Pero con este tren la maniobra más sencilla funcionó perfectamente. Después lo aceleré hasta mantenerlo a sesenta por hora. Bajé por la colina en dirección a Sybil y Fenner, los dos últimas apartaderos antes del puente Benson. Al salir de Sybil vi una amarilla parpadeando, así que sabía que seguramente tendría que desviarme en Fenner. Después pasamos una amarilla fija, y la siguiente era una señal de desvío, roja sobre amarillo, y tuve que bajar a cuarenta para poder entrar en el desvío. Estaba claro que venía un tren de frente por la línea principal.

—¿Y qué hubiera pasado su hubieras ido a cien como la última vez?

Él guiñó un ojo.

—No recibiría cartas diciéndome qué bueno que soy en mi trabajo.

—Lo digo en serio. ¿Qué habrías hecho si ves un faro que viene hacia ti en la oscuridad?

—Te han hablado de Fenton Lee, ¿no?

—¿Qué habrías hecho?

Loyd me miró fijamente.

—Saltar.

—¿Seguro?

—Pues sí. Ya lo hice una vez, cuando era fogonero. El maquinista se metió en el desvío demasiado rápido, y el cabrón aquel parecía que iba a descarrilar. Yo salté como un cohete. Acabé con una cicatriz en el culo, y los chicos se partieron de risa porque al final no descarrilaron. No me importa. Hay cosas mejores por las que jugarse la vida, y un montón de hierros no es una de ellas.

Le observé mientras bebía su café. Bajo el calor del sol, su pelo ya se había secado hasta adquirir su color negro habitual, brillante y animal. Las hojas del mezquite arrojaban sombras semejantes a plumas sobre su rostro y sobre los músculos de su pecho. La vista de sus pies desnudos me perturbaba. Quería meterme en la cama con él a toda costa.

—Bueno, pero parece que *eres* muy bueno en tu trabajo —le dije.

—Me estoy acercando.

—Creo que nunca sospeché que fuera tan complicado.

Él dejó su taza y se cruzó de brazos.

—No está mal para un indio, ¿eh?

—Podrías haberme hablado más de eso.

Él sonrió.

—Codi, ¿alguien ha podido explicarte alguna vez cualquier maldita cosa que tú no quisieras escuchar?

Yo me hice la loca, evitando la pregunta.

—Si te dijera que quiero meterme en la cama contigo ahora mismo, ¿creerías que te quiero sólo por tu inteligencia?

Sus ojos brillaron como chispas.

—Creo que podría pasarlo por alto.

🐾 🐾 🐾

Aquella noche me arrojé en brazos de Loyd y me eché a llorar. Desde el día que había pasado con Uda en el desván, los deseos y la rabia habían anidado en mí, y ahora salían despavoridos, propulsando mi mente desbocada hacia el vacío más completo. Le hablé a Loyd de las fotografías y de otras cosas sin importancia, de viejos recuerdos, como estar haciendo pasteles con Uda Dell.

—Ahora ha recuperado todos esos recuerdos, pero no me siento mejor —le dije.

—¿Qué clase de recuerdos?

—Todo. En realidad, toda mi infancia. De la mayoría de ellos no tenía ni idea. Y la mayoría son felices. Pero Loyd, es como si la cinta se hubiera roto cuando tenía quince años y mi vida hubiera empezado de nuevo. Mi vida anterior era tan diferente... No sé cómo explicarlo, pero es como si nunca más pudiera palpar esa felicidad, como si todo hubiera cambiado. Ya no era la adolescente alegre y decidida que intentaba rescatar coyotes que se ahogan y pollos de la cazuela. Una niñita tonta que pensaba que el sol tenía una cara sonriente.

—¿Y qué te pasó a los quince años?

Me aparté de los brazos de Loyd. ¿Era yo la que había provocado esa pregunta? Me quedé tumbada mirando a la pared, sopesando si debía contárselo. Si sólo me quedaban dos meses en Grace, no era tiempo suficiente.

—No puedo explicarlo —le dije—. Supongo que descubrí que ya nadie iba a cuidar de mí.

—En el instituto se te daba bien cuidar de ti misma.

—Eso eran apariencias. Probablemente también lo parece ahora.

Loyd me acogió de nuevo sobre su hombro, que debajo de mi cabeza tenía la dureza de un tablón. Me pellizcó la mejilla.

—Todavía tienes toda la familia con la que creciste. Hallie todavía está por ahí. Volverá. Y Doc todavía sigue aquí.

—Ninguno de los dos está *aquí*.

—Codi, por cada persona que perdemos hay alguien nuevo que viene a reemplazarle. Emelina te considera su hermana pródiga. ¿Sabes lo que me dijo? Me dijo que si te dejaba marchar de Grace me iba a dar una patada en el trasero. Te adora.

—Así que se trata de una conspiración —le dije.

—Sí. Emelina me sobornó para que me enamorara de ti.

—Dicho esto se rió y me besó el cabello—. Amor, no hay suficiente dinero en el mundo para eso.

Yo no quería que me consolaran.

—No puedes reemplazar a la gente que amas con otra gente —le dije—. No son como los zapatos viejos, o algo así.

—No. Pero puedes estar segura de que no te vas a quedar sin gente a la que amar.

—No creo que pueda confiar tanto en la vida. Perdí a mi madre. Tú no sabes lo que es eso.

—No. No lo sé.

—No sabes de qué va toda la historia, Loyd. No conoces a todos los que he perdido.

Él me abrazó con fuerza y dejamos de hablar, pero en mi pecho podía sentir un pequeño nudo resistente, y me agarré a él. Eran mis alas. Era mi vía de escape.

🐜　🐜　🐜

Al final me decidí a leer todas las cartas de Hallie. Había media docena que nunca había llegado a abrir, las últimas en llegar. Sabía que las había echado al correo antes de ser secuestrada (podía ver los matasellos), pero todavía albergaba la esperanza de encontrar en ellas alguna pista que facilitara su regreso. Una vez abrí las cartas, esa esperanza se desvaneció.

Pero yo ya había pasado el punto crítico, como el tren de Loyd recorriendo la colina. El impulso de desear oír la voz de Hallie seguía ganando fuerza, más que cualquier otra cosa que nunca hubiera temido perder. Necesitaba más que nunca sus consejos, cómo vivir sin garantías, sin seguridad.

De manera que leí las cartas, y no hallé ninguna pista. Sólo los habituales comentarios descorazonadores sobre la guerra, la vida rural y el lento progreso de la esperanza.

Ya había olvidado que su última carta, la que había leído de camino a Santa Rosalía, era una diatriba. Tuve que volverla a sacar y volverla a leer para recordar sus palabras, pero su mordacidad ya había desaparecido. «Si recibo otra carta tuya que diga algo de SALVAR AL MUNDO te mandaré un paquete bomba por respuesta.» (¿Realmente había utilizado yo esas palabras?) «No espero alcanzar la perfección antes de morir. Lo que te impulsa a seguir no es la promesa de un destino fulgurante, sino el camino que recorres, y el hecho de que sabes conducir.» Dos horas después de haber mandado esa carta, me escribió una dolorosa disculpa que me llegaba ahora, después de una eternidad. Así eran las cosas en todo momento, pensé. Un abismo intercontinental.

Codi —escribía—, *lo siento mucho, no quería decirlo así. Me irrita que me consideren una iluminada. Tengo miedo de convertirme en un segundo Doc Homer, subida a mi monumento a la caridad para repartir mis bendiciones, asegurándome de que todos conozcan su lugar en el mundo. Y no es que sienta que lo estoy haciendo así, es sólo que lo temo como ninguna otra cosa, y ese temor siempre me acecha. Tú eres la última que quiero que me considere así. No estoy salvando Nicaragua, hago lo único que puedo hacer dadas las circunstancias. Y esas circunstancias son que en Tucson me estaba marchitando con eso de las plagas de jardín. Con mi trabajo con los refugiados, al mismo tiempo que contribuía a financiar con mis impuestos la guerra que los diezmaba. Tenía que escapar.*

En virtud de nuestra ciudadanía, en esta guerra estamos en un bando o en el otro. Yo escogí el bando en que quería estar. Y soy consciente de que podemos perder. Nunca he visto a nadie sufrir tanto por sus ideales. Están hartos del embargo y de la guerra. Podrían decir amén y votar a cualquier otra cosa si con ello pudieran frenar esta matanza. ¿Y sabes qué? Yo ni siquiera pienso en ello, ésa no es la cuestión.

Tú piensas en la revolución como si fuera algo a todo o nada. Yo pienso en ella como otra mañana en un bochornoso campo de algodón, inspeccionando el reverso de las hojas para ver qué les pasa, intentando decidir qué hacer sin provocar más problemas la semana siguiente. Eso es lo que estoy haciendo ahora. Me preguntas por qué no temo amar y perder, y ésta es mi respuesta. Las guerras y las elecciones son ambas demasiado grandes y demasiado insignificantes para tener algún valor a largo plazo. El trabajo diario, eso sí continúa, eso sí cuenta. Afecta a la tierra, a las cosechas, a los estómagos de los niños y al brillo de sus ojos. Las cosas buenas no se pierden.

Codi, esto es lo que he decidido: lo que menos debes hacer en esta vida es imaginar cuáles son tus esperanzas. Y lo que más debes hacer es vivir en el seno de esa esperanza. No admirarla desde la distancia, sino vivir en ella, bajo su tejado. Mi deseo es tan simple que casi no puedo describirlo: la bondad más elemental. Comida suficiente, suficiente para ir tirando. La posibilidad de que los niños puedan crecer sin convertirse ni en los destruidos ni en los destructores. De eso se trata. Ahora mismo estoy viviendo en esa esperanza, recorriendo sus pasillos mientras toco las paredes con ambas manos.

No puedo describirte lo bien que me siento. Ojalá tú lo supieras. Espero que dejes de castigarte por ser egoísta y que seas egoísta de verdad, Codi. Eres como una madre, o algo así. Ojalá supieras cuándo regañarte a ti misma.

Me quedé sentada con esa carta en las manos largo rato, intentando comprender por qué debía regañarme.

El resto de las cartas era muy impersonal, descripciones detalladas y maniaco-depresivas de la mezcla de experiencias vividas. La estación era demasiado seca. Había llegado un cargamento de tractores yugoslavos que funcionaban muy bien. «Los John Deere son mejores —se lamentaba—, pero hay que cuidarlos como si fueran martillos de cristal, pueden estropearse definitivamente por un solo perno que les falte. Estados Unidos se niega a comerciar con nosotros, pero después redacta listas secretas de lo que les compramos a los países del bloque del este. Parece que se olvidan del embargo.»

En otra carta decía que oía intercambios de disparos casi cada noche. «Hablan de la segunda reconstrucción. Se refieren a la que habrá que hacer después de que nos invada Estados Unidos. Cada día nos levantamos y buscamos en el horizonte los indicios de un nuevo holocausto.» En esa misma carta me hablaba de sus jóvenes alumnos y de la alegría que le producía cualquier pequeño avance en sus mentes; yo sabía de qué hablaba. Cuando Raymo oyó hablar del ADN, su semblante se iluminó. Hallie y yo teníamos algo en común.

Me quedé despierta casi toda la noche releyendo cartas, todas y cada una hasta llegar a la primera que me había enviado desde la frontera con Guatemala, donde había visto a mujeres escapando del ejército acarreando los bebés en la espalda. Y antes, en la playa, donde había visto a un hombre vender camarones de un cubo que llevaba su contrapeso de agua potable. Bebía a medida que iba vendiendo, y así conseguía mantener la carga en equilibrio. El ingenio práctico en su estado más puro.

Pero se me acabaron las cartas, como se acaba un libro o una vida, y no me quedó otra opción que volver a la última que había recibido, escrutándola en busca de un adiós. No lo encontré. Era una descripción de una Nochebuena infantil, tres o cuatro palabras sobre el tal Julio, y una historia autocrítica sobre cómo se le había roto su plato durante el desayuno. Era una pequeña catástrofe; en aquella casa sólo había uno por persona. Se reprochaba haber sido tan descuidada, pero la vecina le llevó uno nuevo. Por lo visto bromearon al ver que era de latón, es decir, irrompible.

Nada más. Lo más parecido a una premonición había llegado unos días antes en una apretada y pensativa nota al margen que decía: «A veces todavía tengo sueños americanos. Literalmente. Veo hornos microondas y aparatos de gimnasia y los estantes de los supermercados llenos con treinta variedades de champú, y en mi sueño lo contemplo todo muy extrañada. Y entonces me pongo a pensar para qué sirve todo eso, qué hambre provoca esa necesidad. Creo que es el miedo. Codi, espero que no te sepa mal, pero creo que nunca voy a volver. No creo que pueda».

🐎 🐎 🐎

Volví a tener de nuevo la misma pesadilla, pero esta vez comprendí que no era ceguera. Era una lámpara de flash de la cámara de mi padre. Incluso mientras lo soñaba lo entendí así, y el chasquido de la bombilla no me despertó. Me arriesgué a seguir donde estaba, y seguí soñando. A continuación vi el rostro de un bebé que no era el mío, sino el de mi propio hijo, iluminado por el flash. Después vi su cuerpo enteramente iluminado por la luna. Era una muchacha de diecisiete años, desnuda y con las extremidades muy largas, que recorría el sendero que llevaba a nuestra casa. Yo estaba en la cocina, y la contemplaba a través de la puerta mosquitera mientras subía desde el río. Desapareció durante un segundo en las sombras oscuras que proyectaban los chopos, y sentí miedo, pero entonces volvió a aparecer a la luz. Su piel tenía un brillo blanquecino.

Pensé: «Si intenta atravesar la puerta mosquitera para entrar en la cocina de Doc Homer, se evaporará. No puede entrar aquí». De manera que salí afuera y la agarré, convertida ahora en un ridículo pelele, todo brazos y piernas. Volví a llevarla a través del campo de chopos y sendero abajo, lejos de la casa. Sobre nuestras cabezas colgaba una luna llena tan blanca como el yeso y atravesada por las nubes, que no llegaban a borrarla del todo. Yo tenía la espalda encorvada, tropezaba, y empecé a correr a lo largo del lecho del río, acarreando absurdamente esa criatura de largas piernas que era tan grande como yo. No le hablé ni la miré, sólo cargaba con ella.

Hallie me siguió por el sendero. Yo no la vi venir, pero oí su voz a mi espalda.

—Codi, para. Pesa demasiado. Ya puedes dejarla en el suelo.

Yo apreté el peso de mi carga contra el pecho.

—No, no puedo, se caerá.

—Déjala. No se caerá.

—No puedo.

Hallie me ordenó en voz baja:

—Déjala. Suéltala. Se pondrá de pie.

Y entonces me desperté con las manos vacías.

24

LA PERSONA MÁS AFORTUNADA DEL MUNDO

L a llamada tuvo lugar un poco antes del amanecer. Mientras me cepillaba los dientes estaba mirando mi imagen en el espejo a muy corta distancia, y reparé en mi cráneo: en el hecho de que mis dientes estaban anclados en hueso, y que los huesos de mi mandíbula y todos los demás estaban justo bajo la superficie que yo podía ver. Me preguntaba cómo podía haberme pasado inadvertida antes esa armazón. Yo no era más que un esqueleto con carne, ropas y pensamientos. Solemos pensar que hay una distancia muy segura entre los vivos y los muertos. Recordé cómo había utilizado a la señorita Josephine Nash para sorprender a mis alumnos y para ganarme su atención el primer día de clase. Yo creía conocer algo que ellos ignoraban: la muerte. Que la muerte era algo asumible.

Todavía estaba frente al espejo cuando llegó Loyd. Le vi aparecer a mi espalda. Primero no estaba, y de repente estaba allí. Iba a llevarme a Tucson. Yo tenía que ir al consulado mexicano para recoger una carta certificada y algunos papeles, y después tenía que firmar otros documentos en el consulado de

Nicaragua. El que había llamado era el ministro de Agricultura. Habíamos trabado cierta amistad, aunque probablemente no volveríamos a hablar nunca más. O tal vez sí. He oído hablar de gente que se conoce en un desastre y que mantiene el contacto a través de los años, celebrando reuniones. Pensé en los pasajeros de los barcos. En hombres de negocios que se quedan encerrados toda una noche en un ascensor. ¿Cómo lo celebrarían? ¿Qué momentos concretos comentarían a los demás? Mis pensamientos siguieron tomando rumbos similares, esperando perderse en la espesura.

El ministro dijo que iban a recibir un paquete. No su cuerpo, sino un paquete de objetos personales, algunos libros y periódicos. Su plato, su taza y sus ropas se habían repartido entre sus vecinos. El cuerpo permanecería en el país. En algún momento Hallie le había pedido a alguien que su cuerpo fuera enterrado en Nicaragua llegada la ocasión. Dijo que Nicaragua podría aprovecharla como fertilizante.

¿Qué fue lo último que me dijo en vida? ¿Qué aspecto tenía? ¿Por qué no puedo recordarlo?

—Loyd —dijo el rostro del espejo—. ¿Qué tengo que hacer ahora?

—Ponte los zapatos.

—Vale.

El sol estaba empezando a aparecer mientras nos alejábamos de Grace. El mundo parecía un lugar inhóspito.

—Debería haber ido allí —le dije.

—¿Y qué hubieras hecho?

Pasamos frente a una chatarrería a las afueras de la ciudad. Nunca había reparado en ella, aunque debía de haber estado allí desde antes de que yo naciera. Un hombre estaba sentado en el capó de un coche oxidado, con la mano a modo de visera, contemplando el barranco.

414

—Me han dicho por teléfono que tenía las manos atadas —le comenté a Loyd—. Dicen que la encontraron así. Pero yo no me lo creo. No tiene sentido que se dejara atar las manos para que le pegaran un tiro en la cabeza.

—Tal vez se equivoquen —me dijo—. Puede que no sucediera exactamente así.

—Conozco a mi hermana. Estoy convencida de que se hubiera escapado como fuera —le contesté.

—Espera a recibir la carta. Eso lo explicará todo.

—Tal vez se equivoquen —repetí—. Tal vez.

Una hora más tarde, la luz del amanecer había superado su primera desolación. Ahora el día era como cualquier otro día normal, aunque ligeramente nublado. La normalidad me irritaba, pero sólo era una débil ira que no proporcionaba placer alguno.

—Si le hubiera contado en diciembre lo mal que estaba Doc Homer, habría vuelto.

—No puedes echarte la culpa.

—Pero habría vuelto.

—Codi —dijo Loyd, mirándome sin acabar la frase. Su rostro mostraba tanto dolor que no me atrevía a mirarle. Finalmente dijo—: Seguramente puedes pensar en mil detalles que habrían cambiado el curso de los acontecimientos. Pero te equivocarás siempre. La vida de alguien como tu hermana no es como un pequeño poni que puedes dirigir a tu antojo. Es como un tren. Una vez se pone en marcha pesa más que el cielo y el infierno juntos, y sigue recorriendo su propia vía.

Yo no comenté sus palabras. Loyd ni siquiera recordaba con claridad haber conocido a mi hermana. ¿Cómo podía saber él lo que su vida significaba?

Una vez en la carretera general pasamos junto a un accidente grave. Se podía prever la tragedia: coches de policía y ambulancias agolpándose, luces destellando intermitentemente con la máxima importancia, imponiendo su presencia. A medida que nos acercábamos tuvimos que reducir la marcha; un carril estaba bloqueado por un camión tráiler con la cabina destrozada. En la mediana, en un ángulo que no parecía guardar relación con el sentido del tráfico, había un descapotable con el chasis doblado violentamente en forma de V.

Cuando pasamos a su lado me di cuenta de que no era un descapotable; el techo había sido arrancado y yacía al otro lado de la carretera. Un arco de cristales y metal cromado atravesaba la calzada como un río brillante salpicado de restos y desechos. Un par de gafas de sol, una brillante cartera de vinilo, un libro de bolsillo. El amasijo de acero resultante yacía en el arcén. Nunca había visto un coche tan destrozado.

—No creo que nadie haya salido de eso por su propio pie —dijo Loyd.

Recordé a Hallie saliendo de la biblioteca en aquella famosa ocasión, años atrás, acordándose de las gafas de sol y volviendo a entrar poco antes de que se desprendiera la cornisa. Ya podría haber muerto entonces. Ahora no importaba.

La persona más afortunada del mundo.

La ambulancia salió poco detrás de nosotros, con sus luces de emergencia destellando como ojos enloquecidos. Pronto la dejamos atrás, aunque no estábamos acelerando de ninguna manera. Loyd vio que yo miraba la ambulancia y echó un vistazo al retrovisor.

—No parece que tengan mucha prisa, ¿no?

Entonces, mientras nosotros las mirábamos, las luces dejaron de brillar. Comprendí que acababa de asistir a una muerte. Ya no había necesidad de correr. Mis extremidades se llenaron de desesperación, y no acerté a saber como podría sobrevivir a todo aquello. No dejaba de imaginarme qué aspecto tendría ese pequeño coche blanco media hora antes, y su conductor, alguna mujer joven que estaría escuchando la radio, arreglándose el pelo en el retrovisor, pensando en aquella misma tarde o noche o en cualquier otra cosa que la hubiera despistado.

—¿Qué nos impulsa a levantarnos cada mañana? —le pregunté a Loyd—. Desayunas, te pasas el hilo dental para tener unas encías sanas en la vejez, y después te metes en tu coche, conduces por la I-10 y te matas. La vida es tan estúpida que no puedo soportarla.

—Hallie sabía perfectamente lo que estaba haciendo. Su vida no tenía nada de estúpida.

Yo le contesté prácticamente con un grito.

—No estoy hablando de Hallie. Estoy hablando de la persona que acaba de morir en esa ambulancia.

Él se quedó callado.

—Loyd, no sé qué voy a hacer.

Yo tenía miedo de que los músculos de mi pecho acabaran desgarrándose. Pensé sin proponérmelo en la discusión con Doc Homer sobre tejidos hepáticos y tejidos del corazón. Como si tuviera alguna importancia qué parte del cuerpo albergaba las emociones. Todo podía desgarrarse, sólo era carne. Doc Homer ni siquiera sabía adónde me dirigía. Le había llamado, habíamos hablado, y me había quedado claro que no sabía qué le estaba contando. Me decía algo sobre que habían castigado a Hallie después de clase. Tal vez nunca lo entendería, tal vez su mente seguiría vagando por felices vericuetos. Loyd me ofreció su pañuelo y yo intenté sonarme la nariz.

—¿Qué le hubiera gustado a ella que hicieras?

—*Ella* es la que se pondría a llorar por el ocupante de una maldita ambulancia al que ni siquiera conoce. No *yo*.

Vi unas luces que atravesaban los oscuros nubarrones detrás

417

de las montañas Catalina. Parecía imposible que hubiera una tormenta eléctrica en esa época del año. Había visto fotografías de rayos congelados en su terrible esplendor, rasgando las cortinas del cielo como un cuchillo. Dicen que para tomar esas fotos sólo hay que dejar abierto el obturador de la cámara en una noche oscura, y si tienes suerte te sale una foto maravillosa. Uno no tiene el control.

—Hallie no está muerta —le dije—. Esto es un sueño.

Apoyé la coronilla en el reposacabezas y me puse a llorar con un puño en la boca. Las lágrimas se deslizaban por el cuello y empapaban mi camisa, pero yo no despertaba.

25

EL VUELO

Subir al autobús fue lo más fácil del mundo. Sólo me llevaba lo que podía acarrear conmigo. Emelina iba a mandar mi baúl a Telluride.

Al salir de la ciudad volví a reparar en la chatarrería. Deberían haber puesto un letrero: Bienvenidos a Grace. Adiós a Grace. Malas hierbas brotaban de entre los oxidados esqueletos de grandes coches antiguos, que yacían sobre el suelo como si fueran elefantes, los grandes animales diezmados en las llanuras africanas. Estábamos a principios de junio, poco después de que acabaran las clases en el instituto. La tierra estaba tan seca como la madera de una cerilla, y yo me sentía igual, como si ninguna lluvia pudiera empapar mis capas exteriores hasta humedecer mi corazón. Era una semilla muerta que ya no podía germinar. Todo me iría bien en Telluride. Carlo me había conseguido un trabajo como modelo en una escuela de bellas artes de verano. Sólo tendría que quedarme sentada e inmóvil durante horas y horas mientras la gente intentaba reproducir el color de mi piel.

Uda Dell y la señora Quintana, la ayudante de Doc de los

últimos veintiún años, iban a turnarse para cuidarle. Su consulta había cerrado para siempre, y ahora todos iban a curarse a Nuevo México. Nadie aplaudió ese cambio; la presencia de Doc Homer se había considerado indispensable mucho tiempo. Uda y la señora Quintana le reverenciaban. No podía imaginármelas dándole de comer o abrochándole la camisa, pero sabía que lo harían. A veces la reverencia puede tornarse amabilidad de un modo que al amor le resulta imposible. Cuando fui a verle para despedirme estaba comiéndose un huevo pasado por agua, y dijo que no podía perder tiempo, que tenía prisa para ir al hospital.

El vaivén del Greyhound me hacía cabecear e inclinarme a un lado en las curvas. Cuando conseguí relajarme un poco me sentí como una piedrecilla en el espacio exterior, incapaz de sentir ninguna atracción gravitatoria: ni del lugar a donde iba ni del lugar de donde venía. Ni de Carlo, ni de Loyd, ni de Doc Homer. Ni de Hallie, que ya no existía.

—¿Dónde crees que va la gente cuando muere? —me había preguntado Loyd el día antes de mi marcha. Se estaba preparando para salir, pues tenía que llevar un tren a Tucson; al día siguiente volvería a casa con el Amtrak. Nos quedamos de pie frente a la puerta de mi casa, sin saber si entrar o marcharnos, como dos principiantes abrumados que no saben cómo acabar una cita. La diferencia era que nuestra conversación no era de principiantes.

—A ninguna parte —le contesté—. Creo que cuando la gente se muere, se muere y ya está.

—¿No crees que van al cielo?

Yo miré al cielo. Parecía bastante vacío.

—No.

—Los pueblo dicen que todos hemos sido creados debajo de la tierra. Las personas, los animales, todos. Y un día el tejón hizo un agujero y los dejó salir. Treparon por el agujero y desde entonces viven sobre la tierra. Cuando mueren vuelven abajo.

Pensé en las kivas, en las escaleras y en los mil muros de barro de Santa Rosalía. Podía oír el cascabeleo seco de los sonajeros de conchas de los bailarines del maíz: el sonido exacto de las cigarras saltando por la hierba. Comprendí que Loyd era una de las personas más maravillosas que conocía.

—Siempre que lo pienso llego a la misma conclusión —me dijo un minuto después—. Tuvo su aventura aquí arriba, y ahora ha vuelto a casa.

Yo supuse que se refería a Leander. Mi ánimo se llenó de dolor cuando pensé en Hallie fertilizando los trópicos, cuando recordé cuánto amaba esos bananos y esas estúpidas orquídeas. Yo le dije:

—Tengo la sensación de que si no me quedo aquí a llorar a Hallie, no habrá familia que pueda asimilar su pérdida. Nadie que la recuerde.

—¿Y es eso lo que quieres, que nadie la recuerde?

Yo no había podido expresar peor lo que quería decir.

—No. Es que no quiero ser yo la que se queda a padecer todo el dolor. Ya quisiera haberme ido. Si ya estás muerto no te duele cuando te pegan.

—Marcharte no te convertirá en muerta. Sólo vivirás en otro lugar.

—Este lugar lleva a Hallie en sus entrañas. Todo el tiempo que he vivido aquí yo era la mitad ella y la mitad yo misma.

—Escaparte no va a cambiar tus sentimientos.

—No lo sabré hasta que me vaya, ¿no?

Me cogió una mano y la examinó como si fuera un objeto extraño, y yo misma la sentía así. Él llevaba una camisa de pana verde con las mangas subidas hasta los codos, y yo sentí que podía quedarme contemplándola tanto tiempo como Loyd quisiera seguir plantado ante mi puerta. Tenía esos canalillos diminutos, ese verdor, la pelusa de la tela. Si mantenía mis ojos enfocados allí el tiempo suficiente, podría permanecer con los pies en la tierra, serena y razonable.

—De todas formas te equivocas —me dijo—. Aquí hay familia suficiente para asumir la pérdida.

—Doc Homer, Loyd, está... No creo que acabe de entender que Hallie ha muerto.

—No me refería a Doc Homer.

Elevé mi campo de visión para incluir en él la parte inferior del rostro de Loyd y las puntas de su largo cabello oscuro. Su persona entera parecía demasiado grande para contemplarla de golpe. ¿Cómo había conseguido vivir tanto y hacerme tantas ilusiones?

—Lo siento, Loyd, por todo.

—Escucha, ya sé cómo es esto. Tú crees que no lo vas a superar nunca. Y es verdad. La persona que eras antes ya ha desaparecido. Pero la mitad de ti que sigue viva se levantará un día y todo empezará de nuevo.

—¿Por qué tengo que desear eso?

Él le dio la vuelta a mi mano.

—Eso no puedo contestarlo.

—Bueno, lo siento, Loyd.

—Yo también lo siento.

—Bueno. Tienes que ir a trabajar.

Evité su mirada.

Loyd tomó mi rostro con una de sus manos, me puso la otra en la cintura y me dedicó un beso larguísimo. Su boca era tan atrayente como la pana verde. Empezamos a besarnos de pie, y para cuando acabamos estábamos sentados en los escalones.

—Tienes que irte —repetí. Ése era el punto y final, mis últimas palabras a Loyd.

Cuando él y Jack se fueron yo me quedé largo rato contemplando la selva impenetrable que cubría el patio. Un colibrí, posiblemente el mismo que había inspirado a Nicholas a aprender a caminar, estaba libando de las campanillas rojas que trepaban por la fachada de mi casa. Observé al pajarillo subir y bajar por un camino invisible, haciendo una pausa, moviéndose a la izquierda, arriba otra vez y después hacia atrás, recorriendo el espacio vertical con tanta maestría como si siguiera un mapa.

Sentí la presencia de Emelina. Estaba de pie ante la puerta de su cocina, con la mano a modo de visera, observándome. Yo la saludé con la mano, pero ella no me devolvió el saludo. Su rostro estaba endurecido por una rabia muda e inerme; ésa debía de ser la peor expresión que podía dedicarle a una amiga. Ella no conocía mis trucos, eso de poder volver a empaquetar mi viejo corazón y salir de nuevo a la carretera. Mis evoluciones le debían de parecer tan indescifrables como las del colibrí. Todos estamos igual, Emelina, quise decirle. Seguimos nuestros mapas, sobrevivimos como podemos.

La puerta de la cocina se cerró silenciosamente, y yo comprendí que ésa era su manera amable de decir adiós. El sol brillaba con fuerza inusitada sobre la pared encalada, y el colibrí estaba colgando en el aire, congelado en su afán. Como una fotografía del tiempo presente.

Durante toda la mañana de mi último día, la gente acudió a picotear suavemente mi puerta como ratones. Como una legión de ratones portando regalos. La mayoría eran mujeres del Club de las Comadres. Nadie fue tan comedida como Emelina. Todas querían saber a qué me iba a dedicar, dónde iba a vivir. Yo mencioné la escuela de arte, pero no di detalles.

—Te queremos de verdad, guapa —dijo Uda Dell—. Te he preparado algo de comer. Hay pepinillos amarillos del huerto. No son tan grandes como otros años pero se dejan morder bien. Quédate un año más —añadió.

—¿Tienes un buen abrigo de invierno? —me preguntó Norma Galvez—. Allí nieva mucho. Mejor que te quedes aquí.

A su entender, la vida debía de ser muy simple, sólo cuestión de amor y de tener el vestuario correcto. Me sentía como si tuviera cincuenta madres.

En la última hora anterior a mi partida tuve que atravesar la cocina de Emelina para recoger un par de tejanos del cuarto de la colada. John Tucker estaba plegando la ropa limpia. Me dijo que Emelina estaba estirada arriba con un terrible dolor de cabeza.

—¿Hoy tienes partido? —le pregunté.

—Sí.

—Lo siento, no podré verlo.

Él sonrió. En sólo un año le había visto crecer hasta que las camisas le quedaban por los codos, y había perdido la mejor parte de su timidez. Su voz empezaba a soltar gallos.

—Mamá te va a echar de menos. El mes que viene estará hecha una bruja. Nos obligará a limpiar el corral de las gallinas y cosas así.

—Es culpa mía —le dije mientras agarraba una sábana por las puntas y le ayudaba a doblarla—. Vosotros podéis mandarme cartas de desprecio a Telluride.

Él se rió.

—Vale.

—Si la cosa se pone mal podéis escapar de casa. Podéis venir a hacerme una visita. Iremos a esquiar.

Él asió la cesta de la colada y se dirigió a las escaleras.

Cuando volví a atravesar la cocina, Viola estaba sentada a la mesa, acechando como un depredador.

—Siéntate —me dijo—. Que se te van a gastar los zapatos.

Era la hora del almuerzo, así que tomé asiento.

—Vaya, niña, vaya vaya —me dijo.

—¿Qué quiere decir? ¿Que debería quedarme?

—Claro que sí.

—Bueno —respondí.

—Pero no se te puede decir nada.

—Eso he oído.

—Hace tiempo que quiero decirte algo.

—Ya sé. Emelina está furiosa conmigo.

Ella resopló.

—Si todavía no lo sabes, igual no te lo cuento.

—Oh. —Pensé qué más tendría que revelarme—. Ya he oído algo sobre mi madre. Sé que era de aquí, que era prima o algo así de doña Althea. Y que ella y Doc Homer se escaparon.

Viola sonrió levemente.

—Vaya por Dios. ¿Te lo ha contado?

—Más o menos.

Ella se ajustó el moño sobre la cabeza, reclamando posesión de su territorio con unas cuantas horquillas.

—Bueno, no era eso lo que quería explicarte.

Nos quedamos sentadas y mirándonos un buen rato. Su camiseta decía ME PUSE LAS BOTAS EN MAMA LENARDA. No tenía idea de dónde la debía de haber sacado.

—Se supone que no debo decírtelo —añadió.

—¿Quién lo supone?

—Yo lo supongo. Doc Homer me pegaría un tiro si se entera.

—No creo que corra peligro, Viola.

—Bueno, pero hay principios.

Ahora tenía curiosidad.

—¿Me ha hecho sentar para decirme algo o no?

Ella dudó un instante, inclinándose hacia adelante y apo-yándose con los codos sobre la mesa.

—Yo os cuidé el día que murió vuestra madre.

—¿Nos cuidó en su casa?

Ella asintió.

—Es lo que se esperaba de mí.

—Pero no lo hizo.

—Pensé que teníais derecho a decirle adiós a vuestra madre, como todo el mundo. Para poder decirle «Vaya con Dios». Para los demás no era importante, sólo iban a ver el espectácu-lo, pero vosotras sí que teníais parte en aquel asunto y no os dejaban ir. Hallie acababa de nacer, no tenía conocimiento de todas formas, así que la dejé con Uda Dell.

—Y usted me llevó al campo para ver bajar el helicóptero.

Viola se arrellanó en su silla.

—No digo que lo hiciera, pero tampoco digo que no.

—¿Pues qué está diciendo?

—Sólo que tú tenías derecho. Eso es todo. Ahora, sal pitan-do. Que te vaya bien.

⚞ ⚞ ⚞

El Greyhound estaba casi vacío, como una calabaza seca rodando a través del desierto, dejando caer ocasionalmente un par de semillas en algún paraje inhóspito: Bowie, Willcox, Benson. Allí estaban a más de cuarenta grados, y nadie viajaría en esas condiciones a no ser que estuviera desesperado por ir a otra parte.

Tal como habían ido las cosas, Grace no iba a secarse. Las

mujeres del Club de las Comadres habían conseguido recuperar el río. Cierto vicepresidente de la Compañía Minera Black Mountain había convocado una rueda de prensa para anunciar que, tras setenta años de relaciones tanto productivas como amistosas con los habitantes del cañón Gracela, la explotación minera tocaba a su fin. Según dijo, las operaciones de filtrado ya no eran rentables. La presa sería derribada. Naturalmente, en caso de que se hubiera causado algún perjuicio se realizarían todas las compensaciones necesarias para la población de Grace. No hizo mención alguna de la petición de inclusión en el Registro Histórico que se había presentado una semana antes. Así que realmente se podían mover montañas. Ahora ya lo sabía.

Cuando mi autobús se detuvo en Willcox, una mujer subió a bordo y escogió sentarse a mi lado, supongo que para evitar algún mal mayor que pudiera subirse por el camino. Vestía un amplio chándal de color blanco, y su cabello era de un color extraño y metálico. Me pasé los ochenta kilómetros siguientes temiendo una conversación que no tenía ánimos de mantener, pero ella no levantó la nariz de una revista de jardinería.

De repente apartó la revista como si hubiera leído algo ofensivo.

—Qué rabia, cómo puede haber gente que cultive dondiegos así —exclamó mientras le daba una palmada a la página con el dorso de su mano nervuda.

Yo atisbé los increíbles despliegues florales de su revista. Podía comprender su frustración. Era evidente que habían transportado las flores en camión desde invernaderos de clima controlado y los habían plantado en ese jardín justo antes de hacer la foto.

—Soy Alice Kimball —explicó la mujer—. Mis babosas son las peores.

427

Alice. ¿Llevaría ahora mi madre chándals acolchados si los órganos no le hubiesen fallado? Intenté esbozar una sonrisa.

—¿Dónde las tiene?

—En mis dondiegos. Eso intento decirle, no podría cultivarlos ni que me fuera la vida en ello. Las hojas tienen tantos agujeros que dan pena. Y también se meten en el césped. Mi marido dice que puede oír cómo se zampan la hierba. Qué le vamos a hacer.

—Yo no soy la persona más adecuada para contestarle —confesé—. Pero mi hermana seguro que podría decírselo. Se graduó en Gestión Integral de Plagas. Antes trabajaba en la Línea de Emergencia del Jardín en Tucson, 626-BICHOS.

El rostro de la señora Kimball se iluminó como si le hubiera ofrecido un caramelo.

—Yo les he llamado algunas veces. La chica que contesta es encantadora, te dice todo lo que quieres saber.

—Era mi hermana con quien usted hablaba. Hallie Noline.

Esa coincidencia me dejó estupefacta, pero la verdad es que la mitad de la población de Tucson debía de haber llamado alguna vez a Hallie buscando consejo. Y la mitad de Nicaragua.

—Eso formaba parte de su trabajo —dije yo—. Lo hizo durante seis años.

La señora Kimball paseó la mirada por los asientos vecinos como si esperara que Hallie apareciera de repente para ofrecerle sus servicios.

—Bueno, ¿quiere decir que lo dejó? A mí me parecía maravillosa.

—Sí, lo dejó. Se fue del país.

—¿Se fue del *país*?

—Se marchó a Nicaragua.

Todos los habitantes del país deberían conocer su nombre, pensé. Durante la crisis de los rehenes en Irán, emitían siempre el mismo icono en las noticias: un hombre con una venda que le tapaba los ojos y el número de días transcurridos. Cualquier chiquillo que estuviera leyendo un tebeo podía levantar la vista y saber de inmediato que la noticia era sobre *ellos*. Pero las naciones siempre se recrean en el odio a los enemigos, mientras que Hallie únicamente demostraba la malevolencia de unos hombres a los que habíamos suministrado ametralladoras. Hallie era como un esqueleto metido en un armario.

Algunas personas conocían su caso. Recibí una postal de una monja de Minneapolis que había conocido a Hallie. Era una de los varios miles de personas que había viajado a Nicaragua para estancias de una o dos semanas, según decía. Ayudaban a recoger el café, y si tenían la formación adecuada, echaban una mano en otras tareas. La idea era trabajar en las zonas de mayor peligro, de manera que si Estados Unidos atacaba, tendría que atacar a sus propios conciudadanos. Esta monja, la hermana Sabina Martin, había estado ayudando a poner vacunas. Conoció a Hallie en una clínica de Chinandega el día en que ella acudió con un chiquillo que había ingerido herbicida de una botella de Coca-Cola. La hermana Martin y Hallie se habían pasado todo el día velando al pequeño, y me dijo que, aunque no lo creyera posible, tuvo la impresión de haber conocido bien a Hallie durante esas horas. En determinadas circunstancias, me dijo, una tarde puede cundir como toda una vida.

—Vaya —dijo la señora Kimball después de un rato—. Seguro que la echa de menos.

—La echaré de menos cuando todo se me venga encima. Todavía no hace tanto que se fue.

—Ya sé lo que debe usted de estar pasando —me dijo la señora Kimball—. Yo perdí a mi hermana en 1965.

Yo no le había dicho que Hallie estuviera muerta. La señora Kimball había asumido su muerte ella sola.

—¿Cómo dice? —le pregunté sin querer animarla, aunque la verdad es que tampoco quería dejarlo pasar así como así.

—Ya hace tanto tiempo que murió de aneurisma, y todavía hay días que pienso: «Espera que se lo cuente a Phoebe». No me doy ni cuenta. Siempre he creído que debe resultar más difícil cuando se van de repente.

—Mi hermana... —comencé, aunque después me callé, temerosa de la mentira que estaba a punto de contarle. Iba a decirle «no está muerta». Pude escuchar una vieja voz resonando en mi cabeza, la de la trolera: yo soy una violonchelista escapada de su casa. Somos de Zanzíbar, somos de Irlanda, nuestra madre es la Reina de las Patatas. Ya había apartado de mí la costumbre de inventarme personalidades. No le dije nada.

Unos cuantos asientos más adelante, una pareja de adolescentes había empezado a besuquearse con entusiasmo. Yo no les culpaba, pues el escenario era aburrido y le empujaba a uno a entretenerse con cualquier cosa, pero me hicieron sentir irremediablemente sola.

—Bueno —dijo Alice, recordando de repente que hablábamos de plagas del jardín—. ¿*Usted* qué haría con las babosas?

—La verdad es que no lo sé, las plantas no se me dan bien. —Medité el problema unos instantes—. Creo que lo que Hallie hacía era ponerles cerveza en unas latitas. A las babosas les atrae, y acaban cayendo dentro, o algo así. Sé que parece una locura, pero estoy bastante segura de tener razón.

—Bueno. —Ella se me quedó mirando muy pensativa—. Mi marido y yo no somos bebedores, pero creo que podré comprarles unas cervezas a las babosas. ¿Sabe de qué marca?

—No creo que importe. Yo compraría una cerveza cualquiera.

—Bueno, pues eso es lo que voy a hacer —dijo la señora Kimball. Volvió a abrir su revista para reencontrarse con los dondiegos flameantes, pero la cerró de repente, colocando su índice a modo de punto de lectura—. Debería intentar mantener el contacto con su hermana. Los jóvenes nunca creen que pueda pasarles nada malo. Debería cuidar a su familia como un tesoro mientras todavía la tiene.

—Bueno, la verdad es que no la tengo —le dije, resentida por su presunción—. Murió. Mi madre murió cuando yo era pequeña, y mi padre seguramente estará muerto antes de que acabe el año, y mi bebé murió también, y ahora mi hermana también está muerta. Tal vez no soy tan joven como piensa.

La señora Kimball parecía sorprendida.

—¿Su hermana? ¿La que contestaba el teléfono?

—La mataron los contras. Esos de allí abajo a los que mandamos dinero. Supongo que ha oído hablar de ellos.

Ella parecía muy incómoda.

—No sé. Supongo que sí.

—Salió en las noticias de Tucson, al menos una vez. Se habrá olvidado. Ésa es la gran enfermedad americana, lo olvidamos todo. Miramos el desfile de catástrofes de la televisión, y siempre decimos: «Olvídalo. Eso no es problema tuyo».

Supongo que se me estaba yendo la olla, como diría Rita Cardenal. No miré a la señora Kimball, pero pude ver que dejaba la revista lentamente sobre su regazo. Miré al brillante jardín de la portada y sentí que me embargaba una extraña calma.

—La secuestraron una mañana en un campo de algodón —le dije—. La tuvieron prisionera semanas y semanas, y teníamos esperanzas, pero al final trasladaron a todos los prisioneros a otro campo y mataron a algunos. A ocho. A Hallie y a siete hombres. Todos los hombres eran profesores. Les ataron las manos a la espalda, les dispararon en la cabeza y dejaron sus cuerpos en fila sobre la cuneta de una carretera, en un bosque cercano a la frontera. De cara al sur.

Sentí un nudo en el pecho porque ésa era la imagen que podía evocar con mayor claridad. Todavía es así. Mi voz sonaba como si surgiera de la garganta de otra persona, alguien que tenía una hermana muerta y podía hablar tranquilamente de esas cosas.

—El hombre que los encontró venía de Estelí en una camioneta por esa misma carretera, y al verlos allí sentados pensó: «Vaya, son demasiados. No los puedo llevar a todos. No caben en mi camioneta».

La señora Kimball y yo no volvimos a hablar en todo el trayecto. Yo sólo miraba por la ventanilla. A lo lejos, hacia el sur, unos conos bajos apuntaban al cielo brillante y liso. Sabía que esas montañas lejanas debían de estar en México, pero en aquella tierra yerma las fronteras parecían superfluas. Oí que la señora Kimball pasaba otra página de su revista. Habíamos viajado en silencio más de una hora antes de que empezara a mencionar los dondiegos, pero el silencio era mucho más evidente ahora que habíamos abandonado nuestra breve conversación. La conciencia lo es todo. Hallie me había comentado una vez que la gente se preocupa mucho más de la eternidad *posterior* a su muerte que de la eternidad acontecida antes de que nacieran. Pero se trata de la misma eternidad, que se expande en todas direcciones desde donde estamos nosotros.

⁂

Se suponía que mi avión iba a Denver, pero se quedó parado largo rato sobre la pista. Yo tenía asiento de ventanilla y podía ver varios aviones que levantaban el morro uno tras otro y se elevaban por una carretera invisible hacia los cielos. Estaba impaciente. Normalmente, en este punto de un vuelo mi corazón latía desbocado y mi boca se volvía de algodón, pero ese día mis vísceras estaban quietas. En realidad, no me importaba mucho si el avión caía envuelto en llamas.

Pensé que tal vez los controladores aéreos estaban decidiendo si merecíamos sus esfuerzos; el nuestro sólo era un avión pequeño de dos motores, y no íbamos completos. Unos pocos asientos más adelante una madre consolaba a su pequeño, que ya se había puesto a llorar porque sabía que los oídos le iban a doler cuando despegáramos. Éste no era su primer viaje.

—Traga saliva, cariño. Recuerda que tienes que tragar, eso te aliviará el oído. Y bosteza.

—No puedo bostezar.

—Claro que sí. —Ella hizo una demostración, mientras su voz se escapaba del bostezo—: Piensa en cuando tienes mucho, mucho sueño. —Todos los pasajeros empezaron a bostezar, desde las primeras filas hasta la sección de fumadores, tal era el poder de la sugestión maternal. Me sentí dominada por la tristeza.

El asiento de pasillo de mi fila estaba ocupado por una adolescente, y el asiento vacío que teníamos en medio se estaba llenando con su parafernalia desbordante. Allí dejó un cepillo de pelo y unas pinzas de rizarse el cabello (¡plas! ¡plas!) y extrajo un espejo de tamaño notable de su maletín de maquillaje, que era tan grande como mi maleta con ruedas. Con sumo cuidado empezó a aplicarse unas rayas de sombra de ojos de varios colores pastel. Cuando parpadeaba, sus pestañas flameaban como un par de banderas extranjeras.

—Tómatelo con calma, Brenda —dijo el hombre que se sentaba al otro lado del pasillo—. No vas a poder ver a tu novio durante diez días enteros. ¿Por qué no aprovechas esta oportunidad maravillosa y dejas que te dé un poco de aire fresco en la cara?

Brenda hizo caso omiso de ese consejo, contemplando con

profunda concentración su propia imagen en el espejo mientras sus padres le dirigían unas miradas demoníacas desde los asientos B y C. La madre llevaba un mono de lunares con pendientes de lunares a juego, y todos parecían demasiado ansiosos, incluso para ser su primer día de vacaciones. El hombre llevaba unos alegres pantalones de golf que no hacían juego con su temperamento. Resultaba difícil no hacerles caso a ambos, aunque Brenda parecía tener práctica. Ella miró con toda serenidad su muñeca izquierda, donde llevaba tres relojes diferentes con pulseras de plástico de los mismos tres colores que su sombra de ojos. Su cabello parecía que había sido bañado en laca y torturado pelo a pelo hasta su actual posición. Criterios estéticos aparte, no se podía por menos que admirar tanto esfuerzo. Algunos muestran menos empeño en sus puestos de trabajo.

—Brenda, cariño, atiende a tu padre cuando te habla —dijo la mujer de los lunares—. ¿No podrías intentarlo? Escucharos a tu padre y a ti refunfuñar una semana y media no es lo que yo llamo vacaciones.

—Tendrías que haberme dejado en casa —dijo Brenda en voz baja y mirando directamente adelante—. «Cariño, creo que nos olvidamos algo. ¿Me habré dejado la plancha encendida? No, nos hemos olvidado de Brenda.»

Después me dirigió una mirada de reojo, y creo que yo sonreí un poco. No podía evitar ponerme de parte de Brenda. En mi breve experiencia como profesora le había tomado simpatía a los adolescentes. Si tuviera que hacer un viaje con esos dos me pintaría la cara de azul de puro despecho.

El avión dio un leve tirón y empezó a rodar por la pista soltando crujidos y ganando velocidad. Estábamos despegando sin aviso de ninguna clase. «Asistentes de vuelo, prepárense para el despegue», se oyó de sopetón por el intercomunicador, y unas mujeres vestidas con zapatillas de lona y vestidos oscuros se pusieron a correr como si hubiera sonado una alarma antiaérea. Yo cerré los ojos y eché la cabeza hacia atrás, intentando mantener la calma, pero fue imposible. Mi corazón se puso en marcha. Oí al chiquillo charlar con su madre y bostecé nerviosa. Gran parte de la vida es sólo instinto animal: deseo, bostezos, temor y afán de supervivencia. Dejamos tierra firme y ascendimos con decisión al vacío.

Durante los despegues yo acostumbraba a contar los segundos, repasando mentalmente noticias recientes con frases como «se estrellaron en un prado pocos segundos después del despegue...». De alguna parte había sacado la idea de que se tardaba unos siete minutos en superar el peligro inminente. Conté hasta sesenta y volví a empezar. Llevábamos en el aire unos tres o cuatro minutos cuando por los altavoces oímos la voz de nuestro piloto con su profundo acento tejano. «Amigos, les pido disculpas por el retraso en el despegue. Hemos tenido problemas para encender uno de estos viejos motores peleones.»

Ese anuncio me puso los ojos como platos. Miré a Brenda, quien abría los ojos cómicamente.

—Pues sí que estamos bien —dijo.

—Es maravilloso saber que estamos surcando los cielos en una cafetera —apunté yo.

Brenda se rió.

—Como el coche de mi novio.

—Creo que estaríamos más seguros en el coche de tu novio —le dije.

—Dígaselo a ellos —apuntó Brenda, señalando con la cabeza al otro lado del pasillo.

Yo volví a cerrar los ojos. Intenté relajarme, pero no podía evitar prestar atención a cada cambio en el ruido del mo-

435

tor. No me inspiraba confianza. De repente le confesé a Brenda:

—Odio volar. ¿sabes? Me pone nerviosa.

Nunca antes lo había admitido en voz alta, y me sorprendió poderlo decir con tanta naturalidad. Decir verdades precisa cierto entrenamiento. Brenda extendió el brazo y me dio unas palmadas en una de las mías.

—Amigos, les habla el capitán Sampson. Siento informarles de que hemos perdido otra vez ese motor.

Sacando fuerzas de flaqueza miré hacia el ala para ver si algo había caído realmente. Mi corazón empezó a latir de forma apresurada y desacompasada, y sentí que me iba a morir de pánico. Dejé que las yemas de los dedos de mi mano derecha se aferraran a mi muñeca izquierda, tomándole el pulso a mi corazón desbocado. Si me estaba muriendo de verdad, quería ser la primera en saberlo.

Un minuto más tarde, durante el cual me imaginé al capitán Sampson y a su copiloto intentando todas las soluciones posibles, su deje paternal volvió a sorprenderme.

—Seguramente podríamos llegar a Stapleton con un solo motor —dijo—. Pero vamos a jugar sobre seguro. Vamos a dar la vuelta y volver a Tucson a ver si nos prestan otro.

Me desagradaba sobremanera la palabra «otro». Tuve visiones de hombres con impermeables saliendo a colocar un nuevo motor de recambio bajo el ala. Si es que llegábamos al aeropuerto. De repente descendimos con tal brusquedad que el estómago me dio un vuelco. Debía de estar pálida, porque Brenda volvió a extender el brazo para apretar mi mano.

—Intente pensar en algo relajante —me dijo—. Piense en cuando besa a su novio.

—¿Llamas a eso *relajante*?

Ella sonrió.

—No, pero te ayuda a pensar en otra cosa.

Tenía razón; lo conseguí durante un segundo o dos. Pensé en el último beso que Loyd me había dado a la puerta de mi casa en Grace. Pero eso también hizo que me doliera el pecho, distrayendo aún más a mi corazón de sus tareas presentes. Las náuseas se agolpaban en mi garganta. Cerré los ojos, pero el vértigo es una afección interna; cerrar la puerta al mundo no sirve de ayuda. El avión pegó otro súbito bajón.

Estábamos en una posición poco natural, verticales en el aire y bajando, sin que nada nos sostuviera.

Cuando finalmente volvimos a equilibrarnos abrí los ojos. Estábamos sobrevolando Tucson a poca altura, y la cercanía del suelo me resultó reconfortante (algo muy irracional, ya lo sé). Podía ver racimos de casas agrupadas como si así se sintieran más seguras, y entre esos grupos se extendían grandes jirones de desierto del mismo color que la carne. El suelo cuarteado estaba surcado con las delgadas ramificaciones de los arroyos secos, semejantes a las venas en el dorso de una mano. Parecía que había algo de agua en los arroyos, aunque a mí me extrañaba. En esa época del año no eran más que resecos ríos de arena.

El efecto de la adrenalina me había despejado los sentidos. Miré con atención por la ventanilla y comprendí de repente que todo estaba lleno de color. Sobre las Montañas Catalina se extendía un baño de luz estival con tonos de acuarela. Así de claros son los finales de una depresión: es como si hubieras estado bajo el agua, pero no eras consciente hasta que saliste a la superficie a tomar aire. Desde la muerte de Hallie me había resultado imposible captar los colores. Me esforcé en pensar, intentando recordar; parecía increíble, pero los colores habían desaparecido de mi memoria. Al menos casi todos. Podía recordar la camisa de pana verde de Loyd, y las flores rojas, y el colibrí recortado contra la pared intensamente iluminada cuando Emelina me dijo adiós. Eso era todo. Antes de eso, lo último que recordaba haber visto en color era el pueblo de Santa Rosalía con sus infinitos matices marrones.

Me reí de mí misma por llevar la sangre fóbica de mi madre en las venas. Y por decirle a Alice Kimball cómo acabar con sus babosas. Por ejercer todas las profesiones de la familia sin licencia. Estar viva me parecía algo extraordinario y accidental. Mi mente se abarrotó con los mensajes sensoriales que componían la vida, en oposición a la mera supervivencia, y reconocí en ello algo parecido a la alegría. Mientras seguíamos deslizándonos sobre la ciudad, todos los edificios y patios traseros parecían distintos y hermosos. Me olvidé de mi corazón, y dejé que cuidara de sí mismo. Pasamos al sur del centro, por encima de la estación del tren, donde los vagones de mercancías estaban alineados con dulzura como si fueran un juguete, todos diferentes, como si los hubiera montado un chiquillo sin coordinación de los colores. Justo detrás de la estación había una escuela, donde estaban aparcadas dos hileras concéntricas de autobuses amarillos, como si fueran uno de esos collares indios de baratillo que les venden a los turistas. En los patios traseros brillaban piscinas de aguas brillantes como turquesas. La tierra se extendía ante mí como un amante, sin pudor, ofreciendo todos los clichés del suroeste, y yo quise poder bajar y besar el suelo.

Le hice una promesa a mi madre. Si conseguía llegar a tierra de una pieza, no iba a volver a marcharme.

🐜 🐜 🐜

El Amtrak no partía hasta las tres y media; me quedaba algo de tiempo libre. El hombre de la taquilla no quería venderme un

billete a mi destino, alegando que no era una parada de pasajeros. Yo discutí. Sabía que el tren iba a parar allí para cambiar
de maquinista. Al final averigüé que podía venderme billete a
cualquier lugar de la línea este, no importaba dónde. Yo sabía
muy bien a dónde quería ir.

Salimos de la estación y yo me acurruqué en mi amplio
asiento reclinable, dejando que los raíles me acunaran como
un bebé. El vagón olía a humo y a cuero viejo. Me estiré a lo
largo en el asiento, de cara a la ventanilla y con las piernas cruzadas. Tucson, Arizona, pasó con la suficiente lentitud como
para que pudiera contemplarla, inspeccionarla y dejarla pasar.
Con paso firme y medido, varias cosas se revelaron ante mis
ojos: las partes traseras de patios rodeados de ladrillo, la parte
de atrás de los barrios del extrarradio, una gran fábrica al aire
libre donde unas mujeres mexicanas pintaban tejas. Pasamos
junto a edificios cuyas altas paredes sin ventanas estaban pintadas con aerosol, mostrando enormes secretos que sólo podían
ser contemplados por los viajeros de la Southern Pacific.
Y después llegó el vasto desierto, millas y más millas de desierto. Comprendí el atractivo de los viajes en tren. No podías evitar saber dónde habías estado.

En cierto momento me quedé dormida, y en cierto momento volví a despertarme. Me sentía como si hubiera estado en
ese tren toda mi vida. Nos acercábamos a Grace desde una
dirección totalmente nueva para mí. No pasamos por la chatarrería. Había un túnel que atravesaba los acantilados de granito, y entramos en él a toda velocidad, con la piedra oscura
ampliando el clamor acelerado de tantas toneladas en movimiento, y entonces, de modo tan silencioso como repentino,
volvimos a salir a la luz del día. Yo entorné los ojos. Para cuando mis ojos se acostumbraron a la luz ya estábamos en el centro, detrás de la vieja prisión, haciendo chirriar los frenos, dis-

minuyendo la velocidad. Pasamos deslizándonos bajo el largo porche de madera de la estación del ferrocarril. El sol brillaba contra su bruñido tejado de metal, y noté la presencia de un algarrobo cuyo tronco era del tamaño de un barril de agua de lluvia. Debía de ser el macho, el amigo de aquel otro árbol que se alzaba ante la licorería. El que yo había estado buscando.

El revisor pareció sorprenderse un poco cuando yo dejé mi maleta sobre la rejilla y salté al andén.

—Este sitio está en medio de ninguna parte, guapa —me dijo, bajando la mirada desde la portezuela. Era un hombre muy viejo y de piel muy oscura, cuyo uniforme parecía poder sostenerse por los hombros sin él.

—Ya lo sé —le contesté.

—No puede volver a subir —me previno—. Tardamos diez minutos en cambiar de cuadrilla y después nos vamos directos a El Paso.

—Ya lo sé. No quiero volver a subir. Vivo aquí.

—Bueno, hasta la vista —me dijo. Volvió a subir al vagón y me saludó a través de la ventanilla. Su mano enguantada revoloteaba como una paloma.

Unos cien metros más adelante vi al fogonero bajar de la locomotora por la escalerilla. Era alguien con quien había ido a la escuela, Roger Bristol. Loyd dejó caer el maletín de Roger y luego el suyo, primero uno y después el otro, y bajó con facilidad aparente por la escalerilla como si hubiera nacido para ese trabajo. Habló brevemente con otros dos hombres, que yo suponía debían de pertenecer al personal de reemplazo. Debían de conversar en su jerga mágica sobre buscar perros y carapuercos y sobre los que habían muerto en el trayecto, sobre recoger los trenes de los muertos para seguir adelante. Se separaron cada uno por su lado, y la nueva cuadrilla se subió a la locomotora. Los otros dos caminaron portando sus maletines y sus fiambreras: uno era bajito y corpulento, el otro más alto y de anchas espaldas, con el pelo recogido en una coleta. La gente que amas siempre parece perfectamente proporcionada cuando los miras a cierta distancia.

Al poco rato el tren volvió a ponerse en marcha, muy lentamente, a la velocidad de una criatura viva. Todavía estaba a tiempo de apretar a correr y subirme en él. Loyd y Roger siguieron caminando hacia mí sin verme. Allí de pie, observándole, sabiendo lo que él no sabía, yo sentía que tenía todo el poder y a la vez ninguno. Estaba fuera, en otra dimensión. Como siempre.

Entonces él se detuvo en seco, aunque sólo durante un segundo. Eso lo recordaré siempre. El tren se movía y Roger seguía su camino, pero Loyd estaba petrificado.

Llegó hasta mí en un instante, con un brillo en los ojos y su maletín colgando del hombro como un viajero a punto de partir.

—Gracias por traerme —le dije.

Él me cogió del cuello con una mano y me dio esa clase de beso del que ninguna idiota querría alejarse dos veces.

26

LAS CINCUENTA MADRES

Durante varios días no dejé de reflexionar: no tenemos cuerpo. Yo quería celebrar un funeral por Hallie, pero no sabía cómo. Sabía que sus restos mortales no eran lo más importante, pero en un funeral es el cuerpo el que ofrece a los asistentes algo en lo que centrar su atención. Uno se sienta frente a él, lo carga sobre los hombros, lo sigue en procesión y finalmente espera hasta que desaparece bajo tierra. El cuerpo me habría proporcionado un programa, me habría indicado qué hacer, por boca de Hallie, que estaba muerta.

Salí a buscar algo que en mi mente también la representaba: la semilla besada, uno de esos árboles favorecidos por lo sobrenatural que antiguamente se engalanaban como árboles de Navidad con los símbolos de las esperanzas de la gente. Podríamos celebrar allí su funeral, al aire libre, bajo sus hojas. Quería encontrar el ciruelo exacto donde habíamos escondido un mechón de nuestros cabellos entrelazados. Sabía dónde estaba el huerto, pero no podía dar con el árbol concreto. O había desaparecido o ya no era tan excepcional. Tal vez los árboles de los alrededores habían estirado sus raíces hasta encontrar la misma veta nutritiva.

Estábamos en junio, una semana antes del trigésimo cumpleaños de Hallie. Las copas de los árboles eran de un verde intenso, cada una tan brillante como un halo. Los capullos habían caído y habían dejado atrás unos frutos incipientes agrupados de tres en tres o de cuatro en cuatro, todavía respetados por la naturaleza y por la mano humana. Todos los árboles de todos los huertos parecían benditos. De manera que celebramos allí el funeral, en el viejo huerto de ciruelos de la familia Domingos.

Les había pedido a los amigos que trajeran algo que les recordara a Hallie. Yo extendí la colcha negra y roja en el suelo y todos nos colocamos a su alrededor. En lugar de decorar un árbol con nuestras peticiones para el futuro, decoramos una manta con iconos del pasado. Todas las mujeres del Club de las Comadres estaban allí. Y J. T. y Emelina, desde luego, y también Loyd. Todos mis alumnos también. Doc Homer no lo consiguió. Últimamente no se alejaba mucho de su casa, ni tampoco de su propia cabeza.

No sabía cómo empezar. Recordaba la última vez que la había abrazado, pensando que podría detener el mundo y nuestras vidas en ese preciso instante. Tomé aliento varias veces.

—Hallie pidió que la enterraran en Nicaragua —les dije—. Lo quería así. Para enriquecer el suelo de la selva. Pero yo también quería hacer algo aquí.

Me detuve, pues me sonaba a palabrería. Las palabras sólo definen las experiencias de la vida. Miré a mi alrededor, a aquellos rostros tan sencillos como rebanadas de pan, a todos los vestidos negros, los zapatos negros, y levanté la vista hacia las hojas que el sol iluminaba desde arriba. Era un magnífico y caluroso día, y no tenía ningunas ganas de ponerme a llorar. Los vestidos negros me recordaban a Grecia. Nada de aquello parecía del todo real.

Varios pavos reales se habían aproximado a los árboles que teníamos detrás de nuestras cabezas, manteniendo la distancia, aunque no pudiendo resistirse a su curiosidad, esperando seguramente recibir algo de comida. Un pavo real no puede distinguir la diferencia entre un pícnic y un funeral. Los signos exteriores son parecidos.

—¿Crees que deberíamos cantar? —pregunté.

—Sí —dijo Emelina—. Deberíamos cantar.

—¿Qué cantamos?

Yo no podía recordar ninguna canción que le gustara a Hallie, excepto algunas tonterías de nuestra adolescencia. «Mother and Child Reunion» y «Maggie May». Pensé en Hallie haciendo el *moonwalk* con «Thriller», y después pensé de modo algo abstracto que nunca más la volvería a ver, y en qué significaba eso realmente. En el fondo todavía me estaba preguntando cuándo volvería a casa. No me podía concentrar. Alguien sugirió «Let the Circle be Unbroken», así que la cantamos, y después entonamos «De colores» porque todo el mundo la conocía. El marido de Norma Galvez, Cassandro, tocaba la guitarra.

Después volvió a reinar el silencio. La gente movía los pies, un mismo movimiento repetido por la multitud, como los bailarines de Santa Rosalía. Aunque esta vez era algo inconsciente, no ensayado. Yo saqué unas cartas del bolsillo y les leí unos extractos que Emelina me había ayudado a seleccionar. Leí aquella en la que Hallie decía que no quería salvar al mundo, que uno no escoge su camino por la recompensa final, sino por cómo te sientes mientras lo recorres. Y leí alguna de sus opiniones sobre los países que olvidan. Negándose a vender recambios de tractores, preguntándose después por qué compran los tractores en Yugoslavia. Yo era consciente de que mis lecturas podían resultar un tanto vagas, pero para mí tenían una lógica, y la gente fue tolerante. En verdad, creo que me habrían estado escuchando todo el día. Se me ocurrió pensar que esa paciencia es la mejor prueba de amor.

Leí una cita que me había escrito que parecía importante, algo que había dicho el padre Fernando Cardenal, quien estaba a cargo de la cruzada de alfabetización: «Uno aprende a leer para poder interpretar la realidad en la que vive, y así poderse convertir en protagonista de la historia, y no en mero espectador». Esperé unos instantes, mientras un pavo lanzaba un hipido. Después leí unas palabras de Hallie:

—Lo que menos debes hacer en esta vida es imaginar cuáles son tus esperanzas. Y lo que más...

Otro pavo aulló de repente en algún lugar cercano. Vi a los gemelos de Emelina estirando el cuello, intentando situarlos. Continué:

—Y lo que más debes hacer es vivir en el seno de esa esperanza. Mi deseo es tan simple que casi no puedo describirlo: la bondad más elemental. Comida suficiente, suficiente para ir tirando. La posibilidad de que los niños puedan crecer sin convertirse ni en los destruidos ni en los destructores.

Acabé leyendo la carta de la hermana Sabina Martin. Ella me explicó que miles de personas se habían congregado para decir adiós a Hallie.

—Ya sé que eso no aliviará vuestro dolor —escribía—. Pero creo que todo esto engrandece la presencia de Hallie. Ciertamente, no quedará en el olvido.

Algunos pavos habían saltado al suelo y estaban profiriendo unos hipidos guturales e insistentes, impacientes por recibir algo de comida. Vi a Glen y a Curtis perderse entre los árboles en busca de un pavo al que no habían conseguido atrapar.

—Esto es lo que he traído.

Me arrodillé sobre la colcha y coloqué un par de zapatitos negros de Hallie, cuyo tamaño delataba que eran de su segundo curso. Podían haber sido míos, no podía asegurarlo, pero dije que eran de Hallie.

Los dejé en el centro de la colcha roja y negra de punto.

—Los he traído porque me recuerdan que Hallie y yo hemos crecido juntas, y que teníamos que llevar esos horribles zapatos. Sólo es una de las muchas cosas importantes que hicimos juntas. No sé. A veces nos sentíamos muy solas.

Yo me puse en pie y miré a los árboles a través de la cortina de agua de mis lágrimas.

Viola dejó unas caléndulas. Llevaba puesto su vestido de poliéster, su atuendo para funerales en cualquier estación, y estaba sudando; su busto quedaba subrayado por anchas líneas de humedad.

—Siempre que pienso en vosotras, chicas, pienso en los *cempazúchiles* y en cuando íbamos al cementerio para el Día de Todas las Almas. Siempre fuisteis de gran ayuda.

Yo miré a Viola. Ella me devolvió la mirada, frotándose el puente de la nariz. Podía ver una tenue sonrisa en su rostro.

Varias mujeres portaban objetos que decían habíamos dejado en sus casas mientras jugábamos de niñas: una muñeca con unos desagradables ojos de cristal y una monstruosa cabeza llena de agujeritos donde antes había tenido pelo; un enorme caballo de plástico; una gallina de metal que cuando la posabas sobre las patas dejaba caer un pequeño huevo de mármol con un chasquido metálico. También un suéter rosa, talla 6X, que la señora Nuñez juraba que era de Hallie.

—Estaba detrás de la nevera. No lo encontré hasta el año pasado, cuando la nevera se estropeó y tuvimos que llamar a un hombre para que se la llevara y nos trajera una nueva. ¡Era culpa del polvo, perdona que te diga! Y encontramos este

447

pequeño suéter de Halimeda Noline. Ella se subía a la nevera porque yo siempre le decía que no podría beber cerveza hasta que fuera tan alta como su papá.

Eso era verdad, la pura verdad. La recuerdo sentada allí arriba entre las tazas y grandes cajas de galletas saladas. Me quedé mirando ese suéter rosa recién lavado de mangas desbocadas y pensé en lo pequeña que había sido Hallie una vez. La señorita Colder y la señorita Dann estaban abriendo un álbum de fotos de aspecto muy antiguo, pero yo sentía un rugido en mis oídos y perdí el hilo de lo que estaban diciendo. Creo que era la manifestación física de un dolor insoportable. Pero en esas situaciones se aprende que todo dolor es soportable. Loyd estaba de pie a mi lado, y Emelina en el otro, y cuando yo pensaba que iba a desmayarme o a dejar de existir, la presión de sus hombros me mantenía en pie.

Podía oír palabras en boca de la gente, pero mi visión se veía empañada por cascadas de chispas azuladas. O a veces el mundo quedaba desenfocado. En otros momentos podía oír pero no podía ver. Doña Althea se acercó empuñando su bastón con paso vacilante y dejó una piñata de pavo real en miniatura perfectamente diseñada. La posó sobre una pila de objetos infantiles. Los diminutos ojos del juguete brillaban y las plumas de su cola estaban perfectamente dispuestas. Era una obra de arte exquisita que podría haber formado parte de la galería Rideheart's, pero era para Hallie. Intenté escuchar lo que estaba diciendo. Decía:

—Os hice una como ésta a los dos, niñas, para vuestro décimo cumpleaños.

Para mi sorpresa, eso también era verdad. Yo recordaba cada regalo, cada fiesta de cumpleaños, a cada una de esas cincuenta madres que habían arropado desde lejos mi infancia, dispuestas a ofrecer cualquier contribución que fuera necesaria.

—Gracias, abuelita —le dije en un susurro a doña Althea mientras ella se alejaba.

Ella no me miró, pero oyó mis palabras y no negó que fuera mi pariente. Su pequeña cabeza, coronada con un gran moño blanco, asintió ligeramente. Nada de abrazos ni de declaraciones de amor. Todos estábamos un poco envarados, y lo comprendí. Las constelaciones familiares son algo fijo. No cambian solamente porque te aprendes los nombres de las estrellas.

Uda Dell fue la última en presentarse.

—He traído este ramo de zinnias porque cada año Hallie me ayudaba a plantarlas. —Dejó el casero ramito multicolor y añadió—: Y también tejí esa colcha.

—¿De verdad?

Ella me miró sorprendida.

—Poco después de que muriera tu mamá. Bueno, no creo que te acuerdes.

—Esa colcha nos ayudó a superar muchos sinsabores —le dije. Me sentía un poco más serena. Doblé la colcha por las puntas e hice con ella un hatillo que apreté contra mi pecho. Casi todo lo que Hallie y yo habíamos hecho estaba allí con nosotras en el huerto de la familia Domingos. Todo lo que habíamos sido estaba ahora en mí.

—Gracias —les dije a todos.

Me di la vuelta y me dirigí, sola y con mi hatillo, por la vieja carretera del Poni hasta la casa de Doc Homer.

HOMERO

27

Restos humanos

Hay mujeres en todas las habitaciones de esta casa, piensa él: la señora Quintana arriba, y ahora Codi, de pie en la cocina con su bebé. Sus brazos y su pecho acogen el hatillo de lana negra, y ella se dobla bajo su peso como si fuera algo viejo, hecho de piedra. La postura le impulsa a él a marcharse. Él piensa: «Éste es el registro fósil de nuestras vidas».

—Voy a enterrarlo. ¿Quieres ayudarme? —Ella levanta la vista y manan las lágrimas. El dolor de su rostro es tan fresco como polen.

—Ya lo has enterrado.

—¡No, no, no! —grita ella, y cierra de golpe la puerta mosquitera tras ella. Él la sigue camino abajo, pero esta vez ella no se dirige al lecho del río, sino que da la vuelta y rodea la casa hasta el patio trasero. Cuando él llega allí, casi sin aliento, ella está de pie con las botas hundidas en la tierra como si hubieran echado raíces. Está de pie junto al viejo solar donde Hallie solía cultivar un jardín. Unas viejas matas de alcachofas han invadido agrestemente el perímetro. Codi deja caer el hatillo anudado y se acerca al cuarto de herramientas en busca de una pala. Vuelve y empieza a cavar con fuerza en la tierra. Nadie la ha horadado en muchos años.

—¿Estás segura de que éste es un buen sitio? —pregunta él.

Sin decir palabra, ella apoya el pie en la pala, cuya hoja muerde el suelo arenoso una y otra vez, quitando tierra, cavando, y quitando tierra hasta dibujar un agujero cuadrado y profundo.

—Algún día querrás tener un jardín. Cuando la casa sea tuya.

La pala se detiene de repente.

—¿Sabías que me iba a quedar?

Ella le mira.

Él le devuelve la mirada, esperando.

—Le he hablado a Loyd del bebé. Ayer fui con él hasta el lecho del río, donde tú me enseñaste. Puedo recordar cada minuto de esa noche. Me diste unas pastillas, ¿no? Querías ayudarme de verdad. —Ella levanta la vista al cielo, aprovechándose de la gravedad y de las pequeñas presas dobles de sus párpados para contener sus lágrimas—. Ahora Loyd lo sabe. Está triste. No había pensado en esa parte del asunto... que se pondría triste. Pensaba que el bebé era sólo mío.

—No era sólo tuyo.

—Ya lo sé. —Ella se enjuga las mejillas con el dorso de la mano, dejando un borrón oscuro debajo de cada ojo. Ella le dirige un mirada extraña—. Podemos tener otro. Loyd y yo. No lo sé. Ya veremos.

—Sí.

—¿Sabes que soy una buena profesora de ciencias? Los niños y los profesores lo votaron así. Dicen que tengo empuje. ¿Qué te parece?

—No me sorprende.

454

—Les estoy enseñando a tener memoria cultural. —Ella se mira las manos, se ríe, pero parece triste—. Quiero que sean los guardianes del planeta Tierra —dice ella.

Él también le mira las manos. Le recuerdan algo. ¿A las manos de quién?

—No puedes aprobar que me quede, ¿no es así? —le demanda ella, repentinamente furiosa—. Me criaste para que le diera la espalda a este lugar. Eso a ti te ha funcionado, pero la diferencia es que tú *sabías* que era tu hogar. Tú sabías que tenías uno. Tenías posibilidad de elegir.

Eso me parece muy bien —dice él—. Pero querrás tener un jardín. Esas matas de alcachofa todavía producen. Cada verano florecen como si les fuera la vida en ello. No les importa que nadie recoja la cosecha.

Él coge la punta de una hoja plateada entre los dedos. Tiene forma de cuchillo, pero es blanda y dúctil.

Ella le mira un buen rato, sonriendo, y después dirige la mirada al hatillo.

—Me parece bien enterrarlo aquí —dice ella—. No son restos humanos.

No hay restos humanos. No. Humanos. Restos. Esas tres palabras resuenan en su cabeza como tres grandes campanas antiguas, tres notas descendentes que repican y repican, acelerando su ritmo hasta confundirse en una sola.

—Es bien verdad —dice él finalmente.

Ella desbroza los bordes del agujero para que quede limpio y bien cuadrado, y después mete el hatillo en su interior. Le tira un manojo de tierra encima y se pone en pie para mirarlo.

—Somos un par de viejas almas heridas, ¿no, Codi?

—No sé lo que somos. Intento averiguar qué es lo que espero.

—La esperanza es muy peligrosa.

Los ojos de ella se llenan de algo brillante. Amor u odio. Pero no dice nada.

—La esperanza implica dar mucho de ti mismo —le dice él.

—Es una excusa lamentable.

—Oh, es penosa del todo, pero ahí está. Resulta duro dar mucho cuando eres objeto del desprecio general y a tu corazón lo desangran las heridas.

—Eso es verdad. Nos han herido mucho. Pero le hemos dado mucho a este mundo, papá. Les hemos dado a Hallie.

—Sí. La verdad es que sí.

Ella empieza a devolver la tierra a la tumba. Él piensa en cómo se han reestructurado todas esas partículas de tierra. No hay estratos fijos. Alice fue la jardinera. Cuando acaba, ella se acerca a su lado y él la coge del brazo. Permanecen uno junto al otro en su pequeño jardín de arena y niños enterrados. Los huesos del codo de su mujer son tan delgados como barquillos.

—¿Tienes idea de cuánto te quiero? —le pregunta él.

Ella se le queda mirando, después le aprieta la mano con fuerza.

—Hallie ha sido protagonista de la historia —le dice ella.

—Quería salvar al mundo.

—No, papá, eso no es verdad. Quería salvarse a sí misma. Como todos nosotros.

Él mira a la hija, alta y viva, en que se ha convertido su esposa de repente. Esos cambios ya no le irritan.

—¿De qué quieres salvarte?

—De la desesperación. De la sensación de ser inútil. Casi he llegado a la conclusión de que eso es lo que distingue a la gente feliz: la sensación de ser algo práctico, con utilidad, como un jersey o como una llave inglesa.

Él le pregunta:

—¿Nosotros somos esa otra gente? —Siente curiosidad.

—Tú no eres inútil. Has dado tu vida por este pueblo durante cuarenta años. Con el corazón herido o no.

—Sí. Pero lo hice por razones equivocadas. Como tú misma has señalado.

Ella ríe.

—Sí, lo he señalado, ¿no? ¡Maldita sea! —Tira de una hoja plateada de alcachofa—. Estaba muerta de miedo de pensar que podría convertirme en alguien como tú. —Ella le mira, y vuelve a reír. Le dice—: Dios, nunca podría ser como tú.

Están de pie en el jardín, en un bosquecillo diminuto de alcachofas. Ella acaba de hacer un agujero y ha enterrado Dios sabe qué y ahora acaba de hacer una confesión de admiración o de desprecio. Él espera a ver qué pasa.

—Tal vez la razón de que te hayas dedicado en cuerpo y alma a esta ciudad no tiene mucha importancia. Tal vez lo que importa es que lo has hecho. Tal vez eso te convierte en un buen hombre. ¿Sabes lo que me dijo Loyd una vez?

—No.

—Él piensa que la gente sueña con lo que hace cuando está despierta. Igual que un perro que caza conejos sueña que caza conejos. Es lo que haces lo que compone tu alma, y no al revés.

Es lo que haces lo que compone tu alma. Dándole la espalda, mirando al interior de la tumba, él ve dos niñas tristes con sombreros vaqueros. ¿Es esto lo que ha conseguido?

—No creo que debáis estar aquí —les dice.

La hija mayor levanta la vista, sus pálidos ojos inmóviles.

—Pero estamos aquí, papá.

—Sí, estáis aquí.

—¿Por qué no nos quieres aquí?

—Oh, Dios, sí que os quiero.

Él se arrodilla y las rodea con sus brazos y las estrecha contra su pecho. Por primera vez en su vida, comprende que el amor no pesa nada. Oh, santo Dios, sus pequeñas son tan ligeras como dos pajaritos.

COSIMA

28

EL DÍA DE TODAS LAS ALMAS

El cañón Gracela, si lo despojamos de todo hasta dejar sólo las cosas duraderas, es un gran cuenco de aire hecho de granito. Es una maravillosa cámara de eco. Las voces de las mujeres y de los niños llegaban hasta donde estábamos Viola y yo desde el extremo opuesto del cañón, alzándose en corrientes invisibles de aire junto con los cuervos y los espíritus de todos aquellos huesos atendidos por sus descendientes. El ocaso se estaba acercando, y nosotras caminábamos despacio. Viola había pasado la mañana supervisando las operaciones familiares, y dijo que estaba cansada. Pero había prometido que cualquier otro día me llevaría al lugar donde habíamos visto partir a mi madre. Yo escogí ese día de 1989 en particular, al final de la década, el Día de Todas las Almas, cuando todos estábamos ocupados decorando las tumbas. No sé por qué.

Yo había terminado de limpiar la de mi padre y las de los otros Nolina y les había dejado pequeños ramos de caléndulas sobre sus cabezas y pies. Era algo parecido a llevar a los niños a la cama. Yo era su historiadora y su ángel de la guarda.

Nunca encontré a Ursolina, la osita. Imagino que debe de estar en algún lugar más cercano a la mina, donde la tierra ha sido removida demasiadas veces para atestiguar lo que contiene. El resto de la familia, dadas las veces que habían sido exhumados, se habían mantenido sorprendentemente juntos.

Yo me había pasado la mañana arrodillada en tierra, disponiendo una barrera de piedras del arroyo alrededor de Doc Homer. Nos había dejado hacía más de dos años, pero yo había tardado un poco en decidirme. Los chicos de Emelina me habían ayudado a acarrear las piedras hasta allí. Cuando las sacamos del agua y las amontonamos en la carretilla perdieron su lustre, y mostraron al secarse el mismo color blancuzco y polvoriento, y yo tenía miedo de que después de tanto trabajo no valieran para nada, pero estaban bien. Uniformadas y en orden, lavadas y pulidas por la abrasión de las fuerzas naturales. Las dispuse alrededor del túmulo de tierra, apretándolas bien juntas y colocándolas un poco adelante y atrás para que resultaran naturales. Mientras trabajaba pensé en las paredes de piedra de Kinishba con sus huesos infantiles escondidos.

Cuando finalmente me aparté y sacudí el polvo de mis manos agrietadas contra mis tejanos, vi que no había llegado a reproducir la maestría de Kinishba, pero había trazado claramente una frontera. A él le gustaría. Finalmente, había conseguido llevar algo de orden a su cosmos.

Miré con los ojos entrecerrados hacia el sol. Por encima de casi un centenar de lápidas y muchas cabezas vi a Viola con su vestido negro, que estaba de pie sobre un pequeño altozano con su cabello gris agitándose al viento. Se llevaba una mano a los riñones mientras Mason y Nicholas bailaban frente a ella con las manos llenas de caramelos, suplicándole algo, agotándola. Nicholas tenía tres años y medio; John Tucker hablaba de dejar la escuela para ser un carapuerco en la Southern Pacific. Yo pensé: «No puedo esperar eternamente». De manera que me acerqué a ella y le pregunté si le parecía buen momento, y ella dijo que perfecto, que iríamos después del almuerzo.

—Ya casi he acabado —me dijo, partiendo el cráneo de una calavera con sus molares—. Pueden adivinar qué extremo de las flores tienen que poner en agua sin mí.

Tomamos la ruta más rápida hacia la ciudad, después acortamos por la colina que daba a la parte trasera del instituto y a través de la espléndida carpa de frutas que el Club de las Comadres le había arrebatado a la Compañía Minera Black Mountain. Desde allí nos dirigimos por la vieja carretera del Poni hasta la mina abandonada. Las cimas de las pilas de escoria estaban salpicadas de pequeños charcos de agua de lluvia, y noté que unos brotes de cizaña estaban empezando a crecer allí.

La carretera era empinada. Ningún camino fuera de Grace era fácil de escalar. Dos veces tuve que pedirle a Viola que me dejara recobrar el aliento. Me llevé la mano al pecho, jadeando con fuerza, un poco avergonzada de mi fragilidad, pero también un poco satisfecha por esa prueba externa de lo que todavía era una circunstancia interna. Estaba embarazada.

—Me siento como si no tuviera energías. Cuando vuelvo de la escuela me quedo dormida hasta que Loyd me despierta para cenar, y después me vuelvo a meter en la cama.

Esa nueva relación con el sueño me resultaba milagrosa.

—Oh, sí —dijo ella—. Todos tus esfuerzos van dirigidos al bebé. Desde el principio te das cuenta de quién es el que manda.

Esas primeras semanas resultan fantásticas. Por fuera una parece la de siempre, nadie puede adivinar al contemplarte que tu alma ha sufrido un terremoto. Te han hecho pedazos, cautivada por una magia antigua e incomprensible. Es lo único que nunca acabamos de aceptar: que somos portadores de nuestro propio futuro.

Eso mismo le había escrito a Hallie en las páginas de una vieja libreta de papel de carta que nunca se perdería ni sería echada al correo. Esas cartas se quedaban conmigo. Se lo había dicho: parece como si alguien se hubiera mudado a mi cuerpo. Es asombroso. Descubres que no eres el centro del universo, de repente todo está patas arriba, tienes la capacidad de ser madre. Ya no eres tan consciente de que eres el hijo de alguien. Eso ayuda a olvidar algunas cosas.

Llegamos a la cima del cañón, donde empezaban las costras de sal del viejo campo de alfalfa. Muerta durante dos décadas, la tierra era vasta y blanca y cuarteada, como una gigantesca bandeja de porcelana caída del cielo. Pero ahora la cizaña también estaba empezando a crecer allí, rematada con flores doradas, medrando como una cosecha renegada en los largos y rectilíneos canales de las balsas de riego.

El viento soplaba desde el sur, y Viola y yo podíamos oler ya la lluvia. Altas nubes de tormenta con sus velas desplegadas y una carga de granizo surcaban a toda velocidad el cielo. El cabello de Viola le azotaba la cara mientras caminábamos. Yo le pregunté:

—¿Sabías que los riñones ya le habían fallado antes, cuando estaba embarazada de mí?

—Claro —dijo Viola—. Estuvo muy enferma ambas veces.

—Pero siguió adelante y tuvo a Hallie de todas formas.

—Una no piensa demasiado en esas cosas. Se tira adelante y se paren los hijos.

Yo quería creer que mi madre lo había pensado. Que Hallie era su último acto de amor. Un acto de consecuencias imprevisibles, alguna de las cuales estaba ahora criando flores en el suelo de un país extranjero. Yo le dije:

—Siempre supe que yo estaba aquí arriba ese día. Recuerdo haber visto el helicóptero.

—¿Te acuerdas?

—Pensaba que sí. Pero la gente me decía que no podía ser, así que más o menos me convencí de que me lo había inventado.

Viola me cogió de la mano. Pude sentir su piel suave y su anillo de bodas.

—No, si recuerdas algo es que es verdad —me dijo—. A la larga, eso es todo lo que te queda.

Reconocí el lugar en cuanto lo alcanzamos. Ya habíamos llegado.

Esto es lo que recuerdo: Viola me coge de la mano. Estamos en la linde del campo, lejos de la gente. Estamos de pie mirando hacia el centro de ese océano de alfalfa. Puedo ver a mi madre allí, un pequeño bulto blanco y nada más, y puedo ver que realmente no estamos contemplando una tragedia. Sólo una vida que se acaba. El helicóptero ya está en el aire y allí se queda, como una burbuja redonda sin destino aparente, enviando olas circulares de viento que alisan la alfalfa. Todos agachan la cabeza, temerosos, como si se hubiera aparecido un Dios o una plaga. Sus cabellos se agitan. Después el helicóptero se mueve levemente y su cuerpo de cristal se cruza con el sol. Durante un breve instante se queda suspendido sobre nosotras, vacío y brillante, y después se eleva como un alma.